中国最佳科幻作品

SCIENCE FICTION

2022

姚海军／主编

人民文学出版社

图书在版编目（CIP）数据

2022中国最佳科幻作品／姚海军主编．—北京：人民文学出版社，2023
ISBN 978－7－02－018011－0

Ⅰ.①2… Ⅱ.①姚… Ⅲ.①幻想小说—小说集—中国—当代 Ⅳ.①I247.7

中国国家版本馆CIP数据核字（2023）第094272号

责任编辑 **向心愿**
装帧设计 **陶　雷**
责任印制 **张　娜**

出版发行 **人民文学出版社**
社　　址 **北京市朝内大街166号**
邮政编码 **100705**

印　　刷 **三河市鑫金马印装有限公司**
经　　销 **全国新华书店等**

字　　数 **274千字**
开　　本 **880毫米×1230毫米　1/32**
印　　张 **11　插页2**
印　　数 **1—5000**
版　　次 **2023年6月北京第1版**
印　　次 **2023年6月第1次印刷**

书　　号 978-7-02-018011-0
定　　价 **49.00元**

目　录

人人都爱拍电影

| 宝　树

宝树原名李俊，1980年生，毕业于北京大学哲学系，2007年留学比利时鲁汶大学。李俊还有另一个笔名：新垣平。那个笔名代表的是一个与科幻平行的世界。在那个世界，他也是一位风云人物，是《剑桥倚天屠龙史》和《剑桥简明金庸武侠史》的作者。

在科幻界，宝树2011年6月以一部《三体X：观想之宙》一举成名。随后，在2012年第1期《科幻世界》发表科幻短篇处女作《在冥王星上我们坐下来观看》，从此，一发不可收，陆续在《科幻世界》《人民文学》等科幻及主流文学杂志发表科幻小说二百万字，其作品构思奇巧、肆意狂放，又不乏现实关照，多次获得中国科幻银河奖和华语科幻星云奖，多篇作品被译成英、日、西、意等语言。

宝树的《人人都爱查尔斯》《三国献面记》《灯塔少女》《成都往事》《我们的科幻世界》《时光的祝福》曾分别入选2014、2015、2017、2018、2019、2020年度《中国最佳科幻作品》。

马锐这天心情不错，他刚刚收到一条推送，告诉他今天已有超过一百个人在“卢米埃尔”上付费观看了他执导的电影《银河浪子传》。这意味着他多了一百元的收入，而且还在不断增加。不知道是什么原因，但总是件好事。

以前马锐肯定不把这点钱放在眼里。十来年前，他是红极一时的科幻作家，代表作《银河浪子传》卖了超过一百万册。当时马锐意气风发，雄心勃勃，打算扩展出一个多卷本的大系列，但新兴的AI小说毁灭了他的梦想。谁能想到，AI技术在一夜之间就发展出了写作类型小说的智能程序？只要输入一些要求，比如“宇宙”“飞船”“床戏”等，花几分钟就能生成一部长达数十万字，跌宕起伏、精彩纷呈、香艳刺激的太空歌剧小说。谁还会看作家们编的那些磕磕绊绊的故事呢？

马锐和所有科幻作家一起失业了，不过AI技术又帮他找到了新的职业：小说修订工。AI生成的小说在细节上偶尔还会有一些漏洞和矛盾，需要人工查找和修正，马锐就为一些小说网站干这个工作。收入和以前不可同日而语，也就是凑合过日子。

去年，AI电影制作APP“卢米埃尔”横空问世，让马锐看到了新的机遇。“卢米埃尔”的原理很粗糙，首先将输入的描述文字转换成场景，然后从储存了一千二百万部电影和电视剧的数据库中抓取主题类似的场景，再进行一些统一的转换。一开始出来的效果自然惨不忍睹，前一分钟是战争大片，后一分钟是都市肥皂剧，再后面又变成了动画片，还有各种版权问题。但是AI的学习迭代能力是强大的，一年后的卢米埃尔3.0版本已经能够统一风格且理顺剧情，生成相当流畅曲折的电影了。人物由电脑生成，本质上是动画，但效果上和真人没有区别，还不用担心会有丑闻，演员们也基本失业了……

马锐动了心思。当年他的《银河浪子传》被一家大影视公司买走，说要投资二十亿，改编成系列科幻巨制，对标《星球大战》和《沙丘》，马锐一高兴，连版权费都没多要。结果一直囤着没动，过两年AI写作兴起，《银河浪子传》也就被束之高阁，永无投拍的可能。这件事是马锐心中长久的痛，但如今他可以自己完成这个梦想了。

马锐花了一万多块，购买了卢米埃尔的钻石级会员，将《银河浪子传》的内容输入进去，还亲自设定了主角的样貌和服饰等，卢米埃尔花了一个半小时进行解析和演算，生成了一部两个小时的电影——制作电影甚至比看完电影的时间还短。但马锐觉得问题还很多，又利用各种高级功能，不断剪辑、重拍、渲染、精修……直到自己满意为止。这个过程花了他整整半年时间，但电影的水准可以和十几年前的好莱坞大片相比。一个人用软件花上半年，就能制成以前几千人的团队花几十亿才能拍出的科幻大片，马锐十分得意，又有点可怜那些电影大导，如果斯皮尔伯格和卡梅隆能活到今天，估计也得被气死。

这部心血之作，马锐越看越满意，觉得正是自己梦想中的电影。又找了几个朋友来看，大家也都赞不绝口。于是他充满期待地将它挂在卢米埃尔网站上，售价仅十元，比起传统院线电影，这个价位并不高，卢米埃尔还要分成50%，不过马锐想，只需要当年的一部分读者来购买，比如卖出十万份，自己的收入就是五十万元，已经算发了一笔小财。这还是最普通的情况，如果火了，几百万，几千万人来付费观看……想到这，马锐笑得合不拢嘴。

结果却惨不忍睹。饶是马锐在社交媒体上打了好几周的广告，加上发动亲友宣传，第一个月也只卖出了一千多份，本人才分到几千块钱。第二个月暴跌到二百多份，第三个月以后就可以忽略不计了……

马锐很快发现了原因：竞品太多。AI 技术让电影没有了门槛，所有人都来拍电影，现在每天上线的电影就胜过以前十年的总和。《银河浪子传》这个 IP 只是小有名气，那些大红大紫的名作，像《基地》《星球大战》《三体》，粉丝制作的电影平均都超过一千部，还有他那些前作家朋友们（也都转行了），哪个不在把自己的小说改成电影？这还只是科幻类型，其他如四大名著、莎士比亚、雨果、金庸等，每个爱好者都可以制作自己的电影版本，影片浩如烟海……没人看他的电影，也就很可以理解。但理解归理解，马锐自己看的时候，还是会很惋惜，这样的佳作，怎么就被埋没了呢？放在三十年前，还有《阿凡达》什么事？

过了一年多，马锐的电影已经从十块钱降到了一块钱，基本还是无人问津。据说有些人的电影已经降到一毛钱、一分钱甚至免费播放，马锐不想再降价了，他至少要捍卫自己一块钱的尊严。

但今天居然又有一百多人来购买，马锐很高兴，难道酒香不怕巷子深，自己的心血还是遇到知音了？他又想了一下具体原因，可能是某个大 V 在社交媒体上推荐了，又或者是有几个粉丝专门来支持自己？当然他也想到一些更现实的可能性，没准只是网站的数据发生了低级错误。

但真正的原因，他就是想一百年也想不到。

马锐打开卢米埃尔的 APP，播放了几分钟《银河浪子传》，看了看弹幕。以前弹幕虽然不多，但都是些粉丝热情的留言：“终于看到《银河浪子传》拍成电影了，撒花”“女主角和我想的一模一样”“这段玫瑰星云之战，真是完美还原小说原著”，看着令马锐很暖心。

但今天的留言多了好几倍，画风却大变：“呵呵，拍的是什么垃圾”“果然是渣男才能拍出来的破烂”“狗屁不通”“看着就恶心”“花一块钱来骂死你”……

马锐好像被人蒙着眼睛挨了一顿闷棍，被打得找不到北又不明所以。正心头火起，妻子打来电话：“马锐，你可出名了啊！”

“你说什么啊？”

“你自己做的事，自己还不知道？”她阴阳怪气地说。

“我做什么了我？”

“还装，全世界都知道你和杜小青的那些事了！”

“我和谁？”马锐一时没听清楚。

“你自己搜一下，《被遗忘的夏天》！”妻子冷冷地说，挂了电话。

马锐照妻子所说的搜了下，跳出来一大堆搜索结果，都是这一两天冒出来的文章，第一条是“《被遗忘的夏天》中的男主竟然是他！”；第二条是“被遗忘的夏天中不该被遗忘的男人”；第三条是“《被遗忘的夏天》的真相……”。

马锐前一阵也曾听说过《被遗忘的夏天》，好像是一部个人制作的怀旧文艺电影，在一些年轻人中很火，马锐没有看过，也没想到会和自己有任何关系。他满腹狐疑地点开第一篇文章，写的是：

“杜小青小姐的电影遗作《被遗忘的夏天》近日引起轰动，点击已经超过五千万。虽然影片开头声明纯属虚构，但据知情人士透露，影片系杜小青大学时代的往事改编，是这位苦命才女的精神自传。女主角‘青青’显然就是杜小青本人，另外两个主要人物，男主‘阿锐’疑似为知名科幻作家马某；女二‘薇安’被指为女作家林某微……”

马锐的大脑一片混乱，这些人的名字他自然十分熟悉。他闭上眼睛，二十年前大学时代的一幕幕像电影般划过眼帘。

当年，杜小青、林若微和他都是文学社的成员，马锐还当过一年社长。林若微是文学社之花，也的确才华横溢，她的文字充满灵性，叙事技法高妙，马锐自忖一辈子也赶不上。但林若微有点曲高和寡，读者并不太多；马锐的想象力不错，写了一些天马行空的幻想故事，发在网上，也有不少读者；至于杜小青，喜欢写爱情故事，水平不高，马锐帮她改过几次稿子，但也鲜有发表。

杜小青喜欢马锐，明里暗里示意过好几次，马锐当然知道。但他对林若微一见钟情，心里除了林若微不做第二人想。可惜林若微眼光更高，没有任何接受他的表现。大三的暑假，马锐鼓起勇气对林若微表白，但被林若微婉拒了。马锐没有恋爱就惨遭失恋，去酒吧喝得大醉，杜小青来找他，送他回家……两个人稀里糊涂地就成了男女朋友。

然后呢？马锐回忆，杜小青和他性格并不合拍，两个人仅仅处了两个月，经常吵架，后来就分手了，好像还是杜小青先提的，马锐如释重负，立刻答应了。后来两人见面也很少，当然马锐和林若微也没有任何发展，大四以后，几个人各奔东西……过了二十年，这些平凡的青春经历怎么会突然被翻出来呢？

马锐忽然想到，刚才有一个他忽略的词："遗作"。

难道杜小青已经……

马锐搜了下杜小青，网上的爆料很多，他惊出一身冷汗。

杜小青毕业后，在一家言情小说网站写过网文，一直也没什么名气，AI小说出现后，连这点收入也没有了。她辗转换了几个工作，后来长期失业。半年前，她用卢米埃尔拍了一部电影，叫作《被遗忘的夏天》，也没什么反响。两个月前，杜小青忽然自杀身亡。死后，一些亲友关注到了《被遗忘的夏天》，向友邻推荐，这部作品逐渐升温，最终成为大众热议之作。

马锐为杜小青之死而难过了片刻，毕竟曾经是男女朋友。不过，还没等他回过神来，就有电话打进来找他，自称是某新媒体记者，想采访他，了解他和杜小青的往事。马锐敬谢不敏，赶紧挂掉。但很快又来了第二个、第三个电话……

马锐把手机关掉，推掉其他一切事务，赶紧打开电脑，看《被遗忘的夏天》，这是搞清楚一切问题的关键。

电影的开头很引人入胜：一个沧桑的中年女人收拾旧物的时候，发现了一张老照片，有她和一男一女两个年轻人的合影，看背景应该是在大学时代。但是她完全想不起来照片里的人是谁。原来，女人经过一次失忆，遗忘了很多事。她想要找回失落的记忆，回到当年的校园里，在似曾相识的景物中，失落的记忆碎片一个个被唤醒……

电影在叙事上，采用了过去与现在双线交错结构，不过最终都指向二十年前的真相。过去所发生的，看似只是一个简单而哀伤的爱情故事：某大学里，出生于问题家庭，羞涩内向的少女青青生活在自己的世界里，但一天，一个男孩阿锐闯了进来，用自己的热情和爽朗吸引了她……他们定情后，度过了一个美好的暑期，但又渐行渐远，还是分手了。

电影最后有一个惊天反转。分手之后，青青本来一直认为是自己的错，但有一天她忽然发现了阿锐的聊天记录，原来自己从头到尾都被阿锐欺骗，阿锐把自己当成玩物，一边吊着自己，一边追求女二薇安，薇安答应了他之后，他立刻对青青冷暴力，设法逼她提出分手，掐断了青青对人生的希望。虽然从外在看只是一般的感情纠纷，但是从青青的视角来看，无异于天塌地陷。

不过这些内容似乎还不足以说明青青为什么会失忆，电影的最后，在一个湖边，青青喃喃说："我想起来了，我想起来了……"蹲在地上，痛哭流涕。这时屏幕陷入黑暗，电影结束。这个最后的镜头，有一个广泛被接受的解读，说电影所隐晦表达的真相是，分手时青青怀孕了，她跳湖自尽，最后人被救回来了，但受到巨大的刺激，孩子和记忆都没有了。

马锐看了更加恍惚，拍的好像是他和杜小青的经历，又好像很陌生。难道他真的一直在玩弄杜小青的感情吗？难道他是这样一个内心冷血无情的渣男，自己却一无所知？可是自己也没有和林若微在一起啊……他和杜小青又怎么会有个孩子？这一切是真的吗？

无可否认的是，影片在艺术上极具感染力，观众看了之后，自然会非常同情青青，而对于阿锐和薇安产生厌憎。如果是纯虚构的影片也罢了，如今其中角色的原型被扒出来了，难怪公众的怒火会朝他倾泻……

马锐又看了一眼手机，短短一个多小时，又收到了七八个陌生号码的来电。但其中夹杂着一个熟悉的名字，竟然是林若微。

AI写作对不靠情节取胜的纯文学冲击不大，林若微的文学生涯还是非常成功的。她很早就成了职业作家，经常在海外或者边境的小镇隐居一年半载，然后推出一部小说或散文，获得一些马锐没怎么听说过的文学奖，名声很大。对马锐来说，她仍然是心中的白月光，但两人多年来几乎没有联系，林若微为什么找他，原因当然不问可知。

马锐忐忑地打回去，林若微没多寒暄，温和而直接地问："马锐，你知道是怎么回事吗？小青拍的那个电影……现在很多莫名其妙的人来骚扰和辱骂我。"

"对不起啊，"马锐刚说出口又感到后悔，他对此有什么责任？但只好硬着头皮说，"这件事我也是刚知道，也是莫名其妙……"

"电影我刚看了，"林若微说，"马锐，当年你和小青的事我就不清楚，现在更记不清了，我想问你，当年是不是你跟她说，我是你女朋友，所以跟她分手的？"

马锐连声说："没有，没有，这怎么可能？"

"不管怎么说，你们之间的事情，不要把我扯进来好吗？"

马锐欲哭无泪，说："我真的没有啊。要不这样，我在社交媒体上发个声明，一定把这件事说清楚。”

林若微沉默了片刻，说：“好的，谢谢。”说完挂断了电话。

马锐还在发怔。听到有人问他：“跟谁打电话呢？”

“林若微，她——”马锐说了半句话才反应过来，身后是不知什么时候回来的妻子。

“好哇，你和那个女作家一直藕断丝连啊！”妻子气得声音都变了，“杜小青的那个电影真没说错！”

“你、你也看了电影？”

“我不看还蒙在鼓里呢，原来你之前有那么多女朋友，还有过一个孩子！我就是第二个青青……”妻子说着，开始声泪俱下。

“这都什么乱七八糟的！这是电影！是假的，是杜小青编出来的！和我有什么关系？”

“人家自杀也是编出来的吗？”

马锐无言以对，妻子继续说：“被我说中了吧！这件事你得跟我一五一十交代清楚！”

“我不是跟你说了吗，子虚乌有的事，最多只能说我是其中一个人物的原型……”

“好哇，不打自招，你就是原型！”

“哎，你懂不懂艺术创作……”

两个人乱吵一通，最后妻子拂袖而去，把儿子也带回了娘家。马锐也吃不下饭，斟酌了两个小时，在社媒上发了一篇简短的声明。大意是说，自己虽然是杜小青的前男友，但当年和平分手，影片中的一切纯属杜小青的艺术创作，自己与林若微只是普通朋友，也从未有过恋爱关系。还圈了林若微。

声明发出后，一开始都是些朋友和粉丝点赞，表示支持和力挺。马锐心情稍微好了点，给妻子打了三四个电话，她却一概不接。马锐扒拉了两口饭，又点开自己的声明，却发现画风突变。大量杜小青的支持者杀到，对自己声明的每一个字用放大镜审视半天，各种批判，这句话语法不通，那句话自相矛盾，总之是漏洞百出，毫无可信度。

更棘手的是，林若微转发了他的声明，马上被作为俩人是一对狗男女的证据，再也说不清楚。还有几个自称是他学姐学妹的人出来，说马锐当年仗着有点名气，勾三搭四，还撩拨过自己云云。马锐想了想，有一两个还真有点印象，可那时候他和杜小青已经分手了，就算和女生有点暧昧，又算什么罪状？可惜网上没人跟他讲道理。

马锐独守空房，一晚上没睡着，第二天发现自己已经成了绝世渣男。杜小青以前写的那些小说被人找出来，里面凡是坏男人，原型自然都是马锐；小学中学的打架逃课抄作业等也被人找出来，还有些张冠李戴安在他头上的；去年他在一个小群里发了两个荤段子，被人截图发出来，自然更是下流无耻的典范；甚至有人开始扒拉他的抄袭问题，说《银河浪子传》涉嫌剽窃《边城浪子》和《银河英雄传说》……

林若微也好不到哪里去，和马锐认识的林若微完全是两个人：据说她中学时代就做过整容手术，和许多作家和评论家关系暧昧，以此上位；又以刷票、找水军等手段打击过文学大奖中的竞争对手……总之，背地里各种龌龊下流。马锐看着也觉得恍惚：他当然不相信这些都是真的，但似乎也有根有据，其中是否有一些是真事呢？可如果连他都这么怀疑林若微，别人又会怎么看待他马锐呢？还有谁会相信他呢？

焦头烂额中，马锐忽然想起来，自己有个前作家朋友老左，改行后好像当了什么“网络分析师”，专门处理网络舆情问题，也许他能帮到自己。病急乱投医，赶紧给老左打了个电话，约他见面。

老左已经听说了马锐的情况，但也不以为意：“这样的事现在也很常见，自从是个人都可以拍电影之后，一开始流行改编名著或者把个人的幻想拍成电影，后来这股风过去，又流行把自己的人生经历电影化，对个人来讲十分过瘾。每个人的视角不一样，其中不免有很多涉嫌歪曲事实、损害他人名誉的地方，引起的纠纷不知有多少。当然成为全网爆点的不多，不过你这件事涉及渣男始乱终弃、痴情女自杀身亡，还有知名作家——我是说林若微——的黑料，所以才格外引起广泛关注，不过也不要紧，网上热点这么多，过几天大家就都忘了。”

“可我老婆孩子忘不了啊，还有身边的人。”马锐愁眉苦脸，“我这一辈子都毁了！”

“这样啊，”老左同情地说，“那只有找出事情的真相。虽然真相大白也未必能说服所有人，但至少可以说服你身边的人。当然，前提是真相就是你说的那样。”

“那好啊。可怎么找到真相呢？都过去几十年了。”

“其实我们网络分析师还有一个名字，”老左神秘地一笑，“网络人肉师，比私家侦探还厉害。当然，这事不能白干……”

马锐感觉抓住了救命稻草，忙说：“要多少钱，我马上打给你！”

又过了三四天，马锐度日如年。总算老左打来电话说：“都搞清楚了，杜小青的死和你毫无关系。你不必自责。”

“真的？！”马锐喜出望外。

“嗯，我在网上查到，杜小青其实并不落魄，前几年炒数字币赚了钱，过得很不错；半年前她又重仓买入了一个新币，至少投了几百万，想赚一笔大的。不想那个币一夜之间化为空气，杜小青赔得倾家荡产，还欠下一大笔债务，一周后她就自杀了，显然和你没有任何关系。”

“原来是这样……但是，能否直接证明这个电影的内容不实呢？”

“这件事的关键是拿到杜小青上传到卢米埃尔的原始文稿。这有点麻烦，得动用点非常规手段…… 不过我还是设法搞到了。你想看吗？”

“当然了！”马锐忙说。

老左发来一份文档，马锐打开看了起来。这其实是杜小青写的一篇回忆，其水平和当年在文学社的时候写的东西差不多，平铺直叙又颠三倒四地讲述了她和马锐的恋爱史。杜小青一直对马锐满怀怨愤，自然有许多指责他的言语。不过并没有添油加醋，搞出什么打胎、失忆之类的狗血剧情。

“很显然，AI 经过分析认为，这个故事太平淡，如果不加上大量原创内容，无法拍成像样的电影，所以在很多地方都改写了原来的故事，还加上了双线叙事，隐藏剧情等。杜小青嘛，肯定也不介意把你和林若微拍得更坏点。不过也不能全怪她，对她来说，这也只是一部自娱自乐的电影而已。如果她不死，很可能也没有别人会看。”

“唉，”马锐叹了口气，“人都死了，还有什么好说的？不过我要公开这些材料，以正视听。”

“不行，”老左说，“这些资料不是正规渠道来的，你无法证明真实性，就算把我说出来，别人也不一定会信。”

“那怎么办？”

“过几天吧，我会找人以第三方爆料的形式发布，显得可信度高一点。你也先别跟家人透露啊。”

马锐只好耐心等老左爆料，不料没过几日，又风云突变。

林若微在沉默许久之后，忽然发布了一部自己拍的电影《在冥王星上我们站起来呐喊》。电影是后现代风格，压根没有什么冥王星，而是关于一个女性在和世俗偏见对抗中成长的故事，从幼年拍到四十不惑。但运用了意识流和魔幻主义等手法，时空错乱，内容支离，和她的小说一样不易懂。

虽然晦涩，但这部电影显然是对近期舆情事件的回应，是从自己的视角去表达那段过去。关于大学时代的内容也有半个小时，马锐情不自禁地在电影中寻找自己的对应角色，但找不到，他甚至找到了几个熟人的影子。但就是没有他和杜青青。马锐觉得自己是不是看漏了，或者什么地方没看懂，又看了一遍，还是没找到。

看第三遍的时候，马锐忽然明白了，倒抽一口冷气。林若微给出的信号很明确：你们这些愚蠢可笑的俗物，和我一点关系也没有，在我的生命中毫无位置！马锐很沮丧，本来他觉得自己和林若微至少在大学时还算是不错的朋友，想不到林若微竟然撇得一干二净！

网民们也被激怒了，他们虽然看不懂电影，但认为林若微是避重就轻，给自己涂脂抹粉。本来事情已经渐渐淡下去，林若微这一刺激，各种攻击和扒皮又继续了下去。马锐也只能陪绑。诸如杜小青是因为破产自杀，以及原始版本的故事等资料，后来也被放出来过，但人们已经不信了，只定性为在给林若微和马锐洗地。

马锐家里鸡飞狗跳，吵个没完没了，妻子搬了出去，并提出了离婚。他渐渐真怀疑自己是个渣男，至少内心是。一天，他找老左喝酒，半瓶白酒下肚，借着醉意说："我现在觉得，那些网民说得也没错，谁他妈不想多和几个姑娘上床！我当年又不是没人喜欢，只恨胆子没那么大，白担了这虚名。"

老左微笑着说："这个遗憾，你现在也可以弥补嘛。"

"弥补个屁，我都多大年纪了，又没钱又没地位，如今还是人人喊打的过街老鼠。"

老左给他倒了杯酒，说："我倒是有个办法，保证你能弥补……"说着便提出了一个建议。

马锐一听，哈哈大笑："太棒了，我怎么没想到！杜小青、林若微、陈丽琳（说马锐勾搭过她的学妹）……你们一个个的恶心我，我也不会放过你们，哈哈哈……”二人碰杯，一饮而尽。

后来的事，马锐就不太记得了。当他醒来的时候，已经是第二天下午了，躺在老左家的沙发上，头疼欲裂。马锐捂着头爬起来，皱眉说：“我怎么睡了这么久？”

老左从电脑前抬起头：“也没多久，你忙乎了一晚上，早上才睡着的。”

“我忙乎什么了？”马锐完全不记得。

“你拍了一部新电影。”老左似笑非笑地说。

马锐见到他的表情，感觉不妙，赶紧打开卢米埃尔，顿觉眼前一黑，他的账号下赫然多了一部影片：《一个浪子的自白》。

“这……这怎么可能？哪来的剧本？”

“你喝醉了口述的，把整个青年时代都意淫了一番，先泡了谁，又甩了谁，甚至同时和好几个人……嘿嘿。不过这些也还不够，所以我干脆帮你加了一点《银河浪子传》的内容，把里面的床戏都放进去了。”

马锐打开电影，移动着进度条。男主的容貌基本是照着自己的美化版捏的，女角色也和自己生命中的那些女子不无神似，只是一小半剧情都发生在床第上，拍得倒还挺唯美，但辱骂他的弹幕铺天盖地。马锐吓得一屁股坐倒在地：“我们无冤无仇，你为什么要害我啊！这么搞多少人得告我诽谤？警察都要来抓我了！”

“放心了，我懂法，影片中人物的姓名身份相貌等都经过深度加工，谁也告不了你。至于说有些情色内容，也只是擦边球，不犯法。”

“就算是这样，我老婆能饶了我吗？”

老左嘿嘿笑着说：“急什么，没看到有多少人付费观看？”他在“付费”上加重了语气。

马锐这才注意到自己的账户，点击了一下，不由目瞪口呆：系统提示，新电影售价一元，已经有二十多万人观看过，刨掉分成和税，收入也有十万元。

老左说："你的关注度极高，加上这种劲爆刺激的私密内容，一块钱就可以尽收眼底，谁不想看？这部电影必火！现在才几个小时，照这个速度，你的总收入起码是五百万，上千万都可能！当然这个电影也算是我做的，我把自己放在制片人栏里，按规矩也有个25%的提成，这事你没意见吧？"

想到几百万的巨款，马锐一时心潮澎湃，但还是苦着脸说："就算有钱，可我的名声也都毁了啊？你看多少人在弹幕里骂我？"

老左大笑："你呀，还是不了解人性，这才是给你解套的最好方式！等着瞧吧！"

果然，没过多久马锐就发现，自己有了一个新的人设：情场浪子，当代唐璜。电影提示，这是因为他可怜扭曲的原生家庭，让他一直渴望爱，又无法找到真爱。虽然他玩弄过很多女孩，但他的内心更痛苦更彷徨……别说，还挺动人。

虽然不是所有人都吃这一套，但攻击他的声浪总也小了很多，毕竟他已经自承是渣男，也就没什么好骂的。还有人拿他去踩林若微，说马锐虽然是个渣男，但也干脆直爽，比林若微这种心机女要好多了。他甚至还多了不少坚定的支持者和崇拜者，有好几个女孩发来私信和照片，要和他约会。

马锐把这事透露给了妻子，妻子第二天就带着孩子搬了回来。她也想通了：自己最终拿下马锐这样"著名"的情场浪子，总也是了不起的成就，再说还有几百万的票房收入，可不能便宜了别人！妻子想，自己回头还要拍一部续集，就叫作《浪子归家》。

《文艺报》2022年12月26日

创作后记：

2022年，除去疫情和战争的纷扰外，也是AIGC（人工智能生成内容）技术取得突破性进展的一年，在百年之后回顾，也许这才是真正被载入史册的大事件。AI写作和绘画都已几可乱真，用AI“拍出”个人电影，这一之前在一些科幻作品中曾零星呈现的创意，距离成为现实还有多远呢？

未来发轫自人类最为遥远的过去。在智人时代的开端，我们的祖先就围坐在火堆旁讲着各种故事，尤其是张家长李家短的八卦，这些虚构和现实的结合，形成和巩固了部族成员的血脉联系，也塑造了人类对于世界和同类的认知。闲谈、歌谣、戏剧、小说、电影……故事与人类社会一同进化着。

今天，数亿用户的网络社交媒体上传播起大明星的丑闻或者涉及普通人的新闻事件，恰如十万年前的原始部落里传布族长的闲话或邻近部落的奇闻。当然，当代各种专业的叙事者——记者、作家、自媒体、公众号、网络KOL、视频博主等——能够运用多媒体的手段和娴熟的技巧把故事讲得更出神入化，更具有感染力，在亿万人心中掀起爱和恨的狂潮，也让陷入其中的人们转瞬间成为公众情绪对准的焦点，今日封神，明日毁灭。而AIGC技术的发展，必将人们带入一个能够以最完满的方式制造自己想要的故事的世界，甚至真与假也没有了意义……

这个短篇发表于2022年底的《文艺报》，其中设想了AIGC和社交网络结合的某种可能，当然还有千百种更难以想象的可能性值得而且必须认真探讨。最近看到一位读者认真细致的评价，大意是说这个题材触及了现代社会的一些本质问题，很有意义，但小说写得浮光掠影，流于套路，未充分发掘其潜力，我完全接受他的批评。争取不久的将来能写出更深刻而饱满的作品来展现那些绚丽而奇诡的未来——赶在AI能够代劳之前！

命悬一线

| 江　波

江波，1978年生于浙江杭州千岛湖镇，1996年考入清华大学电子工程系，2000年继续在清华大学微电子所攻读硕士学位。在校期间，受到科幻征文活动的影响，开始尝试科幻小说创作。2003年毕业进入半导体行业，同年于《科幻世界》发表科幻处女作《最后的游戏》。此后笔耕不辍，累计发表中短篇科幻小说六十余篇，代表作有《时空追缉》《湿婆之舞》《宇宙尽头的书店》等。2012年出版首部长篇小说《银河之心·天垂日暮》，2016年《银河之心》三部曲完结。2018年出版《机器之门》，2020年出版续作《机器之魂》。另参与多人共创太空史诗，著有《欧菲亚战记》。2021年，根据江波中篇作品《移魂有术》(2012)改编的科幻悬疑电影《缉魂》上映。2020年和2022年，江波还出版了两部少作科幻《无边量子号：启航》和《无边量子号：火星》。

江波六次荣获银河奖，两次荣获星云奖金奖，一次荣获京东文学奖科幻专项奖。他认为科幻最吸引人的地方，在于穷尽未来的各种可能性，同时认为科幻作者要在绚丽多彩天马行空的想象和出人意料感人肺腑的故事间寻觅可能的空间。因此，他的小说不仅不乏汪洋恣肆的奇想，还蕴含着对科技与未来的深度思考。

江波的《桃源惊梦》《机器之道》《蝠王》曾分别入选2014、2015、2021年度《中国最佳科幻作品》。

我叫钟立心，是一名宇航员，2028年7月14号到8月21号，我在天宫空间站执行任务，其间国际空间站发生了失火事故，我奉命和老段，段国柱同志，一道执行了营救任务。现把具体过程汇报如下。文中的基本事实根据本人回忆记叙，文中的对话为避免回忆模糊带来的偏差，根据录音资料进行了对照修正。

8月16号凌晨，我在值夜班。空间站里的值班制度和地面相同，按照二十四小时分昼夜。因为生物实验舱的实验需要人工确认数据点，所以老段和我会分别在凌晨两点和四点起来进行一次巡视，主要任务是在问天实验舱对生物生态实验柜进行记录。

我起来的时候，老段睡得也不踏实，还翻了个身。连续三天打破作息规律，每天睡四次，每次两小时，对我们两个都是极大的考验。除了对实验舱进行监控，我们本身也是K13生物钟实验项目的志愿者，虽然疲惫不堪，但为了科学事业，这点儿付出完全是值得的。

我从核心舱钻到节点舱，再转入问天实验舱。问天实验舱里有六个实验柜，包括我们的重点关照对象生物生态实验舱。面板上的所有数据都在正常范围内，压力、光照、温度、电路监测……我按照标准要求逐一记录上传，然后拉开柜门，查看内部的幼苗生长情况。

幼苗在无重力的环境下偏向光源，所有的苗都齐刷刷地偏过一个角度生长，很整齐。这个生物培育项目我太太周茹云也参加了，所以她拜托我拍下生长过程给她看。虽然从地面站可以通过摄像头不中断地监测植物发育的情况，但茹云坚持要我用相机拍给她。拍摄不暴露空间站任何其他设备，只拍幼苗，所有传输的文件也会由数据中心监测，所以在空间站纪律允许的情况下，我每次检查都会拍一张。这一次拍完，我打算等地面上天亮了，就给她发过去。

生态实验柜在第四象限，我转身的时候，正好转过一百八十度，转向了第一象限。天宫空间站中没有上下左右，而是按照顺时针方向把四个方位称为第一象限，第二象限……第四象限。

第一象限的储藏柜刚接收了神州七十五号飞船上卸下的货物，我就顺带也检查了一下物资。资料上说总共二十八件共计六吨的物资，是为太空天梯项目做准备。我一直想参加天梯项目的实验，但是按照计划，这应该是下一批航天员的事。

问天号和巡天号这两个科学实验舱都设计了标准暴露载荷接口。这些接口可以从外部打开，利用机械臂直接把神舟飞船上的物资转移到舱里。神州七十五号飞船运送的货物就是从这些接口直接送进了空间站。

问天实验舱里的标准箱内标注的都是聚合纳米管丝线，一共有八个标准箱，数字都对得上。我检查完这些货物，正准备回去，就突然听到了警报。

声音很刺耳，整个舱室里都在回响。我当时愣了一下，因为上天这么久，从来没有听到过警报。

我很快反应过来，向节点舱滑去，在节点舱一打弯，就看见老段已经在核心舱里，浮在控制面板前。我一边飘过去，一边问："发生了什么事？"

老段的表情很严肃，眉头紧锁，说："对地传输信号中断了。"

我问："有故障诊断吗？"

老段说："从地面站传上来的信号全面中断，不是卫星出了问题，就是我们的发射装置出了问题。"

空间站借助通信卫星对地传输，在任何一个时刻，至少有三颗通信卫星在空间站的可通话范围内。三颗卫星同时出事的概率太低，所以我判断，一定是空间站的反射接收装置出了问题。

我说："我去检查。"说完后我打开工具柜，取出通信链路定位仪，向老段示意了一下，又回到节点舱。

空间站所有的舱段看上去都大同小异，四个白色冰箱般的实验柜围成一圈，组成一个外圆内方的空心圆柱，一段段圆柱组成大圆柱，就成了各个太空舱的主要活动部分。剩下的空间留给对接和出舱准备。节点舱就是专用的对接舱段，除了四个对接口，还有一个出舱口，专门供宇航员出舱使用，通信链路也在这里分为舱外和舱内两个部分。

我在节点舱把定位仪的插头插进断点箱里，输入指令。跳出来的错误信号不断闪动，我心跳也加快了几分。诊断显示故障在舱外。

我立即向老段喊了一句："老段，我要出舱操作。"

他很利索地回答我："十分钟准备。"

我穿好宇航服钻进出舱的气密门里等着。透过头盔，可以听见嗞嗞的泄气声，外舱门一点点打开，外边的星空一点点露出来。每一颗星星都亮得不像话，有点儿刺眼。我深吸一口气，钻出舱门，灵活地翻到了船舱外部，站直身子。

天和号核心舱就在眼前，舱体就像一条白色巨轮，正行驶在无边无际的黑色大海之中。五星红旗贴在舱体右舷位置，在强光的照射下鲜艳夺目。前方，地球占据了大半个天空，像是一个带着辉光的水晶球。空间站正从太平洋上空掠过，脚下一片碧蓝。虽然已经多次出舱执行任务，这一次出来还是让我感到整个世界的庞大和美好。我所在的空间站，就是人类飞向遥远太空的一个中继站、一块奠基石。

我顺着舱体行走，虽然这是训练过上千次的项目，但每一次行走都马虎不得。保持身体重心，确保安全绳绑定，双手交替用力，任何时刻不得双手松开，除非是在已经将身体固定的情况下…… 我飞快回想一遍技术要领，然后跨出一步，然后是第二步…… 太空行走是一门技术活，更考验胆量。周围是无尽的黑暗深渊，脚下白色的舱体是唯一的依靠，航天员经过这么多年的训练，早已经习惯了无视深渊的存在，但每一次出舱活动，还是要像面对一场战斗，高度紧张，全力以赴。

一米多高的天线就在我身旁，看上去一切正常。我向前走了两步，绕着天线检查，立即发现了异样。就在天线的基底立柱上，原本刷着白漆的舱体表面被刮去一块，露出里边银色的金属，像是微小的撞击留下的痕迹。

这个痕迹并不是什么实质损伤，但有微小天体碰撞了空间站，这就是一个事故。我向老段报告，同时把头盔摄像头对准痕迹，让老段能看得清楚。

老段指示我继续寻找故障点。

我顺着舱体继续向前，发现了更多碰撞痕迹，深深浅浅，有四五处。这是一次密集的微小天体碰撞！这样的情况已经属于严重事故。我的心情越发沉重，又做了两次断点测试，却一直没有找到故障点。

做完第三次检测，还是没有发现故障。我撤下检测仪的时候，正好抬头看见了天和号核心舱巨大的太阳帆。太阳能帆板上似乎有一块黑色圆痕。面积不大，局限在太阳翼的一角，如果不是恰好正对着我的视线，没有那么容易发现。我眨了眨眼，确定自己没有看走眼，然后通告老段："太阳翼第三帆板似乎有些异常，电量供应系统没有问题吗？"

老段检查了之后告诉我，发电量降低了百分之十二，但没有触发系统警报，时间上也和通信丢失的时刻吻合。那么就是这里了。

我把检测仪扣在宇航服的挂钩上，空出双手，微微蹲下，然后用劲一跳，身子腾空而起，向着太阳翼扑了过去，准确地抓住了太阳翼上的扶手落下。

伸展的太阳翼有十多米长，电池板折叠排列，让它看上去就像一条天梯，通向无限幽远的太空。发黑的部位靠近根部，近距离看上去，有脸盆般大，在银白色的翼片上格外醒目，在这片黑色的中央，有一个小孔，只有指头粗细，毫不起眼，贯穿了翼片。

这就是罪魁祸首了！我猜想是微小天体的碰撞损坏了太阳翼，电池燃烧，通信线路的供电受到影响，同时让天线失去了功能。

我向老段报告了撞击痕迹，将检测仪接在了链路上。

诊断结果证明这的确是故障点。老段让我回舱，他要启动备份。

老段将左二太阳翼从系统中断开，并且让系统自检了三遍，万无一失之后启动了备用电路。

通信恢复了。

当屏幕上出现来自基地的画面时，我和老段情不自禁击掌相庆。

老段把空间站出现的异常情况向基地的张鸣凤指挥汇报了一遍，等着指示。

张指挥眉头紧锁，似乎正在消化我们报告的情况，长久没有说话。

张指挥从来都是快人快语，憋着不说话可不像是他的风格。我有些疑惑，转头看着老段。老段也有些拿不准，清了清嗓子，说："目前空间站储备电量充足，各个实验柜情况正常。发电效率降低会在三天后产生一定影响，需要对实验柜的优先级进行分配。请指示！"

"我们收到了国际空间站的援救请求！"张指挥终于开口了。

我和老段都愣住了。国际空间站和我们之间没有任何关联，因为历史原因，中国的航天项目被排斥在国际空间站之外，虽然中国空间站不计前嫌，仍旧向世界各国包括美国同行开放，但国际空间站寿命已经到期而且国际形势这么紧张，中国的航天项目自然也不会再和国际空间站有什么联系。求救，这是从哪里冒出来的？

“国际空间站？”老段犹豫着问了一句。

“是的，准确地说，是来自国际空间站美国地面站的请求。他们的三个宇航员被困在上面了。刚才失去联系的半个小时，你们不知道基地有多紧张，万幸你们都没事，天宫也没有大损失。但是国际空间站钻石舱被小天体击中后起火了，三名宇航员被困在上面，事故影响到他们的氧气循环装置，氧气存量只能维持大约六个小时，根本不可能派遣飞船把他们接回来……所以他们向我们提出了救援请求，美国人不到最后关头是不可能做出这种决策的。”

“我们也没有飞船可以在六个小时内赶到国际空间站啊！”老段说。

“不是飞船，美国航天局经过讨论，唯一可能的援救方案，是请我们的航天员直接拉一条救生绳，把国际空间站的宇航员接过来。这个方案唯一的时间窗口，就是在七点零八分，这个时刻，国际空间站和天宫的轨道会有一次交会，两者的距离是十三公里，相对速度是六十五公里每秒。”

我看了一眼屏幕上的时间，时间是三点四十五分。大概是因为特别紧张，这个时刻我记得格外清楚。如果真的要实施这个救援方案，我们只剩下不到三个半小时。

“我们根本没有十三公里长的救生绳！”老段说。

“我们有，”张指挥沉声回答，“原本用于实验天梯的材料，可以直接制成绳索，这些聚合纳米管细丝用在天梯结构里肯定不成问题，但用来制造救生绳是否合适，是未知数。赵总师已经找天梯项目的材料专家进行模拟计算，很快会有结果。”

我在一旁听着，心中惊诧不已。依靠一条长达十三公里的绳索从国际空间站上救人，这简直是匪夷所思，其中风险必然很大。我转念一想，不管美国政府对中国是什么态度，在天上的美国宇航员和我们是同行，都是人类的杰出代表。如果有任何机会可以把他们救出来，都应该试一试。

“我们可以试一试！”我脱口说出这句。

张指挥看了我一眼，接着说：“王书记已经召集党委开会，估计半个小时后会作出决定。我想先问问你们俩的意见。”

“我服从组织的安排。”老段立即坚定地表示。

“只要营救方案确定，我们坚决执行！”我紧跟着表态。

“好！现在决定和具体营救方案都没有完成。是否救人，怎么救人，我们还不完全确定。你们先准备起来，救生绳是关键。我授权你们使用天梯项目物资，连接纳米管绳索。记住，距离是十三公里，考虑冗余，至少要十四公里，或者十五公里长。”

“明白！”我和老段异口同声地回答。

我们立即开始行动。

聚合纳米管制成的丝绳被打包装在二十个箱子里，问天号实验舱里有八个，巡天号实验舱里有十二个。我们决定分头行动，老段去巡天舱，我去问天舱。

我在问天舱里，按照手册的指示，开始装配绳索。这种聚合纳米管丝绳只有一根头发丝般粗细，无色透明，肉眼很难一眼看出来，只有抓一大把在手里，才能醒目一点。它很轻，很像塑料。根据手册的描述，这样的丝绳单根可以承受两万牛顿的拉力，在地球上，可以吊起一辆两吨重的小轿车。虽然有手册上的保证，我掂着绳索，心头仍旧暗暗打鼓。

“这些聚合纳米管总长度有十万米，拉出十三公里足够了。安全起见，一百米一个连接器，双股。”老段从巡天号里发来指示。

我开始按照双股方案装配绳索。

每一个标准箱里是五千米的单股聚合纳米丝。安装连接器并不是要将绳索折断，而是让绳索在连接器内绕个圈，原本直接作用在绳索上的力作用在连接器上，增强整条绳索的强度。连接器可以让两股绳索更好地分担作用力，更加安全牢固，同时还可以发光，作为指示器。对于这种肉眼几乎看不见的绳子，能在太空中一眼看见它也很重要。

我完成六千米长度的时候，老段拉着一个连接器从巡天号那边飘过来，他已经完成了八千米。他把连接器交给我，然后去核心舱等待地面站的指示。他的工作效率比我高，我抓紧又多接上五个连接器，和老段的连接器对接起来。

绳索完成了，总长度有十四千米又四百米。对付十三公里的距离，应该足够了。理论上这条绳子至少可以拉动将近四吨重的物品。我握住绳子，有种感觉，觉得这条肉眼几乎看不见的绳子已经和我的命系在一起了。要去救人，光把绳子扔过去肯定不行，要有人拉着绳子过去策应，而我就是不二人选。

地面上党委的会也开完了，张指挥向我们传达指示。我注意了时间，凌晨四点十分，在这么短的时间内，把所有委员都喊起来开会，我还从来没有见过这么快速的党委决定。

“党委已经形成了决议，在可能的情况下，全力支持营救美国航天员的，但是否能救，怎么救，都由专家组决定，科学决策。情况就是这样，你们怎么看？”张指挥说完，目光在我们两人身上来回扫视。

“有执行方案了吗？”老段问。

“赵总师说五分钟内就能给出方案。”

“坚决完成任务！”老段毫不犹豫地回答。

“坚决完成任务！”我跟着说。

“好的。但从现在的情况看，这个方案无论如何风险都是很大的。别的不说，两个空间站的相对速度是六十五公里每秒，救生绳索很细，但要很牢固，万一绳索直接和国际空间站缠绕，会让国际空间站拉动天宫号失轨，必须要由航天员进行处置。任务固然重要，你们的生命安全更重要，明白吗？”

“明白。”我和老段异口同声地回答。

和地面站的通话结束，我和老段都从刚才斗志昂扬的振奋中暂时脱离出来。摆在我们眼前的是棘手的现实困难。从天宫出发，去援救十三公里外的一个目标，这种事从来没有发生过，航天员也从来没有接受过这种训练。

“你说，会是什么救援方案？”我问老段。

“把救生绳发射出去，还能怎么办？那边是三个航天员，不知道有没有熟人。”

“先准备起来吧！”老段接着说，“这一次任务，我上。”

“这怎么可以，你是天宫指挥官，到外边行走的事，该我去。”我顿时急了。

“先做好准备！地面站会考虑这个问题的。”

等我做好舱外活动的一切准备，最后的营救方案也来了。方案是把绳索固定在航天员身上，通过机械臂把航天员抛出，和国际空间站的航天员会合后慢慢将绳索收回。

专家模拟结果确认十三公里长的绳索可以承受足够的应力，在百万牛顿的拉力范围内，都可以确保安全。但是发射的角度和速度都非常重要，方位不对，根本无法接触到国际空间站，而且在绳索绷直之后，会有一个反弹应力，这个应力会让绳索收缩，整根绳子的运动状态无法估算。唯一的解决办法就是强行拉住绳索，这就需要有人在绳索的末端操作。万一方向有所偏差，在两公里的范围内，航天员还可以依靠宇航服上的喷气装置进行调整。

果然，我要拉着绳子去救人。

我没有丝毫犹豫，在老段的协助下，把一大堆绳子搬到舱外，一端固定在机械臂上，一端扣在宇航服的救生环上。机械臂有两个作用，一是将我抛出去，二是将我和美国宇航员一起收回来。这需要高超的操控技巧，只有老段行。所以我拉绳子，老段留守。

我坐在机械臂的爪子上，对老段说："万一我没回来，我的相机帮我带给茹云。"

老段严肃地回答："你是去救人，不是去送死。国际太空站靠近的时候小心一点儿，没问题的！"

我当然希望自己能够成功地把三个人都带回来，当一个英雄。然而，我也真切地知道，危险就在那里，无法视而不见。绳索断裂、氧气故障、空间站碰撞…… 太空中一点儿小小的疏忽，就会导致最恶劣的后果。虽然我有上百小时的太空行走经验，但从未离开过空间站周围一百米。这一次，就像一个只游过一百米短池的选手突然被要求去游一万米马拉松，而且是在一个情况不明的陌生水域。

为了三名航天员的生命，美国人破天荒向中国求救。太空里并没有真正的国界，所有在太空里行走的人，都是人类的英雄。这不是中国对美国，而是人类对自然。

发射在即。

我望着前方，地球占据着大半的天空，只是刚才过去的两个小时里，这晶莹的球体悄然转过了一个角度，亚洲大陆在蓝色星球的边缘露出轮廓。

现在是北京时间凌晨五点半。大概茹云还在睡梦中吧，希望她醒来的时候，事情已经过去了，我已经回到天宫，那三个美国航天员也已经在中国的空间站里向他们的家人通告平安的消息。

我当时真切地希望这一切都能真的发生！

“机械臂准备抛射。”老段的声音传来。

“我准备好了！”我用尽量沉着的语调回答他。

一阵柔和的推力从背上传来，我被机械臂抛了出去。

在太空中很容易失去方向感和速度感。地球和星辰只是遥远的背景，似乎完全静止不动，根本提供不了任何速度参照。无边无际的深渊向着每一个方向扩张，恐惧紧紧攫住了我的每一个毛孔。我手心里全是汗。

相对天宫，我的速度是三十二公里每小时，相对地球表面，我的速度是七千八百米每秒，而相对国际空间站，我的速度是六十公里每小时。这些速度都不算慢，然而在茫茫太空中，我就像根本没有移动。我回头去看天宫，天宫号正飞快地变小，这多多少少让我有了一点正在飞行的感觉。

绳索正快速拉长，一个个连接器发出耀眼的闪光，形成一条长链，将我和天宫连在一起。这是生命之绳，不仅关系着我的生命，还关系着国际空间站上三位同行的生命。

我反手将绳索抄在手里，紧紧地攥着这两股头发丝般细微的绳索，似乎这样可以更安全一点儿。

“感觉怎么样？”老段问。

“没问题！”我镇定地回答。

“刚才把你抛出去让天宫偏移轨道零点一度，喷气火箭已经调整天宫的姿势到位。救生绳拉到极端，还会产生一次拉扯，不知道这绳子的弹性怎么样，我会在绳子放完之前两分钟提醒你，你提前制动，尽量不要产生反复拉扯。”

“收到。我们有一千米的冗余，我可以越过会合点一百米之后制动。”

“好，随时确认位置。”

和老段通过话，我稍稍宽心。我并不是一个人在战斗，还有老段，还有地面站，他们都在时刻关注我，用最大的努力来保障我的成功。虽然这一次的任务并没有经过演练，但我相信，那些支撑了我上天三次、停留两百二十五天、行走六千米的力量，也能支撑我圆满地完成这一次任务。

我极目远望，开始寻找国际空间站的踪迹。

找到国际空间站毫不费劲，它已经成了天空中最亮的星星，而且白中带红，色泽变化不定，正在群星间快速移动。

“刚收到消息，国际空间站将在接近会合点的时候启动一次姿态调整，尽量降低和我们之间的相对速度，延长交会可接触时间。”老段通告。

“收到。”我的目光始终停留在国际空间站上，对老段说，“我有点儿担心国际空间站的情况，看上去它都有些红了，那边的情况究竟怎么样？”

“地面站也没有太多的信息，我们的通信频段已经告知他们，应该很快就能直接联系。”

“我们的设备可以相互直接通话？”

“技术专家说行就行，等一会儿就知道了。”

我看着远方那发红的小点，心中焦急。天宫空间站和国际空间站之间从来没有进行过直接对话，空间站所有的通信，都必须经过地面站中转。真的能和美国宇航员隔着宇航服对话，那也是一件划时代的事。无线对讲在地面上是一样再普通不过的玩意儿，在两个不同国家的空间站之间，却从来没有发生过，这当然不是技术上的原因，而是其他困难。危急关头，大概所有的困难都可以被克服吧！

“哈啰！是否能听见？”耳机里传来一个深沉的男声。

“你好！能听见！”我压抑着心头的激动回应他。

“中国太空人你好，我是普拉斯特，我和我的同伴在一起，我们已经出舱，正在等候。”对方说，“我们能看见中国空间站。”

“你好，我是钟立心，中国航天员。”说完这句我停顿下来，不知道继续说些什么好。

“距离会合时间还有九分钟，”老段插入通话，为了让美国航天员也能听懂，他说的是英语，“立心你的位置有偏移，必须马上进行调整，根据显示屏指示进行喷气调节。”

“收到。”

我开始调整飞行的方向。背包喷出白色的气体，推动我一点点修正方向。

当头盔下方小屏幕上的十字标终于和小点重合，我松了口气。

“到达指定地点。”我向老段通报。

“六分钟准备！检查是否有什么疏漏。”老段指示。

我抬头看了看远方，国际空间站已经近了，看上去不再是一个小小的点，能够看出整个轮廓，甚至依稀间能看见有浓烟包裹在空间站外边，像是一层外壳。

“国际空间站还有多少距离？”我问老段。

“还有六十公里，现在两个空间站的相对速度是四百零二公里每小时，但是在接近到一千米的距离上，国际空间站会进行一次强力刹车，让你和空间站之间的相对速度尽量小。”

国际空间站又近了几分，看上去更为庞大，标志性的桁架清晰可见。空间站的舱体上有一层肉眼可见的浓烟，太空中没有空气，这些浓烟绕着舱体，并没有被吹散，而是不断向外扩散，形成一个不断膨大的烟球，仿佛空间站的晕圈。伸展而出的桁架上，太阳能板就像巨大的翅膀般张开。整个空间站就像一只带着火的大鸟，裹着一层晕圈，正向这边扑来。

我从未见过这样的阵仗，心跳不由加快了几分。

“普拉斯特，你们在空间站什么位置？”我问普拉斯特。

“我们站在突出部，桁架左侧端点。这里朝向中国空间站。”

“空间站变速你们会被甩出去。”

“我们已经做好准备。”

“我这里有一条救生绳，所有人只有抓住救生绳，才能脱离险境。如果你们看不见我，你们应该可以看见救生绳。”说完我摁下了连接器上的按钮。

绳上所有的连接器同时闪烁起来。它们发出柔和的红光，一闪一闪，指示出聚合纳米管绳索的位置。

“看见了吗？绳索在闪。”

“我看见了，有细小的光点。我们会注意！”

“我在这里接应，你们很快应该就能看见我。”

“我已经看见你了，现在你看上去是一个光点。”

“好的，一会儿就不是了。我会尽量想办法抓你们中间任何一个人。你们彼此间也有安全绳相连吗？”

“我们有。”

“我的朋友们，现在倒计时开始。”耳机里传来另一个人的声音。

“这是谁？”我问。

“莫里斯，他留在控制舱里，最后时刻启动刹车。”

“十,九,八……”莫里斯平稳而冷静地倒计时。

“你们没有三个人都出来？”

“我们两个人，艾丽娅和我在一起，莫里斯留在舱里，这是他的决定。”

我深吸一口气。过去的两个多小时里，国际空间站的三个美国宇航员一定经历了无比的煎熬，他们最后做出牺牲一个人的决定，也一定是出于无奈。我没有再问。只是原本计划是救三个人，现在最多只能救两个。这两个人，无论如何也必须救下他们。

我盯着越来越近的空间站，耳边响着英文的倒计时。

莫里斯的倒计时很快数到了零。国际空间站庞大的身躯突然一抖，原本包裹在太空站表层的烟雾像是活过来一般，从空间站上脱离而出，向前扑了过来。

糟糕！我顿时感到不妙。这些烟尘原本和空间站一道运动，现在空间站减速，烟尘速度并不减慢。

“普拉斯特，我看到烟尘从你们的空间站上脱离，正向着我过来。这可能会形成冲撞，我的位置会偏移，你们看准绳索位置，两个闪烁光点之间有绳索！”

“收到。”

话音刚落，我只感到被什么东西狠狠推了一把，眼前一片模糊。星星、地球和空间站刹那间开始急速旋转。

急速冲过的烟尘形成一阵强劲的风，我的身体飘了起来。风过去后，眼前的景象重新变得清晰起来，整个世界似乎正绕着我飞速旋转，让人头昏眼花。刚才的劲风完全改变了我的运动状态，打破了一切预先想好的行动顺序。

我不断调整背包喷气方向，想找回平衡。喷口射出的气体引起微微的震动，听上去像是隐隐约约的吱吱声，这平时根本不会留意的声音此时像是天籁之音，它在挽救我的生命。

每一次喷气，都让急速的旋转稍稍变得慢一些。

最后，巨大的地球在头顶方向停住不动，我的身体终于停止了旋转。我喘了口气，定了定神。

“钟，我们到了！”耳机里传来普拉斯特的喊声，“小心！”

我扭头看去，国际空间站庞大的身躯已经悄然而至。我还来不及动作，一块帆板就已经到了眼前，紧接着胸口一痛，整个身子都被大力撞了出去。在仓促中，我本能地伸手去够能抓到的任何东西，鬼使神差般挂在桁架的边缘。

“钟！”我再次听见了普拉斯特的呼唤，抬头一看，只见两个美国宇航员正站在桁架另一端，紧紧地抱着一个抓手。

“抓住绳索！”我向两人喊了一句。

“你的位置很热，小心！”普拉斯特喊。

不用普拉斯特提醒，我已经意识到事情不妙，宇航服的温度控制系统正发出警报。接触处的温度至少有上百度。

我顾不上避开高温，因为发现了更可怕的事。刚才的高速旋转让我偏离了预定位置，救生绳绕在了国际空间站的桁架上。

“抓住绳索！”我向着两个美国宇航员喊，同时再次启动背包喷气，想要越过空间站去和他们会合，切断缠绕在空间站的绳索。

然而已经迟了，绳索整体开始移动，一个个闪光的连接器在空中缓缓飘移，国际空间站正拉扯着它们。

我焦急万分。如果绳索真的缠到国际空间站上，那关系到的不只是站在空间站上的三个人的生命，拉动的力度太大，天宫也会被拉着一道坠毁。

两个美国宇航员已经跳离空间站向着绳索扑过去，绳索却轻飘飘地从他们眼前移开。

我仔细地观察连接器的红光。很快注意到问题的关键：一个闪着红光的连接器被卡在太阳能帆板缝隙间。

美国宇航员启动了喷气包，他们在追逐绳索，绳索却随着国际空间站飘移。

我顾不上其他，脑子里只有一个念头，身子一跃，冲着桁架上缠绕的位置飞过去。不过短短的几秒钟，原本看上去有些飘摇的绳子已经被绷紧拉直。

“国际空间站正在拉动天宫号，有失轨风险！”老段警告，“如果十五秒内拉力不消除，只能放弃绳索，否则不是绳子断了，就是天宫脱轨。”

“给我五秒钟！”我大声喊，“我会解开它！”

我落在太阳能帆板上，连身体的平衡也顾不上，一把伸手抓住连接器，将它反转，连接器后端的两条细丝断了。

原本绷得笔直的绳索顿时变了形状。

它反弹了！从国际空间站上脱开，弹性让它开始向着天宫反弹回去。这不是开玩笑的事！失去了绳索，只要和天宫之间有速度差，就再也不可能回到天宫去。

“追上绳索！”我向着两个美国宇航员喊，同时飞快地切断了绑在自己身上的连接器，启动喷气包。

我很快追上了两个美国宇航员，他们的喷气包功率不够，提供不了多少速度。

救生绳每一秒都在远离。它不紧不慢，却坚定不移地远离我们。从目测的情况看，我的喷气包或许还有追上它的可能，但两个美国宇航员显然做不到这一点。

情急之下，我抓住其中一个宇航员，想要推着他一起追上去。

“钟，艾丽娅，你们加油！”耳边传来普拉斯特的声音。

“不要！”艾丽娅歇斯底里地喊了起来。

我扭头看去，只见普拉斯特正旋转身体，头朝向地球，两腿向着我和艾丽娅。他踏在艾丽娅身上，身子曲起如弓。他的喷气背包正全力喷射出压缩空气，努力推动着我和艾丽娅。

普拉斯特打算牺牲自己来给艾丽娅增加一点儿宝贵的速度。

不要！我心头也在呼喊，却并没有阻拦，也没有任何法子阻拦。我也不知道除了这个办法，还能尝试什么法子。就在这么两三秒间，我下意识地紧紧挽住艾丽娅的胳膊。无论如何，也要把艾丽娅救回去！

普拉斯特使劲地一蹬。这动作推开了艾丽娅，也推开他自己。

几乎就在同时，我将喷气背包的功率打到了最大。艾丽娅在哭泣，然而仍旧保持着清醒，在普拉斯特最后一推的同时也将自己的压缩空气包全部释放出去。

我们两人的速度猛地快了一截。两人一点点向着那闪烁红光的连接器靠近。几秒钟的时间，却像一辈子那么漫长。然而眼看着距离一点点缩短，缩短到最后两三米，却又开始被一点点拉开。我感到一股凉意从心底升起，浸透全身。抓不住救生绳，只有死路一条！

“钟，谢谢你！你尽力了，也感谢中国！”艾丽娅说。她语带哽咽，却无限平静，大概已经淡然接受这最后的命运。

我猛然想起救生绳是按照一百米一个连接器的方式组装的，连接器距离我们不到十米，那么断掉的两根将近百米长的纳米管线应该还没有脱离我们接触的范围。

我伸手在虚空中掏摸，同时向着艾丽娅说：“艾丽娅，不要放弃！你看不见绳子，但是它应该就在这里。试试看，它像头发丝一样细，透明……”

我回想起把纳米丝绳握在手中的感觉，那透明的不可见的双股绳索，是生命的最后希望。

“是这个？”艾丽娅把自己左胳膊伸过来，不远处的连接器一闪，两道依稀的红光在艾丽娅胳膊上若隐若现。

艾丽娅抓住了！我一阵狂喜，伸手探起那两股绳索，在手掌上反复缠绕几圈，确保紧紧握住万无一失。自从和国际空间站遭遇开始，我的心第一次笃定下来。

“我们现在安全了！”我对艾丽娅说。

“老段，我拉住绳子了。把我们拉回去，别太快，我用手拉的！”

“收到。注意安全！”

柔和的力量拉着我们两个，缓缓向着天宫而去。

“普拉斯特，你在哪里？”艾丽娅带着哭腔喊。

“我能听见你。”普拉斯特传来了回答，声音中夹杂着噼里啪啦的噪声，“我现在正向地球坠落，我觉得自己像一颗流星。从来没想到，我会有这样的死法，这算是死得其所。我可能还有几分钟时间，可以最后欣赏一下美丽的地球。再见，艾丽娅，祝你好运！”普拉斯特的声音变成了一阵沙沙声。艾丽娅泣不成声。

我沉默着，不知道该如何安慰她。回头看去，地球上正是美洲的夜晚，灯光在东西海岸蜿蜒流动。这大概是给普拉斯特亮起的回家的灯吧！

“普拉斯特，永别了！”另一个声音响起来，那是留在空间站的莫里斯，“艾丽娅，祝你好运！”

我看见了国际空间站，它已经成了远方的一个小亮点。刚才那场惊心动魄的交汇之后，它的轨道大大降低，或许再转几圈就会坠入大气层。

国际空间站消失在地球发亮的轮廓圆弧里。我盯着它消失的方向，默然无语。整个世界像是突然间陷入了沉默，除了艾丽娅的低声抽泣，没有别的声音。

我紧紧地抓住她的胳膊，不敢松开一丝一毫。

十多分钟后，天宫逐渐靠近眼前。

我拉着艾丽娅稳稳地落在节点舱上。

“艾丽娅，欢迎来到中国空间站！”老段的声音传来。

营救成功。地面站和美国航天局的协商也一直紧张地进行着。我在节点舱陪着艾丽娅，自从登上天宫，她一直从舷窗向外看，一连几个小时，动也不动。

老段提醒我该用餐了。我看了艾丽娅的情况，到核心舱里取了餐盒回来，对她说：“艾丽娅，吃点儿东西吧！刚收到消息，美国航天局已经和中国航天局协商一致，让你乘坐神舟飞船降落在中国新疆，然后专机送你回美国。”

“莫里斯还在那里！”艾丽娅没有理会我在说什么。她仍旧直直地盯着舷窗外，虽然从这个角度根本看不到国际空间站，她的目光始终在寻找它。

“我们无能为力。”我感到自己的虚弱，“他是个英雄，是杰出的航天员。”

“我们执行的是最后一次任务，”艾丽娅哽咽着说，“没想到会变成这样。”

我轻轻拍了拍她的后背，表示安慰。

艾丽娅定了定情绪，转过头来，露出一个微笑，说：“太空是我们的，也是你们的，但终究是人类的。这一次事故过去，人类还会把更多的人送上太空。”

“我同意。”我把手中的餐盒递了过去，“正宗的宫保鸡丁，你可能还没尝过。吃饱一点儿才有力气，才能回家。”

艾丽娅接过餐盒，向着我点了点头，说：“谢谢！”她的汉语发音很生硬，但很清晰。

我感到心头的压力释放了一些，微微点头，扭头向舷窗外看去。舷窗正对着地球，晶莹的球体泛着淡淡的光！那一刻，我感到地球比平日看到的更加美丽！她是我们所有人的共同家园。

以上就是整个营救过程的所有经过，特此留存，供中心相关人员参考。

钟立心

2028年8月28日

《科幻世界》2022年第1期

创作后记：

《命悬一线》这篇小说，是在参观了中国空间站地面监测中心后写的。写的原因很简单，未来事务管理局邀请我们这些科幻作家去参观，就期待着我们受到启发，写一些东西出来。命悬一线就是我交出的稿子。

这是一个具有一定可行性的太空救援故事，也有一定的创新，至少我还没读到过先前的小说里类似的桥段。具体的计算可能会有偏差，用于救援的长绳也未必真能造出来，但至少在物理上，它是可能的。我都记不起来为什么会出现这么一个点子，大概就是所谓灵感吧。我一直认为，灵感这个东西是事物之间的关联。比如救生用的绳子，在小说中是为了试验太空电梯而送上天的材料，而太空电梯和高强度纳米绳索的想法，在我的记忆要追溯到阿瑟·克拉克的《天堂的喷泉》；国际空间站出现失火，则和一些关于国际空间站老化的新闻有关，甚至于很难说是不是和《流浪地球1》里边失火的空间站有关；至于用机械臂来抛投，则是基于空间站机械臂的存在和它的外形与投石车的相似而做出的想象……各种各样的意象在参观了监测站之后杂合在一起，成就了这篇小说在技术上的创新想象。

除了技术上的内容，中美竞争也给小说提供了一个现实的切入角度。中美竞争是一头灰犀牛，人们都已经看见了它，却无力阻止它，甚至躲都躲不过去。在航天领域，美国一直限制中国的发展，但中国一直没有放弃，奋力追赶，形成了和美国两强并立的格局。中国空间站和国际空间站，大概就是这种格局的具象化。

毫无疑问，美国是太空探索的先行者，苏联和俄罗斯也是，作为一个中国人，我当然期待中国能够后来居上，但这种后来居上，是站在巨人的肩膀上，是为人类的共同事业奋斗，而不是仅仅作为国家力量的象征。当年阿姆斯特朗登上月球，说出的那句话“这是我个人的一小步，却是人类的一大步”，是美国的骄傲，也是全人类的骄傲。中国人会迎来自己的高光时刻，也许是在月球上，也许在火星上，也许就是太空站，但无论怎样，秉承着人类命运一体的心态，才能在太空世界里走得更远吧。

太空是没有国界的，面对宇宙，人类太过于渺小，抱团取暖才是唯一的解决之道。地球上的纷争已经够多了，在太空里合作互助，相互守望，或许可以给人类的未来带来更多的希望。

这篇小说，描绘的就是这样一种希望。

星星是如何相连的

| 昼　温

昼温，本名刘慧颖，1995年出生于泉城济南，2013年保送至山东大学外国语学院就读科技英语专业，获得文学学士学位、经济学辅修学士学位，2017年保研至母校就读翻译专业，获得翻译硕士学位。2012年开始阅读科幻小说，同年于《新科幻》杂志发表处女作《保持谦卑》；2017年首次以“昼温”为笔名发表小说《最后的译者》；2018年《沉默的音节》获得首届中国科幻读者选择奖（引力奖）最佳短篇小说奖；2019年《偷走人生的少女》获得乔治·马丁创办的地球人奖并前往美国参与陶斯科幻奇幻写作训练营的学习，同年8月荣获“微博2019十大科幻新秀作家”称号。2021年凭借《猎群算法》再获“引力奖”，其作品亦见于《三联生活周刊》、《青年文学》、《智族GQ》和“不存在科幻”等平台。

昼温的《偷走人生的少女》《言蝶》《风言之茧》曾分别入选2019、2020、2021年度《中国最佳科幻作品》。

一　联翩浮想

创造力是如何被度量的？

远距离联想理论的创始人认为，创造性思想就是重新组合联想得来的元素。“新结合的元素相互之间联想的距离越远，这个思维的过程或问题的解决就更有创造力。”于是他发明了远距离联想测试：给被试三个词，让被试想出与前三个词都有联系的一个词。

英文试题举例：same，tennis，head，？

中文试题举例：疗，防，统，？

“这烤肉味儿香吧？人肉烤起来也是一个味儿，”三里屯太古里的韩国烤肉店，丁小兮突然说，“我们做手术不是都爱用电刀吗？电刀切开组织的时候能顺便止血，就是烟实在太大。你说我吸了他们的人肉粒子，他们就会有一部分永远留在我的身体里吧！”

坐在她对面的展信颜一下子没了胃口，烤肉的香气开始令她作呕。虽然她早就知道，丁小兮说的话不能用常理来推断。

初中时，小兮的想法就常常与众不同。语文的阅读理解题经常只得一两分，也没少因此受到同学的排挤，落下个“疯小兮”的名号。信颜有点疑惑，她是怎么熬过痛苦的医学生时期的？

不过，小兮这次竟然发觉了自己的失言。她抱歉地笑了笑，“不好意思信颜，一放松又跑偏了。这么多年没见，突然叫你出来……

其实……”

“你是不是想过口岸。”信颜从一开始就该猜到的。自从加入星联局以来，这不是信颜参加的第一次饭局。人们有各种各样的理由想通过那几万个星门成为人类第一批星际殖民者，把前半生永远抛却身后。只是她没想到小兮也……

丁小兮抬起目光，坚定地点了点头。

“渠道是开放的，”展信颜开始背公关词，“网上填写申请表——”

“我早就做了！我是挂在了星联局的出关体检上，”小兮急切地说，“我在医院工作这么多年，职工体检指标从来都是合格的，为了这次体检，我提前几个月泡健身房。你看！”她把毛衣袖子撸到肩膀，手肘砰的一声砸在桌面上，绷起肱二头肌给信颜看。

信颜扶稳差点儿翻倒的大麦茶杯，示意她赶紧把衣服穿好。“对不起，我不能透露体检标准。”

“信颜……”

“出关有什么好？”信颜压低声音，“天赐星门都是单向的，你去了就回不来了。外面可没有地球舒服，只是将将能让人活下来的程度。咱在这里还能吃热气腾腾的五花肉，到那里饿死、冻死都是家常便饭。你可别被那些宣传片给骗了。更关键的是——”信颜谨慎地看了看四周，起身坐到丁小兮那边的卡座上，轻声对她耳语。

“内部消息，一年前陆续通过星门的开拓者团队，最近失联率急剧上升。天赐中心分析过他们最后传送回来的信件，据说都是主动中断联系。从那之后，星联局选拔开拓员的体检就越来越严，你没法混过去的。”

丁小兮盯着已经焦黑冒烟的烤肉，一时没有说话。展信颜轻轻抚摸她的后背。

不知何时，窗外开始下起小雪，地上还没有一点痕迹。星星通过星门相连，可是勇敢的开拓者们一个个却像这薄薄的落雪，消失得无影无踪。

“信颜，”小兮舔了舔嘴唇，“我还是要去。我要离开这里，越远越好。”

二　缀玉联珠

受到同一种外部刺激时，不同的人大脑神经元会形成千差万别的聚合模式，就像同一块石头每次投入湖水，却激发起不同的涟漪。对于可见光频段中的同一个频率，有的人想起嫣红的百合心情舒爽，有的人则失声痛哭，只因重见了爱人归西前眼角一颗鲜红的泪滴。

深夜的北京，雪更大了。位于三里屯的这座崭新的星联所大厦像剑一样指向星空，随时都有几层灯火通明，成为北京永远不会暗淡的新地标，不断把选中的人类送上目光无法企及的宇宙深空。

口岸资料审核部门不加班，信颜带丁小兮进来时，一个人都没有。

“我搜一下……北京大学零号医院……普外科……啊，找到你了。”

密密麻麻的体检表格滑到最下面，“神经元聚合模式”一栏写了个鲜红的 A-，然后就是“不合格”的印章。

“A- 不是勉强合格的意思吗？”小兮问。

“神经元聚合模式是一个系谱，B 是基本合格，也就是正常的意思。A 和 C 分属两个极端，都不算合格。”

“我不太明白。”

“走出地球，是一件大事，人选，从来都是重中之重。即使可以通过测试衡量抗压能力、一般性格、学习能力、身体素质等指标，但人心隔肚皮，在极端情况下的责任感和道德感却无从得知。为了防止再出现因为想回地球而私自破坏空间站的事故，他们找到了一个方法，直接测量候选人大脑的意识模式。”信颜打开另一个页面，给小兮看几个大鼠大脑切片的电压敏感染料成像，“你要知道，大脑并非分区工作，而是依靠不断明灭、跨越整个颅骨内部的神经元聚合。”

小兮呆呆地望着我。“什么意思？”

信颜叹口气，“小兮，你体检时是不是做过一个远距离联想测试？”

“好像是，有一张卷子，上面有几组单字，让我想个新字，能跟那些字都组成词语……”

信颜点点头。“这就是测试之一。简单说，测试你大脑的稳定性。测试结果是一个范围，从 A-- 到 C++，而选拔标准，就是神经元聚合模式最稳定的这部分，也就是中间的 B 级。”

“这种人怎么样？”小兮脸上露出了小时候被老师批评时不服的表情。

“理论上，这样的人很难崩溃，同时有足够的责任心和社会化程度，容易合作。”

“A 和 C 又是啥意思？”

“C 级我们叫石人，大脑容易产生块状的大神经元聚合，外在表现就是创造力差、顽固，抑郁患者、思维僵化的老人甚至会到 C++ 级别；A 级叫羽人，神经元聚合模式小而散，表现在联想能力强，且只能处理当前受到的刺激，无法进行长远的规划。极端就是 A-、A--……”信颜猛地想起小兮的评分，生生咽下了后半句话：多在儿童、精神病患者和一些精神类药物吸食者中间产生。

“信颜，这个意思是说，我不正常吗？”小兮笑了笑。

“只能说你的大脑比较活跃……创造力和精神稳定程度一向成

反比。”信颜调出了小兮的详细资料。大脑的三维模型中，激活的神经元就像五颜六色的烟花在反复绽放。“太小了，太活了。他们会觉得你…… 不可控。”

“那…… 我该怎么办？”小兮盯着屏幕，她浅色的眼珠里映着那些烟花，好像大脑第一次在镜子里看见了自己。

“我有个办法，但是你真的要这么做吗？”

三　联袂而至

19世纪初，法国解剖学家加尔和施普茨海姆认为，头盖骨的外部结构可以推断一个人的心理功能和特性，这就是颅相学。

丁小兮启程的日子快到了。开拓团准备的地方在星联所大厦的另一层，信颜再没见过她一面。

小兮以为信颜帮了她，其实是她帮了信颜。从那个氤氲着韩国烤肉香气的刺激夜晚开始，展信颜的世界一下子轻松了太多。

几万个星门，几万个触手可及、环境恶劣的殖民地，人类的梦想都没有如此狂野。信颜到星联所就职不久后就被要求做了体检，没想到自己竟然是极少数的合格者之一。

作为一个标准的B级常人，三个月之后，展信颜必须按照安排启程，去往距离地球三百光年外的一颗类地行星。

但她喜欢北京清透的晨曦，喜欢在郊区的小房子里侍弄摆满阳台的绿植，喜欢小咪半夜趴在身上睡觉，喜欢双脚踏着坚实的土地，喜欢一步一步走向规划好的前程，成为一个脑科学科研工作者，为人类文明开拓出针尖儿大小的进步。她离家最远的经历是去美国交流访学。未来也许可以去一趟火星。

体检出结果那天，她走出星联所大厦，深深呼出一口气，北京的冷空气立刻将它凝结成了一团转瞬即逝的白汽。最后三个月，好好享受一下这个星球吧。零星落雪，人影憧憧，地铁站的光温暖而喧嚣。

本已打定主意跟家人告别，可随着天赐计划开启满一周年，当年壮烈辞行的第一批开拓团却失联的失联、团灭的团灭。那些都还算是天赐星门外环境最为温和的类地行星。消息被封锁在星联所内部，人们加强了对开拓团成员的筛选，后来连神经元模式 B- 的人都会被打上体检不合格的标志。

到底是为什么呢？有人说在每个星门背后都有一个等着吞噬人类思想的外星怪兽守株待兔，利用人类对宇宙深空的好奇布下诱饵；也有人说这是一种诅咒，提醒人类不要离开地球这个伊甸园，就像没有准备好的海鱼不要贸然上岸。信颜不信这个，但天赐星门确实还有太多未知存在。

总而言之，信颜不想这么快丢掉自己的性命。神经元聚合模式复杂且独特，难以造假，但互换还是有可能的，只要知道另一个人完整的信息，还有指纹、瞳孔、基因特征……

丁小兮是自己送上门来的。扪心自问，信颜已经把所有已知的风险都告诉了小兮，这不能算一种欺骗。

完成互换、离开星联所大厦的那天夜晚，小兮笨拙地抱了一下信颜，眼泪和着绿色闪光眼影蹭在了她的白色羽绒服上，说她永远会记得她。

唉，就这样吧。也许小兮足够幸运，能够成为新星球、新文明的夏娃。而自己，只要继续拥有眼前稳定的人生，就足够了。信颜望向窗外，人群车流在小积木一般的建筑间穿梭，一群信鸽从空中飞过。白天看不见星星，更看不见天赐星门，只能看见……生活。

手机不合时宜地振动起来，信颜低头一看，是来自房东的一条短信：“租约解除，请在今天内搬走。”

信颜皱起眉头，她明明是个模范租客，已经在张伯伯这里整租了三年，房租水电都及时缴付，为什么……

“展信颜，”突然出现在工位上的李主任打断了她的思绪。40多岁的中年男人眉头紧锁。即使有了很高的行政职级，这位专精脑外科的医疗工作者还是喜欢穿白大褂上班。

“你被停职了。”

四　蝉联蚕绪

羽人的大脑和没有发育完全的孩子类似，无法准确理解一些简单隐喻，倾向于从字面意思进行理解。当你告诉一个哭泣的孩子“木已成舟”，他可能会很奇怪，房间里并没有一条刚刚造好的船。

信颜觉得很奇怪，主任没有提起任何跟工作相关的事，只是让她“休息一段时间”，还给她提前发了一个月工资。应该不是调换资料的事被发现了，不然主任绝对不会这么温和。不管怎样，正好回家去处理一下租约的问题。

刚走进楼道，她就听到了一声猫叫。小咪从二楼的楼梯扶手上跳下来，精准地落在信颜的怀里，差点把她撞翻。“小坏蛋，你怎么跑出来了？”信颜抚摸着它背上的黄毛，继续往上走。是忘记关门了吗？

楼梯一拐，信颜看到自己家里所有的家具、行李都被扔了出来，几乎塞满了楼道。房东张伯伯刚好在门口出现，一手握着一盆绿萝。见到信颜，他直接朝她脚底下扔。好不容易淘来的花盆在水泥地上炸开，鲜绿的叶子混着泥土，根茎毕现。

“你这是干什么？合同还有一年半才到期呢！”信颜据理力争，不明白发生了什么。

“赶紧清走，别占地儿。”房东指着一片狼藉，转身回屋，狠狠关上了房门。

“喂，你说清楚，喂！”信颜冲上去敲门，还去敲了之前关系还不错的邻居的门，但没有一声回应。小咪被她抓疼了，又蹿上了栏杆。

简单收拾出两个大箱子，信颜把其他东西都留给了楼下收垃圾的大爷。把小咪装起来，背上猫包，信颜坐在小区的石凳子上打车，准备去最近的旅馆对付几天。打车 app 上显示附近没有人排队，但就是没有司机接单。她干脆把手机放进兜里，北京的寒风格外地冷。

这时，信颜看到一个双马尾女孩气鼓鼓地从楼道里出来，也拉了两个鼓鼓的大箱子，拉链都没拉好。女孩对着单元门破口大骂，然后把箱子重重摔在地上，自己坐在箱子上痛哭。

“喂，”信颜走过去拍了拍女孩的肩膀，“你也是被房东赶出来的吗？”

女孩抬起头，泪水令刘海一缕一缕粘在脸上，彩妆糊成一片，抽泣得说不出话，只有两根马尾在脑后跳跃。

好不容易聊上几句，信颜突然心里一动。她似乎见过这个女孩，就在最近，是在哪里呢……

终于，信颜在路边拦住了一辆老出租，和还在打车的女孩道别。关上车门的时候，她一下子想起来，就在昨天，一份 A- 级资料，证件照上就是这个双马尾女孩。

她突然觉得，也许永远不会有人接那个女孩的单了。

五　蝉联往复

石人的思维模式往往已经固化，难以接受新的思维，会按照自己的方式理解信息。但是，如果石人遇见跟自己想法相近的观点，会立刻将其吸收，让思维更为坚固。

谁也不知道神经元聚合模式资料是如何从星联所泄露出去的，泄露名单有多长，泄露范围有多大。一份黑红名单已经在纵横各个网络的推荐系统中流传已久，有人利用石人的特点施以诈骗，更多的人对羽人避之不及。

脑科学圈内曾有多个专家反对这项技术的过早应用，但是天赐来了，很多还在实验室阶段的技术都被征用。技术一经启用，就会出现相关数据；数据一朝成文，就会有泄露的风险。在那之后，社会大众自有一套方式对它进行解读和运用，从此一切便脱离了科研工作者的掌控。就像一旦人类窥视到核裂变技术，便再也无法阻止蘑菇云在地球上升起。

其实，信颜早就隐隐知道信息会泄露。在她参加体检之前，主任曾经跟她要过一份在职员工和求职者的神经元聚合资料，据说是星联所人力资源部门的要求。后来几个月，星联所的薪资结构进行了一个大调整，有人升职，有人被辞退，而门口几个思维古板的保安则收到了数额不菲的红包，星联所内部一度引起不小的讨论。当时信颜并没有往这个地方深想。而现在，自己更换上丁小兮的A-级结果才几天，就立刻被软性辞退、暴力退租，甚至成为叫车软件、外卖软件和酒店订房软件的透明人。最后，只有一个青旅收留了她。老板似乎是个A级羽人，青旅最近住的旅客也都跟小兮气质相仿。信颜想了想，回去把双马尾女孩也接了过来。

只是，这里没有一个羽人知道自己为何被区别对待，信颜也缄口不言。

这几天，她无数次回到星联所大厦，但都被人力资源部门精心挑选出来、比石人还石人的保安团队拒之门外。

回到青旅，信颜看到镜子里的自己头发蓬乱、衣衫不整，差点哭出声来。从出生到现在，信颜从没有这样孤独和绝望过。她一直是一个“标准”的孩子，在学校好好学习，在家里听父母的话。成绩好，各科老师偏爱；表现乖，亲戚都羡慕她家有这样一个女儿。一路平安走过中考、高考，大学还没毕业就保送到全国顶尖高校直接读博，钻研人类思维和意识的本源 —— 大脑。天赐来临，她响应时代的召唤进入星联所做口岸的公务员，差点成为光荣的开拓者，不管怎么都该是一帆风顺的人生，怎么就搞成了这样，一瞬间丢失了一切？

她忍不住怨恨丁小兮。小兮肯定也经历了这番遭遇，才铆足了劲儿要去其他星球。她后悔跟小兮互换资料，甚至后悔在初中时跟小兮搭话、成了“疯小兮”唯一的朋友。说不定小兮也丢了工作，毕竟她可是给人开刀的角色，谁会让一个潜在的精神病患给自己做手术呢？

此想法一出，信颜吓了一跳，转而觉得自己恶心。

她想起19世纪的颅相学，通过头骨的凸起来判断一个人的性格。神经元聚合可视化 …… 人们只是换了一种方式观察大脑的活动，能得出一些统计学意义上的结论，筛选出能胜任特殊职业的人。但真的能由此断定一个人的一切吗？信颜知道，真正极端的情况还是很少的，不管是 A- 还是 C+，无数被简单打上“不正常”标签的被试都已经在工作岗位上兢兢业业工作了许久，就像操刀外科手术几百台的丁小兮 …… 虽然喜欢把人肉味儿跟烤肉味联系在一起，也从不耽误她治病救人啊。

信颜之前对此毫不在意，只是因为她常年安全地待在“正常”范围内，看不到阴暗角落里的一切，没有感受到无处不在的歧视。她确信，自己不会受到任何影响。

但是她知道，对人类本身的草率分类，从来没有什么美好的结局。从历史上来看，每一种分类的背后，都不同程度隐含着隔阂、分裂、排异，甚至血腥。因为那总意味着，人可以用一种标准去测量他人，这个标准往往既片面又主观，从而轻易得出简单却错误的结论。

但人类又总是不断发明新的测试、找到新的标准对同胞进行分类：性别，种族，肤色；地域，学校，职业；星座，BMTI，九型人格。排挤异类，团结同类，筛选下属，寻找佳缘。

历史不断重演，而她过去到底是怎样的勇气，认为自己在每一个测试中，都能永远拥有一个“正常”的标签？

分类，分裂，“非人”落进裂缝，“常人”盲目前行。

在洗手间不远处的青旅通铺，几十个羽人正在轻吟浅唱，房间四壁都是色彩艳丽的涂鸦。散落在各处的低调社畜，聚在一起则激发出了艺术家特质。但信颜听不懂其中的妙处，也看不懂涂鸦上的符号，就像永远无法理解丁小兮的脑回路——用电刀做手术等于吸收人肉粒子，小兮到底是怎么想到的？

没关系了。

信颜知道，自己必须背负责任，去做正确的事。

就像在初中时，面对被所有人欺负、孤立的疯小兮，虽然不理解她，但自己也没有转身离去。

“你在唱什么？教教我吧。”

六　级联反应

人们都说，“想”不等于“做”，但是研究表明，即使是在头脑内想象琴音与琴键的对应，被试大脑皮层中负责管理手部肌肉的脑区都会扩大，这跟真的每天练琴两小时差不多。

还没到星联所门口，信颜发现整条街几乎都被堵住了。采访车辆，人群，还有维持秩序的警察。一旦有人在保安团队的护送下出来，各个媒体的记者便会蜂拥向前。信颜还看到了很多拿着自拍设备的自媒体。她戴着鸭舌帽和口罩奋力向前挤，竟然在混乱中进入了星联所大厦。

由于没有门禁卡，信颜只能一层一层爬楼梯，足足爬了二十层。她想起自己之前经常在办公室欣赏高层风光，却从未想过自己有多幸运、其他人一点点爬上来有多难。到达目的地后，她在楼梯间歇了好一会儿才把气喘匀。

进入办公层，竟然一个人都没有。信颜正要庆幸，突然听到一个声音。

“信颜？你怎么在这里？”

她猛地抬起头，李主任再次神不知鬼不觉来到了她面前。几日不见，主任明显憔悴了，下巴上长了不少胡茬，白大褂也脏了、皱了。他的手里抱着一个金色的文件夹。

“我……我有东西忘在这里了。”

“哦。”主任一屁股坐在她对面，把文件夹里的资料摊开研究，似乎也不想追究她是怎么进来的。

“办公室怎么没人了，小于、老林他们呢？”

“外面闹事，我让他们先回家了。”他头也不抬。

“主任，”信颜鼓起勇气，知道这是最好的机会。此时此刻只有他们两人，不管说了什么，都有斡旋的余地，“您当时停我的职，是不是因为我的神经元聚合模式评级是 A－？”

疲惫的主任终于抬头看了她一眼。

“那么多参加过开拓员体检的人……他们的神经元聚合模式，是我们这边泄露出去的吗？”

“评级、泄露，对你们确实不公平，”主任缓慢地说，“但这些事现在都不重要了。”

“那还有什么事重要？难道外面那些人，那些记者，不是为这个来的？”

主任终于放下了手里的文件，长长地叹了一口气，整个人仿佛在办公椅里又缩了一尺。“你这几天是不是不看新闻？最近又有十几个殖民星球的开拓团失联了。”

不知道是不是错觉，信颜觉得主任的眼睛有些红了。他又叹了口气，把手中一打 A4 纸打印的文件甩到信颜面前。“你说说，你说说，那些全军覆没的也就算了，这次至少有十四个殖民地又是主动断了联系。这是他们最后几次发回来的文件，最资深的语言学家都看不懂。还想找我看……有个屁用！”

信颜翻看那些文件，确实满篇都是她无法理解的符号。也许外星环境如此陌生，也许几千光年的距离确实无比遥远，但通过星门的人类，真的能够在这么短的时间内形成新的思维模式，与故土的文化一刀两断吗？信颜读过一些人文社科的科普书籍，语言和文字可是最有生命力、也是对一个人影响最为深远的东西，殖民地怎么可能这么快产生新的语言和文字呢？

等等……信颜心里一动，这个现象，她好像还真见过……

“你说的那个，信息泄露的事，想曝光就曝光吧，”主任把文件从她手里抽了回来，“虱子多了不怕痒，天赐计划都要破产了，屎盆子该怎么扣就怎么扣。只是你现在是 A− 级，你说的话，不可信。”

“我实际上是 B 级，都在开拓员名单里了，是丁 …… 是我擅自跟另一个人换了神经元聚合资料。”信颜快速说出真相，手里汗津津的。

主任又抬头看了她一眼，叹口气，似乎已经没力气跟她计较这些。“神经元聚合模式可视化仪就在楼上，你自己再测一测，把资料改过来吧。”

信颜点点头，抓起背包就往楼上跑。这可是她这几天求之不得的东西。只要刷掉记录，她还是一个 B 级的“正常人”，无论是回归科研生活、继续留在北京还是替其他被评级伤害的伙伴奔走发声，她将再一次拥有无数选择：整个快速运转的社会再次为她敞开大门，为所有人提供便利的系统重新将她视为服务的对象 ……

没有人给她做远距离联想测试，机器自动测量的结果很快出来了。她激动地守在报告打印机前，满心期待一个绿色的 B。

可她等到的，却是另一个鲜红色的 A。不是跟小兮一样极端的 A−，但至少也是个 A+。

信颜的世界，再一次崩塌了。

七　偶发失联

> 安静的环境会增加食物的咸味，加热舌头可以凭空尝到甜味；银勺子会让酸奶吃起来更黏稠；同样用白勺子，粉酸奶要比白酸奶尝起来更酸。

信颜不知道自己是怎么走下二十几层楼梯的。她在神经元聚合测试间挣扎了五六个小时，反复测试、看结果。她甚至用高速摄像机给自己的大脑照了神经元聚合三维动态图像。作为一个脑科学科研工作者，她不得不承认，自己的神经元聚合模式已经不再是稳定的B级。她将再也无法洗刷记录、重回正常社会，更别提什么改变社会。

走出星联所时，晚霞已尽，门口曾堵了一条街的记者和网红也尽数散去了。信颜不想坐地铁，只得把羽绒服的拉链拉到顶，试图阻挡北京夜晚的寒风。这时她注意到，小兮那晚蹭在她肩头的绿色眼影还在，像一片绿色的羽毛。

回到青旅，女孩们难得没有唱歌，而是聚在一起看挂在墙上的电视。她们好像从来不会担心明天，更关注于此时此刻的情绪，这正是神经元聚合A级的特点。在这里混久了，信颜发现自己也逐渐情绪化了一些。

“颜颜，你回来了！”有人热情地招呼她，拍了拍自己身边的位置，“新闻正在说你们星联所呢。”

信颜把羽绒服挂在门口的架子上，白色的领子蹭到了她们今天在墙上新涂的颜料，不过已经无所谓了。

“颜颜，你说，他们真的会停止往外星送人吗？嘟嘟？”

“说不好……你觉得呢？”信颜没有力气说更多话了。

“我觉得太可惜了，绮。”另一个人叹了口气，“我知道人类其实很持，连太阳系都飞不出去。这回放着这么催的快捷通道不用，以后卡怎么办？其实本也去过应征，但是没有过选，要是有机会，真想去外星闯一闯！”①

信颜在心里苦笑，没想到羽人中还有这种志向。可惜她们不知道，要不是参加星联所的体检，她们根本不会丢掉工作和房子，在

① 注：此段文字特意使用不标准的汉语和难以理解的词语，旨在表现新人类的语言变化。

青旅里受苦。

今天她已经太累了，独自走到角落，一头栽进自己的被褥里。

半梦半醒间，这几天的一切遭遇在脑海中盘旋，不合逻辑又难以疏解。丁小兮，星联所，羽绒服上绿色的印子；双马尾女孩，主任，工位，电脑；街道上吵吵嚷嚷的人群，太空中被星门连在一起的行星，青旅里无穷无尽的歌声……好像现实将一块巨大石头投进意识的海洋掀起滔天巨浪，要信颜一生中所拥有的所有脑细胞加在一起才能承受……

黏糊的双眼睁开一条缝，她意识到歌声并非来自梦境。电视关了，是羽人在轻吟浅唱。再一次，她没有听明白歌词，甚至不知道她们唱的是哪国语言。她只知道，上一首歌的唱词完全是那几个姑娘一起发明的。既然自己的评级已经掉到了 A，恐怕以后也会跟她们一起唱这种没有人能听懂的歌曲……属于羽人的歌曲……

等等……短时间出现的新语言？熟悉的感觉一闪而过，被她敏锐地抓住了。

展信颜猛地坐起身：她必须再去一次星联所，越快越好。

八　珠璧联辉

在神经元间传递信息的递质有很多，多巴胺、组胺、去甲肾上腺素、乙酰胆碱……有时，一些神经递质不会立刻引发神经元的兴奋或抑制，但是在未来的某个时间点，它们会放大或减小脑细胞对刺激作出的反应。

就像你年轻时邂逅一个人，你不知道她会对你的生活产生什么影响，但当你遇到难以自解的困难，她却毫不犹豫伸出援手，将你拉出泥潭。

北京的深夜，展信颜向星联所跑去。她的大脑飞速旋转。

人们总认为自己如此特别，有着独一无二的主观意识，而大脑受到遗传、记忆、童年经历的影响，也确实有着千差万别的反应模式。但有两点不能遗忘：一、所有的反应模式都散落在从 A-- 到 C++ 的一条系谱上；二、全世界70多亿人口，任你千差万别，神经元聚合模式相似的人总是大量存在。

这是什么概念呢？也许两个人肤色不同，性别不同，成长文化不同，祖先在两个大陆，一个是肌肉男一个是娇小姐，可同样面对小混混的挑衅，两人的第一反应都是冲上去教训对方一顿。这就是皮囊下的思维一致。

当然，大部分人落在 B- 和 B+ 两个属于“正常”的大区间，放在一起也不会有什么问题，跟现代主流社会群体没有两样；但纯“B”级、“A-”级、“C+”级在系谱上都是极窄的极端区域，思维模式一致性又上升了一个数量级。在星联所的精挑细选下，这些散落在人群中思维模式相同的个体被迫相遇，一部分组成高精尖队伍穿过星门完成危险的星际殖民任务，另一部分被体系排挤，无奈在社会边缘处抱团取暖。

这是神经元聚合模式可视化之前从来没有出现过的现象，可怕的事情同时从两个群体中浮现——思维的超近亲繁殖。

这样一群本就相近、此时更是无时无刻趋同的人凑在一起，不久就会发现现有的语言是如此冗杂、低效，而彼此只要几个字，甚至一个眼神就能相互知晓心意。

在与其他社会群体相对隔离的情况下，新的语言便以飞快的速度诞生。与此同时，这些新人类，再去与自己群体之外的头脑交流，必然产生痛苦与疲惫。如果在这种情况下还要应对极端环境的挑战，那么团体内部同化的速度会加倍。而遥远的距离也会加强人与人之间的隔阂，更何况无数光年外永远都回不去的家乡。信颜相信，这就是那些殖民地发来难解信件后逐渐主动与地球断联的原因。新的语言太舒适、太强大，他们的思维已经在异星环境中通过不断的超近亲繁殖同化成了全新的文明，甚至是物种。

近亲繁殖的灾难性后果，尽人皆知。而这次，也许就是人类文明历史上，第一次看到思维近亲繁殖的后果。

并非有未知的怪兽守在星门另一端吞噬人类的思想，而是人类自身的傲慢在断送物种飞向宇宙的行程。

终于到了星联所，信颜抚着膝盖气喘吁吁，汗水和泪水一起流了下来。还有二十几层楼梯要爬，她必须——

“哎！干什么的！不许进！”一个男人突然冒出来，拦住了她的去路。信颜心里一沉：这正是前几天拦她多次、以顽固著称的石人保安。听主任说，他们心里最固结的思维，就是“保卫星联所”。

“我……我是来救星联所的，”信颜鼓起勇气，“请您相信我！”

“真的吗……”男人暗沉的眼睛亮了一下。恐怕他也知道，这些年来忠心守卫的星联所，即将跟天赐计划一道被世人的口水淹没了。“那你来吧，我给你开电梯。”

几分钟后，信颜如愿抵达星联所负责接收家信的那一层。她感激地望了保安一眼。他只是替她打开了顶灯。

家信办公室跟她之前工作的地方很像，四处都是星联所金色的logo。没有人在，文件四处散落，中间一排淡蓝色的三角形机器嗡嗡作响，还在接收东亚开拓团成员1比特1比特寄回来的家书。

信颜必须在这里找到证据支撑她的理论。毕竟，现在她的信用在天赐系统中是破产的。对A级羽人的偏见先不说，单是调换思维模式，都够她上一趟法庭了。只是主任暂时不想跟她计较，如果风波过去……她只能控制自己先不想这些。

长夜漫漫，她看了无数封信件，都无法组成令人信服的证据链。大赐星门有去无回，开拓团每天只能通过无比狭窄的反向通道发回以比特计量的信息，这又如何能看出思维近亲繁殖的恶果在不断蔓延呢？开拓团的成员身在其中，必然也无法通过自己的大脑意识到这一点，毕竟，你无法用黄油做成的刀来切黄油。乐在其中的羽人团体也是如此，只因她是无意闯入的外来人，才能发现其中的问题……

等等，外来人？她展信颜是羽人团体中的外来人，那已经跨越星门的丁小兮，岂不也是那个开拓者团体的异类？小兮，会有什么发现吗？

信颜冲向资料架，寻找丁小兮去的那颗星球发回来的家书。一个个金色的文件夹翻找开去，她的心跳越来越快……她已经变得很情绪化了……

终于找到了。标记着“丁小兮”的文档已经有了厚厚的一摞。可信颜翻开一看，却连成型的字句都没有——一张张A4纸上，只有散落的几百个墨点，好像盲文一般……而星联所的批注也不过是重复的几句话：无法解读，无法解读，无法解读……

抱着小兮在几十光年之外传回来的密码，信颜跌坐在地。不，她不愿意相信。就算思维同化能力强，小兮一定不会这么快就被……一定有解法。她擦了把眼泪，蜷缩在资料柜的一角，一张一张分析天书般的点阵。

突然，那熟悉的感觉又回来了。

九　星星相连的方式

星星是如何相连的？

相恨不如潮有信，相思始觉海非深。

深知身在情长在，怅望江头江水声。

丁小兮是唯一一个通过逆向星门回到地球的人类。

这么说也许不准确，她的肉体已经在星门未知的技术中湮灭如烟，回来的不过是简化后的符号。而这些三维点阵图正是一个人最为独特、又最为重要的存在：神经元聚合模式。

信颜把点阵图输入神经元聚合模拟系统后，一个残缺的“丁小兮”便在计算机中睁开了双眼。人们无法判定她是否有自我意识，只是给她一个刺激，她会做出丁小兮一样的反应，问她一个问题，你会听到丁小兮式的回答。

在面向全球的发布会上，“丁小兮”讲述了她随开拓团到达目标行星后，那些思维模式高度一致的队友如何快速磨合出全新的语言，又如何在做出一致而错误的选项时丧命。因为与地球交流不畅，他们越来越沉溺于内向团结，几乎黏腻成了一个大脑……

丁小兮注意到了这种现象，但她作为违法进入团队的成员，只能小心翼翼伪装得跟大家一样。渐渐地，事情开始失控，几个队友惨死，剩下的人商量着放弃任务、与地球断联……小兮想起信颜曾经跟她说过这种事，只是地球上的人从未有机会了解真相。而她，一个永远的异类，在冷眼旁观中领悟到什么……

再一次，她不被身边的“常人”所接纳，再一次，她想要逃到最为遥远的地方。她的目光再次转向星门，尽管所有人都告诉她，没人能从星门里回去。

最终，回家的“小兮”只剩一片灵魂，恰好被信颜捡拾。

春节到了，信颜决定留在北京的出租屋里过年。她并不孤单。房间里装点了新的绿植，寄养在双马尾女孩那里的小咪也抱了回来。

打开全息投影仪，小兮的虚拟形象出现在沙发上，还是涂着绿色的眼影。

“你决定了？”

信颜点点头。“这次我又被选上了，你也是负责星联所做神经元聚合模式评估的人，还能不知道吗？”

“这不是保密条例受限，我无权透露嘛！”小兮往后一仰，跷起二郎腿，“现在那些老家伙搞得好严格，还要严格配比去每个星球的ABC级人员数量，人为制造思维多样性。要我说，根本不用测，随机选人就行了。”

“总是好一点了。”信颜起身去厨房，端回来一盘热气腾腾的饺子，“我要吃饭了，可别说什么人肉粒子之类的话。”

“哎，你可别说，那些患者的一部分都跟着我上了太空，现在估计都散落在星门通道里了，那可是真正的‘前人未至之境’……”

“行了行了……”信颜咬了口猪肉白菜馅的饺子，眼泪落在了桌子上。回来的信息终究太少，她用通用大脑模型作为基底，再加上之前在星联所留下的体检资料，才勉强让小兮特有的神经元聚合模式生动重现。星途异旅留下的记忆因此模糊而残缺，少了太多挣扎、痛苦、破碎与决绝。全球发布会上那段顺滑的故事掺杂了信颜自己的诱导，而她永远无法知道，在茫茫宇宙的另一个角落，丁小兮到底经历了什么。

眼前的“小兮”看起来灵动而真实，只是，只是她多么怀念星联所前的那个拥抱，那个结实、温暖、在她羽绒服蹭上绿色眼影的拥抱……

“信颜……”小兮似乎没有注意到这点，转头望向窗外。

“怎么了？”

“据说在这个时代，每个人对天赐事件、对这些突然出现的星门都有自己的理论，你的理论是什么？”

信颜叹了口气，“我不知道，我宁愿等科学家探索的结果。”

“其实，我有一个理论，”再一次，小兮的眼里盛满了亮晶晶的东西，应该是模拟出来的，并不是真正的星空倒影，“以地球为起点，突然出现通向几万类地行星的限时近单向通道，可以供人类、宇宙粒子通行。这难道不像受到外部刺激后，大脑内部涌现出来的神经元聚合体吗？人类就是递质，把一些我们自己都不知道的信息带到另一个神经元上……”

“你说宇宙有可能是一个大脑？”信颜笑了，“哪儿来的古早脑洞。”

“你别笑，”虚拟小兮的语气严肃了起来，“对于思维来说，组成它的物质是什么不重要，物质间的连接方式才重要。只要节点和层级够多，神经网络能让任何载体都模仿出大脑的思考，工具甚至只是一个破旧的音箱。而我的存在也证明了，仅仅几百个三维点阵记录下神经元聚合的关键模式，再加上基本的大脑结构，丁小兮还能活灵活现出现在你面前。”

信颜一时沉默了。

“其实，”小兮把目光转向信颜，“我分析过天赐星门的连接模式，跟大脑介观尺度的神经元聚合确实有一定的相似之处。只是跟人类相比，宇宙时空的维度大得超乎想象。也许物种千万次更替才能见证两个脑细胞的相连，文明的火种不断明灭，也不过是为了在恰当时刻作为神经元递质送上微末的信息点。而在宇宙外部，又是什么样的世界在刺激这颗硕大无比的头脑呢？”

信颜望着小兮，还是一句话都说不出来。

“信颜，原谅我的自私，我想让你再帮我做一件事。”小兮垂下目光，“不知道为什么，这段时间我一直醉心于寰宇级别的非定域神经学，无比渴望一窥宇宙外面的世界。最近，我终于找到了一个突破口。我发现，一些星门的连接方式非常像人类大脑的视觉中枢。那里可以以信息量极高的形式记录外部刺激，也许可以有些发现。”

“我……”

“信颜，如果你已经决定远行，你能帮我去那些星球看一看吗？我知道，丁小兮已经死了，你眼前残破的神经元聚合模式就算走得再远，也已经不再是她了。但是你还在，信颜，你愿意帮我，愿意帮帮丁小兮吗？”

夜幕早已拉起，群星悄然隐现。在无数神经元细胞跨越时空的照耀下，展信颜点了点头。

2022年1月30日首发于“不存在科幻”公众号

创作后记：

语言是理性的基础，也是人生的隐喻——语言是人类与动物的区分。语言也有许多有趣的属性。我们的语言尽管有很大差异，但都是在同一套生理基础上，是对同一个地球环境的反应。我从一个理论中学习到，如果一个文明的语言中只有两种表示颜色的词，那一定是黑色和白色，如果有第三种颜色，一定是红色。那么，没有眼睛的种族，活在岩浆或者深海中的生命，他们的语言又是什么样的呢？这些都是很有意思的想象。

后来在这个基础上，我开始设想，当人类远赴太空之时呢？首先，到那时人类所面临的环境完全不同了，有的星球全是气态，温度很高或很低。有的星系可能有三颗太阳，就像刘慈欣的《三体》中所提到的那样，生命要忍受严酷的环境。这样，连基础的“年月日”的表述肯定也完全不同。其次，为了适应不同星球的环境，人们很可能要对自身进行改造，舍弃或增加一些感官。到那时，人类的生理基础也不同了。最后，随着距离变远，星球之间的信息传输也会很花时间，造成沟通不畅。但在不同的人类群落中，语言还会不断进化。那么，语种之间的差异越来越大，大到彼此完全无法理解的程度，到时候该怎么办呢？

基于对这些问题的思考，这几年我写了一系列探索语言在太空时代的变化的故事，有短篇有长篇，都是探讨这个主题。而《星星是如何相连的》，正是其中一篇，探索异星环境下“思维超近亲繁殖”的可能性与解法。

很幸运，这篇文章目前已经被翻译成了英文、日语，分别在美国和日本发表，在不同文化背景下，人们的解读也各有差异。更幸运的是，“小星联”在这里遇见了你。你的解读，又是什么样的呢？

孤独终老的房间

| 郝景芳

郝景芳，1984年生于天津，2006年毕业于清华大学物理系，2006—2008年就读于清华大学天体物理中心，2013年清华大学经管学院博士研究生毕业，加入中国发展研究基金会，从事宏观经济研究。

郝景芳的科幻短篇处女作《祖母家的夏天》发表于《科幻世界》2001年第1期，荣获该年度中国科幻银河奖读者提名奖。此后，作品经常出现在《科幻世界》《萌芽》《文艺风赏》等期刊上。

2009年，郝景芳出版长篇科幻处女作《流浪玛厄斯》。2021年，她出版了第三部科幻长篇《宇宙跃迁者》。她的短篇集包括《去远方》(2011)、《孤独深处》(2016)、《人之彼岸》(2017)、《长生塔》(2020)等。

郝景芳获得了不少奖项，其中最具影响力的，是2016年凭借短篇《北京折叠》获得的世界“雨果奖”。这让她成为继刘慈欣之后第二位获得该项世界大奖的中国科幻作家，也让她的影响力超出了传统的科幻界：2016年被《人物》《南方人物周刊》评选为“十大年度人物”；2017年作为青年领袖出席博鳌论坛、夏季达沃斯论坛；2021年被评为《南方人物周刊》“2021魅力人物”，并获得《南风窗》“年度作家”荣誉。

郝景芳的作品曾入选2017、2021年度《中国最佳科幻作品》。

第一日・晨

卢远茵一个人住已经习惯了。110岁之后，她很少出门了。

> “你问我有哪些进步？我开始成为自己的朋友。”——阿兰・德波顿（第987句）

她早上会被床头轻柔的《春之祭》叫醒，伴随着自动窗帘缓缓拉开，精准地透入第一缕日光。通常她会在床上苏醒十分钟，等玻璃的探头识别出她聚焦的目光，就会启动床垫抬升的程序，将她的上半身缓缓抬起。坐定之后，床头的冲药器会送过来半杯水和两粒小胶囊，水是在闹钟响之前20分钟开始加热并保温，小胶囊是林洛埃西品诺颗粒，里面包含有排毒的纳米机器人，能帮助她建立一整天新陈代谢的机能。所有这一切程序过后，床头灯会伸出，记录她的体温数据。

然后她会去洗漱。她会缓缓经过暗哑而寂美的亚克力花朵，它的叶子遮掩着颓唐。

“今天给我听点别的吧。”卢远茵站在盥洗室的镜子前说，“我不想再听《牡丹亭》了。”

镜子给她找出《金瓶梅》的折子。她越上年纪，越喜欢听老味道的剧目。

她进入厨房，从粥盅里取出温热的百合枸杞粥。每周家里的护工来收拾一次，会给她把粥盅的配料加到循环盒里，此后，她就等待粥盅每晚自动开始煲粥，每日一份不同的配料。起始时间、终止时间，都不曾有差池。

她用一柄陶瓷小勺，小口小口喝粥。远处咿咿呀呀的故事，在静谧的空气里悠荡。

窗玻璃上再次出现文字——

“这些微不足道的细节，饮食、地点、气候、娱乐，所有自爱的辩解，比人们想来认为根本的一切东西，更为重要。”——尼采（第988句）

女儿褚薇踏进门的时候，卢远茵正在窗边摊开纸，准备写毛笔字。

“妈！上次叫你把橱柜门换了，你怎么还没换啊！你看这摇摇欲坠的。”女儿一进门，就开始查看屋子里的物品。

“嗨，太麻烦了。”远茵没有抬头，只看着研墨机器人研墨的动作。

“不麻烦。”女儿从厨房探出头来，“不是跟你说了吗，都是自装配的。你买到家拆了箱，插上电，就什么都不用管了。一会儿AI组件就装配好了。你这又不是硬装，只换两个柜门，很容易的。你说我又不差这几个钱，我就是不知道你喜欢什么颜色的，怕买了你不开心，你要是嫌麻烦，我给你买。”

“不要，不要。”远茵停下研墨机器人，“凑合凑合就行了。”

“妈——”女儿走到远茵身旁说，“要不然你再看一眼上回我说的那个养老社区？”

“嘘——”远茵突然听到远方的一声鸟叫，伸出手。

卢远茵透过窗户，看到湖岸边飞起的大雁。冬去春来，它们要走了。

那里还有他给它们做的自动喂食器呢。工作了17年了，真耐用啊。

她还记得他们第一次去挂喂食器的时候，是一个初秋的早上，湖边的树叶有了一抹若隐若现的金边。他踩一个小梯子上去，受过伤的右膝盖又疼了，一步没踩稳，从梯子上滑下来，虽然没摔倒，但是整个人趴到了梯子上，把右脸颊磕了，颧骨当时就流血了。但即便如此，他手里的自动喂食器还是端得稳稳的。

褚冬这个人哪——

玻璃上又有字了。

“不可以年少而自恃，不可以年老而自弃。”——冯梦龙（第989句）

“……你看这个大阳台，不比咱家这个小阳台好多了吗！”女儿的声音打断了远茵的思绪，女儿把她的窗玻璃改成了屏幕模式，一瞬间看不见楼下的湖了，画面出现了一座别墅的客厅，客厅外是大海，“是真的海景房！朝东，早上能看海上日出。别墅里就有旋转餐厅，根据日落时间调整餐桌的角度。而且他们接受以旧换新，咱家这老房子70年产权快到了，后面折价会很严重，这次置换之后的养老房产也有70年，相当于一下子就延长了。妈，咱们要不然去体验一下？”

“算了，”远茵摇摇头说，“我跟你说过了，我不想折腾了。”

“其实是一劳永逸的。”女儿说，“就搬一次麻烦一次，后面20年都可以住那边，有吃、有喝、有朋友、有医疗看护，多省事啊，麻烦一次，一劳永逸。”

“我哪还有20年好活啊，也就这一两年了……”远茵说。

“不许你这么说！医疗突飞猛进，这两年大病已经差不多都根除了，你只要听我的，在养老社区年年体检，后面甚至能活30年。妈，你真的信我，你要相信科技。首先是少喝粥……”女儿很激动地说。

但远茵并没有在听了。

到最后，卢远茵都不记得自己是怎么把女儿送出门的。

她回到窗边，提起毛笔，却不知道要写什么，呆呆地坐着。她想起很多年前读过的一本很古老的科幻小说，好像叫《造星主》或者《造星者》的，里面有一句话：“我们给彼此一定的自由，如此才能忍受彼此的靠近。”

那本书，还是褚冬在元宇宙的二手空间里淘来的。他很兴奋地跟她说着书里的一些想象和观点，她瞥了几眼，并没有太大的兴趣。跟他这个人一样，这本书也有太多理论的抒发，从一个观念想到另一个观念，为纯粹概念的想象兴奋狂欢——太知识分子了——但她也明白他为什么喜欢。概念形成的宇宙啊，他毕生的乐趣就在于破解一个又一个概念和背后的奥秘。概念的宇宙。宇宙的概念。

那本书似乎考察了一个很有意思的问题——能否通过男女两个人的爱情，证明人类注定是爱多于仇恨的物种？这是1937年的问题吗？有点蠢，也有点深刻。远茵想。

那时她和他在窗边争论，他说她太仰赖直觉，而直觉往往只是经验的无意识的俘虏。她说他太教条，试图用统一公式描述多样的人类，本身就是不可能实现的。

那时候，他们只有50多岁，正是思维活跃的年轻时代。岁月啊。

下午的阳光很好，远茵靠在沙发榻上缓缓睡去。临睡前看到：

“当你白发苍苍、垂垂老矣、回首人生时，你需要为自己做

过的事感到自豪。”——朱棣文（第990句）

第一日·昏

午后的吃药铃声将远茵叫醒。

一天两遍心血管药物，两遍脑神经复健药物，都有定时，床头的冲药器会根据医生处方，将药剂调配好，再搭配不同的叫醒铃声。有时候远茵睡得沉，音乐响了几遍她都没醒，床会开始轻轻颤动。

远茵起身，将药喝掉。她感觉身体里有某些发条越来越松懈，不知道什么时候就会分崩离析。午后昏昏沉沉的阳光，将窗外的树枝和薄云搅在一起。

就在她头脑还未十分清醒的时分，儿子褚利的面孔就出现在玻璃幕墙上。

“妈，我听我姐说，你要搬到海南的养老社区是吗？”儿子言简意赅，直插主题，“我跟你说，养老社区可不好，都是宣传册上画得好，实际上去了的人都后悔。你可别去。去到那儿都没人拿你当人看。”

“也别说得那么夸张……”远茵说。

“真的，我说的绝对是真的！”儿子的表情因为夸张而有一点吓人，抬头纹挤到了一起，“我原来不是有个同学身体不好吗，才80岁就进养老社区了，比我还小1岁，结果他没几天就搬出来了。跟我说绝对不是人待的地方。从早到晚只有机器人来来回回，做身体检查也是机器人，特别生硬——”

“机器人也不一定很生硬……”远茵说。

“妈——”儿子的声音提高了，“我跟你说过不止一次了，你趁着咱家这老房子还没报废，赶紧入一个ABS套餐，最近小行星采矿的资产价格飙升，去年翻了三四倍了，今年还在涨，要是能搭上这趟车，那就赚大发了。我认识一个专门做这块的哥们，他们的产品平时都特别难买，我也是费了好多力气才给你申请到一个名额。妈，我跟你保证，这真是一个好机会，绝对靠谱。平时你看买小行星证券的赔的多，那是因为盲赌。我这有内部消息，跟我保证，这回能买的这颗小行星，内部含金量超高，都已经用高分辨率望远镜看见表明土壤含金量了。妈，咱家这房子，70年产权也快到期了，要是能这次买上这个 ABS，可能明年就能换房子了，还能换个大房子，就在咱家附近换，你的老朋友都在……"

远茵望向窗户，出现了新的文字：

"言语究竟没有用。久久地握着手，就是比较妥帖的安慰，因为会说话的人很少，比真正有话说的人还要少。"——张爱玲（第991句）

当儿子的图像消失，卢远茵感觉自己像是从另一个世界周游了一圈回来。她的脑袋周围还是嗡嗡作响。远茵用掌根揉搓太阳穴。

"你现在感觉怎么样？"墙壁里忽然发出一个深沉的声音。

"还可以。"远茵说。

"你的体温有一点高于阈值，脑电波的 Delta 波动也有点剧烈。你觉得是否需要连接社区医生？"声音问。

"不用了。我还行。"远茵说。

"今天下午五点半有一个预约，会有腿部复健的护工上门，还要保留吗？"声音问。

"保留吧。"远茵说。

她听着这个声音，低沉有磁性，有温度而不波动。她又想起年轻时看的那部讲音乐家的电影，墙的声音就是模拟那部片子的男主角。在那部片子里，音乐家在战乱的废墟中演奏，治愈人心。远茵明白那种感觉，有时候，人和器的关系，会近于人和人的关系。

“你能帮我读一首诗吗？”远茵问。

“当然可以。”墙壁里的声音说，“你想听哪一首？”

远茵想了想：“辛波斯卡的诗，随便哪一首都可以。”

声音开始读，沉和稳定：

“我们把它称作一粒沙，
但是它并不自称为颗粒或沙子，
它没有名字，依然完好如初，
无论是一般的或别致的、
永恒的或短暂的……”

声音的舒缓几乎让远茵再次陷入沉睡。

远茵被一阵急促的呼入铃声叫醒。女儿和儿子的头像同时出现在玻璃屏幕上。

整面墙的玻璃窗，出现女儿和儿子的全身像，情绪又都激动，显得略有压迫感。

女儿先发难：“褚利，你这几年回了几次家，现在假模假式地关心咱妈了，你别给自己脸上贴金了，什么替咱妈理财，根本就是你自己想赌，没钱，就惦记上咱家这老房子了，你有点良心吗？”

“你别说得跟圣人似的，”儿子也不甘示弱，“褚薇，别人不知道你，我还不知道吗，你想买那个养老社区的房子，是为咱妈考虑吗，还不是因为你想跟那个社区老板处对象，就想去他们小区置办房子。你84岁的人了，能不能别这么无聊了啊！”

“褚利你说什么呢——”女儿很恼怒，“你别总拿自己的小人之心，度别人的君子之腹。你以为谁都跟你一样吗？你什么热点追什么，这辈子讨过一点点好吗？你之前买的那些垃圾股你都忘了吗？现在又买什么小行星股。骗子骗的就是你这样的傻子。”

“那也比你强，”儿子说，“多大岁数了，还恋爱脑，你被男人骗得还不够惨吗？！咱家就这么一套老房子你也惦记着！”

“你瞎说什么？谁惦记咱家老房子谁知道！”女儿皱着眉、像干枣上的纹路，“我就是想让咱妈晚年享享福，去住个海景房，这有错吗？”

“扯吧——”儿子撇着嘴，“咱妈一辈子住老房子，朋友都在这边，你问过她想住哪儿吗，咱妈是恋旧的人，原地换个房子才是最好的——”

远茵伸出手打断他们，低声说：“你们俩别争了。让我想想行吗？”

“好，妈，你好好想想，”女儿说，“就当出门活动活动腿脚，跟我去度个假。”

“妈，你信我这一回——”儿子说。

“行了，行了，都去吧。”远茵挥了挥手。

她真的一个字都不想说了。

窗户上的字又出现了——

“你可以摆脱任何困境，只要你记住，你不是以肉体、而是以灵魂为生，只要你记住，那世界上最强大者存在于你。”——托尔斯泰（第992句）

第一日·夜

卢远茵晚上喝了药，睡不着，躺在床上，看着窗外的夜。

“你在吗？”她对屋顶说。

屋顶又传出下午读诗的声音，说："在。"

"我睡不着，"远茵说，"给我放点音乐吧。"

屋顶放出一首古琴曲，有一点苦雨清风的味道。远茵觉得太凄然了，要求换一首。屋顶放出巴赫大提琴协奏曲。远茵终于安定下来。任何时候，巴赫都能安抚人心。

屋顶把平时的水蓝色睡眠灯换成了柔橙色阅读灯，让房间里温暖一点。

"需要调配一点睡眠的药吗？"屋顶的声音问。

"算了，先不用了。"远茵说，"我就这么躺一会儿也好。"

"你要我陪你说话吗？"屋顶说。

"嗯。"远茵说，"你能不能告诉我，月球上是什么样子？"

"月球上，地貌以陨石坑为主。"屋顶说，"地质较为单一，月壤成分和地球土壤类似，有一些被小行星撞击的陨石坑底，有月球玄武岩，岩石色泽深、质地硬。"

"月球上，特别清冷吧？"远茵问。

"这两年已经有较多定居者。"屋顶说，"在月球面向和背对地球的一侧，都有人类定居点，从2056年之后，已经有25批次共382人到达月球表面基地，进行探索工作。"

"我们能给月球上发消息吗？"

"可以。"屋顶说，"可以连接地球同步轨道中继站，再连接月球信号站。你要发消息吗？可以把消息告诉我，我来发送。"

远茵说："我再想想吧。"

她望着窗外的月色，听着巴赫的舒缓悠扬，像是沉入了深海，睡意慢慢来袭。临睡时，她看见窗户上显示出这一天的最后一句话——

"行禅就是毋需到达目标的走，每一步都能为我们带来安宁、快乐和解脱。"——一行禅师（第993句）

第二日·晨

“提醒，未按时吃药。”床头冲药器的声音锲而不舍地提醒着卢远茵。

远茵自顾自地喝粥，同时读一本《金瓶梅》考据的书，对床头声音的提醒不闻不问。

“提醒，未按时吃药。”

远茵没有吃的，是对她心脏不规则悸动的控制性药物。她的心脏最近像快要报废的马达，时不时就抽动一次，每次抽动引起的躯体反应和窒息越来越明显。只要按时吃药，这种爆发就能平息。她已经连续吃药两年多了。

远茵吃完粥，将碗筷收拾到洗碗机里，走进书房，打开平板电脑和书写笔。

“致清寒律师事务所，

以下是我对名下房屋资产的处理意见：”

她提起笔，在空中停留了一会儿，心中莫名转起一阵酸楚。她抬头再次环视了房间一圈，三年前，当这房子加装全屋的电子系统时，曾经做过一次总体装修。装修之后，屋顶和墙壁都由TTW聚合材料覆盖，其中可以走微电子电路，让房间每个角落都可以实时采集数据，AI互动。这次装修之后，曾经屋角斑驳的水渍和剥落的墙皮都看不到了，屋内焕然一新，也在微电子材料外，用棕褐色木纹材料做了装饰线，营造了古韵。那每一个细节都是精心设计和勾勒过的。她的目光滑过屋顶的角落，看见科学的力量，也看见岁月的力量。

她的手突然颤抖起来，写不下去了。

她抬头望向窗玻璃上出现的字。

“万事万物都有自己的神秘，诗歌就是万事万物的神秘。”——洛尔迦（第994句）

儿子过来的时候，远茵已经把律师函写好了。她没有给儿子看，但是从平板电脑的屏保可以看到刚刚编辑过的文件名：《关于房屋资产处理的基本意见——致清寒律师事务所》。她让平板电脑的屏保开着。她看见儿子的目光在上面停留了三秒。

“妈，我给你带了几张照片。”儿子刻意不提远茵的信，“小行星照片。”

他从衣袋里把折叠机掏出来，展开，调出照片，是几张小行星的特写照片，尤其是一张表面放大照片，隐隐约约能看见金光闪闪的星星点点嵌在小行星灰黑色的土壤里，不知道是不是做出来的特效。

“你看，你看，就在这儿，”儿子说，“妈，这次真的非常靠谱。”

远茵看着儿子：“褚利，你今年81岁了吧？”

“妈，你说这干吗——”儿子一愣。

“这80年，你有哪些事，做得有那么一点后悔吗？”远茵问。

“问这干吗？”儿子有点讪讪地说，“我都不记得了。……年轻时候的事嘛，你知道。”

“小利啊，”远茵说，“我和你爸爸，一辈子都是求稳的人。原来也总跟你说一些‘不怕一万就怕万一’之类的话。是不是我们的教导对你来说太压抑了？”

儿子挠了挠头，有一点尴尬，瞬间回到中学时的样子，和他白发丛生的脑袋有点违和。他想了一会儿说：“妈，你是不是觉得我不靠谱？我是……我不是……”

“没说你不靠谱，”远茵说，“我准备把房子卖了。钱交给你替我配置。”

褚利有一点没想到，呆愣了片刻，张了张嘴。他大概准备了100句劝说的话，却没准备一句回应的话。

“我今天给律师发信，不过得等两天才会有回复。”远茵说，“你三天后再来吧。”

远茵看着儿子迟疑而出的背影，有点翻涌的悲伤。她叫住儿子，站起身，走到他身后，看了他片刻，拍拍他的后背说：“别驼背。说了多少回了。”

儿子走了。远茵转过身。

“变老就是从热情转向慈悲。”——加缪（第995句）

第二日·昏

午后睡醒，远茵把女儿叫到家里。

女儿刚坐下，远茵就调出来两张去海南的机票，说：“我买了三天后去海南的机票。”

女儿有点讶异，看看机票，又看看远茵。

“你说得对，”远茵说，“海南很漂亮。如果有一栋海景房还是养老的很好的选择。”

“太好了，妈。”褚薇说，“你想开了，真是太好了。我就跟你说，这个养老社区不会让你失望的。我去过，他们给洗手间里配的洗发液和护手霜都是丽拿黛雅的，特别高级。那边的医疗设施和配套医院也真是一流的，据说他们老板砸了30几个亿从全国各地请专家，又让最顶尖的医疗算法团队配套了医疗全检设备，比咱们这儿门口的医院好多了。妈，你要是真去那边养老，我也就放下一颗心了。”

“薇薇，你还有3年退休？”远茵问。

“嗨，没定呢。”女儿说，“说不准得延到90岁。我跟我的保险公司在协商呢，要是延到90岁，我的养老保险 package 能一下子多出一大笔。”

“嗯，”远茵点点头，“孩子们还好吗？”

褚薇笑笑：“都好着呢。琴琴她儿子前两年也考了大学了，琴琴现在也挺清闲，都好。”

“那就好。”远茵站起来，慢慢走到床头，整体端起床头的冲药器，“薇薇啊，你也该想想你后面养老的事了。好多事情，都是细节。也不是有了社区就够了。有个人照顾还是好事。你看，就像这个冲药器，每个时刻每种药，都会替我想着。”

“妈，你别管我，”褚薇眼皮一挑，“我还年轻着呢。”

远茵没再说什么。“三天后，你来接我吧。我银行还有些储蓄，都给你，可以买房子。”

女儿出门前，远茵抱了抱她。那感觉有一点微妙，远茵佝偻和瘦小的身子，似乎已经环不住女儿的身躯了。再也不像小时候女儿出门上学前的环抱了。远茵带着心底的涩然看到了玻璃上面的句子。

> “生命随心所欲地行进，海上有一些看不清的船，正航向你忘记了的春天。”——保罗·艾吕雅（第996句）

第二日·夜

夜晚，远茵面对漆黑的夜，没有开灯，坐在床上。房间里播放着杜普雷演奏的埃尔加，100年前的录音听起来仍然新鲜，如潮水翻涌。

“查到了吗？”远茵问。

屋顶上又传出那个电影里的深沉的声音：“查到了。月球社区现在共有53024名数字人在生活。据说生活环境配备和地球环境非常类似，可以根据生前记忆进行定制。”

“那怎么申请呢？”远茵接着问。

“首要条件是骨灰要撒在月球上。”屋顶的声音说，“现在每个月地球平均有3枚火箭携探测器和设备往返于地球和月球之间。每一枚火箭都有少量空间供给骨灰释放预约者。价格是普通的国际机票2—3倍。直接在各大火箭发射公司的元宇宙空间就可以申请。只是都需要家属同意。”

远茵点点头：“他们会同意的。”

屋顶的声音说：“我还没有帮您填写申请表。”

“不碍事，他们会同意的。”远茵说。

“需要我帮您填写申请表吗？”

“好的。填吧。”

远茵说完最后两个字，好像用尽了所有力气，也把最近这段时间平静水面的表面张力都破坏掉了，一连串悲伤的涟漪在她内心深处扩散开来。杜普雷的琴音荡到最高音，似乎琴弦在那一点几乎要断掉。但最终，高音还是滑了下来，在中音区留下一串令人心碎的颤音。

我终于要来找你了啊。远茵想。

玻璃上的字如水波浮现。

“唯有悲观净化而成的乐观，才是真正的乐观。”——尼采（第997句）

第三日·昏

这一日远茵从早到晚都没有吃药。

她把药杯轻轻取下来，药倒入水池。下午睡醒后，她的心率检测仪显示出相当大波动，当时就触发了社区医院的预警，社区医院医生与远茵通了话，她告诉他，身体感觉一切都好。社区医院为她启动了24小时急救专线功能。

关闭了医生的通信，远茵一个人靠在床头，腿上摆着一本诗集，看着窗外。

她莫名想起70年前的事情。那时候她和前夫吵架，不可开交，她似乎怎么做都没办法让对方满意，而她对对方提出的任何需求都被看作苛刻的无理取闹。就在这时，她遇到了褚冬。她在所有人都不看好的情况下跟前夫离婚，在45岁带着两个孩子嫁给了褚冬。那个冬天，她一个人打上车，从家里带出来的全部行李就是两个孩子的几件衣服。

她蜷缩在床里。床垫给她调整了角度，开始默默加温。

“需要我再调整室内温度吗？”屋顶问。

“不用了，盖被子还好。”远茵说。

“你害怕了吗？”屋顶问，“你的脑波监测数据有异常波动。”

“没有。我不怕。”远茵说。

看着你留下的文字，我怎么会怕。玻璃上出现：

“感情是很难操纵的，人是很可怜的。”——杨绛（第998句）

第四日·夜

这一夜，大雨滂沱，夜空黑暗，偶尔有撕裂的闪电。房间里只留了橘色的落地灯。

“帮我切断所有对外沟通的信号。”远茵对屋顶说。

“但是，”屋顶说，“你的健康数据，需要随时和医生保持沟通。”

“我说切断。”远茵说。

“可是，你在发烧。”屋顶说。

“你要是不切断通信，我就把全屋的电源切断了。”远茵威胁道。

屋顶 AI 终于切断了对外通信。远茵松了一口气。房间里随机播放了远茵收藏过的音乐。远茵躺下，看着屋顶。她不想闭上眼睛。

“给我把过去的照片和视频，随机播一些吧。”她说。

屋顶开始播过去的照片。她看见她和褚冬曾经去一次脱口秀表演，后来被请上台做群众演员的好笑画面，看见褚薇和褚利在游乐园滑冰时候摔成一片。她嘴角上扬，睡过去。房间拥抱着她，她像是回到了子宫般安全。

“人生在世，还不是有时笑笑人家，有时给人家笑笑。”——林语堂（第999句）

第五日·晨

卢远茵已经有一点神志不清了。

屋顶徒劳地呼唤她，但她已经没有力气回应屋顶的呼唤。她三天没有吃药了，此时此刻心脏像卷入狂风暴雨一样抽搐。

褚冬去世之前，给她把房子里的方方面面打点好，编程序，想让 AI 像他那样照顾她。他把他们曾经读过并摘抄的句子都输入进去，为她随即呈现。三年过去了，她几乎已经习惯了独居。房子替他拥抱着她。她能感受冰冷玻璃的柔软温度。远茵想象着月球数字人社区的样子，褚冬的骨灰撒在了那里。现在她终于要过去和他团聚了。

她在闭眼睛之前，隐约看见了褚薇和褚利进屋的身影，但已经看不真切了。她知道他们一定会签署同意条款，在那之后，他们也都自由了。无论他们怎样闹，也还是她的小孩子。她现在，要去月亮上见褚冬了。

“我要爱，要生活。要把眼前的一世当作一百世一样。”——王小波（第1000句）

《收获》2022年第3期

创作后记：

很多人问过：人类以后会不会爱上AI呢？AI又会不会爱上人类呢？

我常常回答：前者，yes，很容易，后者恐怕很难。

人类很容易对AI产生情感依恋，是因为人类的心灵太过于孤独，而又渴望有情感连接，因此人类可以与任何能让自己感觉慰藉的食物产生依恋感情。不要说是AI这样的智慧互动存在，哪怕是一只杯子、一条毛毯、一个双肩包，都有可能成为人类情感依恋的对象。当代年轻人在孤独中不敢触碰另外的人类心灵，往往选择独身，再加上宠物。宠物就是人类心灵连接的替代品。

从这个意义上讲，AI成为人类未来心灵连接的另一个替代品，丝毫不奇怪。

有的人会觉得，人爱上AI是虚假的，但其实，一个人在AI这里获得的是持续的陪伴，而在其他人类那里获得的，可能是持续的伤害。人与人之间的争夺、偏见、冷漠和攻击，会在渴望心灵温暖的人心里，留下持续的伤痕，而AI一直在那里，就像一个温暖的港湾存在，始终在你脆弱需要的时候提供帮助，仅仅是这一点就能让人产生需要与依恋了。

《孤独终老的房间》这个故事产生于一个意象念头：当一个人走到生命尽头，可能没有任何一个亲人在身边，只有一个AI房间能对ta的所有身体和心理需求产生回应，到最后，这个人死在这个房间里，就仿佛在一个臂弯的怀抱里，又好像婴儿回到了子宫。这个意象的安静的悲伤打动了我，我就很想把这种安静的悲伤写出来。

未来的房屋很可能是全都智能的。当你进屋，就给你开灯、烧水、打开音乐、冲咖啡、调节室内温度，都达到你喜欢的程度。你寂寞了和累了，可以让它给你调出墙壁上的娱乐，甚至可以让房间给你讲个笑话。你不会照顾自己的生活，也不喜欢老人的唠唠叨叨，但是你喜欢看到你的房间自动清点冰箱里的鸡蛋数量，在耗尽之前自动付款给你再下单一打。当你卧病在床的时候，你和床的关系就更多了一层心理上的依赖，你的床可以给你测体温、测量心跳、定时冲药，还可以把你的生命体征数据发给你的医院和医生。你很虚弱疲惫不想努力硬撑的时候，你的床不会责备你，而是可以温柔按摩，还可以唱歌给你听。

——总而言之，你渴望在其他人类身上获得的无条件关爱，最终可能只能在AI处获得。而它们是一定做得到的。

这是你想要的吗?

无论如何，即使有了这些关怀和眷恋，人还是孤独的。尤其是当自己清晰看见自己心里的孤独和身边人吵吵嚷嚷的欲求，这个人就很容易产生离世的欲念。当未来社会我们的寿命大大延长，我们可能每个人都要面对50年以上的暮年生活，那时候，或许每一天我们都会问自己：我还要留在这个世界上吗？是什么还在牵绊着我，让我舍不得离开这个世界呢?

当人可以依靠高超的科技手段和药物大幅度延长生命，或许终极问题就不再是“如何能不死”，而是变成了“何时选择死”。我们最终要自己为自己下定决心。

科技永远只是人心的镜子。它们映出人类自身的私欲、恶意、贪婪、残忍和善的渴望，我们也在科技的陪伴下，从一重心灵困境，走向另一重心灵困境，可是无论何时，我们人类心底都还是抱有对爱的期望，这才是人世的希望。

不做梦的群星

| 迟　卉

迟卉，笔名雪舞风华、黑小猫等，生于东北，2006年毕业于上海华东师范大学生物科学专业，更新代科幻作家代表人物之一，曾就职于科幻世界杂志社。

迟卉的处女作《独子》2003年7月发表于《科幻世界》，此后笔耕不辍，作品以短篇为主，散见于《科幻世界》《新科幻》《今古传奇·奇幻版》《天漫·轻小说》《最小说》等期刊，代表作包括《归者无路》《伪人算法》《不做梦的群星》等，出版有长篇科幻小说《卡勒米安墓场》（2010）、《坠入苍穹》（2012）、《伪人2075·意识重组》（2014）、《2030·终点镇》（2017）。

迟卉的作品想象奇丽，结构紧凑，融清新敏锐和大气凝重于一体，多次获得中国科幻银河奖读者提名奖和全球华语科幻星云奖银奖等奖项。2022年12月，迟卉的《不做梦的群星》获第五届冷湖科幻文学奖短篇一等奖。

1. 牧人

四月，棉城。

牧人正带着她的羊群，穿过半荒芜的城市。

杂草吞没了铁路，覆满桥面。粉色的酢浆草盘踞在开裂的行道花坛里，凭借地势抵御着狗尾巴草和鸡爪草的双重进攻。拉拉秧占据了曾经铺着枕木碎石的地面，肆意地在贫瘠的泥土间展开它掌形的叶片。一片爬山虎横过栏杆，缠绕着电线，一路攀上电线杆的顶端，又如同瀑布般垂落下来，在桥头织成一道绿色的帘幕。

铁路桥下方是一条普通的下穿隧道。路面已经爬满青苔，灰灰菜正不屈不挠地从开裂的水泥路面缝隙里探出头来，一点一点从人类的造物中收回大自然的阵地。

牧人带着她的羊群穿过隧道，爬上缓坡，来到一处视野比较开阔的地带，从这里可以看到高新区中央那九座高耸入云的梦塔，以及交织在梦塔四周那些半透明的运输轨道网。那些管线沿着银白色的支架向着地面延伸，又顺着塔身盘旋向上，将梦塔包裹起来。

在梦塔四周，快递无人机像蜂群般飞来飞去。所有的繁华都集中在一处。而稍向远方去，就是已经空寂无人的城市，和被改造成牧场的绿地公园。

找了一处长椅，牧人悠闲地坐了下来。

她清点着自己的“羊群”，十几个钢铁侠，三十几个奥特曼，还有四个高达。这些可定制外观的助行外骨骼装甲里，装着一个个活生生的人类躯体，银色的活网遍布装甲内侧，纤细的电极准确地刺激和引导着每一块肌肉，让这些躯体运动起来，跑跳，伸展，攀爬，一切都精准地控制在有益健康的范围内。在阳光不那么强烈的时候，装甲还会变成半透明，给里面的躯体补充足够的维生素 D。

在这个过程中，这些躯体所承载的意识可以一直沉浸在全方位虚拟世界的深处。他们或许在遨游群星，或许在驰骋疆场，或许在和爱人共度下午。全息头盔提供给他们从视觉到味觉的全面体验，把他们带去群星之间，天空之上，深渊之底。

牧人曾经去过一个元宇宙魔法世界，在那里，你每迈出一步都会在空气里踩出一圈异常坚实的波纹，风在你的脚下凝固成玻璃，而你可以踏着长笛的鸣唱走进极光流淌的天穹。

幻梦无远弗届，只不过你还是会把身体留给这世界，像一个心甘情愿的木偶，一个幸福快乐的血肉发条娃娃，将自己身体的控制权双手奉上。相信红色有角三倍速的助行外骨骼装甲会帮助你保持躯体永远健康。

很多商家都提供“躯体放牧”的业务。牧人效力的公司不过是其中之一。她喜欢这份工作，很轻松，可以四处走，而且报酬丰厚。

在手机上检查了一下牧群里每个人的健康状态，牧人安心地开始忙自己的事情。

这处城市广场荒废已久，用于锻炼的体育器械都是新装的，到处是叶片、花朵、细小的阴影下蚂蚁飞快地爬过，蜜蜂和毛茸茸的熊蜂在枝条间肆意飞舞。阳光像温热的水流般移动着，阴影随之改变。

在一处背阴的角落里，她找到了今天要采样的苔藓。

那些毛茸茸的绿色小叶片透明仿佛宝石，她用镊子小心地拔出两株，连同假根上的泥土一起放进标本瓶，然后从背包里拿出仪器，把它插进泥土，安置在这簇苔藓的旁边。给仪器登记，编号，然后接入自己编写的监控系统。

接下来一周，她都要在这附近放牧，这些仪器会忠实地记录下苔藓生长区域的温度、空气湿度、土壤湿度、光照强度。然后给她的样品库再增加一组珍贵的数据。

在她的身旁，两个高达正在做俯卧撑。一个钢铁侠在做引体向上。

轻柔的铃声在身后响起，她回过头去。

一架小巧的信使无人机悬浮在半空中，四片旋翼下方挂着精巧的吊舱，舱盖滑开，把一张明信片吐到她的掌心。

明信片的正面是褐色的荒原，背面只是潦草地写了几个字，还有一个更潦草的签名。

7月4日

冷湖

天文台

蜘蛛

牧人拿着那张卡片，沉默良久。

然后她打开公司的考勤软件，开始撰写一份辞呈。

2. 蜘蛛

四月下旬，阳光里的温暖开始渗入冰雪覆盖的大地。灌木丛里，毛茸茸的新叶小心翼翼地舒展开来，从南方回归的山雀落在枝头，唱起今年的第一首新歌。

曲曲折折的山路旁，雪水汇集成小溪，淙淙流淌。清澈的溪水涌入明渠，一路奔向开始融冰的河流。

封冻了一整个冬天的冰层由于温暖而变得脆弱，河面渐次破裂，冰块在水流的推动下碰撞着，推挤着，发出喀喇喀喇的声音，一路奔流，扑上堤岸，高高地堆积起来，又塌落下去。

没有面孔的男人站在河堤上，向下看着。

深绿色的蜘蛛们听到他的召唤，从四面八方的原野中汇聚而来，它们一只只爬上堤岸，如同温驯的老牛一样围绕着他。每一只蜘蛛的腹部都在阳光的洗礼下泛出半透明的珍珠白，可以隐约看到里面柔软的缓冲胶质，包裹着蜷缩成胎儿姿势的人体，须网一样的银色电路从他们的后颈散布到全身，接入蜘蛛胸口的集成电路。

很多人都喜欢这种定制的长途旅行：你下一份订单，把你的躯体交给这些巨大的蜘蛛，就可以回到元宇宙里享受生活，尽可以忘记这件事。蜘蛛会把你从一个城市搬运到另一个城市，等你醒来的时候，你已经在目的地了。

再后来，蜘蛛的业务拓展到了更广泛的领域：如果你不想住在大城市里，你就买一只蜘蛛，让它带着你的躯体在荒野中游荡，全套维生设备会确保你身体健康。时不时再出来运动一下，非常完美。

由于能光合作用，省电，所以蜘蛛比房子便宜 —— 至少比梦塔里的房子便宜多了。

没有面孔的男人将一枚枚小小的“纽扣”粘在蜘蛛的头部，再挥手遣散它们。闲置的算量通过以太网汇聚到一个私人服务器上，被用于进化算法，用于计算轨道、燃料、气动外壳和引力参数。

很多年前用真空管电脑进行的工作，在这里被分配给了许许多多的蜘蛛。

人们安然沉睡，茫然无知。

没有面孔的男人用“蜘蛛”的 ID 登录了服务器，他发现“牧人”已经发送了明信片的回执，这至少证明她确实是个留在现实生活的人。在十五张卡片石沉大海后，他终于又找到了一个愿意去冷湖的同伴。

他给“牧人”发了一段简短的留言。然后就去看她提交的另一份文件——那是一组新的苔藓数据，从生长环境到 DNA 序列一应俱全，甚至还包括了和这种苔藓共生的真菌和昆虫的数据。

归档，导入，他做这些事已经很多年，非常熟练。

这些苔藓数据被导入一个新的转基因模型，很快一组模拟数据在服务器上生成。开始迭代。

从这些苔藓的原生地到他们设定的目标，一共被分割出了256个环境层级，这些环境层级逼迫着苔藓在模拟环境中飞速进化，但这种进化算法需要的算力也在飞涨——偷来的蜘蛛算力还是不太够，他想。

点开上一批苔藓生成的稳定数据，他看了一眼。

在仿佛无休止的狂风和对流云团中，一片片金黄色晶体正在随着风上下飞舞。它们柔韧的蜡质外壳内部包裹了较轻的硫化氢气体，让它们可以保持在空中而不至于落地。如果被气流带得太高，寒冷会让这些晶体生成的硫化氢气体减少，从而落回到温暖的云层中。

这些晶体也曾经是某种地球苔藓，在漫长的迭代进化之后，叶绿素变成了叶黄素，叶片外的蜡质变成了外壳，假根消失了，共生的真菌被吸收进了植株内部，叶片拉长变薄，仿佛一枚枚羽毛，每一枚植株都像是一只无足的飞鸟，在狂风中久久地盘旋着。

从有模糊的想法，到现在的迭代结果，男人花了十五年时间。起初他的做法更像是异想天开，把蜘蛛、甲虫甚至是鸟类拿去环境迭代，得出的结果可以说是非常的少儿不宜。

牧人的加入是一个转折点。她带来了丰富的藻类和苔藓学知识，那一刻他们的计划开始走向更加实际的过程。

没有面孔的男人关闭了登录界面。骑上摩托，沿着河堤出发。虽然公路年久失修，但河堤坚固依旧，他今天应该能在日落前赶到下一个蜘蛛农场。

他们接下来要做的事情需要更多的算力。

所以他需要更多的蜘蛛。

手机里响起了一个短促的提示音，是论坛的收件箱更新了。

“腿哥”发了个回执上来。

这样就有四个人了。他想，至少四个。

3. 腿哥

无人机送来明信片的时候，腿哥正在元宇宙里卖挂。

他刻意选了一个霍比特人角色，开了加速挂之后，两条短腿转成了风火轮。跑着跑着就跑上了天，追上前方正在开着战斗机冲向目标地点的一名玩家。

“大哥，要挂吗？”

这个元宇宙区域的拟真度相当高，他清楚地看到了对方脸上呆滞的表情。

陪着战斗机跑了一会儿，他被踢下线了。

这次推销不太成功，不过腿哥也并不在意，他咧着嘴傻乐，继续去下一个游戏里骚扰。

他卖挂，而且只卖加速挂。号称能用两条腿跑赢一切。因此人称“腿哥”。

曾经有人找他做某个游戏的加速挂，他进去了之后发现只有载具没有人类角色，也就是说，没有腿。

于是他把这单拒了。

腿哥卖挂随心所欲，全看心情。毕竟这不算是他的正式工作。今天运气不好，卖了一下午的挂，一单也没做成。于是他退出了元宇宙，摘下全息头盔。回到他宽敞的卧室里。

纽约，梦塔“唐纳德福音”第四十七层。从他的公寓落地窗可以看到半沉没在海水中的自由女神像，繁忙的港口，街道上川流不息的无人卡车，以及寥落无人的小巷。阴沉的云层被激光投影照亮，翻滚着可口可乐、迪斯尼和卡拉什尼科夫的无声广告。

穿上防弹背心，在外面罩上黑色长袍，腿哥搭乘电梯到达梦塔底部，沿着街边的人行道走向未来大厦。

路上熙熙攘攘，自动卡车在路面上头尾相接、卸货机器人在每个货站忙忙碌碌，无人机在天空中像群鸟般忙乱穿梭，却从不会相撞。

只是看不到人。

他走了差不多半个小时，才看到一个人，和他一样穿着宽松的黑色长袍，甚至还戴了一顶头盔。这种袍子可以把防弹背心遮在里面，也能很好地掩盖体形。毕竟现在街头最大的危险来自那些无政府主义摩尔人，他们都有枪，但准头不怎么样。

自然原教旨主义者虽然也有枪，还有炸药，但这些反技术战士不会来纽约，他们觉得这里是人间地狱。

步行了一个小时，腿哥觉得身上微微出汗。而他的目的地就在眼前——双子未来大厦，左边是人工生育中心，右边则是给那些瘾君子的专用梦塔，在那里他们不仅可以享受元宇宙的丰富生活，还有定时干净卫生的毒品供应。

不免费。

这些瘾君子在元宇宙里创造的一切——那些充满迷幻色彩的艺术品、绘画和音乐——都被换成了来自医药公司的各种精制毒品。双方都认为这是一笔合算的生意。

腿哥抬头看了一眼这两座镜像一般的高塔，然后走向左边。

“十七层。”他说，“抚育中心。”

如果说过去的医药公司包办了你从摇篮到停尸间的一切，那么现在它连摇篮之前都一手包办了。

左边这座塔的正式名称是“人工生育中心”，但是老纽约们都叫它“子宫塔”，全纽约98%的人工子宫都在这里，几乎所有的新世代美国人都在这里出生。

十七楼的抚育中心里，婴儿的哭声此起彼伏。

平时偶尔有游客参观的走廊两侧都是玻璃墙，进门时就可以看到人工子宫在暗红色的光照下排列成行，从受精卵开始直到足月的婴儿一应俱全。可以当场定制下单。刚刚诞生的婴儿被放到传送带上，经过一系列检测合格后，注射疫苗和一系列激素，然后被送往抚育区。

抚育区由一个个篮球场形状的大厅组成，每个大厅里都有一条环绕流水线，上面定时会传过婴儿所需的奶瓶、尿布和其他用品。120个柔软的硅胶机器人母亲坐在流水线一侧，婴儿的摇篮在它们的另一侧。它们会按照特定的程序抱起婴儿，轻轻抚摸或者拍婴儿，摇晃摇篮，喂奶，换尿布。

腿哥知道一个判断婴儿月龄的诀窍：那些还哭得歇斯底里的，多半是刚刚离开人工子宫，还在本能地寻求真正的母亲。而那些安静地躺在机器人母亲臂弯里的，多半就是认命了。

他走进自己的工作间，洗手，穿上无菌服装，戴好手套和帽子，还有护目镜。他觉得自己也像是一个机器人，被包裹在塑料和硅的薄膜里。

但当他走进抚育间的时候，哭声立刻就小了下来。

婴儿们知道。

哪怕出生之后从未见过真正的父母，哪怕硅胶机器人母亲又柔软又温暖，还会喂奶和换尿布，哪怕从来没有接触过腿哥的皮肤，只有手套和无菌服，但婴儿们就是知道腿哥和那些机器人抚育者之间的不同。

腿哥走向第一个婴儿，把婴儿抱起来，说几句话，逗两下。拍拍，走一走晃一晃。

两分钟又三十秒。

腿哥放下这个婴儿。

走向下一个。

这些婴儿终究会长大。他们会被送往每一个订购他们的父母身边，那时候他们已经不再哭闹，已经断奶，被饲养得乖顺灵巧，令人满意。有些父母为婴儿定制的是全成长期服务，这些婴儿终其一生都不会在父母身边出现，他们会在抚育区断奶，然后被送往美国各地的童子军营地，在那里有机器人教练陪着他们，内置一百五十种育儿行为专家的知识，足以把他们养大成人。

在这个抚育间里，如果不算这些婴儿，腿哥就是唯一一个人类。他每天工作五小时，每周工作七天，陪伴每个婴儿两分钟又三十秒。

刚好满足《人工抚育法》规定的最低限度。

这份工作可以给他充足的收入，让他能够在元宇宙里愉快地生活，顺手还卖些挂。

他放下了手里的婴儿，婴儿不哭不闹，只是在他走向下一个婴儿的时候用小手去抓他的裤腿。

无菌连体服很光滑，那只小手什么也没抓到。

五个小时后，腿哥准时下班。他在更衣室换上自己来时的衣物，查收送到公司的包裹。然后他看到了那张来自大洋彼岸的明信片。

登录进服务器，来到讨论区。他发现关于冷湖的讨论里，有一个他很熟悉的名字。

将军。

在确定了将军就在冷湖之后，他立刻给蜘蛛发了回执，然后拨通上司的电话，请了一个长假。

4. 将军

四月的冷湖，依旧春寒料峭。将军醒来的时候，天刚蒙蒙亮。他盯着天花板发了一会儿呆，然后慢悠悠地起身，坐在床边活动手腕和脚腕，轻轻拍打脸颊、脖颈、胸口和大腿。让血液循环快一点。等觉得身体舒适了一些，他才起身去准备早饭。

早餐是黑面包和卤牛肉，这东西比熏肠好吃多了。酒也早就从伏特加换成了本地的闷倒驴。倒不是买不到，而是将军纯粹地喜欢。

他不是个念旧的人。俄罗斯人只有不念旧，才过得开心。

吃过早餐，将军穿上外套，拿起手杖，走出门去。自动快递车早上来过了，把他订购的货物和食品都卸在了门口的小平板车里。他并不急着取。而是沿着公路往天文台的方向走。

旅游季的时候，这附近到处都是无人机、蜘蛛和义体，非常热闹。但现在就只有将军一个人。

远处有鹰在低低地盘旋，或许是发现了什么猎物。动物偶尔会来这里，但将军从不投喂它们，所以大部分只是路过。

天文台离将军住的地方不远，被一圈20年代兴建的旅店围绕着。那时候冷湖就已经是热闹的旅游地了，而这些天文台也因此受益不少。直到超城市化运动兴起，梦塔和元宇宙像磁铁一样吸走了所有的人。科学家们坚持得稍微久一点，但最终，梦塔的宇宙模拟系统也带走了他们，只在这里留下了大量的监测仪器，把源源不断的数据传输给梦塔。

这些天文台兴建起来的时候，将军还不在这里，那时候将军还在故乡。当时的他还年轻，也不是将军，只是个普通的军官，刚刚从基辅罗斯战场归来，因为"出色的后勤服务"被授予了勋章。

在20年代的俄罗斯搞后勤，难度堪比在美国搞禁枪。你要应付索贿者和行贿者、处理来自各方各面的压力甚至是威胁。与此同时，前线的士兵正在等待面包和伏特加，还有弹药、头盔和糖果。运输车队可能会遭遇敌人的自制炸弹，来自北约的火箭筒，甚至是来自自己人的误伤。

凭借着年轻人的干劲和从父亲那里学来的圆滑，年轻的军官一次一次完成几乎是不可能的任务，把士兵们需要的东西送到他们的手中。

他深谙处世之道，一路高升，最后成了将军。

“二十年能源危机”给了俄罗斯机会，将军满怀期待和自豪，见证这个国家一步步复兴，然而在官僚系统中摸爬滚打多年的他也清楚，从坟墓里站起来的，不是过去那个充满梦想和骄傲的国家，而只是一具饥饿丑陋的尸体，披着旧时代的旗帜权当遮掩。

他曾经走进过空寥无人的机库，“暴风雪”号锈迹斑斑的机体让他偶尔会畅想，给一个太空计划做后勤，会是多么有趣的事。

但在技术洪流面前，俄罗斯的新太空计划尚未开始就已经夭折。对于传统能源出口占据关键经济地位的俄罗斯而言，核聚变技术逐渐走向商用的过程，就像是眼睁睁看着断头台上的闸刀一毫米一毫米地落下来。

这是新时代对旧时代漫长的绞杀，结局已然注定。

但俄罗斯仍然有一些别的国家没有的东西，一些旧时代留下的工业遗产。并不是所有的国家都拥有提取聚变反应堆原料——氘——的能力。更不用提只有通过核反应堆才能制备的点火物——氚。

将军接下了这个重担，他和工贸部长联手一起开辟了聚变原料产业。在其他产油产气国家的经济先后跌倒的时候，他们勉勉强强让俄罗斯踉跄着陆。将军把这件事视作自己的毕生最高成就。他觉得自己就是个后勤专业人员，能够给一个国家提供“后勤保障”，他这辈子值了。

退休后，将军在莫斯科住了一段时间。他本想在此终老，但一件小事改变了他的想法。

他每天早上都散步，那天早上走到梦塔附近时，一具义体拦住了他。看起来这应该是个年轻人，义体用的是某个最近很火的日本动漫角色。将军还没有老到和世界脱节的程度，他不知道这个小家伙是否就躲在旁边的梦塔里，但他知道这只是一个遥控人偶，里面没有活人。

“请让一下。”他说，“我要过去。”

义体打开胸腔，从里面掏出一个桶，向将军泼过去，将军没反应过来，被桶里的白色颜料泼了个正着。

那具义体发出尖锐的笑声。眼眶里的摄像头转动着，似乎是在直播。

“大家快来看啊，这是一位该死的旧时代军国主义者，也许我应该带一些红漆来配他的军装。各位，这是我们反对战争，反对暴力的公开宣言……”

将军愣了一下。他已经退休了，穿军装不过是一种习惯。不过他还有另一个好习惯。

他拔出手枪，精准地射爆了人偶的脑壳。人偶还在发出声音，于是他又对着人偶的胸口补了一枪。

这下世界清静了。

这事给他惹来一屁股官司，包括财产损害，公共场合持有非法枪械，还有各种匪夷所思的指控蜂拥而来。好在他还有一些人脉，可以帮他处理这些麻烦。

当一切尘埃落定之后，将军决定离开他荒谬的故乡，去别处看看。

就这样，他走遍了全世界。

彼时，梦塔已经在全世界的城市里拔地而起，但并不是所有的人都能住进去。在贫民窟里，廉价的全息头盔遮罩着缺乏锻炼，甚至已经开始腐烂发臭的活生生的躯体。在更多的地方，人们把农田交给自动机械、把婴儿交给机器保姆，心怀欢愉地走进一个又一个的幻梦之中。

将军也去了那些自然主义者的聚居地，在那里，人们反对元宇宙，反对互联网和数据欢愉，他们热情地邀请将军住下来，问他是否愿意加入他们。

“我是个老人。”将军说，“你们这里有助行外骨骼吗？我没有儿女，如果我失能了或者痴呆了，你们有机械蜘蛛可以照顾我吗？”

短暂的沉默后，自然主义者岔开了话题。

第二天，将军很有礼貌地辞行，再次踏上旅途。

在走过了很多地方之后，将军最终在冷湖定居下来，他接受了一份终身合同，旅游公司为他提供所有的生活保障，而他需要做的就只是在淡季维护这个旅游区，在旺季接待游客。有一大堆自动机械和人形向导供他驱使，还有一座天文台任他使用。

最重要的是，这里的酒很好喝。

在这样平平常常地过了几年之后，将军在网上无意间发现了“蜘蛛”的论坛，还有他和牧人搞出来的那些美丽的会飞的泡泡藻。他也了解到他们在找一个地方，让他们能够把这个想法变成现实。

这好歹也算个太空计划。

“暴风雪”号和那座空荡荡的机库闪现在他的回忆里。

他发了个帖子。说，你们可以来冷湖。

将军花了一个上午，把那些机器保姆安排去打扫客房，然后订购一批用来招待网友的美食。“蜘蛛”说应该只有三个人过来，牧人，腿哥，还有他自己。

正忙着，手机上又响了几声。将军点开消息，还是蜘蛛。

“将军！”蜘蛛用了一堆感叹号，“厂妹说她接下这个单子！这下可以解决很多问题了！我们现在只需要再增加一片发射场！”

将军淡定地调了几台清挖平一体机。冷湖这地方别的不多，就是空地多。

多大个事儿，看把这孩子激动的。

5. 厂妹

她一个人就是一座工厂。

全虚拟主控室今天是高达风格的，在半透明蓝色的显示屏上，一只小手点来点去，发出一系列指令。

这份订单正在收尾阶段，产线模块逐一解离，忙忙碌碌的金属八爪鱼游走在工厂的地面上，将通用机床、传送带、机械臂和电机拆下来打包，装入门口的无人卡车。

更多的八爪鱼正在拆解生产线的框架，将那些无法运用到其他订单上的模具拆下来，可重复利用的挂到共享网站上去。不可重复利用的直接解体，丢进回收池，饥饿的铁蜗牛等候已久，一拥而上，细碎的啃食声响彻整个车间。

下午六点，这座模块化自组装工厂已经全部拆卸打包完毕，厂妹跳上头车，十六辆无人运输卡车浩浩荡荡排成一行，驶向冷湖。

身后的厂房干干净净，等待着下一个自由工厂承包商的入驻。

在漫长而乏味的旅行后，厂妹抵达了X市。这里距离冷湖已经很近了，但她暂时还不想过去。

说到底，其他人或许是为了梦想，但她只是接了一个看着顺眼的订单。

打开地图，她在网上下了一个共享厂房的订单，很快就有人接了单子，给她发来地址。车队浩浩荡荡地开了过去，抵达时对方连停车场专用标识牌都已经备好。

来迎接她的是个中年人，苍白湿润的皮肤显示他多半是刚从梦塔的休眠舱里出来。

“愿意来 X 市的自由工业承包商很少。”他热情地欢迎了厂妹，“您是带着单子过来的，还是来这里接单的？”

“带了单子过来。”厂妹看到中年人沮丧的表情，补了一句，“我手头这个单子顶多占四分之一的产能。另外四分之三我也不打算闲置着，会接一些单，但是我这次带来的机床都是通用型的。定制型要现造框架，价格会比较高。”

“能接单就行。您真是帮了大忙了。”中年人眉开眼笑，“这儿就一座梦塔，很多个性化的小商品没人造，只能从外地运进来。价格上只要比外运便宜，我们都能接受。”

“行。”厂妹看了一下自己的需求，“我可能需要一些特种材料，你这里有没有材料商？”

“本地没有，隔壁 K 市有个材料承包商，我可以帮你联系。”

“谢了。”

当天，厂妹就在厂房里安顿了下来。各种自走机械鱼贯入场，开始安装生产线，打印场地框架，校正机床状态。她自己在空荡荡的彩钢宿舍楼顶展开透明帐篷，打了个地铺，戴上全息头盔，一圈淡蓝色屏幕围绕着她。数据如流水般滑过屏幕。

忙到半夜，产线建立完毕，水电接通，工作告一段落。

四周渐渐安静了下来。

厂妹摘下头盔，漫天繁星映入双眼。

这只是个委托单子。她对自己说。

小的时候，厂妹遇到过一个算命先生，算命先生对她爹说，这孩子长大了就是个进厂的命。她爹大怒，把算命先生给揍了一顿。然后对厂妹耳提面命：你要好好读书，要不然长大了就只能进工厂了。

长大之后，她给自己买了一家工厂。成了工厂里唯一的活人。兜兜转转回来，还是“进厂”了。

其实她完全可以待在梦塔里面，就像那个中年人一样，通过虚拟现实界面处理绝大部分的工作，遥控整个工厂的运行。即使是那些追着商机四处跑的流动工厂承包商，大部分也是躺在蜘蛛里面，让那些八脚自走保姆机照顾自己的躯体，享受着完全不需要面对现实困扰的工厂主生活。

啪。

厂妹拍死一只蚊子。

她在帐篷上找到了那条让蚊子乘虚而入的缝隙，熟练地掏出胶带来把它粘好。

她讨厌现实的这些琐事，但她也讨厌梦塔。

小的时候，她想要去的不是工厂，是火星。

过生日的时候，她缠着母亲给她买了一个透明帐篷。每天都住在里面，想象外面是火星的漫天红尘。当90岁的富豪马斯卡和他的火星远征军出发的时候，她满怀渴望，想要追上他们的脚步。

上大学的时候，她选了工程机械专业，在梦里她幻想自己带着一飞船的工程机械前往火星，在那里白手起家建造出一座新的城市来。

但再也没有第二批去火星的人，第一批登陆的人们有一半永远地埋葬在了那里，另一半最终被最后一艘火星飞船接了回来，从此再也不愿提起那段红色尘沙下的生活。

即使是父亲和母亲都入住梦塔之后，厂妹仍然幻想着有一天，能够出现某个奇迹，比如虫洞，比如超光速旅行，能够一下子就打通人类去往群星的路。她觉得如今的技术已经是某种奇迹，那么似乎再有一些奇迹也很合理。

她又等了十年，没等来任何奇迹。

没有平行宇宙，没有超光速没有虫洞没有时间穿越，没有外星人。科技越是往前走，人类就越是往后退。直到退回到一座座梦塔那洁白的梦境里。

人类做梦。

但这个宇宙不做梦。

厂妹曾经去过一次元宇宙中的火星。在那里，马斯卡基地尚未被废弃，穿着防尘宇航服的开拓者们在她身边走来走去，漫天的红色沙尘中一颗蓝色太阳喷薄欲出。

跟随太阳一起跃入天空的，还有一个巨大的对话框：体验时间五分钟，充值会员后可继续体验余下内容。

在元宇宙里，一切都有价格，那些开拓者的坟墓有价格，他们拍摄下来的火星风景有价格，360度全景的被废弃的基地也有价格。一切明码标价，童叟无欺，纯粹虚拟。

厂妹没有支付，选择了退出。

在那之后，她就不做梦了。

自称“蜘蛛”的男人找上她的时候，她觉得这个单子利润太薄而且需求太少，连她工厂产能的四分之一都填不满。压根不想接。但对方订购的货物内容确实奇特，她就问了一嘴。

结果就上了这艘贼船。

“你们应该知道，这是不切实际的。”她提醒道。

“谁还没个做梦的时候呢。”蜘蛛说。

我就不做梦。厂妹想。

这句话到了嘴边又咽了回去。她接下了这个单子。胸口有某种情绪涌动，像是从冬眠里醒来的小动物。

我已经不做梦了，但是还有做梦的人。那我就跟着疯狂一次吧。她想。

再说又不是不给钱。

6. 人偶与森林

中年人给厂妹找的材料商确实靠谱，第二天就跟她签订了合同，将大部分常见材料送抵工厂。至于她要的抗高温高压特种材料，对方保证在一周内送达。

牧人来找厂妹的时候，产线末端已经开始输出一只只漂亮的化身人偶，像下饺子一样争先恐后地落进塑料格里，等待着下一步的包装。

“你那边需要什么？”

“电力，水，把工厂的废热导到我这边来。还要建一个密闭风洞。”

牧人自己带来了她的生物质产线。藻类、苔藓和真菌分门别类地装在一个个高压容器中。还有一条微型硫化工产线。厂妹把自己产线的废气和废热导进牧人带来的反应釜，节省了大量的回收成本。

她把闲置的机械章鱼拨给牧人，两个女人忙忙碌碌，很快，巨大的密闭风洞就在透明的柱体中成形。牧人将那些金黄色的晶片苔藓释放到风洞里，让它们在炽热的二氧化碳和硫雾中上下翻滚，生长增殖。

厂妹原以为要等很久，但是第二天，这条产线就已经开始出货了。一周后三个风洞马力全开，源源不断地把十六种真菌和黏菌、四种藻类和两种苔藓装入休眠囊，再和隔温缓冲材料一起嵌进橄榄形的隔热外壳之间。

这些外壳是用来装化身人偶的。

“蜘蛛”找厂妹定制的这些人偶每个只有手指大小，但非常精密，它们可以将图像、声音和触觉信号捕捉传递出来，通过中继卫星送达梦塔内部。“蜘蛛”拉了一笔赞助，把它们包装成“真实的宇宙沙盒游戏”，他在元宇宙里众筹了此次行动的资金。然后向厂妹订购了一批火箭。

这些人偶是这个众筹游戏的核心，它们将会乘坐火箭前往金星，穿过厚密的云层，落向炽热的大地。在它们抵达金星地表后，梦塔里的人们将会操控它们，让它们在金星上四处行走，爬上半熔融的山脉，或者跳下金属湖泊。也许还会建造出手指高的房屋，形成一个个人偶的村落。

一个真实沙盒游戏。昂贵，但有人愿意付钱。

为了给这个游戏众筹，牧人拿出了她“放牧”过的每一个客户的联系方式，精准点对点推送广告信息。还顺手跟她之前效力的公司签了一份合同，向他们提供“金星冒险者”外形的助行外骨骼装甲。腿哥也在童子军那边狠狠推销了一波。但最大的一笔资助来自将军的一个老部下。他买断了这些玩偶拍摄的图像和所有收集来的数据的版权，用来在元宇宙里构建一个虚拟金星，这样一来，这个游戏就可以开发出后续的“冒险”版本。

就这么七拼八凑的，总算把钱给凑上了。

“做成游戏的话，金星到地球的通信延迟怎么办？”厂妹好奇地问。

“游戏是回合制的。一回合2分钟。正好是金星到地球的通信时间。你给玩偶发指令，玩偶按你的命令去做。”

为了能让这些玩偶在金星表面行动，抗高温高压的材料是少不了的。所以成本也很高。但在厂妹列出的单子上，最贵的仍然是火箭和中继卫星。

“这些化身玩偶就是拿来筹钱的。”牧人坦言，“我给蜘蛛出的主意，我不知道他在哪儿找的程序员。大概是腿哥和他的哥们儿。我们主要的目的其实是这些——”她指了指风洞里的藻类，“——人偶投放下去的时候，保护壳会在金星大气里四分五裂，壳里夹着的藻类就可以沿着风扩散了。”

“它们在金星上可以做什么？”

“改变大气，给金星降温。进化，繁衍……”

“大概要多久？”

“几万年吧。反正我们是看不到的。我们孩子的孩子也看不到。做这事就是个念想。我们没想过要看到结果。”

厂妹抿了抿嘴。

宇宙果然不做梦，她对自己说。

化身人偶生产了差不多一半的时候，腿哥抵达了。他戴着一副摄像头眼镜和一双触觉捕捉手套，一路走一路自言自语。当他试图和女孩们握手的时候，两个女孩不约而同地退后了半步。

“抱歉。”

腿哥摘下手套，把眼镜放在桌子边上。

“你这是在直播吗？”

“全感官直播。不是收费的。”腿哥解释道，“之前在论坛上说过了，我在纽约的‘子宫塔’工作。那里有很多孩子出生之后只接触过机器保姆，长大了也是跟着机器人教官当童子军。他们可能只见过我一个活人。所以这次出来，我就想让他们多看看多接触一下其他人，哪怕是虚拟的也行。”

牧人叹口气，“行，眼镜你戴着吧。手套就算了，还是觉得怪怪的。”

抵达的第二天，腿哥就热情十足地投入了工作。他要给那些去金星的火箭输入程序。还要测试那些化身玩偶，忙得不可开交。

“接下来要开始搞全面测试了。”中午吃饭的时候，他笑得神采飞扬，“你们可别被吓到。”

“测试员我们见得多了。”

“那你见过两百个童子军吗？”

“……”

第二天，一大群手指高的化身玩偶在美国熊孩子们的操作下如同出栏野猪般冲出了厂房。一大堆匪夷所思的bug随之出炉。包括“还tm能这么操作？”“这tm是怎么搞出来的？”以及“谁能重现这个bug我给他发钱！”

腿哥忙得四脚朝天，但对小测试员们非常满意。唯一一次意外是某个人偶被从厂妹三楼的卧室里扔了出来，飞了五十米落地，毫无损伤。

抗冲击测试都差点省了。

随着各种材料的运抵。厂妹的生产线上开始输出一支支火箭。这些火箭的尺寸很小，只有五十厘米的直径，高约10米。看起来像一根根的电线杆。完全不像是能飞向金星的样子。

“推力确实小了点，但还是飞得过去的。最近是一个非常合适的窗口期，金星现在离地球很近。”腿哥愉快地调试着火箭参数，还顺手拉上了一堆在美国的程序员干白工，“这也是为什么我们选金星而不是火星，需要的火箭燃料太多。小火箭搞不定，我们的预算更搞不定。”

产线上，装配已经开始。化身玩偶一只只滚进了装填有藻类的外壳，这些梭形容器又被装进着陆舱，安装在火箭前端。一根根金红色的“电线杆”被运上无人卡车，前往冷湖附近开辟的发射场。

“燃料怎么办？”

“燃料要把发射架竖起来之后装填。”厂妹解释道，“那边是蜘蛛和将军在处理。燃料不好搞，毕竟属于危险化学物质。”

“将军也就算了，人家在俄罗斯随便找一个大佬都是他以前在军校教过的。蜘蛛怎么这么厉害？”腿哥挠挠脑袋，“喂，放牧的，你见过蜘蛛没？”

“没见过。他只派过化身来找我。”牧人想了想，“那个化身没有脸。”

“噫！”

无人卡车抵达冷湖的时候，将军正在吃晚饭。

他慢悠悠地吃完碗里的饺子和半根切片红肠，咂了咂嘴里的蒜味儿，把最后一点白酒倒进嘴里。这才穿上外套，拿上拐杖。出门去看。

一辆辆无人卡车安安静静地停在停车场里，每一辆上面都装载了十根小火箭。将军满意地点点头，打开终端，开始设置自动卸货和自动安装。他年老眼花，动作慢，就慢慢地做。

他不着急。到他这个岁数，很少有什么事情能让他着急了。发射架前几天就已经建好了。他这里的工程机械什么都不缺。“蜘蛛”提供了足够多的数据和蓝图，照着做就行。

设置好自动卸货和自动灌装燃料的程序，将军就回去睡了。

第二天早上起来的时候，将军发现远处地平线上已经立起了一小片钢铁的森林。让他隐约回忆起在乌克兰大平原上装配威慑弹头的往昔岁月。

没有纳粹的时代真好。他想。愿那些家伙腐烂在元宇宙的柏林1944里。

两架无人机在钢铁森林的上空转悠，驱赶着那些把火箭当成栖架的鹰隼。将军满意地点点头，转身走向天文台。

这些和将军一样超龄服役的天文台里，依旧有很多仪器在运作。将军把它们全都发动了起来，捕捉数据，计算轨道，监测太阳风。相关数据被传给“蜘蛛”，再由“蜘蛛”计算后传回来，输入火箭和着陆舱，作为发射时和发射后姿态微调的参考。

担心这些年轻人做事不牢靠。将军找了自己之前的一个老部下，这个老部下又找了自己的一个前同事，用最低价买了一大笔量子比特时间，把数据拿去给量子计算机做了一轮验算。

如今万事俱备，只欠东风。

7. 聚

跟随着最后一辆运输火箭的无人卡车，腿哥第一个抵达了冷湖。厂妹和牧人还在后面，她们要拆卸生产线，而腿哥则需要提前过来调试火箭的程序。

将军拄着拐杖过来帮忙。

在度过了一整个忙碌的白天之后，一老一小两个男人坐在钢铁森林外围的马路牙子上，抽烟。

“你比我想的还年轻。”将军咬着嘴里的烟屁股，“在子宫塔干活，结果自己没当过爹？”

“没。”腿哥叹口气，“我恐人。”

“孩子抱多了？”

“每天好几百个，换谁来干这活儿都一样。”

“哼嗯。”

“将军啊，其实我这次来，是想问你个问题，养孩子是什么感觉？我是说，真的养个孩子。”

“我不知道。”

“啊？”

“你小子是不是觉得我是个老东西，所以肯定养过孩子？”

“你那代人不还是正常繁育的嘛。”

“你看我像是正常人吗？”

“行，你赢了。”

男人们一时无话，就又交换了一根烟，夕阳在他们的沉默中慢慢落下。

第二天牧人和厂妹抵达，冷湖基地就瞬间热闹了起来。两个姑娘带着一大堆自走机器人跑来跑去，发射场里到处是小章鱼小蜘蛛。她们仔细地调校每一根火箭，还发射了几枚作测试。

“早产宝宝一号准备发射，5，4，3，2，1，发射！”

“推力正常，轨道参数正常。”

“早产宝宝二号准备发射，5，4，3，2，1，发射！”

将军拎起酒瓶子对着腿哥晃了两下，“这 tm 什么破名字。”

“呃，是我起的。”

第三天早上，“蜘蛛”才姗姗来迟。瘦长的身影在地平线上，被朝阳拖出一条更瘦长的影子。

没有脸。

赶来的是一个精致的人形化身，面孔一片空白。

“你可真行啊，大家伙儿忙了这么久，这么大的事，你就弄个化身过来？”厂妹抱怨道。

“我没本体。”

短暂的沉默。

腿哥先反应了过来，他试探着问：“你是太白七号？”

那是负责金星探测计划的人工智能的编号。

“不是。”“蜘蛛”耸耸肩，“萤火九号。火星移民项目。我那个项目被废弃了。但是他们不能废弃我，因为我已经通过了图灵测试。”

“然后他们就把你放出来了？”

“对，还给我发了张身份证。”

略长的沉默。

牧人一拍大腿。

“坏了。”她说，“我准备了五人份的饺子！”

“cao！”

一个笑声。

更多的笑声。

然后所有人都大笑起来。

他们肩并肩，走向发射场。将军拍了拍“蜘蛛”的肩膀，腿哥对他竖起大拇指。厂妹躲在牧人身后，时不时好奇地看一眼。

朝阳把他们的影子拉得很长。

8. 星雨

五个人在发射场度过了一整个忙碌的白天，更多的调校和测试，更多的数据。他们一直忙到夜幕降临，轮班去睡了几个小时。直到凌晨的最佳发射时间窗口，才又齐聚在天文台中。

牧人打开了直播。

厂妹客串了主持人，向那些众筹了游戏的玩家宣传起来。“大家伙注意了啊，现在是发射时间，虽然要三个月以后大家才能玩上这个游戏，但是发射的场面很好看，我相信大家不想错过……”

腿哥和蜘蛛在监视器前忙忙碌碌，唯有将军穿上了军装，佩戴好每一枚勋章，拿着话筒。

“维纳斯集群准备发射。倒计时开始，10，9……”

冷湖万籁俱寂，连那些章鱼机器人都已经疏散到了发射场外。

“5，4，3，2，1，发射！”

焰光在沙漠中升起。

三百四十枚火箭，十枚一个批次，依序升空，一组又一组的微光紧密排列，拉成次第排列的光幕。仿佛一场逆向升上天空的暴雨，每一颗雨点的尖端都缀着炽烈的火光。一颗颗火箭的尾部都拖出长长的涡旋云霭，在高空中被尚未升起的阳光照亮，就像是一滴滴发光的墨水，在深黯的夜幕里盘旋着晕开。

“一级火箭开始分离。”腿哥说。

“轨道参数正常。”厂妹看了一眼监视器。上面有一颗光点脱离了大部队，歪歪扭扭地打起了转。

这才正常嘛。她想。之前的一切都太顺利了，顺利得让她觉得不真实。

不动声色地，厂妹把直播摄像头转到了另一个方向。今天她售卖的是梦境，而在一个不做梦的宇宙里，梦境是有价值的。

“三百三十九正常，一颗脱离。落点已经稳定。一级火箭发动机落点稳定。”

“三百三十七进入预定轨道，两颗未能正常入轨……”

接下来就是乏味的时间了。

厂妹及时将直播切换到了场外的那些章鱼机器人身上，它们冲入发射场开始拆卸清场的视频远比那些已经变成小光点的火箭更富有吸引力。

从地球到金星要三个月。

那些人偶可以在金星表面坚持一个月。

而那些从保护壳里散布出来的藻类，三个月后才能确认它们是否能脱离休眠存活下来，243天后才能知道它们能不能在金星漫长的昼夜交替中正常生长。假如它们真的活下来了的话，根据牧人的计算，要数百年后，金星的大气温度才会因为它们产生一点点可监控到的变化。而要那颗星球上诞生出更复杂的生命，或许要千万年，甚至上亿年。

厂妹掰着手指算了算。

“我有生之年大概能看到 …… 更多的藻类？这个宇宙真的是不做梦啊。”

将军看了她一眼。她这才意识到，在一位老人面前说有生之年，好像是件不太合适的事情。

但接话的却是“蜘蛛”。

“我连着陆都看不到。”他说，“下个月我的核心程序就要升级了。”

天文台里短暂地安静了下来，只有那些仪器在发出有节奏的蜂鸣声。

将军板起脸来，用力把拐杖往地上一顿。

“有什么好纠结的。看不到就是看不到。”他拿起酒瓶，灌了几口，“美国发射过一个探测器，叫旅行者1号，根据预定航线，它在四万年后才会抵达格里泽 —— 就是那个据说可能有生命的星系。发射它的科学家们，没有任何一个指望过能看到那一天。

“四万年太远，我们说个近的 —— 当年在柏林打纳粹的那些人，有谁觉得自己能看到一百五十年之后？

“有些事情，你们经历了，才能明白。你做一件事，不是为了看到结果。

“宇宙不做梦，星星也不做梦。对这个宇宙来说，人这一辈子，非常非常的渺小，但你活着，你愿意为了你想要的那个结果，去争取哪怕是最微小的可能。这就够了。”

“蜘蛛”笑了。无面的脸上发出轻柔的笑声。苍白的塑胶手指举起了酒杯。

“为可能性干杯。”他说，“为这个不做梦的宇宙干杯。”

一只只手举起酒杯。星光在杯中荡漾。

“干杯！”

戈壁滩上，发射场已经被清理干净，机器章鱼们拖着拆下来的材料返回了卡车。

一只跳鼠小心翼翼地出现，四处张望。抱起一块将军丢下的红肠，又冲回了洞穴里。

夜空清朗，有星星，坠落的星星，和许许多多正在上升的星星。

9．散

牧人留了下来。她说冷湖的地质气候很适合培育火星植物。她在天文台定居，照顾将军，培育自己的藻类和苔藓。偶尔从望远镜里看看金星。那颗星球的大气并没有因为数吨藻类而有任何改变，但她还是经常看。

将军在某次畅饮后酣睡过去，再未醒来。按照遗嘱，牧人把他和一瓶酒一起埋在了戈壁滩里，墓碑向着北方。

在十九次升级之后，蜘蛛终于等来了火星计划的重启。彼时，他已经不记得自己曾在冷湖送走三百四十颗星星，但在火星计划执行时，他仍然带上了一批藻类。这些藻类来自冷湖实验基地。是牧人培育过的种类后代的后代的后代，培育它们的那个姑娘已经不在，但有其他人接手，将这个实验继续了下去。

厂妹在离开冷湖后，去回收了脱落的火箭发动机和失败的火箭箭体，她保留了一个梭形外壳作为纪念，正式完成了这份合同委托。她一生都在大地上旅行，把工厂带到世界各地，有些时候，她会顺手收集某个国家放弃的太空计划，把这些数据、图表、蓝图乃至航天飞机本身运到冷湖去。牧人在将军的墓旁建了一座航天博物馆，来存放厂妹带回来的东西。

厂妹自己再未回到过冷湖，在一次前往汤加的合同委托中，她和她的工厂一起失踪在太平洋的风暴里。

腿哥回到了纽约，继续他的育婴工作。多年后，他自己开设了一个家庭抚育营地，在这里，那些尝试着担任父母的年轻人学习如何照顾从人工子宫中出生的婴儿。在40岁那年，他与一名来营地学习的女子喜结连理，他们一生共有七个孩子，均由人工子宫孕育。

10. 漫长的尾声

在经过了三个月的漫长旅行之后，总计有三百二十六枚火箭的着陆舱抵达了预定轨道。

炽热的云层被狂风撕扯成金色和褐色的长河，在星球表面奔流涌动。一只只着陆舱先后打开舱门，成千上万的灰色“枣核”没入其中，一颗颗“枣核”在平滑的云层上激起小小的旋涡，转瞬间就被气流抹平。

随着大气摩擦和速度的增加，“枣核”的外壳温度开始升高，记忆金属的特性让它们开始膨胀，随之四分五裂。狂风将“枣核”的外壳卷向四面八方，金色的细碎晶体也随之散播到了金星的高层大气中。

包裹在着陆缓冲气囊里的化身人偶慢慢落向金星炽热的地面，气囊渐渐瘪下去，一个个人偶充满期待地爬了出来。它们开始从轨道上的着陆舱接收信号，并把眼前的景象发送出去。

被铝结晶覆盖的银色山峦，灰色的铅湖，仿佛火焰熔炉一样的天空。有雪花飘落下来，这些雪花是硫酸铅的晶体，它们在地面生成，又被卷入群云，再落下来。

玩家们通过替身人偶，开开心心地欣赏着眼前的美景。并且开始下一回合的行动。

小小的村落被建造出来。

然后是投石机。

玩家们分成了数个阵营，互相攻击，乐此不疲。

一个月的有效运行时间非常短暂，在游戏正式关服前，玩家们举行了一场盛大的狂欢，小小的人偶们手拉着手，围绕着村庄跳起了快乐的舞蹈。然后它们冲向彼此，热烈拥抱，一个叠着一个，唱着走调的歌。

在倒计时结束的时候，通过卫星，玩家们激活了人偶自爆能源核心的指令。

爆炸在金星的地表掀起了一朵壮观的蘑菇云，并留下了一个坑，一个人类活动的明证。

四年后，这个坑被铅雪填满，从此消失无踪。

在元宇宙里，金星的模拟副本开始生成，游戏继续进行，而那个爆炸后的坑的寿命远远长于它在现实中的持续时间。

最初被投放到金星环境中的藻类全部死亡了，苔藓也未能幸免。小小的风洞对金星环境的模拟相当有限，更何况这些工作是由一些不专业的梦想者进行的。在连续数年没有监控到藻类信号后，绝大多数知道这次发射的人都停止了跟进。但是在数百年后，一种气体开始在金星的高层大气里稳步增加。并不是人们期待的氧气，而是极为稀少的氨。

某种黏菌活了下来。

这种黏菌并不在牧人的计划之中。她把他们加入“维纳斯鸡尾酒”仅仅是因为它们可以为其他藻类提供稀缺的某类化合物。但最终它却成了唯一的幸存者。

在狂暴的金星高层大气中，它捕捉炽热的阳光，漫无目的地随风飞舞，逐渐扩展到整个浓密的大气圈。

随着黏菌的密度逐渐增加，它们开始彼此接触，古老的来自地球的基因在变异中重新醒来，它们开始在金星的大气里彼此粘连，形成复杂的云状生物，吞食能量，遮蔽了阳光。

“远行纪”到来的时候，人类开始在太阳的赤道上修筑戴森环，为远航的飞船提供澎湃的能量。这一举动无意间降低了金星接受的太阳光能量指数，金星的大气温度随之降低。

彼时，人类需要的不再是星球，而是能量本身，他们对金星不屑一顾。偶尔也有几个好奇的人去金星观察过这些生物。但宇宙太小，元宇宙太大，他们很快就失去了兴趣。

“远行纪”结束后，又过了数万年，在残破的戴森环的阴影里，第一只云鲲终于和暴雨一起，落在了金星的地面。

三亿年过去了。

金星上的智慧生物终于踏出了第一步，它们抵达了古老的戴森环的残骸。查看人类留下的巨大建筑与神秘残迹。猜测着先行的古老文明到底结局如何。但他们终究未能得到答案。

此时的地球上，曾经四分五裂的大陆已经聚集在了一起，巨大的中央沙漠腹地，昔日名为冷湖的那块小小的土地依旧干燥荒凉，不见旧日的一丝痕迹，来自金星的探索者们在沙尘中掠过，浑然不知此地就是一切的开端。

在长久的寻找之后，他们终于听到了银河深处的信号啼鸣。来自人类，或者来自异族。

群星不做梦。

但宇宙中的文明，已然初醒。

《冷湖V不做梦的群星——第五届冷湖科幻文学奖获奖作品集》，四川科学技术出版社，2022年12月

创作后记：

这篇小说的开端。是一段qq群里的闲聊。

“现在的科幻小说都喜欢开挂啊。遇事不决，量子力学。星际狩猎，纳米机械。开着超光速飞船谈恋爱，拿戴森球给后宫发电……”

“因为宇宙实在太大了，不开挂没法写啊。”

“那要是不开挂呢？”

“不开挂啊……冥王星探测计划从策划到完成，花了三十年，一辈子就那么过去了。梦想很容易，现实很难。”

“那假设一下，不要超光速，不要量子力学，不要纳米机械，就只是我们这些人，我们这个时代的技术，我们这个时代的这些普通又渺小的人，能不能做一件大事呢？”

“现在的话，够呛。”

“——那将来呢？”

“假如有个机会，让你去做一件事，在群星里埋下一颗种子，你看不到它的将来，你孩子的孩子的孩子也看不到，但是你知道有一定的概率，这件事能成功，你会去做吗？”

“我会。”

“我不会。”

“我会。”

“成本不超过我的存款和寿命的十分之一的话，我会。”

“我会先试试看吧。挺有趣的。”

“我不干，那不是意淫吗？”

“我会，就当做白日梦了。”

宇宙不做梦，现实不做梦，群星不做梦。但人做梦。

于是我写了这个故事，还有这个故事里，那些愿意去做梦的人。

让我们写下去

| 韩　松

韩松，笔名小寒、小青，1965年生于重庆，武汉大学英文系、新闻系毕业，获文学学士和法学硕士学位，中国科普作家协会常务理事，中国作家协会会员。

韩松的科幻处女作《第一句话》发表于1987年第1期《科学文艺》，他的小说想象奇诡，行文无羁，充满对现实与未来的深刻洞察与思考，为科幻文学拓展出广阔的新空间，其《没有答案的行程》《天下之水》《绿岸山庄》《老年时代》《再生砖》等短篇科幻小说多次获得中国科幻银河奖和全球华语科幻星云奖；中篇科幻小说《宇宙墓碑》获得首届华人科幻艺术奖科幻小说首奖；长篇科幻小说《驱魔》获得世界华语科幻星云奖。曾于2010年与刘慈欣同时获得首届全球华语科幻星云奖“最佳科幻＼奇幻作家”奖。

韩松的长篇科幻小说包括《让我们一起寻找外星人》（1999）、《2066年之西行漫记》（2000）、

《红色海洋》(2004)、《地铁》(2011)、《高铁》(2012)、《轨道》(2013)、《医院》(2016)、《驱魔》(2017)、《亡灵》(2018)等。

除了科幻写作，韩松还著有多部非虚构作品，包括《人造人：克隆术改变世界》《Yes，克林顿；No，航空母舰》《想象力宣言》等。

春节来临，我忙着应酬。很多朋友请我吃饭。他们是本县的小说家、散文家和诗人。我是一名农民企业家。我很高兴接受邀请。他们虽然比较清贫，却坚持不懈创作，用文学作品感动人鼓舞人。我十分愿意与他们在一起。这乃是我自小热爱文学，却由于种种原因，最终没能成为小说家、散文家或诗人。但我常常资助他们，让他们能够创作下去。但我不太理解的是，为什么他们要在今年春节，如此集中地请我吃饭呢？平时他们并没有这种习惯。也许是有什么喜事吧——他们中难道有谁得了诺贝尔文学奖不成？

大年初一这天中午，又有一名作家请我。他虽然连县城都没有出去过，却已经在北京、上海和本省的文学刊物上发表了三个小说。他之前也从来没有请过我吃饭。酒过三巡，我实在忍不住，就问他究竟怎么回事。他红着脸吞吞吐吐说，是来向我话别的，因为要出远门了。

“远门？是去瑞典吗？”我兴致勃勃问。

“不，是更远的地方。”他有些不好意思地回答。

我实在想不出有什么地方比瑞典距离本县还要远。他见我一脸糊涂，便解释：

“我是外星人，就要离开地球了。”

“老大，你真会开玩笑。”我笑着举起酒杯。

“你不相信有外星人？”小说家认真地说。

我虽然待在一个偏僻的县城，但由于看过《三体》，所以多少知道一些这方面的事情。比如说有个费米悖论。根据这个理论，宇宙存在了一百三十七亿年之久，按道理它早就发展出了许多的智慧文明，有的比人类还要高级不知多少倍。也就是说，在宇宙中，外星人多的是。但为什么我们一直没能见到他们呢？著名物理学家费米认为，这就是一个悖论。它可能表明，因为距离太远，不同文明之间根本无法互访，或者这说明宇宙中只有地球人一种文明。然而，此时此刻，费米悖论好像破产了——在我的眼前，就端坐着一位外星人，他热爱文学创作，平时接受我的资助，现在来向我告别，要离开地球。我愕然。在我国，正常的文学工作者不会谈论地球之外的事情。所以这件事是真的？

“事实上，我们几千年前就来到了地球，与人类共处日久，只是没有向你们通报罢了。现在，要走了，特来向你告别，顺便也亮明身份。我只对你一人说。”自称来自外星的小说家怀着歉意说。

我的酒喝不下去了。我有点想朝他脸上扔杯子。敢情，我这么多年辛辛苦苦资助的，竟然是一个外星人。而文学……

“你可不要难过呀。”他安慰我，“在贵星写小说，是一件愉快之事。我只是众多外星作家中普通一员。那些更知名的作家也都是外星人。”他就列举了一些名字：用外语写作的莎士比亚、福克纳、奥斯汀、马尔克斯、卡夫卡、勒古恩、东野圭吾、藤井太洋等，用汉语写作的莫言、阎连科、残雪、余华、苏童、马伯庸、南派三叔、宝树等。

“当然，也有地球人跟风，写一些文字，把自己装扮成作家，但那完全是另一回事。对此我们抱以谅解的态度，未采取手段制止。文学最需要的是宽松和包容。”

他可能有所指，比如本县的原文化馆馆长，因为发表一些吹捧县长的庸俗低级诗歌，而遭到网民嘲笑。另外也可能是说像我这样的人，喜欢文学却从来没有弄好过。我是一名土生土长的农村文青，对文学满怀热爱，写了很多小说散文诗歌，投稿给城市的文学刊物，却总遭到退稿。没办法只好去深圳打工，后来机缘巧合，回乡创办土豆收购和加工工厂，用赚到的钱，资助文学创作，这也算是了却年轻时的心愿。现在才知道，我搞不好创作，乃是因为我不是外星人。但让我无法理解的是，这些外星人有本事从遥远的外星跑到地球来写小说散文诗歌，却居然还厚着脸皮拿我的资助，而且说不写就不写了，要从地球撤离。文学是可以这么随随便便的吗？我有一种上当受骗感。

“这有意思吗？”我生气地说。

“不是有意思没意思的问题。这涉及宇宙观。”外星小说家说。

“宇宙观？”

“宇宙观也就是文学观。在我们星球上，文学即一切。”

他对我解释，以他去年写的短篇小说《一坛老醋》为例，从形式和内容上讲，它就相当于爱因斯坦的相对论。相对论是一个很怪的东西，它可以让丈夫的容貌保持年轻却让妻子变成老太婆，这样就活生生造就出人间分离。但这只是比方。外星人那儿不搞相对论。质能公式仅适用于低维度世界。爱因斯坦从小喜欢文学，最终却选择了科学。他不曾认真讨论过文学同科学的关系，只是在谈论宗教与科学时不经意捎上文学。这使得他最终没能发现大统一理论。决定宇宙运行的根本法则是文学。上帝创造世界时使用的工具是情商而非智商。外星人也是通过文学来做星际旅行的——把物质转化为故事，再把故事复制到各个星球。当文学涌现时，时空障碍就不存在了。外星人不需要搭乘太空船就能抵达地球。嗒，脑子里灵感一闪，就直接跃迁过去了。

“因此，在我们那儿，文学又被称作万有引擎。”他说。所以地球人根本看不到外星飞船来访。费米悖论就是这么产生的。总之，文学决定了外星人的人生观、价值观和世界观，决定了他们的宇宙观，也决定了他们的一切。他们要解决生存和发展问题，就只是写小说、散文和诗歌，而不用开荒垦田修水坝、建高铁造电脑做手机、搞粒子加速器和蛋白质折叠，也不用构筑什么戴森球之类，或者入侵别的星球。那样做生态代价太大。实际上，他们已经通过文学获得了永生。

“但是，你们为什么不老老实实待在自己的星球上搞创作，而要跑到地球上来呢？”我不解地问。

“是来体会游戏。”

“什么意思？”

“地球人是宇宙中一种会玩游戏的生物。但我们不会这个。”

“所以你们是来体验我们的生活……呃，游戏的？再把它们写出来……”

“是的。游戏太棒了，它为万有引擎提供了新的燃料！”

什么是游戏呢？我一时没能反应过来。我就想了想，头脑中很快浮现出屈原投江、阮籍装疯、李商隐天才薄命、杜甫穷得住草房、苏轼流放、李贽下狱、曹雪芹下半生蒙受贫寒、史铁生遭到身体和精神磨难，还有老舍坠湖、杨朔吞药、海子卧轨、徐迟跳楼，等等画面。在圈子里，我们的确称这些为游戏。

“当然不仅仅是为了我们搞好引擎。”外星人又深情地说，“同时也是写给你们的。因为你们自己虽然很会玩游戏，却并不清楚什么是游戏。你们总把游戏称作……呃，事业，或者，战争……所以原本地球人是没有文学的。有了文学，情况才有所改观。文学把游戏创造的那……呃，欢乐，表达了出来。瞧，后来你们也有了专业游戏公司。那都是我们支持创办的。”他说了几个知名互联网企业的名字。

“那么，诺贝尔文学奖都被你们拿了吗？”

“这个奖其实是我们设立的。布克奖、龚古尔奖、芥川奖、鲁迅文学奖也是。都是游戏。”

“哦，你们自己奖励自己了。”我干巴巴地说，感到一丝幻灭。

“当然，国别平衡可能做得不够，因为地球各地苦乐不均。”

“那你们为什么要走呢？”

“其实也不是为什么。就是觉得该走了。”他神色凝重起来，自己干掉一杯酒，抬头看看贴在墙上的老虎年画。

我意识到什么，也喝了一杯，朝它看去。那是一头红黄色的大老虎，虎头威武雄壮地伸在夜空中，嘴里露出尖刀似的牙齿，弯曲的身体沉重地坠至大地，与群山和城乡融为一体，周身斑斓绽放的条纹之间，露出一片一片的群星。整个宇宙是它的背景。不，或者就是它自身。我若有所悟，却说不出来，身体开始发抖。这幅画是未来事务管理局赠送的。在太阳系，未来局掌握着时间的秘密，决定着时间向什么方向流动，以及每年生肖的排序和表达。所以每到此时全国城乡的年画都委托它来赠送。

“实际上，这些年来，文学就在不断式微。尤其是，三年前鼠年开始时，时间进入一个新的轮回。万有引擎的触角探测到，世界正在发生一些深刻而惊人的变化，未来将不同以往。宇宙的宏观结构正被修改。这可能跟某个倒计时程序的运行有关。我们也不清楚将发生什么。只知道，如果等到兔年来临，再走就来不及了。我们必须在虎年结束前返回宇宙，重新认识文学面临的形势。”

“好吧。”听了他的解释，我仍然不明白究竟是为什么，只觉得有种深入骨髓的悚惧，“但你们走后，地球上就没有文学了。”我意识到这个问题很严重，有些想抱头痛哭。不敢料想，人类失去了文学，会是怎样。我回忆小时候第一次读到小说的愉悦，那是《聊斋志异》。文学越恐怖就越让人兴奋。古今中外，鲜有人不喜欢听故事的。人们从听故事，到读故事，再到写故事和讲故事，这是文学赖以存在的根本原因和现实理由。文学用真实的谎言，提供了无尽的想象空间，和集体的恒久记忆，成了地球各民族生存的基础。正因为如此，第二次世界大战后，有人问及丘吉尔，莎士比亚和印度孰轻孰重，首相回答如果非要在两者之间做出选择，那么他宁要莎士比亚，不要印度。但现在外星人却在做另一件事情。

“其实，也是因为你们自己不需要文学了。你们最近宣布要减少乃至消灭游戏，游戏公司的营收正在直线下降……”外星人说。

“不，需要的！甚至更需要……”的确，外星人说的现象是存在的，但我不认为游戏会消亡。只是游戏的表现方式不同而已。它也许会更惊心动魄摧枯拉朽在沉默中爆发在无聊中有趣呢？这是时空正在发生的剧变的总体方面吧。对此需要适应，而不是逃避。

“哦。”他沉吟，“那也请不要着急。这个，外星人也想到了。为防万一，我们也做了一些安排。在离开之前，我们对地球上另一种灵长类——猴子做了处理，让它们也能创作文学。”

“猴子？”

“是的。如果真有这方面的需求，今后，猴子能代替人类玩游戏，感受那大海一般的欢乐，从而延续文学的未竟使命。”

我眼前浮现出一张女人的面孔。她便是我的表姐。我跟她目前是夫妻关系。她在县文化馆工作，号称也喜欢文学，写过不少诗，全是附和县文化馆馆长的，后来她被提拔为文化馆副馆长。文化馆馆长当了副县长后，她又当了文化馆馆长。她最近告诉我，发现了一件奇异的事情，就是本县黑石山森林公园里的猕猴，有的可以写诗了。它们也不是写，只是用眼睛盯着一块岩石，目光在上面移动，石头上面便会呈现出类似文字的图形，经过专家解析，那实际上就是诗，跟古老的《诗经》和《离骚》有某种相似性。表姐认为这是生物进化的新奇迹，就像原始人类学会用火一样。连猴子也会写诗了，不正表明这个时代有多么伟大吗？它折射出的是人类文学达到了新的高峰。她就打算把这些猴子圈养起来，由县文化馆出面为它们开办文学训练班，等到下半年省里举办文学征文大赛时，让它们去参加，来个一鸣惊人。

“这太不可思议了。”我拿着酒杯的手像帕金森病患者一般颤抖。

“你知道埃隆·马斯克吗？”外星人同情地看着我说，“他其实是我们安排的一个人。他开发的脑机接口，就是为了做这个事情。他以科学家和企业家的身份做掩护，实际上做的是文学工作。他这几年不断取得重大突破。这也是在跟时间赛跑哪。见他那儿实验得有些眉目了，我们便在多国普及。本县的写诗猴，便是京城回虎观医院的神经外科实验室培养的，它们大脑上都装了脑机接口，然后投放到森林公园。它们通过意念操纵芯片，借助激光书写器，把字写在岩石上。为什么是诗歌而不是涂鸦呢？因为猴子大脑皮层上控制游戏的额叶也做了切除和再造。它们玩游戏的每一点滴欢乐都转变成了对应的诗歌电信号。”

听到这里，我头上冒出冷汗，喃喃道：“不行的，不行的。你说的可能是这么回事，但那些猴子要是被县文化馆集中起来办培训班，就要出问题。我可知道表姐那点儿德行。她就是你说的那种自诩懂得文学、心里却视文学为狗屎的人。可能你们也曾领教过她的厉害吧。我听说县里所有小说家、散文家和诗人都挨过她的骂。她脾气太不好了。她是不是总让你们写她喜欢看的？她是不是瞧着谁写得不遂她心，就命令我断供对他的资助？她会折磨猴子的。她会弄死猴子。那样的话我们还是不可能有好的文学。不但如此，人类只怕还会因此灭亡哟。”

“怎么可能。”外星人严正地说，“你表姐虽然也口口声声说要消灭游戏，但她其实是最会玩游戏的人。猴子会像我们一样，从你表姐施与的巴甫罗夫式游戏惩戒中感受到欢乐。假以时日，它们就会创作出新的获奖作品。有了猴子来搞文学，人类就会继续存在下去。”

我无法辩驳外星人，只好点点头。我好像看到了一个最直接的结果。那便是表姐有可能因了这番业绩而升任副县长。但我仍然高兴不起来。我觉得外星人说这些，可能是在安慰我。这就是真正的文学家的情怀。难怪都说他们是人类灵魂的工程师。

这天我喝得快死。我回到家，趁着醉意，提出与表姐离婚。我之前就一直觉得家庭生活十分难受，现在才明白过来，这是一场游戏。我跟不上表姐的玩耍思路。尤其是，最近以来，她的心都在猴子那里了。她根本顾不上这个家。我们的孩子在上初中，她也抛下不管，学校的家长会也不去开。没想到，听了我的提议，同样喝得醉醺醺的表姐立即同意了离婚，似乎她也早在盼望这一天了。她从来就瞧不上我，觉得我只知道赚钱，表面喜欢文学，其实对文学一窍不通。也就是说我蒙受着游戏的欢乐却不懂得歌颂这种欢乐。

大年初二我们便去县民政局办手续。因为是春节假期，又有疫情，民政局关着门。表姐便利用她在县里的职权，把工作人员从家里叫了出来。工作人员刚问了一下离婚的理由，就被表姐训斥得闭了口。我也不方便提外星人及猴子的事情。我只是说我跟表姐的宇宙观不同。工作人员小心翼翼劝我们是不是考虑不要离，结果又挨了表姐的臭骂，被说成不顾大局。由于我是本县著名农民企业家和纳税大户，表姐又是文化馆馆长，工作人员不敢怠慢，于是达成了协议。但是根据国家法律，还需要一段时间的冷静期。

在冷静期里，我和表姐分居了。我意识到，外星人离开地球，其实是在帮我，帮我把一件长期想干却干不了的事干成了，解决了我一直想解决却解决不了的难题。这多少弥补了丢掉文学所带来的失落。这天晚上我又喝了些酒，忽然感到高兴，便跑到野地里看起了天空。漫天繁星，那是外星人居住的世界。小时候我很喜欢看星星，长大后就不怎么看了。这时我真的见到了那个雄踞在宇宙中的老虎，它的爪子紧紧扣住万物的象限，正是它让时间的流速和方向发生了变化，改变着我们之前习惯的一切。许许多多像是流星一样的光点从四面八方的房顶上、马路边、田地中和山岭间嗖嗖嗖往天上飞去。

我没有看错，正是这样。那是外星人借助故事的力量，或者利用万有引擎的推力，在成群结队离开地球。他们本来也可以不动声色瞬间跃迁到十万光年之外，但如此大张旗鼓光彩照人地撤退，大概是用春晚般的仪式在向人类告别吧。我也才明白过来，宇宙跟人类理解的还是大不一样。天上其实本来没有什么星星，每颗星星都是外星作家编的一个故事，同时是万有引擎的燃料。外星人用故事把黑暗的太空照亮。但现在他们抛下我们玩的这套游戏，集体飞升而去，只把猴子留在人间，来陪我们玩耍。他们好像一点儿也没有想到改造人类。这是为什么？

这时我的酒有些醒了，才觉得不对头。我真的要离婚吗？这不是做梦吧？只要我今后还待在地球上，那就要去赞助猴子的文学。猴子的文学也是文学。而且我估计表姐也还需要我这么做。县里别的企业大都亏损或破产了，无法提供赞助。想到这里，我就觉得我余下的人生充满荒芜。这时我看到分管文化的副县长也就是前文化馆馆长从不远处的田埂上走来，他好像不是要去驻村蹲点，而是准备等什么人。趁他鬼鬼祟祟东看西瞧，我便有了想法，打算上去向他汇报情况，请他设法把外星人留下来。我取下我的口罩，用签字笔在上面写下一行字："他们是外星人，让他们写下去！"但我还没有走到他跟前，便见表姐急匆匆走来，一把将副县长的胳膊挽住，兴冲冲对他耳语了几句。大概是报告猴子也开始创作文学作品的事情吧。说不定还要把这当作新年乡村文化建设的一个项目。我自卑而羞愧了，赶紧转身走掉。

我回到公司，打开办公室的门，在堆满土豆的沙发上坐下来，呆呆看着房间里的书架，上面陈列着蒙了厚厚灰尘的文学名著，从《奥德赛》到《西游记》，从《雾都孤儿》到《阿Q正传》，从《战争与和平》到《平凡的世界》，从《万有引力之虹》到《一句顶一万句》……原来都是外星人写的。这么多年来，就是他们在代我们忧思，代我们流泪，代我们流血，代我们彷徨，代我们自嘲，代我们呐喊……代我们躺平……噢，一句话，代我们承受游戏的欢乐……正是靠了这个在暗地里运行的引擎，人类才幸存了下来……我凝视着这些原本熟悉现在却变得陌生的书籍，想到人类和我自己的命运，眼泪就止不住开始哗哗流淌。外星人写下的文字一直在世间流传，成了我们那卑微、落后、野蛮而辉煌的文明的一部分，本县也有幸蒙受这份荣光及福祉。据考证本县建于公元前二二二年，这里山川秀丽，人文荟萃，十里乡村，不废诵读，汉代就建有孔庙、学宫、书院和书屋，盛产小说家、散文家和诗人，他们记录了历史上不绝的兵荒马乱，村民们被官匪勾结着欺凌并遭到屠杀，还有洪水地震旱灾虫灾，大饥之年饿死很多人……有人因为写了这些游戏而惹得县令一高兴，便享受了砍掉脑袋的最高荣誉，进入到玩家的巅峰欢乐状态，毕竟那时还没有脑机接口……看来外星人早把本县当作文学创作基地了。他们可不能走。但怎么才能把他们留下来呢？

我便去到洗浴中心。其他地方都不上班了，只有这儿还在营业。有位小姐是我的相好。以前每遇到为难事都是她帮我出主意。我愁眉不展对她说："怎么办啊。一个没有外星人的时代即将来临。"她一听就乐了："怎么大家最近说话都这样啊。昨天还有客人说他是外星人呢，送我一本签名书作礼物。"说着她就从按摩床的枕头边拿过手袋在里面翻。我看到，在化妆盒与避孕套之间，夹带着一本《白日的潜水艇》。我不由得又哀又怒。外星人只说把秘密告诉我一人，不料也跟小姐讲了。我抱怨道："难道要教人自杀才可以吗？今后真靠猴子去拿诺贝尔文学奖吗？让一个即将离婚的男人来承受这种打击合理吗？而大家都不在乎，装作视而不见。好像这世界有没有文学根本无所谓。"

女人听了也没有动气，反而高兴地说："你终于要离婚啦？对不起，我很抱歉。这可不能怪我哟。是你主动来找我按摩的。不过你也不必悲观。为什么只想到作家才是外星人呢？要说这个时代啊，各行各业都有外星人。因为各行各业都在玩游戏嘛。只是你的信息太不灵了。我做这个，接触得到各种各样的人。他们都跟我讲了。我就这么说吧，你怎么不想想我也是外星人呢？我一直都在做你的引擎啊！这些年要不是我为你发电，你能活下去？哦，搞不好，你待会儿也会对我说，'我也是外星人'！外星人不是都能意识到自己是外星人的。他们要通过游戏来觉醒。"

听她这么讲，我心头一震。是啊，我为什么不会是外星人呢？我虽然写不好文学作品，但我善良而友爱，对游戏带来的欢乐满怀怜悯，否则我也不会拿钱资助文学家。但是我想不好是否要离开本县。县老干局盖宿舍楼借我的钱去付工程款，到现在还没有还呢。另外我那些员工怎么办？他们会失业的，他们的家庭会重新陷入贫困，有人或会因此而自杀。他们一直把我当他们的万有引擎。离开了文学这些问题都无法解决。

然后我就从洗浴中心走了，又去了县里。我站在县文化馆门前，披头散发想了半天，最终鼓起勇气，把那个口罩从怀中抽出来，双手将它高高举起，只是我把上面的文字略改了下："我们是外星人！让我们写下去！"我瞬时觉出，这才是我写出的第一篇真正的小说、散文或诗歌。哦，这或将证明我也是外星人，从而兑现小姐的预言。

但这么过了大半天，县领导或者他们的秘书也没有露面，连群众也没有一个人围观。我才想起，这仍然是在春节假期中。我们总是节日当头，欢乐在手。这个虎年尤其不同寻常……我在寒风中像堂吉诃德一样孤独地站着。这样又到了晚上，在代替了鞭炮烟花而连续朝向太空集群发射的灿烂星雨下，在雄峙于宇宙之上的猛虎的注视下，表姐姗姗出现了。我们面面相觑也不说话，富有深意地互相打量着，好像此时世界上只剩下了我们两个人。然后她摘下她脸上的口罩，对准我举起的口罩晃了晃，又朝我身后使个眼色。这一刹那我觉得表姐才是真正的万有引擎。我回头看，见一队头戴王字毡帽的猴子身披红黄色斑纹绶带，正从马路中间喜气洋洋大步走来。我便跟上猴子，猴子又跟上女人，往家行去。

2022年2月1日首发于“不存在科幻”公众号

创作后记：

《让我们写下去》，这个科幻小说，主要讲的是文学艺术，在宇宙演化和发展中的意义，它可能才反映了宇宙的真相，物理的最终是精神的。创作这个作品，也是有科幻现实主义的考虑，那就是表达一种文化自信，文化自信是更基本的自信，有了这种自信，我们就可以在宇宙中生存下去，哪怕不能理解荒诞的宇宙。另外，我觉得科幻有多种可能性，它应该尝试突破边界，在写法上有创造，有作者自己的风格这也是这个作品想要表达的。

幸福岛

| 陈楸帆

陈楸帆，生于1981年，毕业于北京大学中文系及艺术学院。他的身份不仅是科幻作家，还包括创业者、编剧、翻译和策展人，还担任过世界华人科幻作家协会（CSFA）会长。

陈楸帆少年时代就以一篇《诱饵》（发表于《科幻世界》1997年第1期）夺得《科幻世界》设立的“少年凡尔纳奖”一等奖。2004年以后，他的作品开始频繁出现在《科幻世界》《科幻文学秀》《时尚先生》《文艺风赏》《最小说》《人民文学》《小说界》等科幻、时尚和主流文学刊物上。2013年，他出版长篇处女作《荒潮》并获得全球华语科幻星云奖。他的多篇（部）作品被译介到美、日等国，引发关注。

陈楸帆的科幻小说是在现实与未来之间创造的推测性新空间，充满了对被技术渗透的生活的深刻洞见，宛如时代寓言。他多次荣获中国科幻银河奖、全球华语科幻星云奖等奖项，其代表作包括

《丽江的鱼儿们》《G代表女神》《巴鳞》《人生算法》《荒潮》等。

陈楸帆的《造像者》《巴鳞》《恐惧机器》《人生算法》《爱的小屋》《双雀》曾分别入选2014、2015、2018、2019、2020、2021年度《中国最佳科幻作品》。

不要怕。

这岛上充满了各种声音和悦耳的乐曲，使人听了愉快，不会伤害人。

……那时在梦中便好像云端里开了门，无数珍宝要向我倾倒下来；

当我醒来之后，我简直哭了起来，希望重新做一遍这样的梦。

——威廉·莎士比亚《暴风雨》

一辆黑色越野车在漫天黄沙里时隐时现，像在海浪中浮沉的鲨鳍。车子开足马力，卷起沙尘，不停地向垂直落差十几米的巨大沙丘冲刺。有几次，几乎要在斜坡上侧翻了，车子却又猛一加速，高高跃起，重重落下，如同捕获猎物的鲨鱼，心满意足地开始寻找下一个目标。

维克多·索洛科夫（Viktor Solokov）抓紧座椅，以免身体被抛上半空。他脸色煞白，这种刺激感跟苏－57做眼镜蛇机动时不相上下。车厢里非洲电子乐轰鸣，来自阿尔及利亚的司机哈立德（Khaled）用口音浓重的英文吼着，说这些沙丘移动速度很快，无人驾驶可搞不定。前窗被油漆般稠密的黄色沙尘冲刷着，完全看不清方向，似乎在佐证他的话。

从卫星地图上可以看出，这些绵延不绝的沙丘如一道道金色斜线，从西北到东南切过卡塔尔半岛。如果从沙漠腹地驾车一路东行横穿，就能看到为游客准备的复古驼队、废弃的炼油厂、滩涂上的采珠体验区，最后抵达海市蜃楼般虚幻的超现代城市多哈。你会感受到时间似乎被裁切成跳跃的片段，诉说着这个年轻国家神话般腾飞的历史。

“为什么你不直接飞过去，我是说，那样快多了。”哈立德不解地问。

他指的是维克多要去的地方——阿勒萨伊达（Al Saeida）岛，位于多哈卢赛尔码头（Lusail Marina）东北的阿拉伯海上。一般去那的人都选择乘私人飞机或游艇。

维克多耸耸肩：“我有的是时间。”

“哈，你们这些俄罗斯人！”司机对着后视镜大笑。

这位乘客完全不像那些传统俄罗斯富豪，一身黑色运动服包裹着瘦弱的身躯，更显得脑袋硕大。他的脸看起来很年轻，却有着与之不相符的深沉。最奇怪的是，他似乎对任何风景、游乐项目，甚至全世界都体验不到的地下竞技场，毫无兴趣。就好像是一位目的过分明确的顾客，只想赶紧从超市货架上取下商品，结账走人。

维克多曾经是全球40岁以下最有影响力的商业天才。他在东北亚地区设立了一个电子游戏竞技平台，转播权售卖全球，结合特许博彩经营，以加密货币结算。不到10年，他的业务便成功地像滚雪球一样扩张到各个大陆，他也因此积累了富可敌国的资本。可就在人生最巅峰的时刻，维克多选择了急流勇退，从公众视野中消失。一时间阴谋论甚嚣尘上，有说政府意图接管联盟的，有说他罹患不治之症的，有说他的商业帝国面临反垄断拆分所以他提前金蝉脱壳的，众说纷纭。

真实情况是，维克多突然对一切失去了兴趣。就像某种急性精神病发作，他无法再像以前那样扮演CEO、商业天才、媒体宠儿、成功学大师……那些角色让他觉得自己只是个腐坏的提线木偶，表演越卖力越接近崩溃。于是他带上一帮最要好的朋友，住进了黑海沿岸的豪华庄园，与烈酒、药物、美女为伴。他以为这样就可以填补内心的空洞，让自己快乐起来，结果却换来两具尸体和一桩大型丑闻。他被送进了康复中心，医生给出的诊断结果是重度抑郁，需要服用处方药物并定期参与互助小组活动。

维克多知道，这些就像啤酒的泡沫，根本无法真正解决实质性问题。该试的他都试过了，除了最后的彻底解脱之道。理性告诉他，他依然拥有金钱、权力以及世间一切华丽的事物，所谓的抑郁只是制药公司发明出来的营销概念。他只是需要一点时间来清理火花塞，重新发动引擎。但同时，他的心灵深处有一个声音不断重复地告诉他自己，他曾经的梦想——让游戏带给所有人快乐，如今却被资本绑架，变成了一架无法停止运转的财富收割机。

维克多觉得这无异于自我背叛，只有自毁才能阻止这一切。

直到他收到那张来自阿勒萨伊达岛的神秘邀请函，上面写着世人皆知的拉丁谚语——“Carpe Diem”（抓住现在），邀请他前往卡塔尔体验全球最奢华的幸福之旅。公开渠道或消息灵通人士都无法为维克多提供任何有用的信息，只知道阿勒萨伊达岛是卡塔尔近年才完成的一座人工岛。

这激起了维克多的好奇心，他决定独自前往，一探究竟。

游船在日暮时分靠岸。整个岛屿笼罩在金粉色的光芒之中，像一个装满了奇珍异宝的首饰盒。

维克多被那些线条圆润的低矮建筑物吸引住了，这些建筑物的风格明显地与驼峰、沙丘、珍珠这些传统的卡塔尔文化符号相呼应。更令人惊叹的是岛屿上空悬吊着一层半透明的网格结构，像上等丝绸织就的头巾，柔顺轻薄又带着垂坠纹理。他不明白这是做什么用的，他试图找到它在力学上的支撑点，但在目力范围内并没有发现类似于支柱的东西。

一个友善的合成人声打断他的探索，那是在码头上守候多时的机器仆人的声音。这个机器仆人，身高接近两米，体形强健，包裹在拖地的灰色长袍下，看不出是用拟人的双足行走还是靠轮子。

“您好，索洛科夫先生，我是您的仆人卡林（Qareen），您在岛上有任何需要都可以告诉我。”

“嘿，我还以为这里的上流社会更喜欢用人类仆人呢。”

“的确如此，机器人和自动化让卡塔尔的外来劳工的比例从原先占总人口的85%下降到30%，他们大多从事机器无法替代的高端服务业，但在阿勒萨伊达岛上，我们选择了更为聪明的方式。”

维克多挑了挑眉头，自言自语道：“我猜不会有盛大的欢迎派对了。”

“当然有，在您接受条款，激活专属服务模式之后……”

“条款？”

卡林的手臂上延展出一块泛着蓝光的显示屏，上面密密麻麻地显示着一堆文字。维克多随意地用手指在屏幕上滑动，翻阅了一下关键词。看上去，这座岛屿想要他交出所有的数据接口，从财务管理到社交媒体，从语音到视频，应有尽有，几乎涉及了一个人日常生活所能产生的全部数据。一条广告语在屏幕上不断滚动着——“为您的幸福提供极致服务”。

“数据安全怎么保障？要知道，全世界没有一家公司会掌握用户的这么多数据，我感觉自己像是在玻璃箱里裸奔的小白鼠。”

“哈——很棒的笑话。索洛科夫先生，阿勒萨伊达岛采用最先进的中间件（middleware）技术，您的数据会全部被加密，确保只有AI能够读取。且这些数据仅用来为特定个人，也就是您，提供可溯源的服务与内容。如果您还不放心，您可以查看我们的代码。我们的算法是开源的，任何人都可以查看代码，确保不会被恶意篡改或植入木马。”

“听起来像是那么回事。还有什么是我必须知道的？”

“您之后有充裕的时间自己去发现，索洛科夫先生。”

说不清楚是对这座神秘岛屿的好奇心，还是那个字眼——“幸福”，触动了维克多。他没有再纠缠细节，通过虹膜、手纹和声纹验证，交出了他所有的数据接口。在这个时代，这相当于一个人拥有的全部资产。

当维克多的手掌从屏幕上离开时，一阵蓝色光晕从机器人的手臂传到地面，又如同涟漪般荡漾开去，抵达小岛的每一个角落。这座岛好像活了过来，开始读取到访者的历史，理解他此刻最微妙的身心变化，进而预测他未来的每一步选择。

这种被看透的感觉让维克多打了个冷战，回过神来，卡林已经提起所有行李。

“索洛科夫先生，让我先带您回家吧，一切都已经安排好了。”

当维克多进入那座沙丘状的度假屋时，才真正理解机器人所说的“回家”是怎么一回事。屋里的所有装修、家具、摆设，甚至壁炉上的熊爪挂件，都和维克多在莫斯科卢布廖夫卡区的别墅毫无二致。

“这怎么可能……”维克多喃喃自语，就算是3D打印也没有这么快，但他很快发现了端倪。这些都不是真的，屋子的内表面能够通过编程改变凹凸形状，再用高清投影的方式制造出足以乱真的幻象。

一股异样的感觉让维克多突然一扭头，透过窗户，一道黑影如幽灵般飘过，瞬息无踪。

他知道，这个国家尽管已经比几十年前开放许多，不再要求女性在公共场合必须黑袍裹身，但黑色依然是属于女性的颜色。

可究竟是谁在窥视自己呢？维克多毫无头绪。

在家中放映室里，卡林邀请他观看一部维克多·索洛科夫的人物传记片。片子由AI自动剪辑生成，囊括了维克多从小到大的视频、音频、图片，资料来自公开渠道以及私人收藏，其中许多画面就连维克多自己也是第一次看到。

影片回顾了他破碎的童年，充满竞争与愤怒的青春期，以及之后一路火箭升空般的成功之路，各种奖项、峰会、上市、并购、慈善晚宴、掌声与镁光灯……维克多对这些重复冗长的镜头感到厌烦，微微闭上了双眼。他不知道的是，在观看影片的过程中，他所有的面部微表情、体表温度、心跳、血压、生物电信号，以及肾上腺素、5-羟色胺、多巴胺水平……都通过那张看似老旧的皮质沙发，和贴在他手腕内侧的生物感应贴膜，被巨细无遗地记录下来。

在大部分时间里，这个男人对自己的生活缺乏兴趣，他的情绪稳定得像个禅宗大师。只有一个瞬间，曲线泛起了波澜，那是画面中出现他童年唯一一张全家福时，他的视线并没有落在父亲或母亲的脸上，而是久久停留在那条名为“玛格丽特”的金毛狗身上。

影片放映结束，片尾滚动的字幕是一份问卷，就是那种在心理测验网站上经常会看到的问卷。

“‘我几乎对所有人都有非常温暖的感受’？这都是什么蠢问题！”维克多瞪大眼睛看着卡林，面露不快，“我非得做这个不可吗？”

“索洛科夫先生，您应该理解，幸福是非常主观的感受。我们只是为了更好地了解您目前的状况，从而为您提供更有针对性的服务。请您按照从‘强烈不同意’到‘强烈同意’的程度，用数字1—6如实回答。”

维克多瞪着那个铁皮机器人，骂了一句“白痴”，不过，他最终还是乖乖地坐回显示屏前，按动虚拟数字按钮。

那些问题似乎无休无止，几乎耗尽了这个男人所有的耐心。就在他的耐心即将耗尽之际，问题终于不再出现。灯光亮起，屏幕又恢复成原先的书柜模样。

“现在如何？你要像个该死的心理医生那样给我开药吗？”

“恭喜您！索洛科夫先生，现在我们可以去认识一些可爱的邻居，并享用一顿经典的卡塔尔风味的晚宴了。”

晚宴在贝壳状半开放式的餐厅举行。从侍者的袖口到桌上的餐盘，无不装点着复杂精致的阿拉伯式花纹，在摇曳的烛光中很容易让人产生幻觉。菜肴是经过本地改良的阿拉伯菜：经典的炖牛肉、卡塔尔风味的葡萄叶卷、12小时慢煮的羊肉饭……所有的蔬菜水果都是当天从南欧空运过来的，带着露珠，也许它们才是桌上最昂贵的食材。

维克多不动声色地打量着桌上的宾客，人不多，一共十三位，其中六位都是受邀首批入住的客人，从世界各地来到岛上。他看到几张熟悉的面孔，有电影明星、加密艺术家、神经生物学家、登山运动员、诗人……他们是媒体追逐的焦点。另一些人来自本地，虽然刻意保持低调，但从那身白得发亮的罩袍就能看出，他们绝非寻常人物。

阿基拉（Akilah）公主身穿金色罩袍，手上戴满高级定制珠宝，用银勺轻敲酒杯，提请宾客注意。她先替因身体不适而缺席的哥哥道歉。她的哥哥，现年36岁的年轻王储马赫迪·本·哈马德·阿勒萨尼（Mahdi bin Hamad Al Thani），是阿勒萨伊达岛的总设计师，被视为能够带领卡塔尔走向未来的潜在接班人。

“我哥哥经常说，如果科技不能给人带来幸福，那就不能算是好的科技。他，马赫迪王储设计这座岛，就是希望借助技术的力量，寻找人类通往终极幸福的道路。而诸位，就是卡塔尔王室这一伟大创举的见证者……”

阿基拉操着标准的伦敦腔，面部比例几近完美，像流淌着金光的古典雕塑。维克多看着，竟有几分入迷。不知为何，他总觉得公主所说的话并非完全出自真心，更像在宣读事先写好的脚本。

“尊贵的公主殿下，我十分敬佩王储的远见与决心，可问题是，我们知道内源性大麻素能给人带来快感，多巴胺和奖赏相关，催产素能增强情感联结，内啡肽能止痛，GABA 能抗焦虑，5－羟色胺能提升自信，肾上腺素能激发能量，可人类迄今没有发现与人类幸福感直接相关的神经递质。”说话的是神经生物学家。

“当艾米莉·狄金森认为‘幸福是一块小石头’时，雷蒙德·卡佛却相信‘幸福。它来得／毫无预兆’。所以，每个人都有不同的理解，不是吗？”诗人举着酒杯，语调悠扬。

“照我看，大部分人只是在表演幸福，只不过水平有优劣之分。最高级的表演能把自己也骗过去，这就是人类的生存之道。”女明星一脸厌倦，深深吸了一口水烟，又徐徐吐出。

“这就是为什么你们会在这里的原因，你们对幸福有着不同的态度，而且最重要的是，”阿基拉公主耐心地听完每个人的意见，用一句话揭下餐桌上的社交伪装，“你们都不快乐。”

“你怎么敢……”诗人激动地站了起来，餐具碰撞发出刺耳的声响。他挥舞着手指，但看到身形健硕的机器保镖眼中闪烁着红光，又只能悻悻坐下。

“我受够了！”这回是加密艺术家，“我以为来这里是要讨论如何摆脱消费主义的陷阱，帮助更多普通人寻找精神上的出路，没想到却是这样的亿万富豪俱乐部。”

维克多忍不住发话了：“放松点朋友，对于中低收入人群，财富的确能带来一定程度的幸福感，可一旦超过一定的金额之后，它的边际效应就会递减，甚至还会有反效果。”

公主赞许地点点头：“丹尼尔·卡尼曼认为这个金额是75000

美元。”

维克多回应：“我对这个金额表示怀疑。”

“你只不过是替站在金字塔尖上的那群只占1%的人说话，你们都是。我拒绝参与这场闹剧，我要退出！”加密艺术家把餐巾一丢，离开了座位。

所有人面面相觑，都望向阿基拉公主。

公主似乎早有预料，微微一笑，显得更加迷人。她站起来，端着酒杯，围着餐桌缓缓踱步。

“上岛时想必每个人都已经读了条款。上面写得很清楚，除非发生重大人身伤亡或出现不可抗力因素，任何人都不能中途退出，否则将被视为违约。违约金金额和退出者的资产总额挂钩，挂钩比例会根据实验进度不断下调。也就是说，如果你现在退出的话，你将一无所有。”

加密艺术家脸色煞白，嘴唇颤抖，他跟这个时代所有人一样，都没有仔细阅读用户须知的好习惯。餐桌上响起了一阵不安的嗡嗡声，只有那些卡塔尔人无动于衷，冷眼旁观。

“就像我们爬山，到达山顶就算结束。哪怕不能活着回来，也赢得了至高无上的荣誉。公主殿下，在这座岛上，怎样才算结束？”登山运动员沉稳地说出了所有人心头的疑问。

公主正好走到维克多的身后，俯身用酒杯轻轻碰了一下他面前的杯子，发出悦耳的脆响。

“当这座岛认为你已经找到快乐时，就是你离开阿勒萨伊达的时候。”

当阿基拉轻轻擦过维克多肩膀时，某种强烈的直觉如响起的警铃，告诉维克多，身后这位公主正是先前在屋外窥探他的黑衣女子。

岛上的生活比维克多之前想象的要有趣。不过，邻居们并不像卡林所说的那么可爱，反倒是阿基拉公主更令他感兴趣。

他们会在不同的场合相遇，客套地相互问候，小心地展开话题，慢慢了解彼此。

维克多得知阿基拉在伦敦大学国王学院的精神医学、心理学和神经科学研究所（Institute of Psychiatry，Psychology & Neuroscience，IoPPN）攻读心理学博士，专业方向就是幸福心理学。

“这就是你哥哥让你当代言人的原因？”维克多挑了挑眉毛。

“不完全是……好吧，我告诉你实情。马赫迪不在这里，他在远程监控岛上发生的一切，他认为这样才能避免干扰实验。以前确实发现过，人们在位高权重者面前总会下意识地进行表演，偏离自然的行为轨迹。”公主有点窘迫地承认。

“以前？所以我们并不是第一批客人？”

“之前在本地人中做过实验。我哥哥有点强迫症，他希望实验能够覆盖不同文化和阶层的人群。对于他来说，这是代表卡塔尔王室制订的关乎人类福祉的一种技术解决方案，他要做到尽善尽美。”

“听起来你并不是很有信心？”

“在这个问题上，我和哥哥有一些小分歧。”公主停顿了一下，向他发出邀约，“下周在中心剧场有一场演出，我们到时候可以深入探讨。在此之前，你可以让卡林给你讲讲中间件。”

维克多微笑着举起杯，将威士忌一饮而尽。

在接下来的几天里，卡林像个称职的博物馆讲解员，细致地向维克多介绍这项技术的来龙去脉。

在科技巨头垄断的时代，所有人的数据像一座座孤岛，分布在不同的产品海域，每座岛屿只负责处理某个特定领域的事项：娱乐、购物、社交、职业、健康、投资、保险……有时这些数据岛屿会被切分成更垂直的品类，但更多时候是岛与岛之间的融合兼并。每一个巨头都想要掌握用户的更多信息，以便更好地用机器学习进行追踪、标注、分类，以便提供更为精准的个性化服务，比如内容与购物推荐、保险评估或者匹配约会对象，等等。

但随着这些岛屿变成越来越庞大的大洲，问题也渐渐浮现。数据就是货币，就是市场本身，一旦掌握了数亿名用户的数据，所谓的网络效应就能给巨头带来指数级的收益增长，同时为用户提供更具竞争力的服务。这种强有力的正向循环，使巨头们变得无坚不摧，甚至像车轮碾压昆虫般，把许多传统生意压垮，比如线下零售、唱片、独立书店以及电影院。

甚至还有更糟糕的，巨头们用算法操控人们的心智，左右政治选举结果，散布关于种族仇恨与性别歧视的言论，滥用或泄露个人隐私，强化信息茧房，让用户沉迷于即时性的感官刺激，甚至上瘾。

在过去的30年里，各国尝试了许多办法来限制科技巨头越发膨胀的数据霸权：加强政府监管力度、反垄断拆分、增强数据便携性、出台诸如《通用数据保护条例》(*General Data Protection Regulation, GDPR*)之类的隐私保护法律等，但都有一定的局限性。大概20年前，中间件作为一种新的思路逐渐萌芽，与互联网的历史相反，它从发展中国家兴起，倒逼这些巨头在堡垒坚固的成熟市场做出改变。

“中间件是最有前途的解决之道。”卡林陪着主人走向中心剧场，它的自然语言理解能力如此强大，以至于维克多经常会忘记和自己交谈的是一具用硅与铁制成的机器。

“为什么这么说？”

“看看你的周围，所有的建筑、设备、服务都在随时为你改变参数。如果没有中间件通过标准接口抓取到你分散存储在各个平台上的数据，再交给AI进行联邦学习，就不可能最大化地满足你的需求。”

在过去20年里，许多开源社区和区块链公司试图开发出一个结合分布式计算、开源协议与联邦学习的中间件 AI 系统。但要获得足够全面的数据，需要在信息孤岛之间建立起强大的信任和共识，一个值得信赖的实体必不可少。卡塔尔的国家 AI 计划通过“再中心化”的策略，实现了许多商业平台无法企及的理想。

中间件技术供应商必须遵守政府制定的可靠性、透明度与一致性的标准，并通过付费订阅方式避免与大平台争利，或者受流量变现的诱惑而走上巨头的老路。它就像亚马孙森林里缠绕在树干上争夺与树干阳光和养分的藤蔓植物，缓慢地剥离巨头对数据的绝对控制权，将权力重新分配给一批新的玩家，既保证了充分的市场竞争，又不至于在政府监管机构手中僵化、死掉。

阿勒萨伊达岛所做的就是通过中间件打通所有大平台的数据，为特定用户实现独一无二的完美服务。

这座人工岛的智能程度远远超过维克多体验过的任何产品。以前运营公司时，他需要大量的数据、图表和曲线来支撑一个判断，如今只需回归到最简单的原点——自我感受。

房间壁纸会根据他的心情变换花纹，跑步小径会指引不同路线以避免风景重复，餐厅侍者总能推荐最符合他口味又有一点惊喜的菜式，SmartStream 推送的信息既覆盖了他关注的议题又提供了多元视角，甚至还添加了可信度标签提醒他加以辨别。一切都令维克多身心愉悦，恰到好处。这种微妙的平衡感只有通过最全面、深度的数据分析才能做到。除了通过之前他做过的问卷和贴在他皮肤上实时监测的生物感应贴膜所采集的信息外，他所有的私密的聊天记录与社交媒体信息，甚至他在岛上说过的每一句话、他的每一个表情，都被无处不在的摄像头和传感器记录下来，交给 AI 进行读解，并反馈到环境中。

“现在这座岛比心理医生还要了解我。”维克多眨眨眼，“舒适，确实是舒适。可幸福？好像还谈不上，甚至还有一点点……厌倦？”

“这取决于中间件的目标函数设置，这也是您会在这里的原因。”

维克多迷惑地看着机器人，不知不觉间已经走到了中心剧场。它的外形参考了卡塔尔男性头巾的眼镜蛇式系法，结构繁复，令人印象深刻。

剧场里空空荡荡，除他之外并没有其他的客人。卡林把维克多带入 VIP 包厢，阿基拉公主已经端坐其中。这次她穿的是紫罗兰色的罩袍，带着几分神秘。

“索洛科夫先生，请坐。”

“叫我维克多就好，公主殿下。”

“好的维克多，希望你会享受今晚的演出。”阿基拉递过一副 XR 眼镜，造型就像鹰隼的眼罩，镜框由金属与皮革编织而成。

维克多戴上眼镜，不解地问：“只有我们俩？”

公主嫣然一笑：“你忘了，在阿勒萨伊达，一切都是为你量身定制的。”

一群穿着传统阿拉伯服饰的演员伴随着阿尔拉斯（al-ras）的鼓点，跳着阿尔达（Ardah）舞步登台。今晚的剧目是《终身不笑者的故事》，出自经典的《一千零一夜》。

很久以前有一位财主，家财万贯，婢仆成群，他死之后，只有一个年幼的独子继承祖业。幼子渐渐长成少年，过着花天酒地的生活，没过几年，便败光了家产，只能靠出卖苦力艰难度日。

一天，一位衣冠楚楚、面容慈祥的老人走来，问流落街头的少年愿不愿意替他照顾家里的老人，会有一些报酬。少年欣然答应。

老人又提出一个奇怪的条件：“如果你看见我们伤心哭泣，不许追问原因。”

少年虽然心生好奇，但还是同意了。他随老人回到富丽堂皇的家中，有喷泉，还有花园。家里有十个年迈的老人，身穿丧服，伤心饮泣。少年很想知道原因，但想起找到他的那个老人提出的条件，便默不作声，悉心照顾这些老人的生活起居。

透过 XR 眼镜，维克多能看到，叠加在舞台空间上的虚拟背景随着剧情发展而变换。演员们的动作会触发各种动画效果，大大增加了感染力。他们的阿拉伯语歌词被实时翻译成不同语言的字幕，飘浮在半空中，既保留了原有韵味，又不妨碍外国观众的理解。

维克多忍不住侧脸对阿基拉说："这太奇妙了！"

公主把手指放到唇边，示意他继续往下看。

就这么过了12个年头，少年变成了青年，老人们也一个接一个地去世，只剩下最初发出邀约的那一位。他也病入膏肓，时日无多。青年终于按捺不住，追问老人们哭泣的原因。

"孩子，我向安拉祈祷过，这件事不需要更多人知道。"老人伸出颤巍巍的手，指向一道紧锁的房门，"如果你不想重蹈我们的覆辙，就千万别打开那扇门，否则，后悔也来不及了……"

老人终于与世长辞，青年将尸体埋葬在花园里，与其他十位老人为伴。青年想起老人临终前说过的话，巨大的好奇心驱使着他冲到门前，砸开一道道锁，推开了门。

——如果是你也会这么做吗？

一行虚拟字幕突如其来地出现在空中，又消失不见，显然不是来自其中任何一句歌词。

维克多惊讶地望向公主，她并没有开口，只是喉部微微抖动，字幕又出现了。

——是我在跟你说话，只有这样才能不被监视。现在转过头去，自然一点，拿起酒杯，酒里有一块硅胶薄片，用舌头把它贴在上腭，试着不动嘴唇不出声音地说话。你的喉头肌肉电信号会被转化成文字，算法能够猜出你想说的话，大部分时候挺准的。

维克多照做，他发现这比想象中的要难一些。一开始出现的都是毫无逻辑的词语组合，慢慢地，他掌握了诀窍，尽量选择更常用的单音节词，能有效提升转化的准确率。

舞台上，青年进入那扇门，穿过一条光怪陆离的隧道，来到海边。正在惊奇之际，一只大雕从天而降，将他叼上高空，又抛弃到一座孤岛上。日复一日，青年陷入绝境，以为自己必将葬身荒岛。有一天，海面上忽然出现了一艘小船，又让他燃起了求生的希望。

——为什么你要这么做？

——长话短说，马赫迪的算法并不能让你们快乐，相反，目标函数最大化会让你们都变成享乐跑步机上的白老鼠，不断地想要得到更多，结果却只是原地踏步。

——也许你是对的，可为什么不直接告诉你哥哥？

——你知道，在这个国家里，女性经过了多少年的努力，才争取到在街上自由穿衣和打扮的权利，更别提踏入男人的领地：政治和科技。我太了解马赫迪了，除非他亲眼看见新算法的效果，否则不会接受我的任何意见。

维克多回想起公主在晚宴上的微妙表演，一切都说得通了。

XR 眼镜中，一艘用象牙和乌木雕成的小艇驶到青年面前，里面坐着十位美若天仙的女子。她们邀请青年上船，将他带到了另一处岸边。岸上兵强马壮，阵列齐整，早已等候着他。青年骑上一匹金鞍银辔的骏马，在军队的护卫下来到王宫前面。一位国王骑着马来到青年面前，邀请这位来自远方的客人同骑一匹马，进入王宫之中。

国王让青年坐到一张镶金交椅上，然后取下自己头上的面纱，露出了本来面目。原来，她是一位美丽的女王。不仅如此，所有的士兵也都是女子。在这个王国里，男人负责耕田种地、修房筑屋，妇女则负责管理国家大事，不但掌权处理政府事务，还要服兵役。青年听完感到非常惊奇。

——可……为什么是我？

——我在莫兹利（Maudsley）医院当志愿者时，从医生那里学会了一种技巧，不是治疗的技巧，而是挑选病人的技巧。他们会挑选那些配合度高、更容易接受暗示、状态处于低谷的患者。这样便能迅速地看到治疗方案的效果，形成正向循环。

——听起来不像是夸奖呢。

——维克多，你说的话，证明你和其他人不一样，你想从跑步机上下来，这是得到幸福的关键。

——可是如何做到？

——一套新的算法。马赫迪选择让AI不断满足你们的各种感官需求，提升阈值，而我却选择相信幸福并没有那么简单。

——愿闻其详。

女王吩咐宰相，一位头发斑白、面容庄重的老妇人，去请来法官和证人。然后，女王问青年："你愿意娶我为妻吗？"

青年惊恐地站起身，跪下去亲吻地面，说："陛下，我比您的仆人还穷。"

"你看到的一切，都可以随意支配使用，除了……"女王指着眼前的奴仆、兵马、宫殿，又把手一挥，指向一扇紧锁住的房门，对青年说，"……这扇门你绝对不能打开，否则你会后悔的。"

说罢，宰相带法官和证人来了。婚礼仪式开始，摆下丰盛筵席，大宴天下宾客。

——20世纪70年代，心理学家菲利普·布里克曼（Philip Brickman）做了一个经典的实验。他找来一批中了彩票的幸运儿，和一批由于事故导致瘫痪的倒霉蛋，通过一对一访谈，来评估这些人对于当下、变故发生前，以及未来一到两年幸福感的水平。你猜结果怎么着？

——差别不大？

——是的。中了彩票的人并不比对照组更幸福，而事故受害者尽管当下更不幸福，对未来幸福感的预估却和普通人无异。

——为什么？

——人类大脑对当下感官刺激强度的判断，取决于他们已经习惯的刺激，天降横财大幅提升了中奖者的适应水平，所以他们反而最不容易从日常生活中感受到快乐。反之亦然。

——听起来是那么回事，那么你能做什么？

——也许马赫迪的算法对那些处于马斯洛金字塔底部的人有效，但一旦人上升到爱与归属、自尊、自我实现的层面，它便失去了作用。比如你。

——我以为我已经站在了金字塔尖上。

——诚实点维克多，AI预判你在两年内的自杀概率达到了87.14%。

维克多沉默了。理智告诉他，公主所说的是真的，但心中另一个声音又在发出警告。

舞台上在用蒙太奇手法表现青年和女王过着幸福的生活，不知不觉间已经过了七个年头，青年变成了中年男子。

有一天，男子突然想起了女王求婚时说过的话，那扇紧锁着的房门。他自言自语：“里面一定藏着更加精美的宝物，要不然，她怎么会禁止我开门呢？”

于是男子从镶满金子和宝石的床榻上起身，来到那扇门前，毅然打开了所有的锁。

——那么，你的算法能够怎么帮我？

——只有AI才知道，每个人都是独一无二的。我们希望找到更多和幸福感相关的生物标记物，加入更多元的幸福衡量维度，也许是挑战性，也许是更深刻的人际关系，也许是全新的人生方向，也许是更长的心理周期……但前提是你同意加入。

——我不知道，这听起来像是一场危险的政变。

——帮我，也是帮你自己。时间无多，你不知道什么在等着……

字幕突然中断，舞台上的演员全都像被按下了暂停键一样定在那里，宛如雕塑。维克多这才发现，原来它们也都是机器人。

“他们来了。”公主终于开口，她的声音带着一丝紧张。

整个剧场突然亮起，宛如白昼。维克多正要起身，门被撞开了。

闯入者是小岛的贵宾们，不过他们的表情却不像是来欣赏表演的。

加密艺术家不断尝试，终于破解了自己的机器仆人，并覆写指令，获得了绝对控制权。在成为艺术家之前，他一直在黑客的地下世界里流浪。如今，他获得了发起一场微型革命的机会，带领来到岛上的其他客人，企图反客为主，掌握主动。

至于那些本地王室成员，他们只是冷眼旁观的观察员，以决定是否要在这个项目上继续投入大笔资金，成就卡塔尔在AI技术上弯道超车的野心。

那台叛变的机器人站在被撞坏的门边，像是某种军事威慑。

“我们要解约！”加密艺术家冲着公主喊道，其他人附和着。

“只要付违约金，你们随时可以走。”阿基拉不动声色地说。

“我们什么也……不会付，这个鬼地方……一点也没让我快乐起来！”女明星神志不清地抗议道，像是还没从连日的宿醉中醒来。在AI的帮助下，这段时间她在不断刷新自己的酒精耐受程度。

“没有意外也就没有灵感。这座岛就像一座巨型的阿拉丁神灯，会无穷无尽地满足我的愿望。当世界变得如此容易预测之后，我什么也写不出来了，哪怕是最俗气的十四行诗！”诗人扯着凌乱的头发，双眼通红。

“第一次吃沙漠白松露时，我觉得那简直是天堂里才有的食物，可是第二次，第三次……它变得越来越平淡无奇。我知道这不是白松露的问题，而是我自己的问题。这种情况就跟20年前卡塔尔人需要饮酒证才能喝上一口一样。20年前，一口就能让人大醉。可现在，看看那些酒鬼。”登山运动员面露鄙夷地瞟了一眼女明星。

阿基拉和维克多快速交换了一下眼神。她是对的。马赫迪的算法能以一种宠溺的方式满足用户需求，却无法带来持续的快乐。

“你们做了很大胆的尝试，用一个黑盒子去理解另一个黑盒子，可惜没成功。”神经生物学家失望地说，“我们距离真正的幸福还很遥远……”

“所以，作为一项失败实验的受害者，我们理应得到无条件的解约……”加密艺术家总结道。

“……还有赔偿。”女明星含混不清地补充道。

维克多突然冲动地上前想要说些什么，却被公主一把拉住，她轻轻地摇了摇头。

“我很抱歉，你们没能在阿勒萨伊达岛上享受到快乐。但正如你们所了解的，所有数据以加密形式进入中间件系统，并通过智能合约自动执行指令，没有人能够篡改或者销毁。这就是系统设计之初的用意。”

“我们要见真正管事的人，你哥哥为什么不出现？”登山运动员质问。

“马赫迪有要务在身，他全权委托我……”

“这就是一个彻头彻尾的骗局！我要告诉半岛电视台，让他们揭穿这一切！”诗人提高了声音。

“别忘了，你也签了保密协议。”

“看来我们只能采取一些非常手段了，金（Jinn），抓住公主！”加密艺术家发号施令，机器人摇晃着庞大的身躯向阿基拉逼近。

维克多拦在机器人前面：“嘿！大家冷静一点。”

“俄国佬，你怎么回事？被公主殿下迷住了，要留在这里当乘龙快婿吗？”

“我只是……”维克多犹豫着不知该如何解释。

“没事的维克多，阿勒萨伊达会保护我的。”阿基拉公主镇定地走到机器人面前，身型显得那么弱小，就像一朵摇摇欲坠的蒲公英。

“只要你配合，就不会受到伤害。”加密艺术家点点头，“去码头！”

公主在机器人的押送下走出剧院，其他人跟随着来到室外。他们远远望见海的对岸，多哈港口灯火通明，伊斯兰艺术博物馆如同漂浮在海面上的发光冰块，夜景美得超乎寻常。海的这边，却在上演一出王室绑架案。

维克多紧张地思索着如何才能帮助阿基拉脱身。他看到公主喉部微微颤抖，几乎同时，他的 XR 眼镜中出现了一行字幕。

——我数到3，你就趴下。

维克多这才察觉到，头顶的星空有一丝异样。似乎某些星座在改变形状，缓慢地压迫大地，带着某种轻微的嗡鸣声，像是不应该出现在这个纬度的蜂鸟一样。

字幕上的数字从1跳到3，维克多双手抱头朝地面扑倒，眼角的余光处，一串蓝白色电光扫过，空气噼啪作响。众人发出惨叫，瘫倒在地。只剩下公主独自站立在星光下。

阿基拉拉起维克多："别担心，只是电击，他们过几个小时就会醒过来。"

"那是什么？"

"固定翼无人机群，平时悬浮在岛的上空，作为物联网的一部分，随时可以变换形态，执行不同的任务。"

维克多想起刚上岛时看见的网格结构，终于明白了为何它能打破万有引力定律。

"你打算怎么处置他们？"

"天亮后送他们到多哈，按照本地法律进行判罚。至于你……我尊重你的选择。"

维克多深吸了一口气，今晚发生的一切让他看清了自己的处境。他不愿意成为失败的试验品，而且他也没办法回到原先的人生轨道。他别无选择。

"我接受。"

中间件系统的兼容架构允许两套算法并行不悖，如同在同一片海域中的两股洋流。

维克多依然享受着阿勒萨伊达岛带给他的各种便利，只不过偶尔他会感受到这里有一股潜在的力量。这股力量会像恶作剧的孩童一样，从墙角伸出脚把他绊上一跤；讨厌的音乐会突然响起；信息流里会出现竞争对手调侃维克多的采访；卡林会突然变得蠢笨迟缓，甚至故意反向执行操作指令；跑道的指引标识会把他带到一片泥潭里……诸如此类，不一而足。

他猜这就是阿基拉说过的“挑战性”，这是系统带来的一些无法预料的新奇体验。

AI 还制造了许多机会，让维克多能够与公主进一步接触。尽管他们的话题大多围绕着彼此的专业领域和岛上的生活，而且他们时常会产生分歧，但这让维克多感觉到一种真实的快乐。在他原来的王国里，身边的人要么诚惶诚恐，要么另有所图，已经很久没有过如此坦率而直接的对话了。

两人之间产生了某种微妙的情感联结。AI 显然比人类更早觉察到了这一点，通过无处不在的摄像头与传感器，也通过维克多的生物感应贴膜。微表情和生物标记物可不会撒谎。

新算法启发了维克多，思考是否能将中间件系统应用在自己的游戏竞技平台上，打破中心化的数据垄断与操控，让玩家体验到纯粹的乐趣。这将是一场风暴式的自我革命。但对失败的恐惧困扰着维克多，上一次冒险成为一桩国际丑闻，他不确定这一次是否会以身败名裂甚至他的整个商业帝国的崩溃而告终。

他将这种恐惧告诉了阿基拉，她摇摇头：“你恐惧的并不是失败，而是失败带来的耻辱。”

维克多无言以对，公主说中了。

“这些年的研究让我懂得了一件事——通往自我实现的道路并非一路向上，而是起起落落，有高峰也有低谷。”

“我不太明白。”

“如果被不安全感控制，你就无法得到真正的爱和归属感。同样，如果被对失去爱的恐惧控制，你就无法得到真正的自尊。山顶并不意味着永恒的幸福，因为幸福存在于不断摆脱低层次的恐惧，去攀登更高山巅的动态过程之中。”

“我猜有些事情只能靠人类自己去完成。”维克多点点头，“你呢？你害怕什么？”

“我害怕……”公主收起笑容，望向远方，“我害怕变成马赫迪所期待的那个阿基拉。他很爱我，却总是希望我按照他设计的模板去生活，像一个童话里的公主那样，心无挂碍，只有幸福。可我做不到，我想给这个世界带来真正的快乐……”

维克多轻轻摇头，举起香槟杯，阻止她继续说下去。

“我不觉得我能在这座岛上得到幸福。无论是由AI定义的幸福，还是由我自己定义的幸福。”

两人都沉默了。过了好一会儿，阿基拉像是突然想起了什么，扭头对维克多说：“你还没看到结局呢。”

“什么结局？”

“那场演出呀。”

“噢……《终身不笑者的故事》，听起来就像是在说我。”维克多勉强地咧嘴苦笑，“那么，结局是什么？”

“那个娶了女王的男子，违背了婚礼上的约定，打开了那扇紧锁的房门……”

男子走进去一看，原来里面关着从前把他抓到岛上的那只大雕。

大雕见到男子便说：“你这个不守约定的家伙，你不再受欢迎了！”它一把抓住男子飞上半空，飞了很久很久，把他扔回最开始的那片海滩，便展翅离开了。

男子终于醒过来，坐在海边，回想起宫殿里的荣华富贵、无上荣耀，忍不住伤心后悔。他等了又等，却怎么也等不到接他回宫的小船。男子终于绝望了，顺着长长的隧道，又回到七年前和老人们一起生活过的那座房子里。看着花园里老人的坟墓，男子忽然明白了一切。那些老人经历了和自己完全一样的遭遇，因此才追悔莫及、终日哭泣。

从此，男子便不苟言笑，直到生命尽头。

维克多听完故事，凝视着阿基拉的双眼，久久不能回过神来。

“真是一个悲伤的故事，不是吗？”

“就像在跑步机上奔跑。不断重复同样的错误，一次次回到原点……”维克多叹了口气。

“你并不相信我们能让你快乐起来，对吗，维克多？”阿基拉的眼神中充满关切，似乎又带着一丝挫败。

维克多耸耸肩，移开视线，看着远处的木质独桅帆船缓缓划过波斯湾海面。

公主起身离去，并没有像往常那般礼貌地道别。

旅程以一种毫无预兆的方式终止，正如它的开始。

维克多被告知他可以离开阿勒萨伊达岛，从多哈哈马德国际机场搭乘当晚的红眼航班飞往莫斯科。

阿基拉没有来送行，只是托卡林捎来了信息。这让维克多颇有几分失落。

“我做了能做的一切，希望你能理解。”屏幕上的公主脸色苍白，仿佛也在忍受离别的悲伤，这让维克多心里稍微好受了一些。公主接着说，“其他人也将被赦免罪名，获得自由。只要他们对岛上发生过的事情绝对保密……”

快艇划破碧蓝海面，拉出一道长长的白色尾痕，指向那座渐渐远去的幸福之岛。

维克多回望阿勒萨伊达上空乌云般的无人机群，回味着阿基拉最后留下的话。一切都显得那么的不真实。

“…… 希望你能得到真正的幸福，维克多。也希望马赫迪不会那么快改变主意 ……”

改变主意？什么意思？维克多隐隐感到不安。

哈马德国际机场像一座巨大的迷宫，除正常机场应该有的一切设施外，这里竟然有标准泳池和室内热带花园，候机室里还有高高的棕榈树。维克多本有充裕的时间闲逛，但某种直觉迫使他冲到柜台前确认自己的航班信息。卡塔尔航空员工的精致笑容缓解了他的焦虑，但查找乘客信息却花了比平时更长的时间。

“索洛科夫先生，很抱歉让您久等了。系统显示您的机票处于锁定状态，需要您与订票方进行联系 ……”

“浑蛋！”维克多低声咒骂着，拿出 SmartStream 试图联络阿基拉，却发现无法接通网络，屏幕上显示的还是数秒前推送过来的信息：五名外国游客因违反本地法律被重判。

马赫迪改变主意了吗？维克多心跳加速，肾上腺素飙升。他警觉地望向四周，以至于没有听到服务员的询问。

“索洛科夫先生，您没事吧？我已经联系了工作人员协助您，它们应该马上就到 ……”

两台比卡林体形更大、轮廓更刚硬的炭黑色安保机器人出现在不远处，步伐沉稳有力地向维克多走来。维克多不顾服务员的劝阻，夺路逃出机场，冒着被车撞飞的危险，横跨几条车道，终于拦下一辆配备人类司机的出租车。

“晚上好，先生。这年头像您这么信任人类司机的乘客可不多了。”司机咧嘴一笑，“您想去哪儿找点乐子吗？无论合法的还是不合法的，找我就对了 ……”

“只管往前开！”

维克多失控地咆哮道，翻找哈立德留给他的名片。这一刻他只相信自己的联系人。

车子发动引擎，一台 SmartStream 从车窗里飞出来摔到路面上，屏幕闪烁了两下，便陷入黑暗。

在瓦吉夫老市集迷宫般纵横交错的小巷中，粗粝的黄泥墙和外露的木梁让维克多感觉仿佛回到了古代，那时候贝都因人的商贩聚集于此，交易着珠宝、银器、地毯、马匹以及其他各种日常用品。此时，维克多无心欣赏夜幕下的美景，水烟、香薰、蜂蜜、椰枣……空气中各种味道交织在一起，伴随着马赛克灯的彩光，让他目眩神迷，不知所向。

维克多早已不习惯使用自己的感官去寻找方向。失去了 SmartStream 的辅佐，他神经质地不停回看身后，仿佛每一个面露好奇的人都可能是马赫迪的爪牙。维克多小跑起来，汗水浸湿了他的运动服，几次被街边的纪念品摊档绊倒。终于，他找到了名片上的那个隐蔽地点，一家老牌的猎隼店。

这些象征着游牧民族传统的凶猛禽类此刻被戴上眼罩，在各自的宝座上享受着夜晚的静谧。其中某些猎隼的身价，可高达上百万卡塔尔里亚尔。店老板把食指放在唇边，阻止了维克多的吵闹。出屋听明来意之后，店老板打电话叫来了哈立德，那个爱听电子乐的阿尔及利亚司机，也是猎隼店的兼职帮手。

“所以你想连夜横穿沙漠？从西南边境进入阿联酋？这听起来不是什么好主意。”

“也就100公里，对你来说没什么难度。到时候会有人接我，就像我来时那样。”

“我不知道，这取决于……”哈立德几个指头一捏，做了个数钱的手势。

“你知道我们俄罗斯人，”维克多勉强露出笑脸，“钱不是问题。”

车子离开繁华的多哈，进入沙漠腹地。一块巨大的广告牌扑面而来，上面的英文在遍布阿拉伯语的广告中分外醒目，上面写着“未来已被重置。你准备好了吗？”。(*Thc Futurc is Rcsct. Ready?*)维克多若有所思，看着象征文明的灯光逐渐消逝。车窗外连绵的沙丘在月光下深沉如海，沙尘拍打着车窗，发出细碎的摩擦声，催人入眠。

哈立德一反常态没有开音乐，看上去有点心神不宁：“你知道吗，那些鸟都有护照。”

“什么？”

“它们太贵重，必须确保不会被偷运出境。”

“噢……”

维克多太困了。也许是过度紧张耗尽了他的精力，这一刻他只想随着车身的颠簸沉入梦乡。正当他将要合上双眼时，车身猛地一震，像是撞上了一堵厚墙，停了下来。

“陷进沙坑了。”哈立德尝试了几次，都无法将车子倒出，空转的轮子呼啸作响，“得麻烦您下车。”

夜晚的沙漠有一股凉意。维克多疲惫地站在风中，轮胎扬起的沙尘打在他脸上。他躲远几步，很想抽点什么，但摸遍全身的口袋，却只有皱巴巴的出租车票。车灯晃动着，照亮空气中的悬浮颗粒，像流淌金色液体的管道。

“没时间了，哈立德，我可不想成为第一个被冻死在沙漠里的俄罗斯人。”

“对不起，索洛科夫先生……”

“没关系，快点就行。”

“对不起。”哈立德又重复了一次，车身突然变矮了，原来是智能轮胎自动放气，增大了抓地面积，毫不费力地退出了沙坑。

“我不想伤害你，可我也不能违抗他们。”

“什么鬼……”

维克多像是没听明白，呆呆地站在原地。直到车子一个“U”形掉头，飞驰而去，他才奋力追赶了几步，却被铺天盖地的沙尘蒙住双眼，只能蹲下来咳嗽不止。等他再次睁开眼时，那辆车已经不见影踪。

现在整片广袤无垠的沙漠里只剩下维克多·索洛科夫自己。他先是不停地咒骂、咆哮，吸入太多沙尘让他呼吸艰难，他的声音渐渐弱下来，开始啜泣。轮胎的痕迹已被风沙抹去，他只能继续前行。维克多试图像个贝都因人那样，借助依稀的星辰辨识方向，根据动物的踪迹寻找绿洲或水源。他很快放弃了，然后按着来时的模糊印象选择了一条路。他无法回头，只能走下去。按照行驶时间估算，这里应该距离边境也就几十公里。他说服自己，目标并非无法实现。只是要赶在日出之前，或者赶在气温上升到50℃并让身体脱水、丧失意识之前，到达边境就可以。

维克多不知道自己走了多久。他的喉咙里像有火在烧，眼角糊着泪水与沙尘的混合物，双脚每迈出一步都针刺般作痛，可他不敢停歇片刻。那些移动的沙丘如鬼魅般无穷无尽，看起来完全是一个样子。他怀疑自己一直在原地打转。

墨蓝的天色变得越来越淡，太阳在某处不怀好意地潜伏着，等待着给这位旅客致命一击。往事一幕幕掠过维克多眼前，像是濒死体验的前兆。跟死亡相比，所有的旧日记忆，哪怕是最为不快的那些，都变得如此甜美而弥足珍贵。

维克多的体力消耗得很快，他甚至没有办法控制自己的思绪。他想知道这一切究竟是怎么回事，自己是如何从一场追寻幸福之旅，沦落到在荒漠中孤独地等待死亡。阿基拉公主的完美面容从他眼前一闪而过。维克多开始后悔，双腿却仍然向前迈动着，沉重而缓慢，像上了发条的破碎的钟表。

地平线上终于露出了一线微光，为迷途者指明了太阳的方向，但为时已晚。气温上升得很快，他几乎可以感觉到身体里的水分透过毛孔，不断蒸发到空气中。他的嘴唇裂开一道道淌血的伤口，眼前的景物开始摇晃、模糊。

维克多·索洛科夫终于摔倒了，从沙丘的斜坡上翻滚而下，趴在开始变得滚烫的沙地里。他残存的意志告诉自己要站起来，继续前进，可四肢却不听使唤。他不想死，至少不想以这种方式死在这里。留给他的时间已经所剩无几。

一种熟悉的嗡鸣声从空中传来，维克多濒临崩溃的神志为之一振，那是死前的幻觉吗？他艰难地翻转身体，直面天空。万里无云的碧空中出现了海市蜃楼般的奇景，那飞行的不明物体时而像一张卷曲的地毯，时而又像一艘无帆的小船。维克多嚅动嘴唇，却说不出话来，他觉得自己的时间到了。

那是一艘载人无人机，是由许多更小巧的固定翼无人机组合而成，降落时，卷起了一阵小型沙暴。维克多无法睁开眼睛，只是感觉到自己被抬起来，抬进了一个凉爽的空间，输液管插入他的静脉，补充着水分和电解质。

维克多终于恢复了一点生气，他勉强睁开眼，看到的竟是阿基拉公主的笑脸。

“……我这是死了吗？”他虚弱问道。

“你活得好好的，只是有点脱水，维克多。”

“你是……怎么找到我的？”

“好吧……传感器。你的衣服、鞋子、身体里，还有沙漠里，到处都是聪明尘。”

维克多扭头看向窗外，那片绵延起伏的沙漠闪烁着点点金光。他开始明白了一些事情。

“所以……这也是算法的一部分？”

“不完全是。AI 帮了些忙，是我设计了这一切。我要谢谢你。”

“为什么？”

“你的选择让马赫迪改变了想法，不仅对算法，还有对我。你愿意加入我们吗？你的游戏平台一定能帮助我们优化算法……”

维克多犹豫了片刻：“如果我的回答是不，是不是也会像其他人一样被判刑？”

阿基拉一愣，随即发出银铃般的笑声。

“那是定向推送的假新闻，为了营造紧张气氛，好让你更投入。客人们都回到了岛上，准备接受新算法的测试。”

“所以……你真的觉得这能帮助人类得到幸福？”维克多一脸沧桑地问道。

“看看你自己，维克多。告诉我，你现在感觉怎么样？”阿基拉温柔地看着维克多，把手搭在他的肩上。

维克多愣住了，窗外的沙漠变成了城市与海洋，他们正在飞回阿勒萨伊达，那座象征着幸福的小岛。俄罗斯人像是领悟了某个笑话的妙处，开始大笑起来，没想到，却引起一阵剧烈的咳嗽。笑着笑着，他流下了泪水。

《广州文艺》2022年第1期

创作后记：

据世界卫生组织专家预测，抑郁将成为未来威胁全球人类健康的新瘟疫。不用看远，相信每个人身边都会有几个曾经或正在受到抑郁、焦虑、注意力涣散、情感障碍等问题困扰的亲朋好友。而我们自己难免也经历过这样或那样的脆弱时刻，然而大多数时候并不理解其成因，更遑论改变或对症下药。人类的心智系统就像魔术师手中蒙着黑布的道具，听着像嘀嘀嗒嗒的闹钟，摸着像毛茸茸的小兔子，但掀开一看，里面空空如也，什么也没有。

像人工智能这样的技术是否能帮助人类更好地理解自身的情绪状态呢？答案是肯定的，在可见的未来，借助于自然语言理解、情感计算、表情/手势/身体姿态多模态识别、生物化学标记物分析……基于对成千上万个病人的数据进行结构化分析，机器与算法能够建立起更为科学的诊断系统，比心理医生更准确地判断一个人的精神状态并给出相应的诊疗意见。从现象学与精神病理学的层面，确实机器能够比人做得更好。

但罗素说过“人生的参差多态，乃是幸福本源”。幸福并非一个可以单纯量化的客观标准，它与每一个个体独特的历史语境、生活经验、情感联结相关。汝之蜜糖，彼之毒药。人类的喜怒哀乐并不相通，这种主观感受的不可通约性才是生命意识的玄奥之处。在可见的将来，我很难相信会有这样的机器或算法能够在任何层面上理解乃至生成人类的幸福状态，哪怕是最微妙的模拟，都可能因为一个变量的偏差导致南辕北辙。让人从幸福的云端跌入痛苦的地狱。

在《幸福岛》中，借助于“一千零一夜”中的传说框架，我试图去想象这样的一种粗疏的技术可能性。但终究，主人公维克多在结尾处流下的眼泪代表着什么，是否象征着真正的幸福？我想，每一位读者都会作出属于自己的解答。

契 阔

| 非 淆

非淆，1988年生于湖北武汉，毕业于武汉大学，幻想类小说作者、编剧，现居武汉。2019年，处女作《木魅》发表于“不存在科幻”，该作后收录于日本中央公论新社出版选集『走る赤』(《奔跑的红——中国女性科幻作家选集》)。2021年，小说《在道别地重逢》获第十届“光年奖”科幻微小说一等奖，2022年，小说《契阔》获第十届“未来科幻大师奖”一等奖。在作品表达上，相较硬科幻的精准性，更注重展现未来可能的呈现与选择，及不同选择下人类的感性和美学；认为科幻是一种探索人类与智能体、人类与环境、人类与自身关系的方式，同时也是对现实批判和反思的工具。已发表作品还有科幻小说《追光圈去》《鱼什么都知道》、奇幻小说《文中仙》《墙中袋》等。

那是七月某个潮热的早晨，当打扫街道的人开始三三两两撑着扫帚聊天时，你父亲已经没有了呼吸。我记得处置步骤，分别给律师和管理中心打了电话，接着把手机扔进床头柜，努力想让自己再睡一会儿。

但没成功。

空调散发着奇怪的气味，我一次又一次睁开眼睛，望向床尾，仿佛被什么牵引着，去看某个并不存在的人——身上沾着些许鱼腥，站在春日平静无波的大海，有成群的银鲳从水面下蹿出来，于光点与光点间露出背鳍。

那一刻，我想起了你。

我与你父亲失焦的视线对视了片刻，想象着如果他此刻活过来，必定会大叫着打开家中各处的窗子。

“儿子的画会沾上气味的。”

我一边学着他的语气，一边起床，试图用床头的矿泉水瓶将这抹与你相关的气味留下。我沿着床边转到房间另一边，拉起被角，盖住你父亲的脸，接着爬上窗边的矮柜，伸手去够那片气息最为浓重的地方。汗水顺着我的腋下不断往下流，炙辣辣地落在肋间和大腿上，巡游般地，在五十五岁干涸的肤表蠕动。

阳光穿过半圆形的玻璃雨棚直射下来，耀得窗外的路仿佛熔解了，就连车道间那一丛丛矮牵牛也熔融浑化为一片，摩挲着，腾腾升起曲折的暑气。坡道上偶尔驶来一辆出门工作的车子，交身而过后，迅速变成豆子大小，消失在笔直的道路尽头。

嗖。瓶身适时恢复原状，我快速合上瓶盖，随着新开的窗户探身出去，任凭携着暑气的南风冲进房间。

又过了一会儿，我意识到自己刚刚收集的或许只是隔夜后受了潮的死亡气息。

楼下聊天的人散了，邻居家传来开门声，除此之外，周围一片寂静。

这是我们在武汉的第五个夏天。

所以，你离开也已经七年了。

眼下，我与你父亲住在三环外的一处老旧小区，据说这里曾是某银行的内部住宅，所以实际建筑面积要比工程图纸上标记的大得多。

大概也是因为这样，才有人愿意住到这里吧。

当然只在他们还年轻的时候。第一批业主如今大都卖了房子，搬回医疗条件更好的地方去了。如果再花点心思在附近转转，你会发现电梯里永远塞满了各式各样漂亮的年轻人。我喜欢他们。但你得在短时间内向他们证明自己还拿得动超市袋子，不然你会自然而然地变成他们的帮扶对象。

哦，对，也不一定都是年轻人，其中或许还包括了一部分复生者。

说起来，你奶奶是在你走后一年查出结肠癌的，五月手术，过世则是在当年的十月。家里人依照遗嘱，将她复生成了三十五岁的样子。如今七年过去了，她看上去却不过三十出头。

我和你父亲都觉得，她应该是在复生体里加了点人类基因之外的东西。

你也知道她的。

总之，这是个不错的地方。除了行政管理上有些滞后。这里没有线上管理业务，我必须带着文件，到隔壁社区的线下办事处才能处理你父亲的后事。

办事处位于一处购物中心的四楼，正对着电影院和一家卖芝士锅的店，我进去的时候，办事员正在柜台后做着晨间广播操。他用下巴示意我坐下，随后一甩手，做出一个标准的转体动作。

那地方不大，被摆着电脑和几个缩小版人体解剖模型的柜台隔成两半。靠门的角落分别立着体检机和文件签署机，也有可能是反过来，其中一台闪着中粮最新的谷物餐盒广告。

椅子只有两把，一把在办事员身后，一把则在我的屁股底下。

“办什么？”他趁着将身体转到另一侧的间隙问道。

“我丈夫去世了。”

“要回来？”

“什么？”

“是要办理复生手续吗？”他伏到柜台下，努力提高了音量，“虽然放弃的人不多，但还是得问问。”

“啊，是，复生手续。”

空中传来“叮叮”两声，柜台上的身份识别面板忽然亮了起来，我不确定是不是该把脸凑过去，只好半勾着身子往柜台里望，想问问他的意思。一只大手兀地从底下冒出来，不由分说地捏住我的下巴，往面板一侧扭去，同时，柜台下的人发出一声大喊：“眼睛！睁大！”

身份码一闪而过，面板收了回去，另一边，眯眼睛的办事员似乎终于结束了最后的整理运动，长吁一口气，接着回到椅子前，一本正经地坐下来。

“我看看，你丈夫，你丈夫，何少澜，没错吧？”

“是。”

“死亡原因？”

“急性心梗。”

“心……梗……他的复生申报之前已经登入过了，”他敲了一下回车键，从抽屉里拿出读取器，递给我，“资料刷一下。”

我把你父亲的相关文件全扔了进去。

“文件没问题，现在跟你确认一下细节。”

他取来其中一只人体解剖模型，看了我一眼，接着轻轻一划，肝脏对应的部位顿时膨大起来。其中的血管被渲染成了绿色。

“根据你丈夫生前的意愿，他的复生体将采用第三培育阶段的快速培育躯体，躯体年龄大约在三十五岁。这点你是知道的吧？”

“知道。”

“意识部分……意识的初期表达会由拟神经元芯片阵列辅助实现，我们将通过你丈夫生前的脑波扫描图、fMRI信号以及已收集到的结构化数据，确定脑部响应和外界刺激源之间的信息映射，建立神经编解码模型——这些这里都写着——当然，也可以选择加入第三方记忆作为验证数据，通过预测结果与实际行为的反馈迭代过程，达到最大化拟合。这里他选了加入记忆，这一点你知道吧？”

“知道。”

“体貌方面没有做特殊要求，所以会以胚胎自然发育为准。机能方面，他提了一条，希望降低体内乙醇脱氢酶的活性。这个，”他指指半空中肝脏的方向，“是有什么特殊原因吗？”

“乙醇脱氢酶？”

“您好！我们想问一下……”

几个端着饮料、白领模样的女孩恰巧凑头进来，说是想做新一季的细胞采集和脑波扫描。

“这种事得去问医院，”办事员把头埋进屏幕后头，责备似的嘀咕道，“我这里只管书面上的东西。”他又说了几句别的什么，勉强记下几人的联系方式，就把她们打发走了。

那颗肝脏还在变大，绿色的血管很快横贯起柜台的两面。我侧过身，望着离开女孩的背影，忽然想到更早的时候，你是否也就是像她们这样，随意走进一家复生办事处，一边喝着满是冰块的饮料，一边向工作人员要了宣传册，然后在某个不为人知的时刻，选择了申报书最末页的那个选项。

“我猜他只是希望醉酒的状态能维持得更久一点。”末了，我解释道。

“是吗？那这条大概率不会被通过。”

他如此说着，脸上的表情却似乎在告诉我这并不是他收到过的最奇怪的肝脏定制请求，我倒是不必为你父亲的这一选择忧心。

“能删掉吗？”

“当然当然。”他点点头，抓起那颗巨大的肝脏，塞回模型，随后指向签名板上的一处，“话说回来，家里人已经商量好怎么处理遗体了吗？没想好的话，我们这边倒是可以提供能源转化服务。”

“谢谢。不过我们打算按传统的来。”

“行。这里有号码，你可以跟丧葬处预约一下。”

我签了字。

“从现在起，何少澜作为自然人的权利义务归于消灭，他将不再享有任何公民基本权利，相应的法律责任和义务也会被解除，名下动产、不动产、知识产权将由他的代理人，在此案例里，也就是你代持。复生体的培育一般需要三天时间，加上人格植入，一周绰绰有余，不过财产代持的期限最长能延长至两周，直到法院确认了复生者的完全行为能力。我这样说，你能明白吧？”

“能明白。”

“如果没问题，就在这里签下字。”

我又一次照做了。

“说老实话，”收回签名板的同时，他飞快地在我手边放了一块巧克力，“你比来这儿的大部分人好沟通。”

“有经验总是不一样。”

“给老人办过？”

“不是。是我儿子。”

他抠抠眉毛，蓦地坐直了身子。“年轻人的需求可不是随随便便几张表格能填完的。他现在怎么样了？”

“怎么说呢，”我一面望着他，一面就想起了托着下巴、等待渔船靠岸时的你的侧影，“他拒绝了复生条款。就像你说的，虽然放弃的人不多，但总还是有的。”

“也……是。”

他似乎想要再说点什么，几次抿了抿嘴唇，可终究没能开口。文件签署机适时亮起，发出微弱的嗡嗡声，一个新的身份识别面板弹出来，我连忙起身，把脸凑了过去。

“手续这就办完了。”他跟着从柜台后站起来，“复生体完成后，医院会跟你联系。你刚好可以趁着这几天把作为验证数据的记忆片段定下来。”

他又提到了外面的天气，提到购物中心的免费冷饮券。

“我在想……”我清清喉咙，小心翼翼地把椅子推回柜台下，“复生体，有没有可能用我丈夫三十岁时的数据作为人格设置的模板？”

“这样的话需要补充更多的额外记忆，你……”

他顿了顿，似乎意识到了些什么，俯身重新查看了屏幕。

“虽然不符合常规，”他没再抬头，“但我并没有看出这样做的问题。别太离谱就行。”

有件事，我和你父亲始终没机会对你说实话。

你应该也能猜到吧，学校组织海钓的那天，我们借着工作的名义没陪你上船，其实是为了赶在长假前和律师聊聊。在你抚养权的问题上，我与你父亲一直没能达成共识。律所的预约已经被推迟了很多次，于是我们决定，这次无论如何都要去了。

结果你也知道了。以至于在后来的日子里，我时常会想起那个码头，想起你在凌晨的海滩上凭空练习绕线轮的样子。天太潮了，我们没能生起篝火，好在租船店的隔壁就是一家24小时便利店，我去买了热饮和吃的，等我再回来时，你父亲正撅着屁股，跟在你身后蹩脚地绕着并不存在的钓鱼线。海风吹红了你们的鼻子，不远处，白色的潮头来来往往，不断舒展它们巨大的怀抱。

你说谢谢，随后走出一段距离，轻轻抿了一口热茶。

“之前国际赛的结果出来了，我们画室有一个铜奖。”

“我还以为成绩会更好一点。”我迟疑片刻，回答说。

“总之又没我的份。”

“来日方长嘛，你才几岁，这种事总是需要累积的。你也知道的，‘厚积薄发’。”

“金奖确实又是一个复生者，”你把视线移向海中央，那里漂浮着银路似的月光，“如果这就是你指的‘厚积薄发’。”

“要吃点面包吗？”

你点点头。

“不过这样说其实有点不公平，毕竟也是别人努力练习的结果。就是练习时间有点长。几十年的差距可不是光凭牺牲睡眠就能追上的。”

我掰下一半面包扔给你，一边朝你的方向靠过去。

“书上说米开朗琪罗每天只睡四五个小时，你倒是不妨试试。”

“说完厚积薄发，又来说天才的成长之路吗？妈你可真会聊天。”

我走到你身边，发现你把帽檐几乎拉到了鼻子上，脸上还有些湿湿的。你慌忙把面包叼进嘴里，揉揉眼睛，不好意思地转过身去。

“感觉有点画不下去了。一想到复生意味的漫长时光，就有点提不起劲来。要我说，会老会死，才是人类短暂生命的美丽之处。正因为会老、会死，人类才会那么急于追求强大。结果现在，大家都只在盘算未来。”

“老惦记着去赊下辈子的账可不行。”

那时的我，天真地以为自己明白你话里的意思，于是居高临下地给了你这样肤浅的回答，直到我看到你在复生申报书上的签名时，才恍然大悟：原来你不是在说自己啊。当时就怎么没想到呢？那些漫长的时光，却是他人延长生命后强加给你的诅咒。

隐约觉得天马上就要亮的时候，你把空瓶还给我，又拿了一瓶绿茶，跟着同学还有同行的家长们上了船。

“钓条一百斤的大鱼回去给你们尝尝鲜。”你抖了抖那支谁也看不到的鱼竿说道。

“我们这就回去把冰箱腾空。”

“真的？”

“真的。”

你发出咯咯的笑声，冲着我们做出一个怀抱大鱼的姿势，浑然不知宇宙间的某种力量已经为你安排了不同的剧情。

当然，我们当然没有腾空冰箱。

我们甚至没机会走完回家的那段路。

先是老师，接着是警察，接着是管理中心，人们不断打来电话，让我们赶紧回码头，却没人愿意腾出哪怕一小会儿的工夫，告诉我们究竟发生了什么。

“一个意外。”

当我们终于重新站回那片海滩时，租船店附近已经挤满了人，警察穿着连裤胶靴，一部分立在你之前登上的那艘渔船的船头，一部分围在篝火旁，低声向近旁的人询问着什么。学校一位负责外联的老师指了指船头一处栏杆，又用手指戳了戳一旁投影中的海图。

“船长当时准备换个地方，就启动了发动机，结果船体意外撞上浮标。四个正从船舷探身出去摘鱼钩的学生被甩了出去，还有几个人被撞伤了。”

“我儿子呢？”

“他是被甩出去的其中一个。人已经找到了。”

“受伤了？”

“这个嘛，管理中心的人在那边，我觉得你们可能需要和他先谈谈。”

据在场的另一个学生说，你当时其实已经收竿了，其他人被惯性甩出去的时候，你本能地抓住了最近的一个。监控视频证实了这个说法。你的头撞上了下层的边沿，被找到时，你已经陷入了昏迷状态。

完全没有拉住其他人的必要。

所有人都这样认为。就连警察也感到不解。

管理中心派来的对接人姓周，是个长得像枯草一样的瘦弱男人。他坐在租船店的围炉旁，手里拿着你，还有另两人的资料。由于我们是三家中最后一个到的，所以直到快中午的时候，才有机会和他说上话。在那之前，我们已经把复生条款来来回回看了两三遍。

你父亲走在我前面，手里拿着之前你没吃完的面包。我记得当我们拉开围炉旁的塑料靠椅时，他还悄悄地往嘴里送了一口。

“长话短说，”姓周的年轻人半起身，示意我们可以把身份码收起来，“我看过令郎的复生申报书，也和当初负责他文件签署的工作人员联系过了。现在可以确定的是，他只签署了申报最后一页的内容，即放弃政府赋予的复生的权利。”

“你说什么？”

“你们的儿子，他放弃了复生。”他一字一句地重复道。

“我，不明白。”

有某个瞬间，我似乎忘记了呼吸，一边努力克制自己喊出来的冲动，一边缩在椅子上，像落水受惊的老鼠一样不敢动弹。我能听到自己的心脏在胸腔里猛烈跳动，一下，两下，三下，巨大的声响几乎盖过了面前年轻人说话的声音。

你拒绝了复生。而我与你父亲毫不知情。

我回头看了你父亲一眼，他已经将一条腿从另一条腿上挪了下来，反复搓着膝盖，就好像在召唤童话里的阿拉丁神灯。

“能给我们看看那份文件吗？”我问。

“当然。”

确实是你的字迹。但不是我们带你签的那份。

“他一共签过两份。一份是在八岁的时候，一份是去年签的。你们也知道，年满十六周岁的公民有权推翻未成年时期的申报。”

“可是为什么？”

“这个问题恐怕只有他自己能回答了。”年轻人逃开视线，“站在管理中心的立场，我已经没办法为你们做些什么了。之后公安部门会为你们出具他的死亡证明。两位，还请节哀。”

半小时后，人们送走了你的尸体。你的死亡最终成为了事实。

海边似乎又阴冷了些，我们出了租船店，并排坐在沙滩上，就这么坐着，看着海岸线，看着单调的海上，看着太阳的光束在海面上一点点扩散，再最终收拢。

“他拉了那孩子一把。”你父亲说。

“嗯。”

“他不希望别人有事。”

“嗯。”

“却轻飘飘地放开了属于自己的一些东西。”

我原以为他还会说些什么，结果他只是僵硬地站起来，拍拍裤子上的沙子，往车子的方向走去，手里还攥着那只皱巴巴的面包包装袋。

我听到他小声嘟囔了句“为什么”。

岸边有新归的沙蟹，它们没有回答。

自那之后，你父亲喜欢上了在房子的不同角落踱来踱去，他会无意识地把手伸向你的颜料盒，会把装满热茶的杯子摔到地上。他无法控制自己发抖的双手，而当他试着捡起碎片时，又会毫无征兆地蹲在地板上，低声啜泣。

我为他包扎受伤的手指，为他脱去衣服，强行把它塞进被窝里。

那时的我当然也没有多好，光是没日没夜的哭泣就已经耗尽了我的全部力气。我几乎不再起床，用沉默将上门的人拒之门外，然后没日没夜地躺在床上，躺在同样盯着天花板的你的父亲身边。有那么几个瞬间，我甚至能感觉到我们正以同样的频率用力屏着呼吸，好像那一小段凝滞的气息能为我们蒙上时光倒流的魔法，我打开门，你也在，正抱着一百斤的大鱼站在那里，叽叽喳喳讲个不停。

这样的日子持续了有多久呢？渐渐地，连那个抱着大鱼的身影都变得模糊起来，唯有银路似的月光依然清晰——初春的海风一起，潮头便和飞沫一道，放肆地涌动起来——你在一片细碎的光中看着我，不断说着：

“……感觉画不下去了……”

“……追不上……”

“……妈……”

“……妈……”

挨到冬天，你父亲终于再也忍受不了海的声音，执意辞去大学的工作，搬去别处。他一边收拾行李，一边绷紧下巴，将过去珍藏的白酒一瓶接一瓶地灌进肚子里。

“反正也带不走。”他说。

我们辗转于城市间。一个偶然，他在飞往广州的航班上，遇到了一个自称管理中心高级研究员的人。

他打断你父亲的讲述，把毯子移到膝头。

“你儿子第一次签署申报的时候是做过数据采集的，对吧？”

“是。”

“感应管阵列呢？”

“也戴过。”

“换句话说，我们其实已经掌握了你儿子的神经系统传递方式和处理刺激的机制，‘精神样板’是有的，加上你们的记忆，人格形成并不是什么大问题。”

你父亲想了想，摸摸鼻尖，怯怯地说：“但那个时候他才八岁。”

“那就用第一阶段的复生体，八岁到十七岁，也就九年的时间。”那人看了一眼你父亲，又看了一眼过道另一侧的我，“照我说，人能回来就好。”

“是，我明白。”

下飞机时，已经是晚上十一点了。人们沉默地向行李区走去。我跟着他们，而你父亲则停在更远的位置，和那个研究员说着什么，不时避让着从身后过来的人。孩子们坐在行李箱上，由大人们推着走过，就像骑着一匹匹小马。他看着他们，眼神渐渐变得坚定。

我知道他想做什么，但我没有阻止。

在广州的逗留期由原本的三天，变成了一周，随后，又变成了一个月。越来越多的研究员出现在我们的生活中，谈论着神经元、递质、超培养，以及另一些我们永远无法理解的术语。

转眼到了岁末。

除夕前几天的一个下午，你父亲接到管理中心打来的电话，说有人希望找他谈谈，问他下午能否抽空过去一趟。他说当然。挂断电话后，他一只手按着胸口坐了一会儿，接着起身，轻轻地抱了抱我。我们一起整理了资料，三点，他刮完胡子，这才叫了去管理中心的车。

然而直至深夜，他也没有回来。电话打不通，我试着联系了管理中心，对方却说他在五点不到的时候就离开了。警务系统记录了我的报案，表示有消息会和我联系，随后我离开酒店，沿着附近一排老字号的茶楼往他可能逗留的地方找去。

黑暗在四周低吟，如同一层让人透不过气的塑料布，覆在地上，影影绰绰的忧虑和恐惧从其上滑落，发出扑通、扑通的噪响。

或许你再也回不来了，我想。

但那一刻，我无论如何也不肯承认。

一小时后，我在广州塔附近的一处长凳上找到了他，耷着头，像是累了。

“怎么了？”我蹲到他的膝边。

他摇摇头。“就是想坐一下。”

“先回去吧。”

我站起来，用手扶住他微微收拢的双肩。但他不肯动。“我还想再看看。”他说着，指向正对着的广州塔，“之前都没好好看过。”

“确实很漂亮。”我在他身边坐下，取消掉警务系统中的登记，“管理中心怎么说？”

“说如果有需要的话，他们可以帮忙报警。”他说得很费劲，声音在他内心缺失的那块直打转，“去他妈的需要，我真正需要他们的地方，他们却只会轻巧地说句‘无能为力’。”

“那些人呢？”

“大概率是找不到了。”

听到这里，你一定很想笑吧，一向自恃目达耳通的你的父母，竟被一群狗屁不通的人哄得团团转。

但或许，在我们的潜意识里，我们一直都知道这是一个骗局。被对你的执念牵着的我们，不顾一切地，想去拼命抓住你的身影。

而你又何尝能理解这种无助与寂寞呢？

路灯在昏暗的草坪上投下淡淡的光，你父亲从怀里掏出一小瓶巴掌大的酒，仰头一饮而尽，瓶身的折光趁机晃过他的脸，苍白的皮肤顿时被染上一层银色。

“真希望他从来没来过。”末了，他说。

沉默随之而来。广州塔在不远处，继续旋转着绚烂的色彩，又过了一会儿，空气中兀地传来你父亲的哭声，隐忍、凄凉而沙哑。

葬礼前的一天，我去公安局领回了你父亲的死亡证明。无休止的蝉鸣令人心烦。邻居家的太太在小区门口遇见我，笑着说：“好像有人在等你。”

当拐进最后一个弯道的时候，我远远便看到一件红色的连衣裙，你奶奶的侧影在其后映出轮廓。

“公公没一起来吗？”

“身体已经垮没了，出不了远门。那是什么？”

她伸着脖子，指了指院子外头几件贴着“合意随取”字条的家具。

“何勉房里的……”

“决定了？”

“有些事还是不记得的好。”

她皱皱眉，见我没作声，又自顾自地过来打圆场，脱下凉鞋，一边挤干绑带上一撮撮吸满雨水的流苏，一边说起院子里的积水，“都快淹到脚面了。”

“啊，是，这几天雨下得有点急。”

“这鬼地方，一到七月暴雨就下个没完没了。”

“先进来吧。”最后，我提议道。

进了门，她径直去了最靠里的房间。那里原本是间书房，你父亲觉得采光好，便把你的东西全移了进去。她把身子探出窗外，把向外伸展的窗子拉回来，“画就别扔了，留着算是个念想。”

我们谈到你父亲的葬礼，谈到彼此可能提供的记忆，谈到应该把“酒精”这个词从他的身体中除掉。

于是我说起了乙醇脱氢酶的事。

她沉默不语，有一刹那，三十岁的神采从脸上消失了。她握住我的手，然后好像出神地说：“他一直都是我们当中最痛苦的那个。”

“我知道。”

说出这句话的同时，我第一次感觉到自私的重负被从我的肩上除掉了。

管理中心的人如期而至，为我们插入感应管。

“那么，还请提供复生者所需的补充记忆，站在自己的视角回忆就好，我们之后会做人称转化处理。”

我一动不动地坐着，手里拿着茶，听感应管那微弱而一刻不停的嗡嗡声，巨大的虚拟面板随之升起，按逆时针方向生长出去，一直延伸出我们原本所在的建筑，看上去就像中医院一望无际的药柜子。你可以随心所欲地把自己的记忆从盛放它的格子移出来，观察，看一个熟悉得有些古怪的陌生人在做着熟悉得有些古怪的事情，再掐头去尾地存起来，作为另一个人的一部分。

几个移动的光点随即凑了过来，缓缓围成一圈，试着照亮我的视线，直到我见到了那个有着三十五岁容貌的你的父亲，它们才快速扇动着翅膀，四散飞开。

距离他不远的淡蓝色视窗里，带着“何少澜”标签的细小方格正被缓缓推入，铅灰的一小点，孤独地凝在视窗的边缘。在它上方，显示他已有人格参数和记忆的光球正闪着耀眼的橙色。那些交融其间、大小各异的方格会随着补充记忆的加入增减，伸展，收缩，宛如呼吸的律动一般，随着时间的流逝不断变幻。

我闭上眼睛，那些尘封的记忆也随之复苏。

—— 三十岁。

我们在学校的一次聚会上遇到了彼此。我迟到了，当我从寒冷的室外走进会客厅时，温暖向我扑过来，连同你父亲的眼神——他就站在餐桌遥远的末端，正端着饮料，冲着旁边的人微笑着。

他抬起了头，刹那间我碰到了他的眼睛，那双眼睛苍白又大，似乎从里面闪烁着某种光。在轻微的慌乱中，我顺着墙边，走向房间深处，在角落找了把空椅子，坐下来望着脚底的地毯。我始终没有朝餐桌的方向再看一眼，但不时能感觉到他凝视的目光温暖地刷过自己的脸庞。

在人们慢吞吞的低语声中，我知道了他的名字。他叫何少澜。

六个月后，我们举行了婚礼，一直没有孩子。

——四十岁。

此时的他，已经拿到了学校的长期教职，除了上课，每天还得围着实验室和手底下的研究生打转。他开始学习画画和打羽毛球，画画倒还行，羽毛球却一直打不好，笨拙得就好像手脚仅仅是用与血肉相似的材质雕刻而成的。我笑他，为此他一个星期没有和我说话。

随着时间的推移，他的皮肤不再紧紧拉过凸起的颧骨，松弛着，在眼角和嘴巴周围留下细细的纹路，几丝灰色也慢慢爬上了太阳穴附近。

其中一个暑假，我们去了西藏，在通往布达拉宫室内的阶梯上，一个小男孩差点从围墙上摔下去，他冲上去，抓住了孩子的前襟，完了还不忘炫耀他的垫步加蹬跨步上网步法。

偶尔，我们会在晚饭后看一会儿电影。

我们喜欢只有两人的生活。

——五十岁。

他生了平生第一场大病，出院前，医生建议他搬去一个紫外线不那么强的地方。于是我们辗转到了武汉。

他没有再回学校，而是在一处日托班帮忙，教小孩子数学和写作。每天，他都会花好几个小时指导孩子们做作业，和他们谈话，笨拙地和他们一起做下午的广播体操。

他依然画画，却画得不好，于是开始收藏喜欢的画作。那些画通常被他挂在原本作为书房的房间里。他说那里的采光很好，用来欣赏这些作品是最好的……

虚拟面板消失了。我睁开双眼，手不住地颤抖，原本握在指尖的杯子早已跌落在地上，碎成几瓣。

其实你也发现了吧，所有关于你的记忆，都被巧妙地篡改了。仿佛那些被从时间线上抹掉的无关紧要的细节。等到你父亲再次醒来的时候，他甚至不会意识到自己曾经有一个孩子，曾经被拥抱过，曾经在海边绕着线轮，被充满爱意的眼神注视过。

二十分钟后，管理中心的人带着仪器满意离开。我和你奶奶并肩站了一会儿，她说想去房里带走几样你的东西，我说好。

对不起啊，花了这么久和你说话，其实就是为了告诉你，我会将你从你父亲记忆中抹除的事。并不是不爱你了，只是希望活着的人不必再为无法挽回的过往痛苦。

此时，我躺在客厅的沙发上，盯着地板上你奶奶没能带走的那幅画，回溯起包含你的真正的过往，直至昏黄的晚霞笼罩了整个房间。垂挂在西边一条长长的涟漪般的积云下方，有归家的人发出的沉沉的低语声，停留在安静的空气中。

如果可以的话，我真想就一直这样和你说下去，一年，两年，十年，甚至朝着你抱着大鱼的身影，奋力跑过去。可是哪，但凡见识过海浪下卷积的细流的人，都知道黑暗的漩涡会将人拉向何处，哪怕只经历过一回，也会在脚尖即将踏入海水的那一刻停下来。

所以，这也将是我最后一次和你说话了。

看，又闪亮起来了。夕阳顺着地板慢慢滑动，然后快速掠过你的画，跌进角落的黑暗中。

首发于未来科幻大师奖官网

创作后记：

2021年的大部分时间，我是在西北和藏区度过的。基本就是一边旅行一边写小说。不过真正动笔的日子却是少数，经常有几周也写不了一个字的情况。又因为每到一处新的地方，心底就会萌生出对写另一个故事的欲望，一来二去，最终写成的不过寥寥数万字。这其中就包括了《契阔》。

小说的最初灵感来源于威廉·特雷弗的短篇《坐对死人》。抱着对死亡影响模糊的感知，我试着写了一个人造魅魔的故事，但结果并不好，而几乎在同一时期，《鬼灭之刃》开始了无限列车篇的放送。猗窝座口中的“无限时间”消解了我对“死亡的留存”的执念，我有了偷懒的想法，计划跳过改稿，去写一个全新的故事。当时我正坐在营地的路灯下，一边借着隔壁车的投影看片，一边习惯性地摆手，试图驱赶盘旋于身侧的飞虫。我碰到了其中一只，鞘翅坚硬的触感如同无焰的火，瞬间灼痛了我的手心。但很快我便发现，疼痛只是幻觉，对飞虫外形的误判让我无可避免地回忆起之前被隐翅虫伤害的经历。原来记得这件事才是最可怕的啊，我想，假如对隐翅虫一无所知，自己也就不会这么痛苦了。

那一晚，短语开始交织。我保留了魅魔故事的开头，一周后，在羊卓雍措，《契阔》完稿。

因为忙着对抗可能的高反，写稿的中间过程我反而记不清了，能够记起来的，除了与字词格斗的痛苦、表达自我的满足，大概就只剩下对读者反应的期待了。

生如所愿

| 游　者

游者，本名高阳，1982年生人，中国作家协会会员，山东省科普创作协会会员。曾在山东省出版集团担任出版责任编辑、电影制片人等。现就职于泰山科技学院·蓬莱科幻学院，任科幻教师。《星云科幻评论》执行主编，蓬莱科幻学院极光写作工坊发起人。

游者自2009年起开始科幻科普写作，作品主要发表于《科幻世界》《超好看》《今古传奇》《探索·奥秘》等幻想类刊物，累计发表作品逾百万字，出版有作品集《绽放的夏花》《污点》《星空沉睡者》《最后的数沙者》。作品曾获“百花文学奖·科幻文学奖”“光年奖”等。

一

“您决定好愿望了吗？”

面前的女人似乎有些惶恐。

司文琪深吸一口气，重复了一遍：“您决定好自己的愿望了吗？在系统的算力范畴之内，一切愿望都可以实现。”顿了顿，她轻轻地补充，“任何三个愿望。”

女人略微抬起头，若有所思地看向她，喃喃地说：“难不成他们说的都是真的？”

司文琪报以职业的微笑：“您肯定看过我们的宣传了。不用怀疑，在这里，我们可以实现您任何类型的愿望。”她一边说着，一边按下面前的按键。几乎是一瞬间，巨大的曲面屏在虚空中出现了，一个又一个彩色的窗口接连跳出，拼在一起，活像一块花花绿绿的大桌布。女人似乎被吓了一跳，后退了两步，等看清楚脑袋顶上那些图案——只是些森林、大海或者人造宫殿之类的场景——她才慢慢地又靠了过来。

接着，一个悦耳的女声回荡在空气中。

在“蓬莱仙园”，您可以自由选择您想去的地方，无论是微风轻拂的草原或是湖水环绕的孤岛，甚至是从未有人踏足过的异界仙境……我们有多达256个具体场景供您选用。除此之外，您还将获得额外三个宝贵的愿望。只要内容是具体、明确而可操作的，我们都会尽力实现。在提出愿望时，请注意以下事项：

您所给出的愿望是有严格数量限制的，不能是“我想再要三个愿望”这样的愿望；愿望的内容必须明确，逻辑清晰，没有误解或者悖论，如“我想要见到昨天的自己”；最后，愿望必须具体可行，不能是某种可持续生效的能力。例如，“我想要预知未来”是行不通的……

解读规则的过程是全自动的。司文琪稍稍调整了一下自己的坐姿，让久坐变得僵直的腰部得以在人体工学躺椅里舒适地陷落。司文琪翻开抽屉，掏出一只卡通保温杯，扭了扭顶端粉红色的猫耳朵，保温杯激活了，发出了“喵～”的一声，迅速地显示出内容水的温度和最近的补水时间。其实，这些细节没有必要，甚至连喝水这件事本身也仅仅是仪式感，但司文琪还是动用了一丁点儿算力制作了这个随身装备，因为这样可以让她感觉到自己“活着”。

这个世界虽然永远艳阳高照，但她感觉不到一丝的温暖。

喝完水，冗长而繁杂的介绍也已经进行到了尾声。司文琪透过观察窗瞧了瞧引导室外面的女人，祈祷着她能听懂所有的内容，这样就能省掉自己不少时间。

“简而言之，您现在可以提出自己的愿望了。”司文琪清清嗓子，冲着拾音器说。

女人还是显得很犹豫：“来之前，我没有认真思考过这个问题。我以为……广告里说的那些都是噱头。”

司文琪：“现在，您可以认真思考了。”

女人真的开始思考了。

司文琪叹了口气。人们在刚来到“蓬莱仙园”的时候，大多都以为所谓的“三个愿望”只是宣传上的噱头，所以压根就没有认真思考过该如何合理地使用手中珍贵的愿望。其中有些人会比较戏谑地提出一些莫名其妙的要求，或者试图刁难司文琪，这让她觉得挺可笑。她仅仅是坐在这里，而有些人却往往会把她当作是系统的化身，继而摆在一个与自己对立的位置，甚至是当作潜在的敌人。其实这对司文琪来说，不过是一份普普通通的工作，跟其他人的没有什么两样。她在这里上班，仅此而已。

有人叫她这样的人是“圣诞老人”，有人则说“订契约的魔鬼”，甚至是更难听的“地狱看门狗”。司文琪非常讨厌这类称呼。对了，好像还有潘多拉。这挺好笑，无论希望还是厄运，打开盒子的不还是人们自己吗？

“我……我离婚了。”女人终于下定了决心，“如果我现在就进入‘仙园’，你能让我的丈夫回来吗？”

“这不难。”司文琪点了点头，鼓励地说，“很多人进入乐园以后，依然会选择跟自己的亲人在一起生活。但是对方却因为各种各样的原因，不一定能够满足同行。他们会委托我解决这个问题。总之，你这是一个很普遍的愿望。”

女人神情变得紧张起来：“你真的办得到？”

“当然可以。”司文琪的手指快速而准确地操作着，“所以你确定这是你的第一个愿望，是吗？请明确地告诉我。”

“是的！是的！对了，他的情况……”

“不用了。我的数据库里有所有的资料。我现在就查一查，只要等几分钟……现在，你可以说你的第二个愿望了。”

“……我想回家。”

“回家？”司文琪略微皱了皱眉，“你不是已经决定进入乐园了吗？”

“不，我不是那个意思。”女人的两个手指搅在一起，眼神变得有些哀伤。“我……我是想说，即使进入乐园，我依然想回到之前住的那个家。我知道他们有些人说‘你可以利用愿望，要个更好的房子，带好几间卫生间的那种’可我不想，我只想要原来住的地方。”

“你是说，想要在系统里重塑一个小区吗？这并不是很难实现。根据我掌握的资料，在现实中，你的居所坐标是……哦，你似乎搬过很多次家，尤其是在今年。这样的话，你得告诉我具体的时间点和地理坐标系，这样我才能为你准确无误地还原和重塑。”

“就是最初那个。”女人轻轻地说，“七年前，我跟我先生结婚，一起住的地方。”

“我明白了。”

“真的可以？”

“是的，一会儿你只要推开那扇门，这两个愿望都会实现。”司文琪腾出一只胳膊，指了指右手侧的大门。

那扇门，任何人只要看上一眼，就永远都不会忘记。门装饰得很华美，高度足有五六米高。站在门口，你会立刻感到自己的渺小。门是被安装在更加高大的白墙之上的，墙的表面镶满了细碎的水钻，随着观测角度的不同，星星点点地闪着光。高墙向左向右都看不到尽头，似乎是有无限远。

就好像是一条璀璨的缎带，把整个世界一分为二。

“现在，你还有最后一个愿望。”司文琪轻轻地把女人的视线拉回到面前。

“我……我突然好激动。”女人醒悟过来，声音都在颤抖，“那个，那个，你能帮我打扮一下吗？”她揪了揪衣服，试图把上面的皱褶捋平。她获得了一些成效，然而稍稍一松手，衣料就又蜷曲成了原来的样子。隔着玻璃窗，都能感受到她身上散发出来的窘迫。

“如果这就是你最终的愿望的话，可以。”司文琪想了想，说，“但是，我必须提醒你，以一个愿望来说，仅仅是把你装扮一下，似乎有点浪费呢。这样吧，我给你提供一套换装系统，一个不大的程序，这样你每天都可以随心所欲地改变自己的形象了。这会是全自动的，而且没有时限，如果愿意，你可以一直用下去。”

“谢谢，谢谢！”女人抽泣起来。

“举手之劳。只是个小程序，不占多少资源。”司文琪不想看到眼泪，她快速地说，“现在，你可以去打开那扇门了。”

女人点了点头，有些犹豫，又有点欣喜。终于，她开始慢慢挪动脚步。

“最后还有什么想要跟我说的吗？”

“不用了，谢谢你。我已经非常非常地满足了。现在，我只想早点见到他。”说到他，她突然又变得有些犹豫了，有些怀疑地问，“我的老公。他真的能回来吗？”

“一定可以。如您所愿。”

司文琪的余光撇到了操作系统的一角，那上面显示着：

姓名　李某某

性别　男

年龄　享年33岁

去世原因　肺癌III期

……

“我去了。”

司文琪点点头，目送那个女人走到了大门前。她用右手的食指摩挲着大门的纹理，然后把另一只手也慢慢地放了上去。她用力地推开大门。

司文琪低下头，准备点录下一个人。正在这时，她感到了一丝拂过面颊的凉风和随风而来的一句话——

“再见了，世界。”

她一惊，猛地抬起头来。

大门空空荡荡。

二

“三个愿望？真是有够无聊的。”为首的胖子咋咋呼呼地，“你以为你在玩七龙珠呢？”

“先生，您想好自己的愿望了吗？”司文琪真的感觉有些疲倦了，但她脸上依然挂着职业的微笑。

“嘿，这娘们，还真是把自己当成神婆了。入戏挺深的哪！”他冲着后面排队的人喊，“瞧瞧，都瞧瞧，这神婆长什么样！”有的人附和着笑了笑，更多的不说话，就是远远地站着，在等着看戏。

司文琪叹了口气。最近，想到门的另一边的人越来越多了，自己这个司门人，工作量也越来越大。人一旦多了，就鱼龙混杂，就像是林子大了什么样的鸟儿都有。

“没关系。您可以慢慢想。”司文琪平静地说，“不要耽误后面的人。”

“耽误？你哪只眼睛看见我耽误别人了？”胖子不高兴了，“再说了，我看你这里也没几个人啊。有人排队了？”

司文琪耐着性子解释：“现在在这个地方，你能看到的确实就四五个人，但实际上不是这样的。”她点了点图标，一组数据被投射在了半空中。数字是金色的，很亮，就像在纯蓝的天幕上烫下了几个洞，只是单单盯着看，都会感觉到眼睛被烧灼。

数字在不断变换。

“系统有个缓冲区。只有排队到即将进场的人才会送到这个场景来，这是出于隐私保护的考虑。实际上，现在后面排队的人已经超过了一千人。你是在耽误所有人的时间。”

胖子愣了愣，依然不服气地说：“谁信你那套鬼话。一会儿这里，一会儿那里，整得就跟变魔术似的，谁知道这数儿是不是你造的，有没有掺杂使假？再说了，愿望什么的，谁知道那是不是些糊弄人的！”

“明天再来也可以。”司文琪说着，指了指屋外远处的一棵树——这是这个场景里仅有的布景物——“或者你愿意在这儿待着也行，只要打扰不到别人。”

胖子有些犹豫了，转身想要离开。结果跟着他一起来的瘦子却不满意了，一把拉住了他，“哥，你忘了？上个月，我大娘她就是因为受了蛊惑，来了这里，人影都没啦？你不是说，你来了找不到她，就砸了这场子的吗？”

胖子想起了什么，一咬牙：“对，把我老妈还我。”

司文琪不觉有点好笑：“对不起，任何人只要进入仙园，都受到程序的保护。您的母亲留下的讯息是‘进入仙园后，希望不要再有任何人打扰’，所以说……”

“胡说八道！她在哪儿？家都不管了？你告诉我，我现在就要去找她！”

“对不起，根据虚拟世界管理条例，这是用户的隐私，我无权透露给你。”

“妈的！你还真来劲了！”胖子火了，“快点把那个破门给我打开，我要见她！”

“对不起，请你……”

司文琪话还没有说完，就被冲上来的胖子打断了。胖子的拳头砸在了观察窗的玻璃上，一下，两下。司文琪冷漠地透过玻璃看着对方的脸，胖子使出了全力，却没能砸出第三下。

这些人被强制下线了。

司文琪静静地坐了一会儿，渐渐平复了心情。也许会有投诉吧，她想，不过，这对她倒也无所谓。

说来好笑，有的人就是这样，嘴上说着不信任蓬莱系统，但是在司门人这里或者仙园里受到哪怕一丁点的委屈，都会立马跳着脚地跑去投诉。那又如何呢？司门人不会受到任何实质上的惩罚，而他们最终会明白，世界的运行规则，不会是永远围着他们转的。

无论在现实，还是在蓬莱。

……

头很闷，喘不过气。

四周很模糊，好像一切都在下沉。原本清透的玻璃仿佛涂上了厚厚的巧克力酱，在重力的作用下，一点点滑落，疲软，缓慢地堆积，把周遭的一切蒙上浓雾。整个世界变成了灰褐色的马赛克。唯一清晰的，只剩下手中的一团粉红。重力和浮力像两只巨手，压着胸部，顶着背部，扯着脖颈，推搡着意识。漫长的漂浮似乎没有终点，只有晃眼的水面。

冗长的归档与系统自查终于结束了。司文琪下线了，在现实中睁开眼睛。

失重感和麻木感一起袭来，让她的身体和脑袋都苦不堪言。自己的头脑在仙园已经连线工作了几百个小时，而在现实中，钟表仅仅过去了8个小时。

“喵～”

司文琪从床单上坐了起来，拿起搭在床头上的一块已经褪色了的毛巾擦了一把脸。床头放了一盆水，是自己进系统之前倒好的。倒的时候还是热水，现在已经凉透了。氧化氢从皮肤的表面和胃管的内部一起滋润着躯体，这让她的感觉慢慢好了起来。

留言栏里有新讯息。是小艾留的，约自己到老地方去喝一杯。司文琪笑了笑，简单梳了梳头，走出门去。所谓的老地方，是一间街角的奶茶店。司文琪刚刚回到现实，脑袋还有点晕晕乎乎的。她挺享受这种状态，有点像微醺，这让自己的心情很好。在这条街上，自己不必再去想那些啰里啰嗦的愿望，也不必用冷冰冰的外壳来伪装自己。这才是真实的感觉。闺蜜小艾每次都约自己在奶茶店见面，其实她俩心知肚明，店里的东西并不怎么好喝，只是做奶茶的小哥还算养眼。司文琪知道小艾就是冲他去的，而每次去了，自己多多少少就像个陪衬。

“这地方越来越破了。”小艾喝了一口纸杯里的液体，撇撇嘴，毫不客气地评价道，“咖啡也越来越淡，没滋没味，就跟刷锅水似的。”

司文琪冲着店里的小哥做鬼脸：“喂，你听到没有？我家小姐姐不高兴了。你手艺太差了啦。”

小帅哥本来正在专心地给奶油打着泡，听到她这么揶揄自己，顿时显得有点不知所措。

“好啦好啦，不要欺负我家阿然。”

“阿然？好啊，我才睡过去这一会儿，你跟人家叫得都这么亲热啦？”司文琪摇了摇头，“你这女人，唉。”

小艾不恼，顺势说：“你也多照顾照顾我们阿然的生意。点饮料喝啊，别老是喝冰水。”

“不想点。”司文琪指了指小艾的纸杯，“就看看你这咖啡吧，那么淡。要是喝咖啡光能补水的话，不如就直接喝水好咯。”

“小气鬼，铁母鸡！”

“重色轻友！”

两人有一句没一句地聊着，阿然却悄悄端上来一杯奶茶：“喝吧，我请客。”

“嗬，暖男耶。”司文琪有点意外，赶紧谢过。这回小艾不干了，吵着也要请客，阿然溜溜儿地逃了，没一会儿，乖乖又端出来一杯。

奶茶的味道依然很淡，但热度透过纸杯传递到了手掌，很温暖。

“唉，也不知道这样的日子还要过多久。”小艾突然有点失落。

“也还好吧。”司文琪说。

“以前可不是这样的。”小艾说，“咱们小时候，一切多好啊。街上的人总是很多，到处都很热闹，好吃的好玩的，什么都有。哪跟现在似的，就算还喝得着奶茶，可这里面既没有奶，也没有茶啊。”

“人要知足嘛。”司文琪嘬了一口。

变化是什么时候开始的呢？司文琪都有些记不清了。

本来一切都好好的，后来有人突然说，太阳就要毁灭了，然后整个世界就开始衰退了。没有世界大战，只有无休止的争吵，所有人都在抢资源，国与国之间的政客们闹得就像街头的泼妇一样。体面？尊严？不存在的。后来，大家闹腾得累了，也就都散了。有人说把整个地球带走，逃离太阳，可这无异于天方夜谭。有的人干脆窝在自己那块地盘里不出来，有的人选择了自己离开地球，豪气地飞上天去找新家，还有的人就等着散场之后一拥而上，试图捡些残羹冷炙。

手里的奶茶开始变凉了。

“你还好，起码还有工作可以做。”小艾感叹说，“不过我一直搞不清楚，那些家伙为什么不让计算机来做仙园司门人？”

“因为做不了吧。”

小艾摇了摇头，“别逗了，我的姐姐，现在还有什么计算机做不了的事儿吗？”

也许是为了让人们暂时忘却现实，他们搞出了仙园。

三个愿望，什么都行，只要是在算力许可范围之内的。这听起来像不像是一个美好的童话？

“也许有一天，我也会到仙园去的。现实实在太无聊了。”小艾把手里的奶茶全部倒进喉咙，脸上的神情开始变得神往，“毕竟还可以许三次愿呢。我说，大部分的愿望都能实现吧？”

“能实现的。”司文琪点了点头，“大约九成以上的愿望都能实现。其实，人们的欲望也就那么多。你呢，你怎么想？”

小艾认真地说：“要是我啊，就让上天赐给我一个大帅哥！”

“无可救药。真无可救药。”

“哈哈哈。”小艾绷不住，笑了起来。她伸过一只手臂，揽上了司文琪的脖子，“嘿。姐，说真的，要是你能实现三个愿望，你会怎么选择呢？”

司文琪一下噎住了，半晌，吐出几个字：“…… 我从没想过。”

司文琪说的是实话。尽管每天她都要在系统里工作8小时，不，以感官来计算的话是好几百小时。工作一个星期，就是几千小时，几乎相当于过去人们一年的工作量。但她一直都在为别人服务，从未想过自己有什么愿望。

小艾眨着大大的眼睛：“那你觉得，仙园真的是乐土吗？”

司文琪看了看小艾：“我不知道。也许，它不是什么太好的地方，但对现在的生活来说，它起码是个答案。”

她望向奶茶店的外面。

那是一片灰色，除了人去楼空的房屋，空荡荡的广场，就剩下孤零零的几棵树。司文琪记得，从前的时候，广场不是这样的，尤其是晚上，那里总是挤挤挨挨地塞满了人。现在，即使能看见偶尔几个路人，也都在漫无目的地游荡。

他们的脸上看不到希望。

“时间到了，我又得去工作了。”司文琪说。

“你去忙吧，我还不想走。”小艾说，“我在这里再坐一会儿好了，毕竟我也没有什么地方好去。”

司文琪推开门，冲她挥了挥手，没有说再见。

三

司文琪吮了一口水，才注意到，一个西装革履的中年男人正站在外面。

“请等一等。”司文琪有点不好意思，赶紧把水杯丢回控制台的角落。她清了清嗓子，打起精神，重新挂上了一副职业的微笑，“您好，先生。欢迎来到仙园。”服务器很快给出了这个人的讯息：他姓方。曾是个金融从业者。司文琪略微迟疑了一下，因为资料显示，面前这位方先生曾经拥有可观的资产，显然属于现实世界里的成功人士。一般像这样的人，即使后来过得不那么好，也很少会主动到仙园里来。

“你好。”男人的声音显得礼貌且温暖，“我想先找一个人。她是我的爱人，应该是去年就来了。对了，你有可能没见到她。她的名字叫……”

“我见过的。”司文琪快速地翻看数据库里的表格，不出几秒，就调出了资料。接着，她把那个打扮得花枝招展的女人像投射在空气中。

“是这位吗？何女士？”

方先生愣了愣，很肯定地点了点头。司文琪看到，似乎一直有些纠结的他，此时此刻已经放松了很多。

“何女士她现在过得很好。沙滩，海岛，别墅，鲜花，一切如她所愿。好了，您现在知道她的情况了。接下来……”

“不，不用通知她。”方先生连连摆手，“实际上我还在犹豫，要不要就这样过去找她。”

“那事情就好办多了。”司文琪松了口气，“这位何女士，其实也并不是那么想见到您。”

方先生有些意外："怎么？你这是什么意思？"

"哦，我这里有何女士一段留言。应该是专门留给你的。"司文琪把那段话也投射出来给方先生看。留言的字数不多，大意是自己过得很好，希望方先生不必担心，不过话里话外的重点是：她不想离开自己愿望里的世界跟他去别的什么地方。但是如果他执意想要来找自己的话，自己也是会在海景别墅留出一个房间给他的。

"这是……为什么？"方先生不解地说，"不应该啊。"

司文琪一时有些拿不准到底该不该把实情告诉他。依照管理条例，司门人是不应该把客户隐私诉诸他人的，可面前这个男人，又让她觉得有权知道真相。司文琪在内心挣扎了几秒，最终字斟句酌地说："是这样，何女士的海岛上，其实不止她一个人……"说完，她迅速瞄了对方一眼，就好像是个做错了事的孩子。

方先生的眼睛瞪圆了。他的嘴深深地瘪下去，挤在一起，似乎在努力克制，不想显露过多的情绪。继而，他嘴角动了动，似乎想要吐出肺腑里的话。司文琪安静地等待着，她暗暗从小抽屉里抽出了两页纸巾，攥在手里。只等方先生一落泪，就递上去。

眼泪终究没有落下来。

而后，方先生居然笑了起来。

"我想画画。"

"先生？"司文琪没弄懂这没头没脑的话。"您想要什么？我没明白。"

"我说，我想要画画。"

"画画？"

方先生笑着，眼角却挂着泪。

"你知道，我是做金融生意的。虽然不敢妄称银行家，但是积累的资产还算对得起这个行业。但是，我从来没有真正喜欢过这一行。"

司文琪安静地看着他。系统在不起眼的角落里亮起了一盏灯，提醒她这一客的时间已经超时，要她及时引导他进入下一个环节。她把那盏灯按灭，她想听这个男人说话。

“这些年，我好像已经迷失了自己。光顾着赚钱，把自己变成了一台连轴转的机器。好，我把自己变成印钞机，别人也就把自己当成取款机。后来，我才明白了，所谓的财富，也不过就是一些数字罢了。这世界上没有什么东西是可以长久的。包括爱情。现在，连老婆都跟别人……”方先生说着说着，停下了。

他看了一眼司文琪，重新组织起语言：“不说她了。说她，不如说说自己。不知道你有没有读过一本书，叫《月亮与六便士》。啊，对，我就知道你肯定读过。我这个人读书太少，不怕你笑话，是去年才第一次读到这本书。挺破的，也只有大半本，只有前面，后面的没有。不过没想到，我只是随便翻了翻，结果就被击中了。”

司文琪点了点头，她把纸巾塞回了抽屉。

“你知道吗？”那个男人的眼睛里发出光，“在读了那本书之后，我才突然明白了，我真正要的是什么。那本书，简直写的就是我！这感觉太奇妙了，你能想象吗？不，你不能。但是我真的感觉到，那就是我的书，是命中注定要与我相遇的书。”

他激动起来，全身都抖个不停：“我想起了小时候。我就是每天画啊画啊，那是我唯一感兴趣的事。几点吃饭，几点睡觉，我全都不在意。太阳几点升起，月亮几点落下，我也毫不知情。我就是喜欢画画，没有原因。我不知道，为什么我活成了后来的模样。也许这就是成长吧。但是，但是——”

他突然转向司文琪：“你是说过，我可以有三个愿望吧？”

“是的，没错！”

“我要画画。”他说道，语气很坚定，“我要一间画室，不需要太大的地方。要有一张舒适的大桌子，光线，对，光线要好！还有，要有笔，要有纸……没有纸笔我怎么能画画呢？你要给我足够的笔和纸，能让我一直一直画下去！”

司文琪的手指飞速地跳动着。

“有好几个标准模板可以选，凡·高的画室、达·芬奇的画室、毕加索……”

“不，不要现代的，凡·高的……不要，通通不要。要更原始一点的，就要小木屋，简陋一点也没关系，越简单越好！”

“如您所愿。”司文琪很快选择了一个场景，“还有吗？”

“够了，差不多了。”男人默默地思考了几秒，“我想要个空旷一点的地方。大一些的，户外的，风景漂亮的……我意思是说，在小屋的外面，空间要足够大，适合我去写生。”他的语速很快，脸上挂满了神往。

司文琪艰难地打断了对方的幻想：“对不起，这可能有点难实现。”

方先生似乎突然跌落回了现实。他显得很意外：“怎么呢？”

司文琪有些抱歉地说：“系统分配给每个人的算力有限。”

他恍然大悟：“原来是这样。”

“请您理解。如果您愿意，可以考虑一下其他的愿望，或者稍微修改一下愿望的规格。”

他点了点头。

“算力资源的分配必须要符合经济学原理，这是对的。谢谢你的好意。”他说完，思考了几秒，默默点了点头，重新开了口，“但是我想要的愿望就是这个。其他的东西我不感兴趣，也没必要到仙园才能实现。看来，我只能把愿望稍稍改良一下了……你至少能给我圈一块地方，这一点是没错的吧？”

“没错。但是实际面积可能比您想象的要小不少。”司文琪心里很清楚这家伙想要的是什么。对于一个想要户外写生的画家来说，圈的地肯定是越大越好啊。她已经接待过不止一位有类似想法的画家了。

“这样吧。”他似乎已经有了决定，“我可以削减需求，这样就能节省算力。我只要一个空旷一点的地方，不需要很复杂的。比如就是一个寂静的山谷。一座小草屋。就可以了。”他顿了顿，“你们的系统里肯定存有这样的标准模板。”

他说得对。

“而且你给出的场景里，一般都有人吧？”

“当然。在标准模式里，一个真人客户可以配比40个左右的伪人。如果选择特别拥挤的场景，比如斗牛狂欢节或者明星音乐会的现场，人数可以最高配比到5000，但是场地就不能再有任何拓展。换句话说，如果您选择了明星音乐会，那就必须永远地待在那个场景中了，哪儿都不能去。”

他点了点头。

“不要人。”

“什么？”

“不要人，一个人也不要。”方先生慢慢抬起头，对上司文琪的眼睛，“全部换算到面积上！”

“也可以这么做。但是还会遇到其他的问题……”

“还有什么问题？”

“标准模板都很小，而且缺少足够的变化，不一定能满足您作画的需要。而且，这么说吧，即使一个工具人也不要的话……”司文琪快速地计算了一下，“选用较粗糙的室外场景，极限大约是3.3平方公里。”她稍稍松了一口气，这个数字其实比自己预想的要大。

“大约300万个平方？”

“是的。”司文琪快速地说。

“鸟儿，昆虫，动物。这些都有吧？”

“当然，不过数量不会太多，形态也都是些比较简单的。”

“我明白了。”男人说，“不要，都不要了。把那些动物全部去掉。”

司文琪现在有点明白了。她调整了参数，那个极限面积又提高了一些。犹豫了片刻，她试探着问道：“植物……是不是也可以不要？”

方先生想了想，然后坚定地说：“可以不要。”

司文琪点了点头，她猜对了。

“如果是这样的话，我完全懂您的意思了。”

她轻轻地说：“我可以给你一片沙漠。”

“沙漠？”

“对，沙漠。”司文琪解释说，“如果您只是想画一些风景，或者其他非生物的东西，其实去掉所有的动物和植物，恐怕在任何模板下您都只能看到一些光秃秃的村落或是戈壁滩了。当然，大海也是可以的。但是系统还要模拟足够多的天气变化和海浪形态，剩余的算力不支持您再建造一个足够大的海岛。所以我在想，也许您可以试试沙漠。”

男人一言不发，若有所思。

“沙漠不会是静止的，太阳依然会东升西落。流沙会有变化。风会改变沙丘的形态，有时候会是一马平川，有时候会是重重山峦，这只要用随机小程序来实现就可以了。所有的算力都换算成面积，您的视野会变得尽可能地大。前提是，您真的能忍受这个完全没有生机的世界。我会在沙漠的旁边给你准备一个小屋，面积不超过30平米。设施只能有最基础的……”

“够了！够了！”他跳了起来，激动得面色发红，“就是它了！沙漠，一座没有人的沙漠！请实现我的愿望！”

看到他这样的反应，司文琪突然又有些犹豫了。

“您真的考虑清楚了吗？”

“是的，完全清楚。”他高兴地说，脸上浮现起一种神往的表情。

司文琪知道，他说的是真心话。“第三个愿望呢？”司文琪说，“我必须提醒您，所剩的算力已经非常有限了。但是，您依然可以带上一些心爱的随身物品。”说完，她瞄了一眼自己的猫耳水杯。

“不用了。很好。谢谢您。”男人稍稍平复了，他的语气很坚定，“我已经不需要别的愿望了。我会爱上那个地方，然后永远在那里待下去的。”

司文琪把食指放在生成键上。

她忍不住最后问了一句：“真的要去一个什么都没有的世界？”

“是的。谢谢你为我做了这么多。”

按下按键后，司文琪突然发现，自己的手指有些颤抖。

猫耳水杯发出了“喵～”的一声。

四

愿望变成了两个。

司文琪每天要工作的时间越来越长了，以外面的时间算，是10个小时，以仙园的时间算，则差不多有1000小时。随着人数的增加，系统的算力开始变得紧张，制度的调整是必然的。愿望数量的缩减只是第一步。其实，对于愿望内容的框束才是更大的变革。那些最早进入仙园的人都许下了三个愿望，这在后来人看简直是大赚特赚。每天，司文琪都有差不多一半的时间需要应付一些无理取闹、要求自己也许下三个愿望的家伙。对此，她已经开始麻木了，只会冷冰冰地通知对方：要么接受两个愿望，要么直接强制下线。

很久很久以前，好像有个人只许了两个愿望，但是司文琪已经记不清他的面孔了。

每天人来人往，日复一日。时间长了，司文琪渐渐明白了一个道理：人的欲望，说复杂其实也简单，翻来覆去也就那么回事。她自己抽空整理了一下，做出了一个小小的文档，编上号，以供遇到相似的案例时节约时间。

愿望，大部分是跟金钱有关，这一类会占到大概80%。形式呢，多种多样。有要美金的，有要人民币的，还有要电子货币的，最夸张的是要金砖的。其实，这类愿望是最没有意义的。也许，平时真的很少有人去思考：金钱的目的究竟是什么？毕竟无论金砖还是美元，都是不能拿着吃拿着喝的。如果是想买豪宅豪车，那一开始就用愿望实现不更直接吗？炫耀？那更无趣，人们一旦进入仙园，基本就很少往来。何况，当金钱成了人人都可以拥有的东西，又有谁还会在乎呢？

少部分愿望跟健康长寿有关。提出这种愿望的客户往往年纪已经比较大，跟上一个愿望一样，这是没有多少实际意义的。因为不论你在现实世界里的生存质量如何，一旦进入到虚拟系统，全都是一样的。生命就好像被塞进了一只小小的冰箱，从此以后，无谓少老，不知生死。

剩下的则是一些奇葩。

有的人，幻想当帝王。司文琪依次建造了中国故宫，埃及卡纳克神庙和古罗马哈德良离宫的微缩仿版。徒有外形，没有内设，因为其余的算力都用于放置工具人。他君临天下，威风八面，貌似掌控一切，却只拥有三座城。于是他每天不知疲倦地奔波往来，在风格迥异的城池里反复出演大同小异的权谋故事。

有的人，则被复仇的恶意控制了头脑。他们把仇恨的人放在密室里，用尽所有的恶意去折磨对方。这样的人不是一个两个，但确实是最可悲的。在虚拟实境中的所作所为无法伤及实体的一分一毫，这么做的人，只能是反复揭开自己的伤痕，而且永远摆脱不掉。

有一类人，数量不少。他们在现实里的群体名称是程序员。至于需求，也出奇的一致，居然要求开个办公室方便写代码。其实在虚拟世界里写代码，又有多少现实意义呢？

还有一些，数量也不少。他们年岁不大，是打着各种名号的团体的形式来的。

“我们永远在一起！”

“为了……！”

他们往往这样说着，就走进那扇门。

司文琪知道，这样子的人大抵不久之后就会反悔。现在口号喊得越亲密，日后别离的时候就越彻底。

还有一类人最有趣。

他们会抱着怀疑的态度，用不信任的目光看着你，然后挑衅你，试图玩弄些不成熟的逻辑，就好像是小孩子试图跟大人在玩猜谜。至于愿望，他们也会绞尽脑汁，掏出一个自以为让你难办的想法，号称那就是最最想要的东西。

他们每一个都以为自己是最标新立异的那个，想要挑战已有的规则，殊不知仅仅是消耗掉了标准模板而已。

那完全不是什么特别的，他们的方向错了。最特别的人，其实都很普通。

记忆中，有一个年纪挺大的人说要一条拥挤的街道，要人，要各种人。人越多越好。街坊邻居，贩夫走卒，小商小贩，什么都行。司文琪满足了他的愿望，把算力统统都换算成了工具人。事后，她查阅了他的资料。他离婚，膝下无子，晚年在养老院度过。司文琪知道那种养老院，看护都是全自动的机器，没有任何一个活的人类。他在那里，独自生活了接近七年。

还有一个人，最特别的。

他号称是个作家，没有任何特殊的愿望，只想听听司文琪讲自己的故事。

“您是想要我个人的履历吗？这个我当然可以复制一份给您。可是，您真的要把这么珍贵的愿望用在这种……这种小事上吗？”她友善地提醒了对方。

他笑了，那笑容似乎能穿透所有的时间。

“这不是小事。对我来说不是。”他说，“因为这是我所追求的，所以其实是最重要的事。你在这里待了很久，见过很多人，你不知道这是一份幸运。会有很多像我一样的人，非常非常羡慕你的。”

司文琪并不觉得自己有什么幸运。这是她的工作，她有义务尽可能满足所有人的愿望。仅此而已。

于是，司文琪把上面所有那些人、她觉得有意思的事情都讲给他听。

作家很满意，但这消耗了司文琪太多的时间。后来她表示，可以把所有的数据都复制给他，让他自己到自己的小世界里面，去慢慢听。

作家拒绝了。

“不，故事始终是要有人来讲，才是有温度的。”

不知为什么，司文琪感到脸上有些发烫。

思考了很久，她最终提出一个连自己从不曾想过的大胆的想法：制造一个伪人，承载着自己的所有的记忆，跟他走，去给他讲故事！

作家思考了几分钟，同意了。

他最终选择了一个普普通通的模板，带上司文琪的复制体离开。临行前，他对她说：“你的故事很精彩，可惜到目前为止并不完整，从整体上说只有上半部。也许继续聆听下去，我会遇到一个很美丽的结局吧。”

司文琪追问他叫什么名字。他没有回答，只说，他是这个世界的游者。

跟每个人一样，来过，看见，记录，存在。

五

小艾不见了。只留下一条讯息。

司文琪知道这一天迟到都要到来。她揉着自己的太阳穴，慢慢地看通信机里的字，这居然是一条纯文字的信息，并不是音频，也没有图像。司文琪只能想象着小艾正坐在自己眼前，用自己的嘴在跟自己发声。

文琪：

我们走了。

我最终还是决定不去仙园。阿然很赞同我的意见。

这个世界很寒冷，但毕竟还是有温度的。如果选择进入仙园，也许我们也会很满足很快乐吧，但是一想到在冰冷的世界里沉睡着的自己的躯体，就会觉得身体太可怜了。

……仙园虽然安乐，但毕竟是虚幻，就好像蓬莱，是只属于梦中的楼阁。

我不知道该怎么面对你，原谅我的不辞而别。

小艾　阿然

我们。她用了“我们”？

读信的过程，司文琪一直在抖。这些句子很短，但在司文琪看来，却好像短刃的匕首，一刀一刀划伤自己的身体。她用力把通信机打翻在地，又狠狠地在自己的枕头上捶了几拳，可身体里的抑郁发泄不出来。她想把自己灌醉，可是找不到酒精。

司文琪失魂落魄地跑到大街上。奶茶店还在。不过，就跟这条街上其他那些七七八八的店一样，冰霜和尘土落满了原本光洁的窗户——这里已经没有了主人。

环顾四周，司文琪这才惊恐地发现：原来街道上的人已经这么少了！

其实回忆起来，奶茶店的生意一直就不怎么好。也许是自己太过迟钝，对有些事从来没有注意到。店里面似乎永远只有两个人，小艾和阿然。小艾永远在自怨自艾，阿然则永远在忙碌着。不管有没有客人，他一直能找到事做。也许，这一切都只是表演？可能他们早已商量好要离开吧，只是自己没察觉罢了。

司文琪这才明白，也许，自己也到了必须作出决定的时刻了。她相信希望，也相信未来。她知道让自己的躯体陷入长眠，只把思维投入到仙园之中，看起来像是一种逃避。但是自己绝对做不到像小艾那样，勇敢地、孤独地在杳无人烟的世界里活下去。不，她还有阿然，她并不孤独，可自己什么都没有！

她不知道自己究竟该怎样做。恍惚间，她想：如果未来还有人类，他们会怎么看现在的我们呢？手腕上的计时器第三次响起，提醒她早已经过了交班的时间。

太阳已经很冷了。司文琪突然有点羡慕那个拥有着一大片沙漠的人。整个世界已经变得越来越陌生，如果现实中寻找不到温暖，那自己至少还可以在仙园中获得希望。

六

请求驳回，请求驳回，请求驳回。

暂停业务，暂停业务，暂停业务。

司文琪把头深深地埋在臂弯里，她无视着周围的一切。系统显示，此时此刻外面排队的人数已经超过了五千，但她却什么也不想做。她从没有像现在这样，觉得心里空落落的，深深的无力感包围着她。

也许工作起来，就会忘记这一切吧。她抬起手，想要强迫自己去按动按键，让排队的人进来。她知道，只要人们向仙园拥过来，用肤色各异的面孔填满自己面前的这块小窗子，自己就会被忙碌的工作填满。争吵，讨价还价，挖苦，骄傲，自以为是 …… 各种情绪会占据自己，从而让她暂时忘掉痛苦。

手指最终没有按下。

就在这时，她看向了窗外。

她突然看到了那棵树。

似乎很久很久之前，那棵树就一直在那里。某种东西突然把自己击中了。她推开门，朝着那棵树狂奔了过去。这是她第二次站到大树下。记不清是多久之前，自己第一次来到司门人的小屋，就看到了这棵树。她没办法不看到，因为这棵树是视界里唯一可见的东西。除了那棵树，那扇门，那堵白色高墙，一切都是沙子。

只有这样孤零零的一棵突兀的树。

她曾经问自己的上级：前一任的司门人去了哪里，是不是也去了仙园。上级没有直接回答她，只告诉她一句话：他选择了见证。

现在，司文琪明白了，每个人都可以有自己的选择。有的人选择逃避，有的人选择勇气；有的人选择毁灭，有的人选择创造；有的人选择遗忘，而有的人，选择见证。

突然间，她的内心燃起一把火。

她说不清那火焰是从哪里来的，好像那火苗一直就在自己的身体里。它蛰伏着，蛰伏了很久很久，一直在等待着有什么东西可以把自己唤醒。现在，它不再昏睡，它成长，它放肆地蔓延，燃烧，绽放，迸发！从里到外，几乎把整个人烤得通体发亮。她知道了为什么有些人会笑着走进那扇门，因为他们也曾经这样燃烧过！

她一直在回避，在压抑。这压抑已持续了太久，是时候彻底释放了。

终　章

她面前有一沓厚厚的文书，和一张薄薄的纸片。

“你确定自己的愿望了吗？”

“确定。”司文琪说。

“可是……这会有点难办。”窗子里的人轻轻皱着眉头，“请给我一点时间。”

“没有问题的，我自己核对过每一行计算。”司文琪微笑着鼓励自己的继任者，“你可以慢慢来，我可以慢慢等。”

对方笨拙地操作着。

“你确定不要一点空间？”

“是的。”

“……而且绝对不会打扰到被观测者？”

“不会。我只想做个旁观者。”

“可是……”她犹豫了一下，还是问了出来，“我不明白为什么？”

司文琪笑了。

“我想到每个世界去看一看。远远地看一看就可以。因为即使有一天，整个世界都不在了，也应该有人去记录所有的故事。”

门很高，站在门口，无论是谁，都会立刻感受到自己的渺小。然而墙更高，平静，威严，一望无际。高高的白墙后面，则是无数的世界。

粉色的猫耳水杯，发出了“喵～”的一声。她笑了，把它攥紧，充满勇气。

她迫不及待地站在门前。

她期待着与每个人相遇。

《科幻世界》2022年第3期

创作后记：

构思和创作这篇作品的时候，疫情才刚刚开始。有段时间哪里都不敢去，每天就在家跟孩子待在一起，当时孩子恰好是从幼儿园转上小学的年纪，本来应该去上幼小衔接的，去不了，在某种意义上我就成了他的幼小衔接老师。

在我们独处的那段时间，我和孩子一起阅读了很多很多的故事。在古今中外的众多故事中，人们往往会以某种方式感动神明，然后得到3个愿望。

为什么是3个？

我认为，3这个数字有特殊的含义，尤其是在衡量人类欲望的时候。我们常说事不过三,三生万物，古文中常以三来指代多数、大数。我想这也是为什么神话故事在满足愿望时总是限量三个，这既不过量，又不匮乏；显示了神力的慷慨，也揭露了人性的贪婪。

我也不觉自问，如果给我一个机会，可以实现3个愿望，我会拿出点什么惊天动地的主意吗？想来想去，人生的愿望无非就是那些，似乎没有什么新鲜的。金钱，健康，感情……都是人人跳不出的小圈子。就像文中所说的那样，大多数的愿望也不过只是消耗掉一些标准模板（预设的程序）而已。在如今这个创作力与流水线并存，同质化与碎片化齐飞的时代，这似乎并不是难以接受的事情。但创作一篇科幻作品和自导自演的许愿不同，唯有融入了真正不同于这个世界的思考，才能为大家窥见或然的一角。

《生如所愿》就诞生在这样一个心境之下，虽然从科幻内核上无甚新意，但处在当下，似乎有了些许新的含义。时下，“数字生命体”和“元宇宙”似乎成了热词，好像一夜之间，大家都要把意识丢进USB接口，迫不及待地同这个无趣的世界告别，麻利地搬进数字世界中无比美好的新家。实际上在科幻的领域中，无论是“元宇宙”还是类似的东西，都是再普通不过的构想，甚至说是“老词儿”，不容易让创作者和阅读者们感到兴奋与激动。这一点倒很像故事里所说的，人们都想标新立异地提出自己的愿望，想要钻些空子为难系统和工作人员，但实际上也不过消耗了一些标准模板，谈了些新瓶旧酒的想法而已。今天再来回顾《生如所愿》这篇文，值得欣慰的是，它并没有局限于童话的浪漫与单纯，也没有追求光怪陆离的所谓未来感，而是在这个题材下，坦诚地表达了自己真实的想法——即使未来的我们，由于主动或被动的因素选择了数字人生，我们依然可以选择个性，选择率性而活。

就在写下这些文字的时候，百度发布了文心一言，似乎人工智能又攻占了新的领地。看起来，完全数字化的时代，也离我们越来越近了。我想我们应该拥抱这样的时代，迎接技术变革的同时，保持我们鲜活的个性。

在新的浪潮中，不愿也不想再听到“生而为人，我很抱歉”。

希望未来，一切如你所愿。

鄢　红

| 杨　健

杨健，重庆医科大学附属永川医院骨科副主任医师，从事骨科临床工作18年，在运动医学、生物工程及心理学领域发表SCI等论文十余篇。

1982年出生于四川广安，2019年开始科幻创作，短篇科幻处女作《繁殖力限制法则》2020年8月发表于“不存在科幻”；短篇科幻小说《宿主》、《鄢红》、《白头雀》、《伊娃的记忆游戏》及科普作品《脑中的第纳鸟——关于时间知觉的变奏曲》发表于《科幻世界》；中篇科幻小说《面孔》获中文在线首届全球元宇宙征文大赛奇想奖。

我的美术作品再次获奖，对此我早已麻木。比起得奖这件事，更让我麻木的是我的画。

清理掉刮刀上的颜料，把学生们的喧嚣送出画室，这个下午和以往所有的下午一样，没有什么特别。借着落日昏黄的余晖清点亚麻布上那些习作，也和往日里所有的作业一样，没有特别差，也没有特别好。

放弃了热门的媒体、设计等专业，国油版雕①的学生们对于审美的追求应该是更加纯粹，可他们对我作品的评价大多只是“顾老师画得真像”。散课后我撕掉了那些匠气横溢的“高清照片”，毕竟在我还能和大志一起摆摊卖画的学生时代，买主们也是这样夸我的。

当年的练笔之作大都变现了学资，幸存一纸水粉还留在故纸堆里——画中的少年大志在逆光里勾勒着一名女子的轮廓，而这一霎光影又忠实地记录在我的画里。

这画中画的构图十分取巧，牵强的明暗关系却让自己时常揣摩。无论从造型能力还是叙事架构上，这幅画都明显生涩，可那种肆意激荡不怕犯错的感觉却再也找不回来了。我将这种感觉归结于画中人在我生命里的分量。我知道这是在给自己找借口，我已经没有了彼时的灵气，支撑我走到现在的只是“技术”和“基本功”。

我的目光一如既往拂过画中那位女子，肤色的耐光性经过时光的打磨早已褪去，色膜也不争气，如皱纹般四处龟裂。他们的模样

① 国油版雕：指国画、油画、版画和雕刻画四个纯艺术专业。

一如记忆里那般模糊，他们的快乐却在画里继续生动。我撕掉了太多不如人意的作品，唯独把这份涂鸦保留了下来，我想我是舍不得扔掉他们曾经的鲜活。

我把陈年旧画卷了起来，连同思绪也卷入那个年代。

那时手机还没有普及，流行音乐还在卡带里，尽管画室老师反复告诫我们不要在画画的时候听音乐，可羽泉的《叶子》仍是画室里的热门BGM。

我示意大志摘下他不知从哪儿蹭来的“随身听”，告诉他我的赭石又不见了。他闻讯一惊，手里装模作样的畅销书摔得掷地有声，封面上赫然是《谁动了我的颜料》，扉页里却摔出那管干瘪的答案。

考前班里有个可怕的诅咒，橡皮、小刀、擦笔、海绵、胶带什么的小物件总会莫名消失，让美术考生们本已沉重的经济负担雪上加霜。有人说家里没矿就别来学美术，大志却身体力行地颠扑了这个真理。

瞟一眼他的装备，你就会发现它只够瞟一眼——素描纸是最便宜的雪山，正面四开素描反面再对开速写，打完分还要留着画水粉；铅笔是清一色的中华，缺型少号，只残留着HB、4B和6B，起型是就着断芯甚至笔灰直接上手抹，画错了便多改少擦节约橡皮；颜料可顾不上饱和度，只买三原色加钛白自己调，用剩的也舍不得扔，结块了拿水化开，实在没招了就收集在破塑料瓶里，那些红红绿绿通通往里一搅和，一抹随缘的高级灰就这么信手拈来……

因此，面对我此番兴师问罪，他理所当然只能祭出他那物美价廉的“马利三兄弟”，要“调一点儿还我”的架势可谓诚挚感人，不卑不亢让人气绝。

即便悭吝如此，仍然不足以抠出美术生的开销，大志用善于发现美的目光搜刮着画室的每个角落，从喷壶到临摹书，从可塑橡皮到洗笔液，本着能蹭就绝不买的原则，这位来自国防三线破产大厂的潦倒子弟无所不用其极，祸害了一位又一位同窗逐梦的少年。而最令人发指的是，就连这集训课他也是蹭的。

大多数考前班都会推出个把月免费体验课，从高二暑假开始，他就背上画板在县城里四处蹭课。当他颠沛到我们画室时，这个本就不大的三线城市里，已经没有哪个考前班可供他容身了。自打他来了画室，我们学会了给施德楼①藏身，给康颂纸点数，甚至还得照护好静物以防被偷吃。大家劝他早点回去补文化课，丫呵呵装傻，说不急不急他文化课还可以，然后继续其斑斑劣迹。我甚至怀疑，他是“大志”若愚。

这样的人自然不招人待见，唯有我会有意落下些“用剩”的姜思序堂在画室，这样的纵容倒不是出于对他家境的同情，而是因为在这个考前班里，他是我为数不多的同类。当年的艺考生，大多是迫于文化课不如人意来为高考找条捷径，只有这厮和我一样，是纯粹喜欢。

遗憾的是，热情并不等于天赋。

也许是频繁更换画室的缘故，也许是过分地节吝画材，在我们已经熟练驾驭整开色彩时，他的8开石膏几何依旧是一塌糊涂。他甚至不会排线，暗部基本用擦灰来表现，遇到吃铅一点的纸，画面就脏得跟抹布似的，更谈不上塑造体积。在色彩方面，他不仅审美观极其庸俗，钟爱大红大紫的铺陈，还特别喜欢纸上谈兵。作为我们中少有的愿意花大把时间去研究色彩构成理论的人，他分得清三种视锥细胞，却分不清百合叶片与其脉络是两种不同的绿，而不仅仅是明度的差异。

好在他看上去并不在意这些，继续每天起早摸黑疯狂地消耗着

---

① 施德楼、康颂、姜思序堂均为画材品牌。

我的软炭和丙烯，人去楼空的深夜画室，他总有一幅还没画完的画。

如果有一天他真的能侥幸名垂美术史，一定是这样被提起的："马大志同志，执着的艺术爱好者，可惜毫无天分，空有旺盛的创作精力，却自始至终对自己的画面、结构乃至人格的扭曲熟视无睹。这里提到他碌碌无为的一生，完全是因为他有一个伟大的艺术家朋友顾凯旋。"

对了，还有一个人，那就是他在我画里画下的那个女人，她的名字叫鄢红。

第一次见到鄢红是在人体写生课上，这位插班生似乎忘了带画本，无助地坐在窗前，任凭风起发丝，把阳光切割成一道道飘动的彩虹，她也恰似一轮棱镜，牵动着在场每道"好色"的目光。

自以为是的男生们拎了画具上前施舍殷勤，被她一句冷峻的"滚"所震慑，只换得女生们一屋子的嘲笑。

老师反复强调着熟悉人体结构对于速写的重要性，今天的模特却迟迟没有现身。毕竟都是一些为了改善晚年生活的大爷大妈，我们倒也无甚期待。因此，当老师结束了解剖讲解，鄢红站起身来，一件一件宽解衣物时，我们的震惊无以复加。

而她却若无其事，就像自己家里一次普通的起居，没有半点儿羞涩或者犹豫。待她熟练地摆好动态，我们竟忘记了动笔，目光只在她皮肤上跳动，渲染开每一寸细碎的毳毛。画室从未如此肃静，平日里嘴上豪横的我们个个目瞪口呆。她的美丽抓住了我们，我们的视线却点到即止，旋即将一脸薄红深埋于画布。二九年华未经人事的热血男儿们，第一次学会了虚伪的羞赧，反观女生们的视线里却是风生水起，气象万千。那次写生我没有发挥好，心里的起伏太大了。

课间休息，鄢红并没有歇着，竟挨个儿打量起我们的半成品。

我心里不由抓紧，努力不去注意她浴袍里乍泄的春光。

她在我的画前站得最久，我有些得意。她懂画，我是画得最好的。她举着烟，我阿谀地为她点上。她默许了我的举动，想必是对我刮目相看。我便大起胆子，讨要一句评价，她却吐我一脸烟圈，“不过是照本宣科。”

这让我不由失落，还有些自责，为什么我要在意她的看法？

“画室里不许抽烟！”抗议来自妒火中烧的女生。鄢红侧目回敬，眼神里只是讥诮。

年轻的模特不好请，老师只在一旁假装摆弄石膏，并没有蹚这浑水的意思。而吞云吐雾间，鄢红已侧身查看起下一块画板，那便是大志的大作了。为了更方便地蹭我画材，这孽畜长期扎根在我身旁。

她驻足于大志的画前，显然是被惊吓到了，画室里爆发出隐约的讪笑。

大志坐在模特身后，画的却是她的正面。在这纯属臆想的画面里，肤色明显地红移，四肢在透视上也是长短不一。鄢红眉间凝重，半晌才回过魂，她把烟屁股拧熄在他的调色盘里，然后竟拿过画笔帮他改起了画，自然是未经画主同意，可大志这㞞包又敢怎样？

我竟然有些羡慕，整个课间，她就这样衣衫不整坐于大志身旁，他们一言未发，却似乎相谈甚欢。

多年以后，鄢红谈起那幅画，说她第一次从别人的画里感受到了温暖。

我们的青春热血不光挥洒在画板上，不时也献给暴力。

“割孽①伤了手影响画画咋个办？”面对融入集体的绝佳机会，

---

① 割孽：川渝方言，打架。

大志开始无病呻吟，但事主允诺一整盒艾隆83色免调，他的病就好了。

画室的姐们儿被欺负了，事由并不重要，只要有架可打，在弄清来龙去脉之前，男生们就会无脑地吹响集结号，根本不管对方是谁。

所以在出发前，我们并不知道要修理的人就是鄢红。

女人们撕逼，拼的是男人缘，鄢红这样的女人，显然没什么人缘。那寥寥几个护花使者压根儿不够我们消化，很快就寡不敌众做了鸟兽散，剩下她孤身一人被我们团团围住。

我们这才认出了她，她的眼神依旧凌厉，却掩盖不住手脚的慌张。

现在的问题是，我们认出了她，就不敢动手了，互相推搡着，谁都不愿落下打女人的恶名。女生们见男生尿了，便亲自上手。鄢红势单力薄，这顿揉搓却毫不手软，大有撕了衣服游街的架势。

此情此景，大志竟尖叫着发起了莫名的冲刺。趁好汉们狐疑的空当，他从一众巾帼手里夺过了霸凌的对象，似乎奋发了此生全数的勇力，撒开大脚丫子，跑了。男生们都傻眼了，居然下意识地让出一道华容。

我终于后知后觉，大志不过是做了一件我们都想做却不好意思做的事情，这才想起亡羊补牢振臂高呼："哥几个等着，我去把狗日的抓回来！"然后在众目睽睽下也跑出个绝尘的配速。

年久失修的灰砖楼间耷拉着一根废弃的柱式水塔，盘旋于外墙的扶梯是通往塔顶的必经之路，那铁梯上了年纪，大风一刮就会飘摇着发出哀号，一踩上去还会喘着大气吓唬你。只有勇敢的攀登者才能发现那环绕顶部水柜的"回廊"，本是堆砌杂物的所在，却有幸作为悭吝艺术家马大志的栖身之所。为了摆脱追杀，叛徒们甘冒奇险做客此地。

我们仨气息未定，正以一腔肺腑净化尘螨，在那堆一看就很久没洗的内衣袜子下面，我发现了画室里遗失已久的色卡和教参，那些对考试毫无帮助的莫奈和毕加索就这么散乱在地铺上，那是大志仅有的家具，拾荒得来。

鄢红惊魂甫定，问我们为什么要救她。这个问题很难解释，尤其考验情商。我思考着如何表明立场，与那些宵小恶行划清界限，而大志却轻描淡写，说只是心疼她头发里被人揪住的彩虹。

鄢红突然怔住，拿沉默与我们对峙，空气凝固半晌，她居然转身收拾起房间。这通操作让我不明所以，我扯了扯大志的衣角，示意他要不要假客气一下？他竟木讷地也跟着拾掇起来。

鄢红说她不想欠别人人情，也没什么可以感谢我们的，要不免费让我们画她吧。说着她又开始脱衣服，吓得我俩一个战术后仰，果断制止了她的慷慨。我想，我们或将抱憾自己的虚伪。

是的，在画室以外这似乎有些欠妥，但我们想到了更有趣的贺胜仪式。

这回廊四面开窗，是天然的天光画室，我们就地取材，各自支棱起一块简易画板，间于这四道侧光组成一个等边三角形，依次记录着彼此作画的背影，就像色相环里那对比强烈的三原色。

这游戏远比想象的复杂，我不仅要画出两面受光的大志，还要画出他顺光画板上逆光的鄢红，以及鄢红那逆光画面中顺光的我自己……光影在我们的画里轮番折射，明暗错综复杂跟我们玩起了戏法。

我抱怨大志色调定得不准。他叫我别叨叨，说视野不同，你照着画就行了。我说那你倒是有个准数，不要老改啊！他说不改不行啊，他也是跟着红姐在改。鄢红大呼冤枉，说那是因为凯旋动了。我说我画画能不动吗？大志却拔着高调说画画是动脑子不是动膀子。

我反唇相讥，你那猪脑子就省省吧，瞧把人红姐画成啥样了！于是鄢红笑了，说我们仨的画面互相牵制，这是一幅永远画不完的画。

这是我第一次看见鄢红露出笑容，只不过是通过大志的画。这也是我第一次目睹鄢红的画，她出手不凡。

从那天起我萌发了一个挥之不去的想法——我也许从没真正地见过鄢红，我所见到的鄢红都是大志画里的投影。

那天，我们画了很久，直到日薄西窗光影婉转，大志自制的松脂蜡烛点了一屋子的烟，我们饥肠辘辘地聊起了彼此的画。

我这才从鄢红口中得知，她是去年的落榜生，甚至拿到过校考的合格证（那时还没有联考），可惜文化课被刷了下来。家里反对复读，让她去卖房子供弟弟读书，她不从，就断了她的开销。鄢红这样的姐们儿可不会逆来顺受，她偷偷出来做起了人体模特，赚钱养活自己的梦想。

我们不由肃然起敬，在那个年代，这样的壮举是需要莫大的勇气的。

“男模要吗？”我突发奇想，扭头观望大志，他防备地问我看他干吗？鄢红却会意说圈里一般不招青年男模，因为几个小时的写生，他们很难“保持结构”。

于是我们笑得意味深长。

我问鄢红，是什么让她如此执着？而这个问题，我也想问大志已久。

鄢红自己也说不清楚，只说不知道为什么，只要拿起画笔就没有了烦恼，好像全世界都是自己的。客体的美本不属于自己，记录下来便好像获得了一种拥有感。

对此大志也深有同感。他说美感是没有原因的，它往往毫无征兆地发生，而你被这突如其来的冲动所震撼时，内心对这种感觉却做不出合乎理性的解释，于是伴随而来的是莫名而剧烈的焦虑和疑惑，你甚至难以理解这种体验从何而来，你将自己贯注其中探究一个答案，却总是无法把握每一个细节无功而返，只好退而求其次，悉数将它概括在画里，以自己能够理解的形式，得到似是而非的答案后释然——审美是一种认知活动，画画的过程其实就是一个不断解除美带来的认知焦虑的过程。

对于他的这番故弄玄虚，我们似懂非懂地点头。我不知道他成天都在看些什么书，但他似乎说得没错，画画是一种本能，他一直在用本能画画。

那天，我们聊了很久，然后又聊了很久。

那天，鄢红回去得很晚，寻呼机响了几次，也没见她回。

很快又到了鄢红的人体课。当她鼻歪脸肿一身青紫出现在我们面前时，男生们面面相觑。他们记得自己并不曾动她一根汗毛，难不成这是要讹人了吗？女生们先发制人，七嘴八舌说模特太不敬业，形象毁成这样了还怎么继续画？

面对围攻鄢红有些憋屈，毕竟别人说得在理，她也不敢发作。

我知道她不能失去这份收入，便当仁不让拽过大志的画板敲重点，“不会画瘀斑吗？要不要大志教你们？”

对一个画手，这是伤害性极大的羞辱，终于成功息事宁人。

我向鄢红递出邀功的眼神，她却不啻失落，把目光里的橄榄枝狠狠地扔给大志。后者只是低头摆弄着画具，今天并没有仗义挺身。我知道作为一个旁听生，他把在这里的学习机会看得很重，他的勇气只限于画室之外。

课间休息，鄢红又坐到我们身边。我问她怎么回事？她眼里的冷灰色不断加深，说是被她爸打的。

在那个年代，人体模特在父母眼中自然不是什么正经的工作。躲在水塔那天，她回去晚了，父母怒气冲冲找到画室，顺藤摸瓜一打听，几个女生再睚眦长舌一通报复。好家伙，原来在外面干这没羞没臊的勾当，当晚就把这丢人现眼的逆子给关了禁闭。今天临了上课的时间，她是狗急跳墙翻窗出来的。

要说这爸妈下手比仇人还狠，大志默默地骂了句畜生，亲生女儿也下得去手？

鄢红低头抿笑，这次又把烟屁股灭在我的调色盘里。我纳闷她怎么就突然快乐了起来，她却咯咯笑出声，“这是我翻窗户摔的。”

她笑的时候并没抬起头来，以至于我们差点儿就信以为真，以为她只是单纯的不正常。可画手的观察力是敏锐的，那一团团瘀斑已经红得发紫，不可能是今天的新伤。后来鄢红对我们撒过不少的谎，我们心知肚明，却只敢用画笔拆穿。

那天课后，我们被大志的画惊呆了，他的结构依然不准，他的比例依然失调，但那些瘀青与肤色的渐变却表现得无比自然。红黄白是肤色的经典调和，大志没有教条的桎梏，他运用了赭石。那幅画依然没有得到高分，但我想看过的人一定都过目不忘。

对于红紫色系，大志展现出惊人的色彩分辨力，我想是受了鄢红的启发。回想起来，大志的成长从一开始就建立在鄢红的伤口上。

鄢红彻底被家里人赶了出来。

那天我去水塔看大志，试听课到期之后，他只能长期蜗居于此自学成才。

我惊讶地发现，他的水粉笔不再是开花的那几支了，圆头扇形平峰板刷一应俱全，橡皮用上了樱花，雪山换成了法布亚诺，他终于不再用修正液画高光了，他的颜料盒里是115色温莎艺术家全套。

正想问他中大奖了吗，又发现他的陋室一新，不见了积尘，杂用堆叠整齐，甚至有小野花轻摆于窗前，本已没什么空间添案置几，却不遗余力生挤出一张新铺，而薄帘之后分明是女人的衣物。

我正满腹疑惑，窗外那锈迹斑斑的铁梯再次发出哀号，这次是因为鄢红的奋力攀爬，她提溜着塑料桶一步一晃悠。大志赶紧停下画笔，起身迎接她手里淌剩的半桶水 —— 这废弃的水塔最大的问题就是没水。

见着我，鄢红气喘牛息招呼我坐，然后麻利地在门前生起煤渣烧水，俨然村妇待客的模样。我悄问大志："你们俩 ……" 大志却一本正经，说是"纯洁的男女关系"。

我顿时觉得自己的画室宿舍不香了，我也想分享这么一份"纯洁的友谊"。

鄢红似乎洞悉了我的心事，把一碗阳春面推到我俩面前说："要不要搬过来一起学习？"

我打趣说："好啊，我来监督你们俩 …… 的学习。"

可我最终很识相，没有大志那么大智若愚，因为那碗面鄢红煮得很用心，就像她的画，朴素但有温度。从那天起大志的主食里有了蔬菜，但我吃得有些不是滋味。

我只是偶尔约他们外出写生，而鄢红成了大志的室友、良师和专属模特。她硬把画材分给大志当"房租"，还手把手教他色彩的基本技法。为了贴补开销，她甚至卖掉了寻呼机，说反正再也没人呼她了。大志说，那我有事找不着你怎么办？鄢红张嘴就来，说那咱俩就别分开啊。说罢她发现哪里不对，泛起酡颜满腮。大志却不解风情，说回头把画卖了，争取给你买部新的。于是鄢红又抿嘴傻笑起来。

在鄢红的帮助下，大志画技精进，除了时不时抽风的色彩，在素描和速写这一块，足以应付艺考了。

画室不允许学生和模特谈恋爱，理由是"破坏教具"，好在大志已经离开了画室。

大志不在画室，但鄢红的工作还在继续。

随着艺考的临近，我们的压力与日俱增。我们不再关心那美妙的胴体，只关心来不来得及画完，能不能得到高分，鄢红在我们笔下只是一尊会呼吸的静物。时间的紧迫感终于把我们都教育成了正人君子，也剥夺了我们作为自然人的审美冲动。

我们与模特的关系也日渐亲密，冬寒降临画室，女生们还特地为她准备了电炉子暖身。我们凑钱请她周末加班给我们画，她也没有跟我们以及钱过不去，几乎有求必应。我知道她现在的经济负担是以前的两倍。

他们开始在公园里给人画肖像赚钱，我也去凑热闹，很不幸，生意被我抢光了。

为了表达歉意，我请他俩下乡采风。在紫燕衔春微波映柳的河堤，我和大志照旧为了柳黄还是柳绿而争吵。他不甘心，还掏出颜料比对给我看，可惜色号没带齐。他说全套是115色，剩下的女朋友没让带，搁家里了。我悲愤地骂道："115色就115色，提你女朋友干吗啊，混蛋!"

混蛋的女朋友就在一旁乐不可支地看着我们，并不给一句公正的裁决。她说："不管画成什么颜色，看了让人高兴就行。"

我担心风景写生的考官不会这样认为。

突如其来的一场大雨稀释了争吵的雅兴。我们扛着画板在树下躲雨，一簇菘蓝给了大志在鄢红面前展现自己的机会。他对鄢红说这就是我们感冒时喝的板蓝根，其主要成分靛蓝还可用作植物染料。鄢红听得是一脸盲目的崇拜，大志很高兴，他的色彩理论终于派上了用场。于是他跃跃欲试，还想再去觅些个番红花、茜草根什么的，凑合个三原色。

我说你省省吧，别自不量力了。他说对啊，他就是想省省。我这才知道这家伙不是为了卖弄，他只是单纯想省颜料钱。鄢红非不让他去，说雨这么大别着凉了。我说让丫去，咱不是有板蓝根吗？鄢红便拉垮下大脸，索性喊冷，大志这货就没了骨头挪不动腿儿了，直接把鄢红裹进了自个儿外套里。

接下来，他就这么不停地向鄢红传授着各种冷知识，什么白屈菜可以发出紫外线，吸引蝴蝶来为它授粉；秋天叶子变黄，是因为胡萝卜素超过叶绿素云云。我心想，这瓜娃子连黄色和绿色都分不清，就别跟那儿吹牛逼了！他还为她唱起歌来，满嘴跑调唱的是“爱情是什么颜色的？”。我看这个问题你是得好好问问你自己！

好在暴雨短暂，很快就雨过天晴，我们重新回到画板上就位，这顿狗粮才算撒完，而雨后不期的天穹，便自然进入了我们那天的写生。大志果然还是那个大志，黄绿青敷衍了事，紫色和红色却浓墨重彩，以至于彩虹胖成了彩饼，布满了整片天空。他对于红紫色系的偏好我可以理解，可真实的彩虹往往只有那么委婉一缕，哪有那么丰富的渐变？诚然写生也是一种创作，不必完全忠实于客观原型，但至少不该背离视觉常识。

我让鄢红劝着点儿大志，别让他在放飞自我的路上走得太远。可是女人的关注点却总是刁钻，她兀自赞叹起那些色彩的层次，说只可惜红色易褪如朱颜易老，爱如大雨然而大雨无常，再宽广的彩虹只怕也逃不过转瞬褪逝的归宿。

我相信大志是一个有着自己世界的人，可他的画也许只有鄢红真正懂得。人生得一知己尚不知足，大志还信誓旦旦，说他一定要找到最好的茜草，配制出永不褪色的红，那种红，咱就叫它“鄢红”。

我很想打击他的肉麻，告诉他有一种东西叫作“定画液”。可我的恶毒没有脱口，因为鄢红的发梢再次沐浴彩虹，她的素颜上酡红永固。

二月的艺考大军涌入各大院校，大多数人只是陪跑。

我和鄢红顺利地拿到了好几张合格证，但是大志…… 我们早该想到他是个色盲，他都看不清满目的春色！

正式进入画室前，我们都做过色觉检测，而作为万年的旁听生，大志没能及时发现自己的色觉缺陷。

鄢红陪他转战各地美院，花光了攒下的盘缠，却连一次考试的机会都得不到，这个打击对大志来说无疑是致命的。

“为什么色盲就不能拥有自己的颜色艺术？”他嘴里只剩下这句重复的抱怨。

现在回去补文化课还来得及，鄢红劝他改考普通高校。他开始暴跳如雷，赌咒发誓说就是跪着也要跪进美院。鄢红要带他去医院检查，他说自己没病，为什么每个人都这么认为？鄢红急了，把他心爱的三菱铅笔摔出内伤，他就掀翻画板把她撵了出来。

如果说人性都有至暗的一刻，那一定是他失去了胸中最为挚爱的色彩，而大志的挚爱不是鄢红。

大志把自己关进了水塔里，用报纸把小窗糊了起来，终日疯狂地在墙上涂抹。我和鄢红轮流给他送饭，他并不跟我们多说一句。

鄢红天天以泪洗面，她向我哭诉，手里的烟不停发抖。我知道她正在做一个决定，一个足以让自己后悔一辈子的决定，可我不敢说破。

“我还有一幅画没有画完！”

被父母五花大绑接走时，大志撕心裂肺地挣扎着，他一如既往说着这样的话，他投向鄢红的眼神里全都是背叛。

鄢红不敢看他，靠在我胸前抽泣，我应该多穿一件外套的，这样她湿润的悲伤就不会透进我的胸膛。

对于鄢红，大志妈非但没有一句感谢，还毫不避讳地一直数落儿子，“跟这种女的混在一起，都成什么样了！”

车门关上的那一声闷响总是能惊醒某种思绪，鄢红突然收敛了啜泣，朝那一骑绝尘死命狂奔。我从没想过那样冷峻不羁的她可以迸发出如此疯狂的能量，可她终归脚力不济，将膝盖重重磕在石子路上。

现在的人们可能很难理解，可通信不便的年代就是这样，一场分别很可能就是永诀。

大志走了，从此消失在我们的生活，他口口声声要送给她的“鄢红”，不过是留在她膝盖上的一对难看的伤疤。

我问过鄢红是否为此而后悔。她不置可否，只说这是对他最好的安排，只是自己不该卖掉那部该死的寻呼机。

我忽然意识到，鄢红和大志是多么的相似。同为那个时代特立独行的人，她喜欢的也许正是他的与众不同。因为热爱，所以格格不入，他们这样的人从来不被“大多数”所接纳，只为那一丝可能的理解和相惜，终其一生都在寻找“同类”。这就是他们之间的感情，并不是我们所理解的爱情。

可正如父母对他们的专制，我们总是以爱之名，剥夺被爱之人追逐自由的权利。因为爱，我们不愿让所爱之人冒险，我们宁可他平凡普通，但求安安稳稳，即便是鄢红这样的人也难免俗。她亲手阻止了大志危险的远航，让他驶离自己那孤傲的航线，她的爱就如那天郊外的大雨，可以灌溉梦想，也可以熄灭梦想。

鄢红似乎“忘记”了初衷，这不正是他们彼此吸引的地方吗？当白屈菜不再发光的那天，蝴蝶还会注意到它吗？

鄢红用实力向父母证明了自己，他们终于放下成见，亲自送我们北上求学。这一路上我才得知，他们并非鄢红的亲生父母。

鄢红的生母临终托孤，曾向无助的幼女耳叮面嘱，“从此你就要寄人篱下，莫拿自己跟别个亲生娃儿比，你要懂事，要对自己的人生负责，要活成自己的模样。”

“从此她在我家谨小慎微，连饭也不多吃一口。”鄢红的养父说道，“她从不抢弟弟东西，被欺负了也不吭声，她很听话，从不惹是生非。可她越懂事，我们就越心疼她，小孩子不该这样心事重重。我给她买了巧克力，她不吃，我急了，强喂到她嘴里，她哭了，巧克力流了一下巴，她一边哭一边往嘴里抹，从没见她哭得如此伤心。我不明白，小孩子怎么会不爱吃巧克力呢？从此她要走自己的路，我们再也管不住她。我们对她很严格，是想对得起她死去的母亲。”

他说的这些，鄢红从未提起。我想，正是从小失去了父母的庇护，她早早地从一个小姑娘蜕变成了“鄢红”。

大志再也没有联系过我们，我们也没有办法联系他。

整个大学期间，鄢红都在问我大志有没有来信？她说她跟着老师做外活，再也不用当模特了，她还重金回购了原来的寻呼机号，一有陌生号码她都第一时间去回。她还说如果大志跟我联系，请我转告他号码。可惜那时诺基亚已经开始普及，很快寻呼机业务就没有服务台了。

选专业时，她学了服装设计。我从杂志上看到过她的作品，那些抽象的体块、炽烈的色彩和狂乱的笔触，分明是把脱掉的彩虹加倍绚烂地穿回了身上。我不知道这是否有报复人生的意味，总之她说她很快乐，而我没有说破。

我再没见过鄢红，尽管我们还有联系。

日子就这样清醒着，直到画室里又有人放起了《叶子》—— 在我的画室里是允许放歌的。

我问学生们今天怎么不朋克了，还听这么老的歌？他们说前几天过组织生活，集体去看了个革命军人画展，还真是邪门儿了，看完展后，大家都开始哼起了这首歌。更邪门儿的是，他们中比较有灵性的几个，风格开始变得很“塞尚”，静物不再是摹仿和再现，似乎是利用双眼视差形成了散点透视，创造性地在平面的画布里同时描绘出立体的不同矛盾面；严谨的色块也被分割、堆砌和重组，他们在同一视界中用富于变化的色彩机理构筑起多维度的空间，进而表现出动态乃至时间的先后关系。

这样的手法似曾相识，我不禁拍手叫好，并向他们打听起那个画展，那个画师似乎不简单。他们说，是个名不见经传的军人画家，好像叫马大志。

我就这样找到了大志？他还办了画展？

我得把这个好消息告诉鄢红，多年不见，他的画技一定精进了不少。

本着激动的心情，来到画展门前，还没见着本尊，就收到好几张传单，传单上赫然是几张圈里的熟面孔，还印着“专业辅导，名师助跑，三月速成，轻松艺考……”。

我婉拒了“好意”，说我是来看展的。发传单的就发出熟悉的讪笑，说那考前班的水平您就别浪费时间了，那些章法一看就不是科班出身。

我有些气愤，可看完第一幅画，我就认同了他们的观点，因为那就是大志考前班时的作品。展厅里到处都是鄢红，放眼望去触目惊心。我很好奇大志自己会怎么介绍这些生涩的作品，便雇了一个讲解员，权当作给老友捧场了。

讲解员说这个画展是按画家生平的创作顺序布置的，第一个展厅便是回顾马大志同志学生时代的作品，看得出他对于艺术的追求以及对画中那位女士的执着。

跟随着讲解，我逐渐了解到大志与我们分道扬镳的人生轨迹。

这家伙的文化课果然了得，大半年的集训也没有耽误他考上军校，当然，这也得益于他们军工企业的定向名额。军校的免学费政策和各项补助让他的家庭经济压力大为缓解，大学里的他也因此有了更为自由的美术创作空间，只是不再以考学为目的。

不用担心别人的评价，自然也就不怕犯错，他的画肆无忌惮地抽象发挥起来。他这个时期的作品完全忠实于自己的感受，逐渐强调起光影对色彩产生的影响，像带着滤镜的莫奈，当然，滤掉的都是绿色。而节省似乎成了习惯，他只在重要的地方下笔，然而颜色流动起来，连贯了笔触，笔断意不断，形散神不散，寥寥数笔，便让我认出那仍是他心中的“鄢红”。

他画得不是太好，但也绝不是一文不值。尽管结构矛盾，但他的画总是给人以温暖，让人想要摹仿。

艺术的本质是情绪，画画不是复制现实，而是传达信息，情绪的信息。面对眼前纷繁复杂的世界，我们大脑接收信息的能力却是有限的，所以它并不是不加选择地照搬。大脑在知觉一个物体时，并不需要掌握其全部信息，概括的认知往往更加高效。相对于我的“超写实”，大志的“简笔画”更容易被观察者接受，也能更快地引起审美的心理共鸣，对于较少受到“专业思想”桎梏的人尤其如此。这就是为什么我的学生能在那些“鄢红”里听到《叶子》，那是大志心里的旋律，他充分考虑并利用了读者的大脑，用色彩暗示出来。

我怎么那么笨，那些名家画册我都白看了，那些美术理论我都白学了，那些“知识”和“技术”限制了我创作的自由，也扼杀了我犯错的勇气，我画里没了的魂就是这样丢掉的啊！我仿佛再次听到大志的声音：“美感是不符合理性的，你永远不能理解，只能卑微地概括。”

审美是一种认知方式，大志一直在用美感来认识世界。

讲解员说，毕业后的大志按部就班分配入伍，还应征到了维和部队，在巴布亚新几内亚的一所援外医院驻守了三年，作为战斗英雄被多次表彰。

一切都那么美好，看来鄢红说的没错，这的确是对他人生的最好安排。

第二个展厅便是他在这段时期的作品展示，主色调仍然是革命色，题材则更为丰富。于是我跟随着画面内容的变迁，走进了他那段不凡的人生……

驻地里的日子平静而简单，当地的打打杀杀都被国旗挡在了外面。大志的性格在铁打的营盘里更是格格不入，所以他负责后勤，但他不好好打杂，喜欢冒充文艺兵。他在病房、围墙甚至沙袋上到处作画，说是要鼓励当地病人振作，那些画里也总是充满着温暖的色温。

尽管白天可以请假外出，但当地经济落后物价昂贵，大志基本不离开驻地——除了执行任务。

炎热的雨季，丛林部族暴发了登革热，援外医疗队要现场指导当地卫生机构防蚊抗疫和实施医疗救助，连队负责护送任务。本是一次稀松平常的援助任务，可没想杀机暗藏，生机勃勃的热带雨林里见了血光。

大志开的是一辆货运装甲车，他押送药品走在车队最后。车队驶进了密林，大志却突然刹车。他说不好，树上有人！

副驾上的连长狐疑地看着他，问他怎么知道？

“我也说不上来，树上、草里、山后……颜色都不对，总之快叫大家撤出林子再说。”大志焦躁不安地张望。

“说得有模有样，就跟你小子会透视一样。”连长很信任他，但更信任无人机，他命令这个胆小鬼继续开车。

大志服从命令开了车，却是掉头逃跑的方向，连长拿枪扬言要毙了他，于是枪响了，树影乱颤，是先头的车队被打成了马蜂窝。

无冤无仇，反抗武装是冲着药品来的。医疗队失去了机动力被当成活靶子打，仗着有装甲，车队还没有出现人员伤亡，可密集的火力下怕也撑不到政府军的支援。

连长架好车载机枪开始反击，唯有他们的车躲过一劫。可摸不清敌人的位置，连长这一通胡乱扫射也是毫无建树，索性他一脚把大志踹到机枪位上，自己则夺过方向盘，开始狼奔豕突做起机动规避。

现在只能靠大志了，所谓超能力这回事儿，连长不信也得姑且相信了。可大志慌了，他害怕得发抖，他说自己不行，从来没参加过实战。连长骂道："别废话了，我看过你的射击成绩，可你为什么从不愿拿枪？"大志竟涕泗横流起来："我怕拿过枪的手就再也拿不动画笔。"这话惹来连长的暴怒，他给了大志一记狠的："那么多人命在你手里，你他妈跟我这儿矫情，信不信我真毙了你！"大志吃了疼，死死抱住了机枪。

一枪，两枪……大志拿机枪当步枪打，他一边打一边哭，弹无虚发。除了训练，大志从不拿枪，他第一次实战开枪就是屠杀。

大志拯救了整个医疗队，他成了战斗英雄，但从此一拿起画笔手就发抖，笔触变得"点彩"一般。他再也不能使用他最爱的红色了，这让他回想起那些鲜血，而他总是不停地洗手，想洗去手上那些"红色染料"。他失了魂，常常喃喃自语："割孽伤了手影响画画咋个办？"

纵观他这个时期的画，主观心境的表现取代了客观的描绘，如果能接受到更好的美术教育，他或许会成为另一个凡·高。

"马先生真的能透视？"我故意这么问讲解员，我知道他的解说稿是死记硬背的。大志当然不可能有什么特异功能，他能在密林间发现精心埋伏的敌人，只是因为他是一个绿色盲，那些绿色的伪装他根本就看不见，而被他无视的绿色背景下，那一丁点的肤色对他来说都会特别显眼。

对于我的置疑，讲解员显然早有准备，他反问我："光线可不会为色盲而转弯，他又是如何命中那些藏在树后的目标的？"

对此我有些语塞，遂把视线闪躲在大志的画里。不知道为什么，他的画总是看起来很温暖，吸引着孤独的审视。这种温暖不仅仅基于他惯用的暖色调，似乎还有着某种真实的温度在作祟。

回忆出现在一瞬间，很多事情浮现在我眼前：

人体写生课上，大志画出了鄢红那"不为人知"的另一面，难道光线在他的眼里真的转了弯？鄢红那斑驳的瘀斑上，一点点细微的色相差别他也要斤斤计较，他为什么对于紫红色系如此敏感而执着？

人对色光的分辨力在500纳米左右（即绿色）最为敏感，哪怕1纳米的差别都有可能引起觉知，这可能是人类为了适应农耕需要发生的进化。但大志的色觉敏感区域明显红移，这难道仅仅是因为他看不见绿色，而获得对其补色①的知觉补偿？

要知道这补色是不存在的，那只是红蓝两组视锥细胞为我们共同演绎的视错觉，它只能由其他两种颜色合成，因而永远不能饱和。当它无限趋近于饱和，便超出了可见光的波长范围。事实上在紫红色内部，藏着大量我们看不到的色彩，它们代表着红外与紫外，以及更为广阔乃至无限的色彩空间。

波长越长的电磁波，衍射性也越强，也越容易绕过障碍物。

如此推测，虽然匪夷所思，但也似乎没有更为合理的解释了，而我这个结论很快就得到了讲解员的证实：

"由于创伤后应激障碍，马大志同志被安排在他所服役的援外医

---

① 补色指红、黄、蓝色环中成180°角的两种颜色。

院就地治疗，并提前转业。治疗期间，专家曾对他的透视能力进行会诊，结论是：他能看到红外线，乃至波长更长的微波。”

我仿佛看到了战场上那辆飞驰的装甲车，危机四伏的热带雨林向大志身后退散，俨然一道道衍射光栅，将伏兵们那立体的红外光影重组在大志眼里。

大志总是在画里呈现出物体被遮挡的一部分，正视的模特几乎可以画到后脑勺，原来这并不是凭空的想象，而正是为了表现他的亲眼所见。

我们凡夫俗子那贫瘠苍白的颜料，自然不足以描绘他眼中丰富而曲折的色彩世界，所以他的画在我们看来非常古怪。

我们把彩虹的颜色自以为是地头尾拼接起来，组成了看似完美的色相环。而那个拼接于紫红位置的缺口，我们却视而不见。五色令人目盲，在我们为自己看到的哪点微不足道的绿而沾沾自喜时，大志早已见识了我们看不到的风景。

最后一个展厅是一个装置艺术，这里并没有更多的介绍，讲解员让我自行去感悟。

“好的，可它在哪儿呢？”我环顾四周，这个房间里什么都没有。

“您已经在里面了。”讲解员微笑地退出了房间。

比起大志的特殊能力，这个更让我惊讶，我身处的这个环形展厅不正是当年水塔上的那个回廊吗？这老古董竟然没有被拆除，还被他整个儿搬到了画展上！

可把这充满个人情感色彩的庞然大物放在画展上又是何用意呢？沿着回廊四壁探索，仅有一段卑微的彩虹条带粉刷于入口附近，我记得那是大志当年考场失意时的愤然挥洒，可除此之外，不过是一墙的石灰。

脚步绕回廊一周，似乎又回到了我们艺术之路的起点，我不禁感叹：大志，你究竟在哪儿？我看不懂你的画了！

我失望地退出回廊。回廊的外围是整洁肃穆的白墙，这才是建筑意义上的展厅，在回廊外白墙里，我竟隐约看到了鄢红的背影，她一身青碧常磐，似乎正在作画。

我叫她，她没听见，我向她走去，她就绕着回廊往前躲闪。我追不上她，于是穿过回廊去往反方向，我没有堵到她，却看到了我自己，而我也正在画画……我似乎出现了幻觉，仿佛置身于当年的光影接龙游戏，只是我站在了大志的位置，看到了他的视野。

所幸这些幻影很快就消失在白墙灰壁之间，我这才明白发生了什么——这是视觉残像。

色彩的视觉残像多为负后像，不仅明度上相反，色相上也会形成补色，仅仅几分钟对紫红色的注视，就会在墙壁的白色背景上看到绿色的影像。

而我看到的残像，正是大志留在回廊四壁的回忆，他画下了他眼中的我和鄢红，而那些大面积的灰色正是他使用的红外染料——原来他早已找到了属于他的“鄢红”！

生理的感觉阈限低于意识到的感觉阈限，看不见的波长仍然会被人感知，进而产生色彩暗示。我看不见那些红外壁画，但它们仍能对我产生影响，所以在残像里，我看到了缤纷夺目的绿和并不存在的“鄢红”。

也许这就是大志眼中的世界，我第一次得见，可它如雨后轻虹转瞬即逝。原来大志不是色盲，他比我们能看到更多的“绿”，只是他的色谱与我们相反！

“我看到的红和你看到的红是同一个颜色吗？”大志曾向我问起这个永远无法证明的问题。没有人会思考这样的问题，只要带给我们的情绪体验一致，谁会去管我们眼中的色彩是否有别？

“只要你看到红色觉得温暖，那就是我看到的红。”我记得我是这样回答他的。

“可为什么红色会让我们觉得温暖呢？它明明波长更长，能量更低，但给人的感觉却比蓝色温暖。”大志固执的追问让人懊恼，因为这个问题我回答不上。

当时的我还没有认识到：色彩的心理表征是通过遗传和适应形成的生活经验，红橙色系的温暖是太阳带给我们的联想，黄绿色系的生命感来自春天和沃野，青蓝色系则让人想到大海，其色温最低。所以心理色温的高低并不反映光波的真实能量，有趣的是，它们往往刚好相反。

大志眼中的红色也许正是我们眼中的绿。

我推测，大志的绿色视蛋白发生了变异，向红色发生了偏移，而红色视蛋白则移向了更远的红外甚或微波区域。因而大志能看到红外线并清楚地分辨其色差，就像我们敏锐地分辨绿色的各种调性；而对于黄绿青等色光，他却只能用红蓝两种色感来合成，就像我们对紫红色一样迟钝。

我需要他更多的作品来验证这一点，但讲解员却告诉我：“很遗憾了，这恐怕是马大志同志生前的全部作品了。”

“生前？你说生前是什么意思？”我顿失泰然，抓紧了他的肩膀，要他把话说明白。

经过治疗，大志的精神状况已经大为好转，但仍会不时出现状况。那天，他说他看见了漫山遍野的茜草，要摘一点回来做染料，他答应过某个人，就一定要做到。上级考虑到放松心情有助于康复，就批准了他的请假。可热带地区哪有茜草生长，他看到的其实是乌拉旺火山喷发的前兆。据说他牺牲前曾鸣枪发出最后的警告，然后化为一梭烟雨，消失在绿树红荫之间。

他又救了一村子的人。

“我要去北京办个画展，这样鄢红就能找到我了。”大志生前向战友们讲述过自己转业后的打算，可他是被国旗盖着身体回来的，他回来时已和那抹红色融为了一体。

我收回前言，这绝不是对大志人生最好的安排，一个脆弱的灵魂不应该承担英雄的命运，因为他的挚爱就是鄢红。

似乎出于某种弥补，大志的父母在战友们的帮助下，替儿子完成了这个遗愿。大志的美术梦也终以这样的形式得偿所愿。

无可奈何花落去，似曾相识燕归来。

锈蚀的回廊发出熟悉的哀号，我再次看见了她，还是当年的模样，就像从幻想里走了出来，嘴角挂着悲恸，眼底在绝望地调灰。

是你吗？鄢红。你什么时候到的？不不不，你别听他们瞎说……你哭什么啊，你听我说……不，我不让开……你别推我，别进去你不能看这个！

手指在画壁上触碰回忆，你绕回廊一周，像当年一样审视着大志的画，从背影看不出悲喜，而灰壁上已是遗作。

——灰色是灰色的影子，蘸满透明为透明填色，空空的无名指拭过空空的画壁，我看得见深灰，却看不见深空。

说着奇怪的话，你猛然抽回触摸，突然惊动，突然又快乐了起来。和多年前一样，我还是搞不懂你。

你说：“大志没有死。”

我说：“啊？”

你说：“他只是色觉发生了变异。”

我说：“啊。”

你说：“色盲怎么会死人呢？一定是什么任务，他不得不藏了起来。”

我明白了你，你只是在安慰自己。可你混浊的目光里生长出光亮：“他就藏在这些光谱里，我看不到，但能感受到。”

“你听我说，鄢红。”

“不，你应该听他说，你听……这回廊是完美的谐振腔，微波谐振好比声学共鸣，他画的是星空，他唱的是《叶子》！”

“你疯了，鄢红！”

“不，我没疯，我们当时不也以为大志疯了？直到现在，你仍然认为色盲是一种遗传缺陷吗？”

“他少了一种色觉，不是吗？至少在我们看来是。”

“哺乳动物丢失了两种视锥细胞，最终在进化中战胜了四色觉的爬行动物，而有着十六种视锥细胞的皮皮虾却在原地踏步。所以，是什么让你觉得奇怪？”

“奇怪？”

“我是说这种变异，它不一直在人类的身上发生着吗？为什么大惊小怪？红色与绿色对比强烈，但它们对应的视蛋白却关系暧昧，两者的敏感波峰不过只相差约30纳米，究其原因，红色视蛋白本就是绿色视蛋白变异而来，其进化意义在于使我们的祖先能够更好地发现成熟的果实以及使用火。而人类社会离采集和农耕越远，绿色对我们的意义就越小。如果人类终将离开地球母亲的庇护，不断走向深空，我们需要的则是更为广阔的色域，而那些重要的颜色大都存在于紫红色里，我们还看不见。所以大志根本就不是色盲，在进化的路上他走在了大多数人前面。”

你的悲伤在这里停顿，我逐渐读懂了你的快乐，你的快乐还在继续：

“漫漫进化路，从来先驱是孤独，那些异类用自己被嫌弃和误解的一生，领航人类前进的方向。或许永远不被理解，或许永远被命运所亏欠，但他们的暗流不会停止汹涌，他们的征途也不会就此末路！”

你不关心人类，你只关心他，可不知为何，我也为你的快乐而快乐了起来。

“曾几何时，他就在这里，无数次凤泊鸾漂，描摹下我的心情。大志用尽一生完成一个画展，他还没找到我，怎么舍得半途而废？他只是提前了征程，却说不定在某处笔墨里留下了尾迹，指引我流转丹青去追赶他的光影。”

你轻抚画壁，巧笑嫣然，你回头望我，就像是最后一眼。我知道你已经做了一个决定，一个不再让自己后悔的决定。

鄢红也和大志一样，最终消失在我平凡的人生，就像消失在残像里。我一厢情愿地为他们编织了似锦前程，一厢情愿地相信他们最终找到了彼此，作为同类携手前行，为还在黑夜中摸索的我们点亮星空。兴许有一天，我们也将和他们一样，不再盲目。

我终于又可以画画了。

我带着学生们在夜里写生，星空下只一片黛黑，他们不明白这究竟是要画什么，要怎么去画，而我笔下的荧光染料流淌开来，它们春风化雨：“我们的夜空其实并不是黑色的，那里斑驳着宇宙大爆炸留下的微波背景辐射，我们看不见，但它们并不因此而消失。我要画出这夜空中的流光，代替我，去加入他们的快乐。”

“他们是谁？”学生们这样问我，于是这个晚上不同于以往，它有了那么一点儿特别。

夜色在画布上雀跃，我向他们诉说着我的欣喜：“在玫红与茜色之间，有着这么一簇卑微而又宽广的紫红，我们看不见它们，也调不出来，它们似乎并不存在，也因此永不褪色，我们将它们称为‘鄢红’。”

《科幻世界》2022年第4期

创作后记：

我不知道自己为什么要写这样一篇小说，它似乎不怎么科幻，放在现实题材里似乎也可以成立，可我就是想写。可能是因为我这辈子从没打过架，从没早恋，从没坚持过自己的梦想。我的青春期按部就班，在我还算顺遂的人生里，没有那些热血。

我不是色盲，仅仅出于对未来的不确定，我轻易地放弃了自己的美术梦。即便是现在，我也很难强赋新词，说这样的选择是错误的。可我羡慕大志和鄢红，他们听从了缪斯的召唤，我羡慕他们的执着，他们是我错过的自己。

从这个意义上来说，创作《鄢红》是我的一种自私的行为，它好像并不怎么为科幻读者着想，更多的是对自己的一种交代。毕竟每个人的人生只有一次，或许就连这一次也没法活得精彩，只能留下种种遗憾。而写作恰恰为我们创造了这么一种可能，让我们可以在自己的作品中体验不同的人生。所谓创作，其最初的动机或许就是为了弥补生命中的遗憾。

我出生在四川广安的某个深山里的“国防三线厂”，有过类似成长经历的人应该都有体会，在物质资料极度匮乏的大环境里，我们在精神生活方面却是十分幸运的，至少有免费的露天电影、厂图书馆、无处不在的大喇叭以及操着不同方言的长辈们陪我们穷开心。和大多数80后一样，我也正是在那时接触到的科幻作品，那些凡尔纳和阿西莫夫大多是偷家里粮票换的，或者是在旧书摊上顺的，非常惭愧是以这种方式认识的大师们。

那个时候读科幻小说的同龄人很多，一本《科幻世界》会传遍整个教室。遇到校园之星征文，同学们动辄就是万言长篇，一副舍我其谁的架势。语文老师见状也颇为费解，毕竟这帮熊孩子连几百字的作文都会叫苦不迭。

可是随着年龄的增长，我们渐渐地都不怎么阅读科幻作品了。

考学就业，挣钱养家，职场晋升……这些现实的需要一点一滴地消解着我们曾经丰富的想象力。所幸读科幻的“后遗症”还在，在某个现实的生活场景中联想到某个有意思的科幻解读，总会让我不自觉地露出梦呓般的傻笑，也让旁人担心起我的精神状况。

我应该感谢这场疫情，它把我从现实生活的追逐和琐碎中抽离出来，在不用为生计发愁的今天，让我重新拾起儿时的心情。

写着写着，竟发现作品也是会塑造作者的。你会为了写作去扩充知识和阅历，你会为了感动读者首先感动自己；平日里不感兴趣的新闻变得有意思起来，未曾打动过你的歌，你也突然发现了其中的美妙；每当塑造了一个高尚的人物，自己似乎也离高尚近了一些；每当创造出一个美丽新世界，你会希望自己就活在那里面；笔下的故事也会像一道道算式，一字一句为你推敲出新的观点和感悟——写作是一个思想实验室，是自己对自己的教诲。

我无疑是幸运的，就算再也捡不起画笔也还有写作的相伴。我写得很慢，像画画一样不停地改，可能我没什么天赋，但这次我想我会坚持下去。

记一次对五感论文的编审

| 双翅目

双翅目，1987年生于云南昆明，美学博士、科幻/推想类文学作者、学术工作者，喜爱理论与幻想的连续体。首部作品《基因源》发表于《科幻世界》2008年2月刊，2014年后科幻作品散见于豆瓣阅读、《特区文学》、《收获》、《花城》、《青年文学》等；获《科幻世界》2008年度银河奖读者提名奖、第四届豆瓣阅读征文大赛近未来科幻故事组首奖等；出版有中短篇作品集《公鸡王子》《猞猁学派》《智能的面具》，部分作品被译为英语、日语、德语。

一

我打完卡，还未坐定，隔壁老赵开始咆哮。编审间隔音效果好，听不清内容。他像闷罐里的狮子，又像家国沦丧的古代诗人。浑厚的呜咽声持续十五分钟才偃旗息鼓。我开始不习惯，劝老赵回文字部，他不听，他相信自己的神经，三个月后，一切形成规律，我只能作罢。

综合学术期刊《视界融合》是最早建立五感论文编审部的机构之一，拿了不少项目经费，也保留了经典的纯文字编审。老赵与我师出同门，长我五岁，想法和行为比较保守，至今无法有效适应增强现实的世界。年前，我与他带着小编辑们购置年会礼物。嘉年华综合超市新装配增强互动体验，希望打造主题乐园似的购物效果。增强镜片自动接入超市系统，轰然而至的斑斓信息抓紧老赵的视神经。他是位居家男子，喜好瓜果梨桃，杯盘碗盏，长久以来网上购物，日常置办则到门口小市场。他不熟商品拜物教的新玩法。他愣头青似的死死盯着蹦来跳去的互动图示，完全被牵着走。我们来不及笑他，他已拎着榴梿，走向居家区域，直奔标有纳米级瓷碗的方位，直接高抬腿，撞上展台。仿白瓷的茶杯、茶碗、茶碟、茶壶哗啦啦一片，应声落地。我的镜片弹出广告：声如磬竹，脆而不碎。所幸商家没骗人。

事后，笃定做文字编辑的老赵一百八十度转弯，申请调往五感论文编审部。单位担心他内心创伤，安排心理咨询。看诊大夫擅长实验心理，没挖掘老赵童年阴影，只总结：老赵一切正常，不过心灵敏感，共情力强，高强度的沉浸体验会让他虚实不分、真假不辨，抽象的文字工作更有利身心健康。可老赵不听。他整个人扑向茶具展台的视频转发上万，他女儿同班同学瞧见，笑了他一阵子。虽然老赵女儿活泼开朗，没放心上，他却看不开。他对我说，得了解年轻人，得和女儿有共同语言。我对他的动机持保留态度，不过没拦他。一周后，五感论文中层编审开了碰头会，决定给老赵最舒适最安全的体验。充满理性的王编让出自己编审室。她的配置最好。人事和心理标定走完一个月流程，老赵加入五感编审。他是个敬业的家伙，迅速学习装备的使用与维护，可谓全身心投入。

可惜《视界融合》不属自然科学期刊。我们每年一半以上文章虽与技术口相关，也有不少直接涉及基础研究，但由于刊物定位，论文的立论、逻辑和结论，都须往社会科学和人文科学方向靠拢。新主编老胡有文人浪漫，支持“想象终究落地”的实践派观点。以他的背景，他的决策显得过于有胆识。新官上任，他直接同专攻人工智能的勿用公司合作。五感论文审核设备由勿用支持。勿用的设计部相信“科学即想象”。《视界融合》的期刊风格就这么定调了。

中午，食堂人满为患，老赵没来。他做事投入多，消耗大，容易饿，习惯提前就餐。我等到将近闭餐，他才狼狈不堪而来。理性的王编嘱咐，老赵算是五感论文的新人，我需多照看。他情绪外露，我每天中午瞧他的表情，便能将论文内容猜个八九。他在对面坐下，猛扒白米饭，说刚把小编辑们数落了一番，让他们不要把超出限度的论文直接送外审。你知道吗，他说，外审老专家差点吓出心脏病，我也吓坏了，小李可好，喜欢得不行，还跟我辩白，说这篇文章值得发，要找王编再审。我告诉老赵：小李和你们不一样，她坐过山车要抢头排，去鬼屋恨不得追着鬼跑。他评价：年轻娃娃，无知者无畏。我只得严肃起来：我跟你说过，讨论敏感问题的五感论文，感官层面就是会比较刺激，但我们看的是论证，外审和小李的喜好再天差地别，也和论证无关。你干吗，他不高兴了，我比你早入社，我做文字编审的年头是你的两倍，你可能比我懂五感，但我比你懂论证。他嗓门高八度，食堂阿姨投来警示目光。他埋头悻悻地吃肉。我也不太高兴，拿了瓶快乐水。我一直想告诉他，自从加入五感编审，他脾气变暴躁了。我跟王编汇报情况。理性的王编扪心自问，说太理性的人，会不会没法真正地设身处地，体验五感？我的性格和她类似。我也自忖，是不是因为冷漠，我才能在五感部门一路升迁。

所以，部门需要老赵这样的人。王编得出结论。

我不好多说，等着老赵吃完。他漱口，抹嘴，正式向我道歉，说自己变暴躁了。我转移话题，问他那篇论文的后续处理。他答：退稿。外审专家的评语已很完备，那篇论文论证五感交联的现实可行性和伦理问题，但作者举的案例要么比较极端，要么全是神话。有些场面太刺激，老赵仅读了部分场景。我想了想，也符合逻辑。《视界融合》经常收到幻想小说似的脑洞文章，大多转到我这儿处理。我推荐作者们将五感论文直接改为装置艺术，其中三分之一都能成功落地。可以说，《视界融合》的知名度一半以上得益于被退稿人高涨的创作热情。我同老赵握手言和。他说上午一篇耗了他太多精力，下午找两篇简单的审。

我还没坐稳，系统弹出警示，是申诉，要求重审退稿论文。《视界融合》有退稿反馈渠道，大多时候形同虚设，编辑不太理会。我瞟一眼编辑评语，看到外审专家的反馈，猜着是上午老赵刚退的那篇。外审措辞严厉，认为类似的五感交联本就背德，玷污神话与人性，不属于《视界融合》的伦理讨论范围。老赵则委婉不少，只说不合适本刊。倒是小李节外生枝。她作为初审，认为论文讨论了未来的身体美学可能性。退稿后，她居然在初审栏又补一句，建议适当添加现实案例，申述再审。

刚吃完午饭，我脑子有点蒙，胃有点沉，按理说不适合审争议论文。可人终究抵不住好奇心泛滥。我将论文接入编审室，按论文要求脱去里外衣服，套上约三毫米厚的膜状触感皮肤，贴隐形视镜，戴耳廓，塞鼻管，咬紧嚼子。我深呼吸，有些怀念用纸笔就可以进行编审的旧日时光，进入审核室。

我直接定位问题章节。一片漆黑。我想左右转头，却做不到。心理暗示透过火红的山脉与紫色的天穹渗入我思绪深处。我的大脑皮层已不在天灵盖之下，我的头颅已不在脖颈之上。精神的网络往胃肠集中，我的面部神经整体下移。我腹部开口，充满焦烂味道。我双乳睁眼。我的脑袋正骨碌碌滚向山脚，落到底时，却没有停。它沿山麓一路攀岩，滚向山巅，滚入黑色的太阳。跳进太阳前，它回头，笑眯眯对我说，欢迎进入感知新世界。

二

理智的反射弧为我做出判断。我下意识搓动不同指节，输入指令代码。论文文字论证与注释嵌入视角，适时让我与惊悚的体验保持距离。

东欧国家做的沉浸游戏，国际推广时遭遇不同地域的分级审核，属去年争议最大的五感游戏。它的卖点是封闭式沉浸体验与感官挪位。我看过相关讨论，评价分两极。一半人觉着这游戏能带来沉浸体验的新维度，另一半人觉着它会造成感官紊乱和创伤性唤醒。国内分级体系提上日程又反复延期。时代变得太快，法规跟不上，静观其变成为常态，独立五感游戏的引进搁浅大半，我也没细研究。

此时此刻，我没头苍蝇似的，跑上一座又一座山头，慢慢接受了自己没有头的事实。五感论文持续弹出文字提示。本片段非中国特供，是半人诸神系统的一位主要角色。游戏的体验环节自半人，至半兽，至蚊虫，至草木，至微生物，最终会跨越有机无机之界，让玩家体验自然神性的永恒。论文标注了游戏参考资料，道家朽木不雕，郭象独化之论，都用以设计游戏的核心机制。但文章话锋一转，点明感官挪位不是想象：我们的确运用了科学原理。

我觉得肠道蠕动，该死的心理暗示透过神经，进入皮层。我用力思考感官挪位的可玩性，突然觉着，信息过载的器官不再是大脑，而位于小腹，位于肠道里面。我听见自己吼了一嗓子，心下觉得老赵会不会从隔壁跳过来救我。我的肠道给出答案：他不会。隔壁的隔壁，小李等小编辑们也不会，他们头一次见我如此失态，高兴还来不及，可能正笑盈盈地拍摄素材。肠道发出抱怨，腹部轻蔑地呵呵两声，是我的声音，更加浑厚有力。我赶忙用新长成的嘴大声命令：原理分析。

黑日不再摇摆，四周突然静谧。粗大的字体与引证拦住去路。小标题加亮：肠道菌群的智能系统。我长吁气。因为没有鼻腔，腹部的大口负责呼吸。它鱼鳃般一张一翕，我品出中午的木须肉盖饭味道。不得不承认，这游戏为了增强感官挪位的可信度，甚至放弃了沉浸感。刑天的设计集解释，肠道菌群属人体内独立生态，具有特异性，不少研究都肯定了肠道菌群的集体智能，可根据个体的菌群，进行人体理疗乃至精神治疗。刑天则假设，当人失去头颅，肠道的复杂生态可取代思想。当然，一切只是映射。玩家没有丢掉脑袋，只是将脑中思维投用到腹部，与肠道的生态网对应。复杂系统的关联足以支撑感官挪位的真实体验。何况刑天本就以腹为面。中国玩家的潜意识更有益于适应刑天的沉浸人设。

我不由点头，或准确地说，我的点头动作已顺利置换为弓背与弯腰。人的适应性真可怕。我努力让胸部的眼球向下瞟，同时收缩腹肌，以便观察自己的大嘴。嘴唇很厚，很干，嘴角咧开可到腰两侧，张到最大时宛如河马张口，再使点劲，整个人会向后断为两节。胳膊伸入口中，能摸着烫乎乎湿漉漉的舌头，厚厚的舌苔，不规则的牙床，还有黏膜另一侧被挤压得蠕动得更加剧烈的肠道。我思考其中奥妙，肠道变烫，能觉着充血的毛细血管网正努力为肠道菌群加温。我需要冷静。我双臂抱紧胸口。黑暗中，该死的文字提示仍沿视网膜滚动。真正的眼球贴着隐形眼镜，我无法阻止信息流入。

论文说，游戏关卡要求刑天手持盾与斧，不断与黄帝交战，直到胜利。晋级意味着对感官挪位的适应性增强。打通三种半人环节，即可进入半兽阶段。半人马、小天使、斯芬克斯，甚至猪八戒，被归入半人。九色鹿、麒麟、龙却归入半兽。论文认同游戏的分类法和进阶逻辑。我这才想起我都没看论文的题目和摘要。周遭红色预警。黄帝正逼近刑天。我感到危机，汗毛竖立，可我不想走游戏剧情。我收紧胳臂，挡住视线，找着目录，找着封面。

论文题目:《论感官挪位对增强现实的适应性提升》。

目录分三部分。第一部分剖析游戏，第二部分分析成功的感官挪位案例，第三部分讲增强现实的多维度感官。现实案例有以听觉置换视觉的章节。我眨眼敲开。瞬间山风骤起黄帝咆哮。无头刑天缺乏听觉。视觉代替听觉是另一回事。我吓得张开胳臂睁眼，只瞧见黑色太阳吸收所有波段，瞧见自己惊恐大叫的凄惨声音。按剧情，黄帝正将我劈为两半，视觉体验被诡异的听觉效果取代。粘连的五脏六腑咕嘟咕嘟四散分离。我的思维伴随着我的肠道生态系统飞溅向四荒八野。黄帝立于他的新领地放声大笑。我的每一寸神经正飘落入土，渗入地表，与天地共同庆祝新文明的诞生。整个游戏单元完成，论文防护系统才调动起来，提示已触发章节融合，可能导致感官紊乱。论文和游戏同时卸载了我。我感到人们冲进审核室，检查我的指标，将我翻身，搀我到沙发，七手八脚剥掉我的触感膜。我的感官缓慢聚焦，终于听清一句，老赵说，你也有今天。

看来我没事。

审核记录显示，只有初审编辑小李完整体验了论文的感性场景与理性论证。她喜欢卡夫卡的虫、洛夫克拉夫特的古神和莱姆的胶质索拉里斯星。她给了权限范围内最高评价。外审编辑体验了游戏场景，身体指标异常，论文后三分之二只完成文字审核。他反对浅薄的感官刺激，反对玷污古典的中国神话，反对西方现代文学描绘的怪力乱神。他的反馈言辞激烈，认为技术和艺术的结合本就是笑谈。纯粹的艺术带来纯粹的灵魂，泛滥的技术带来人类的堕落。他如此推崇人本身的高尚，以至于人之外的事物都低劣可悲，不应浸染人类。他称此为人文领域的最高底线。老赵发现初审与外审走了两个极端，便亲自测试论文。他比我强。他战胜了黄帝。他采取切香肠策略，每次只进入场景一分钟，给自己充足缓冲时间，同时让五感审核系统发生必要的卡顿。他获得可乘之机，一点一点打败黄帝。他没来得及高兴，便败在卡夫卡的甲壳虫环节。早年的老赵经历过轻度抑郁，只是病程有些久。当他变为甲壳虫内瓤，整个身心指标立刻陷入应激状态。关卡要求，身为甲壳虫的玩家需与家人完成理性沟通，让他们接受变异的至亲。老赵批注：这是不可能的任务，比战胜黄帝还可怕。他困在甲壳虫内呜咽与怒吼，最终放弃。正当他踌躇如何推进审核，第二外审的反馈抵达。第二外审觉得论文虽猎奇，猎奇部分却也全部来自那款国际层面都颇具争议的游戏。他肯定了论文的出发点与目的，对论证过程不置可否，但他不建议发在《视界融合》上，因为不是所有的融合都具普遍性。老赵认为有理，直接填了退稿栏。

三

我休息了半小时，才去找王编。王编正和小李谈，门口等着老赵。他展现了难得的高尚品格，没揶揄我。他说他能过第一关，但过不了卡夫卡，我应该正好相反。我同意他的看法。老赵共情力强，高敏感导致对通感的高适应力，平时可能饱受折磨，关键时刻反能迅速捕捉感官挪位的可能性并加以利用。我天生有一层名为理性的外壳，卡夫卡式体验属某种日常，带壳交流不是难事，如突然陷入没有壳的世界，必然六神无主，精神容易被全新的感官体验撕裂。我们靠着墙聊了一会儿，花一支烟工夫得出结论：这款游戏太关注感官挪位的普遍性，忽视了个体的特向差异。无头刑天关卡对老赵属初级难度，对我至少是中级。游戏的进阶机制有问题。论文忽视了游戏引发争议的源头，反以游戏为论据，讨论感官挪位的现实可能性。第二外审的反馈合乎道理。

老赵问：那论文怎么又弹回来了？

我摇头：小李开了她一年一次的特审通道，建议论文作者添加现实案例，申述再审，我只看了问题章节，还没看修改部分。

老赵提出疑问。他中午刚退了稿，怎么可能下午就修改再审，除非是已写好的部分删了又加回来。我们调出论文目录，果然，论文第二部分和第三部分增加了许多现实案例。同时，我们收到系统提示，王编批了论文特审，意味着我们不再寻求第三外审，由总编，胡大编辑，和社里相关编辑重读论文，上会讨论，最终拍板则由特审编辑们投票决定，是否上刊。

特审意味着，即便论文发表，知网五感论文阅读系统也会加星号，强调论文为刊物特推。五感论文由于既需理性论证，又充满非常直观的感性体验，向来分歧多。特推成为排除反对意见，着眼创新的手段，也容易成为众矢之的。自国家推广五感论文，少有期刊使用特推权限，人文科学更少。理工科的深空与深海勘探有专项特推渠道，属应用领域。人文艺术则充满不确定。自从五感论文——中国现当代乡土文学男性生殖返祖与性投射研究——特审刊发，就少有刊物走特审环节了。五感论文系统与国际五感档案对接。乡土文学男性生殖与性投射一文被荷兰性研究者引用，并结合面向裹小脚传统的性癖研究，让中国男性成为东亚性别研究的群体样本。正是这一篇文章打开了世界学术探究中国五千年封建男权五感的大门，多是批判，当然也有狂热的信徒加以赞美。封建男权的形象自然与中国五四以来反封建、反帝国、反殖民的理念背道而驰，也不利于当代中国同第三世界真正苦难的人民友善相处。只是许多事情已不可挽回。历史、土地、生殖、权力与性成为后续论文关键词的常用标签。国内人文学术又开始对一切的一切讳莫如深。五感论文的特审也从力排众议推陈出新，变为名副其实的鸡肋。小李硕士研究生毕业加入《视界融合》。她的毕业论文从非压抑、非创伤，简单地说，从非弗洛伊德的角度，讲了女性的五感。我理解她对感官挪位的认同。

快下班时，王编才和小李聊完。她把我们叫进办公室。小李眼角有光，耳根泛红，看来刚和王编吵了。王编仍从衣领到发根一丝不苟，看不出情绪痕迹。她从头到脚打量我和老赵，让我们自觉比小李强不了多少。我们坐到王编对面。她调出系统，理性地告知，特审环节不再匿名，如果刊登，所有参与评审的编辑和论文作者，都将实名标记，对外公开。她认为这不是坏事。《视界融合》可以借此机会检验自身立场。胡编也同意了她的决策。往后一周，她、胡编、小李、老赵还有我，都须完整审核这篇论文。她强调，不能因感性干扰或个人喜好而影响理性判定。她已和立场鲜明的小李谈了。她在提点我和老赵。我认同地点头。老赵则沉吟半晌，终于说出自从参审五感论文，埋藏在内心深处的体会。

他说：设立五感论文的目的，本是将感觉纳入逻辑与论证的考量，是默认感觉和情感能影响逻辑的结构，所以，深度体验五感，又要排除感官干扰，这一评审要求有自相矛盾的成分。

我不认为人有真正的通感。王编也很坦诚。她说在知识层面，我们只有通过冷酷的理性达到共识，但人类不会只有一种共识。她说，老赵你来《视界》以前在文学期刊工作，文字表达看起来抽象，有时却能调动全部五感，激发一个新世界。许多世界、不同的世界。每个世界各有各的共识，我们不能硬说它们之间存在通感。所以，我认为，感官挪位是个更恰当的阐释方式。我们每到一个文学世界，我们的感知就需要挪位一次，以适应那个世界的理性共识。无法完成挪位的，自然无法进入那个世界，也就不会欣赏那个文学作品。五感论文只是把文学表达具身化了，便于分析。也是基于这个层面，我认同这篇论文的论证思路。

我和老赵没说话。

当然你们不一定同意我，小李也不同意。这是我的个人立场。而从《视界》角度看，我们需要一个推荐或不推荐这篇论文的统一基础，这一基础肯定不会来自我们各自的感性差异，我也不会要求我们的感受需达到统一。我们要在论证层面达成评审的大致相同，我希望这是第二轮审核大家评判的出发点。

王编说话总让人难以置疑，已是下班时间，我们速度达成一致，但又各怀心思，简单道别，各回各家。路上，我想到一个问题。王编的立场或许没错，但不适合这篇论文。以感官挪位的立场，进入五感体验，以检验关于挪位的论证，一切太水到渠成，心理暗示或循环论证的意义或许大于论证本身。但不认同感官挪位的人，大多无法顺畅地完成体验，也就无法审视其论证。当然，我告诉自己，所有的文学或艺术评论都有类似问题，只是五感娱乐和五感论证将所有症结放大了。

我回到家，从四肢到大脑无法摆脱白天的场景，干脆重新接入内部系统，阅读去匿名的信息。第一外审虽研究关于感性的学问，但他的所有观点都与《视界融合》背道而驰。不知为何，他一直处于外审名单前列，到他手里的文章几乎无法过审。第二外审的确是学界权威，她的反馈不无道理，估计王编和胡编会参考她的意见。至于论文作者，她导师与第二外审属同一学派，她还是个博士二年级的留学生。按理说，国内无法获取未引进的、争议游戏的体验片段与分析权限。她通过自身的身份，以及她导师的渠道，与游戏制作团队沟通，拿到了研究使用权。自虚拟现实与增强现实普及，五感论文系统已成为某种意义的内参文献。胡编一直倡导小心谨慎，论文作者的导师则认为五感论文应成为民用虚拟体验的分级标准与分级根据。也难怪论文作者倾向于论证五感的极限。

四

接下来一周，我暂时搁置其他工作，专注论文特审。我和老赵时不时分享经验，生怕遭遇猝不及防的创伤性体验。小李给了更多提示。游戏半兽环节将近结尾，有一个彩蛋，刑天关卡丢掉的头颅会在触发特定对话时弹出来，煞有其事地重复玩家的公开言论。此时，游戏机制将全力调动感官挪位的适应性刺激。对于玩家，那颗头颅说的每句话都将激发运动神经的镜像模仿。简言之，玩家会觉着自己正在控制那头颅说话。同时，玩家又需与游戏角色完成另一重对话，以开启下一关卡。双重头颅体验实在太怪异。小李过关后都眼圈发黑。她建议，不要盯着那颗柴郡猫似的、飘在空中的、自己的脑袋。王编和胡编完全不与我们交流经验。胡编不见踪影，王编不露声色。我们道行果然不够。

论文第二部分又分为两章。第一章讲游戏参考的现实案例。不得不承认，这是作者论证最好的部分，细致程度和科学性不比一些教授的五感课题差。游戏设计者制作五感模拟时，大多出于想象，三分之二场景没有直接使用案例数据。作者则将所有科研案例制作成五感模型，与游戏感官的挪位环节尽量对应。刑天失去头颅参考古早的斩首实验。研究者与犯人商议，当犯人头颅落地，研究者将大声呼喊犯人名字，如犯人仍有意识，能够听见，便睁眼，眨三下。史料记载，犯人的目光清晰坚定，整个过程持续了三分钟左右。如今，一些偏门的外科前沿专家已建议尝试使用宝贵的几分钟，进行急救、脑手术或头颅冷冻。五感论文按照数据，提供了脑瘤切除成功，头颅冷冻瞬间和急救失败的体验。不似刑天那般骇人，也确有相似之处。回光返照之时，确实万物清晰，颅中灵魂似乎出窍。

肠道菌群则完全属于另一套思路。二十一世纪五十年代后，皮肤病、肠道病、癌症治疗有的直接参考患者肠道菌群配药，有的以肠道菌群为营养调剂的主要手段。相关集群模型多如牛毛。我试了论文提供的成功治疗方案以及心理暗示，连续几天，自觉肠道都变好了。游戏则选了最为复杂的肠道集群，同人脸的面部表情识别进行映射与嵌合，做出刑天丢失头颅，面部移动的体验。论文解释，由于游戏创作依赖想象，游戏的体验也依赖想象，游戏便并不需要坐实现实的可行性。只要现实当中存在感官挪位的锚点，刑天失首、面庞挪位，便可以成为五感意象。唯一的问题，设计者太热衷于肠道菌群的智能理论，没有认真考察头颅丢失的体验。感官挪位的想象性体验便有脱靶的潜在性危险。毕竟，肠道菌群的面部表达做得再真实，也无法落实丢失头颅的空虚。其间鸿沟全凭玩家自己的想象填补，自然会出问题。整款游戏设计得比较飞，几乎每一关卡都有五感锚点丢失的潜在危险，引发创伤性体验和国际争议在所难免。至于彩蛋，是设计者面对争议变本加厉的挑衅行为。一部分玩家觉得这才是艺术，才是游戏，另一部分则反对五感游戏推广。

有趣的是，现实案例没带来恐慌体验。我检验论文机制设计，作者安排了很全面的安全措施和感官锚点定位。我开始理解小李对这篇文章的认可。我批注：作者不应把游戏体验放到第一章，又注一句，需要重新培训五感论文的写作方式。

第二章消耗了整整四天时间。我没采取切香肠战术，试图完整体验人类感官挪位的真实效果。卡夫卡的甲壳对应皮肤结痂、烧伤体验、理疗效果。石膏固定糅合为复杂的、来自皮肤表面的感官凝滞感。触感膜活性层层减弱，我将体感真实度推向最高，接通电极的胶装模突然失活，吸着我的皮肤整体下坠、收缩。呼吸开始受阻。我没尖叫。我闭着气退出论文审核，视野恢复后速度剥离触感皮肤。一分钟后，那团皮肤在地面粘连，融合，又分解，最后依赖表面张力聚合为一团不定向组织。我定了定神，联系应用部。下午，应用部定性为产品无法满足感官体验，触感膜失活。他们去沟通制造商鲁尔公司了。我心有疑窦，没有追究。半人马体验利用人类退化的尾部系统，先假设人有尾巴，再将伤残的幻肢体验接入尾部感官，制造人有四足的倍增触感。如果单玩游戏，我还是喜欢半人马的，知道原理，我心下不是滋味。小李告诉我，确实有人根据这款游戏，讨论人类的慕残本能。我不无惊恐：所以你推崇这游戏？不，小李白了我一眼，我觉得你和赵叔从一开始就误解了我，我支持的是这论文，不是游戏，我觉得争议游戏没什么可怕的，见着争议就回避就禁止，才是可怕，所以这论文有价值，虽然我承认，它有些段落是比较恐怖。小李坦白，她初审时求了速度，没有全身心走完所有场景细节。这一轮，她在三头人处受挫。

近十年，精神解离和人格分裂的研究获得更多实质进展，患者更受重视，更少遭受非人待遇。临床观察数据增多。游戏参考圣彼得堡人体器官博物馆的双头人展品，设计精神分离体验，为进入草木与微生物的关卡进行铺垫。小李高中时有重度抑郁和一定解离症状。游戏环节打通了尘封已久的早年感知。角色是中国人熟悉的形象，哪吒和孙悟空。玩家主要参与大圣的七十二般变化，完成与巨灵神、哪吒、二郎神的战斗，但无法躲过太上老君的偷袭。八卦炉炼丹将重塑玩家的感知挪位，成功后方可捣毁香炉和玉帝的天宫。而同时，游戏设计了彩蛋，可触发不同变身系统，玩家可由悟空置换为哪吒或二郎神。小李置换的时机不好。她在哪吒变为三头六臂的瞬间，进入哪吒体内。她说她顿时感到精神一分为三。分裂出的两个她，是曾让她倍感羞愧与倍感恐惧的两部分。那两个狰狞的面庞贴着她的后脖颈生长而出，她能几乎脸贴脸地瞧见她们。她们是哪吒的模样，但她们的表情与容貌充满她的底色，旁人看，也一眼便知是套了皮的她。游戏容貌参考上世纪中期经典动画片《大闹天宫》的哪吒形象。成年人似的五官表达与幼儿容貌互相嵌合，化为三头六臂，头颅互相凝视时，脸贴着脸摩擦，那观感充满了巨物恐怖。而她的另外两颗脑袋并不听她的指挥。易于羞耻的人格最先进入歇斯底里，突然尖叫。而充满幽暗的人格为之冷笑，掉转火尖枪，扎向自己。小李来不及害怕，本能控制属于她的两条胳膊拾起风火轮，让它变大、变大，变细、变细，套到脖子上，用力一剐，属于她自己的头颅应声落地。她这才以旁观者身份评估那两个不受控制的人格。风火轮的火燎着她的大脑，她咬紧牙关，收回现实世界对身体的主动权，将自己卸载于论文审核系统。

离开后，她没脱离皮肤，戴着全套装备冲到楼下花园。春末夏初，阳光温和，树荫尚浅。她大口呼吸，稍稍平静，才抱着胳臂，蜷到树下，泪流恸哭。

五

小李所在的小编审核室并不独立。一间大房分为四部分，中间透明弹力墙相隔。主观视角置顶实时播放。周围人都能看见。出事时，已有同事冲进她的区域。她自割其首，吓着所有人。王编刚好路过，赶入房间。她说小李在自救，让大家先别动。社里大群也炸了锅。老赵也在现场。他领会王编精神，在群里建议，所有人都让路。

小李这才没受干扰，跌跌撞撞，到她最喜欢的小花园找回自己。

花园事件后，我们的特审论文半公开化了。我和小李的反应被严肃对待。评估显示，我们仍能继续完成审核任务。王编延长审核周期，邀请前外审再次加入。第二外审回复同意参加，没说别的。第一外审拒绝邀请，质疑《视界融合》的特审行为。圈里四处传着小道消息。不出两日，舆论很快走偏。一说《视界》为了引进争议游戏，为论文特开绿灯。二说《视界》与论文课题组过从甚密，特审即公开走关系。三说这游戏和这论文都挺邪乎。最后一种传言导致一周内论文和游戏出现可疑盗版。发生两起五感事故。虽没有人员伤亡，也惊动了警方和教育部。市场又搞了一轮盗版打击。胡编和王编去部里做了汇报。我带着小李去警局。他们分别了解情况，最后告诉我，位于边境的五感软硬件走私有试玩环节，呼了叶子的人不论看论文还是玩游戏，都险些陷入人身危险。我也告诉他们，国外已有不同程度、不同情况的致死案件。警方可以将社里的审核行为视为预案或预演。总的来说，他们很好沟通，也认可我们的科研。事情迅速平息，进入可控范围。

我们忙于对外应付，老赵反暂时置身事外，最早完成审核。他跳过彩蛋和隐藏关卡，跳过许多注释和案例详解，走完所有篇章。他熬过一个通宵，第二天凌晨三点，完成任务后，他一个电话，将我从床上拎起，拉到西海，与我对着满月，看湖中树叶波光闪烁的倒影。他说，熬过游戏相关章节就好啦，后面的现实案例虽更凄惨，反刺激性不强，引人深思。他评价，这很有趣，也可能是我们麻木了。他严肃地告诉我：从这个角度看，问题游戏的刺激性未尝不是一件好事。他低头，抠开新买的、火柴盒似的增强现实盲盒。星光流淌，流入湖中，又升入天穹。被城市辉光抹去的银河逐渐显露。歌声吟诵：影落明湖青黛光，金阙前开二峰长，银河倒挂三石梁。他解释：小学的小朋友圈最近很流行，我女儿总抽，这款比较容易拿到。我点头，我也见过有人当街开盒。可此时此刻，星光铺就的小道显得如此真实，我用脚尝试，双足越过辉光，踩入水中。我收回腿。老赵又开了新盲盒。一簇小小礼花闪过，他外面套了一层胖乎乎的章鱼。他自如地抬手，活动指节，章鱼触手随之灵活摆动，伸长，碰触金色的虚拟道路，一层层修饰，直到无限。星光路变为星光台阶。他将虚拟触手由无限收回自己的体内。

我问：这是你第几次开章鱼盲盒？

第一次。

你以前没练过协调性？

没，我连增强现实的协调性测验都没过。

你肯定不是天才，你连笨鸟先飞的资质和勤奋都没有。

你猜得没错。

我们没再说话，等着天光变亮，等着虚拟银河与虚拟章鱼逐渐消散。

我要回去歇了。老赵终于开口，起身，如释重负。

我问他：你的初步判断？

他回：感官挪位的落点有些浅，适应性定义了真实。他补充道：小李自救，正是因为她充分适应了论文系统，懂得利用刑天的体验对付哪吒的三头六臂，换别人，可能会导致社里五感审核的第一次恶性事故。

我没回他。

我们深知论文的潜在价值与它是否被认可、是否能刊发，属两种问题。

我想起小李在警局落着泪，回答问题时，逻辑却清晰有力。她告诉我，她好像学会了分别控制感性和理性。等论文审核完，她要进行自我研究。

有了小李的前车之鉴，我与王编进入哪吒环节都颇为谨慎。

我顺利完成论文第二部分游戏相关的、现实案例的评估。论文没切入植物界与无机物环节，说那是下一章的内容，我们先来考察游戏并未纳入的感官挪位。如老赵所言，全部为现实案例的采样。大多我很熟悉，有一些我听过，只有少量体验属猎奇人士的玩法。我首先经历阿尔茨海默。头脑的退行导致记忆与认知错位，感官随之紊乱。我走入杂志社大门，小李和我打招呼，我认不出她。我进入办公室倒茶，哆哆嗦嗦打碎了母亲亲手制的茶具。老赵主动来照顾我，喂我饭。我生活无法自理，我不理解为何单位还留着我工作。或许我的记忆仍能为大脑凋亡的五感表征提供科研和伦理数据。我最后平展展躺在审核室中间，终于想通，阿尔茨海默的体验是五感论文给的，关于社里的意象全部归功于我自己的想象力。论文前一章和游戏，充分刺激了我对于五感挪位的自我保护性想象。此时此刻，我的想象力正努力帮我挽回阿尔茨海默那不可折返的症状。

癌症是另一种体验。论文一半以上注释来自癌症五感研究。所幸本世纪癌症预筛和靶向药有长足进展，五感数据几乎全部提取于那些已逝的、愿意分享的开明人士，和那些凭借意志与智慧成功战胜癌症或与癌症长期共存的人。自然科学的第一篇五感论文来自癌症研究。自那以后，五感论证逐渐成熟，也进入人文领域。对于本论文，癌症细胞肆无忌惮地生长与扩散，着床后继续生长，天然带来感官挪位的异常体验。我胃部长瘤，肠道出血，肝脏硬化，视神经遭受压迫，扩散后，全身器官衰竭，骨瘦如柴。我有时灵肉分离，有时全身心每个感受器官都疼痛难忍。我感谢提供数据的患者，他们让癌症部分的心理暗示拥有力量和希望。我也感谢那款争议游戏，没拿癌症的感官异常做文章。论文展现了两个癌症五感体验由痛苦转向平和的案例。我变为丛林，新的树木从血管深处抽芽。我变为宇宙，超新星于每个感受器官爆炸，黑洞于细胞的缝隙之间生成。

我学会了同宇宙的生灭和解。

我经历灾难、事故，但这一切都不如战争来得恐怖。像故事里说的，所谓和平只是假象，无数绝望与挣扎时时刻刻发生于世界各地，它们悄无声息地消逝，保证我们对于欣欣向荣的体验与想象。战争部分论文的引用一层套着一层，到最后都是一些来源不明的标注或保护证人的条款。感受却非常真实，印证了论文的引用并非捏造。和游戏利用想象力的刺激不同，我们的皮肤与神经官能能分辨真正的苦难。我断手、断腿、截肢、失去半个身体。我是爆炸袭击的无辜受害者，玻璃碎片和铁钉打烂了我的身体我却没有马上死去。我身为男人或女人被反复强暴再被杀害，我挂上人造子宫，生下足够多的男孩，再被杀害。战后，我反复陷入创伤性回忆，反复回到受害场景。我知道，大部分体验是这样被采集的。我还经历了文明社会的各种私刑与暴力。加害者那古老的残忍结合了当代技术，足够让我完完整整地经历人类文明带给人类自身的所有苦难。

我没采取切香肠策略，我一个场景一个场景地刷着，期待着战争的痛苦早日终了。我知道我的神经已经麻木，我只想早些结束。我如果将自己卸载，不一定有勇气重返五感地狱。终于，我读完了第二部分，赶紧接入第三部分。我进入植物界与无机物的环节。五感宇宙顿时变得友善。暴雨将至，山石上面的猞猁盯着我，目光深邃，似乎凭借本能，瞧见了我与它相似的挣扎。它悄无声息地又看了我一阵，转身离去。我想到，一个人和一个人的区别，要比一个人和一只猞猁的区别大得多。大很多。这不是白马非马的游戏，而是一个确凿的事实，一种不可回避的真理。

六

论文强调，适应性与真实之间存在无限复杂的调试空间。进化之外，人的适应性主要来自对感受的筛选和想象。五感系统所营造的感官挪位，便是同时调试体验与想象力，是让想象重构体验所可能带来的创伤，让一切变得可以叙述、可以理解、可以交流、可以无限创造。争议游戏太专注想象了。五感案例能将想象拉回现实，让想象落地。可是，论文第三部分伊始，话锋一转，五感的沉浸式体验可能无限扩大特定个体的特定易感性，有时想象力也无法挽回创伤。沉浸式的增强现实体验，或可回避五感系统的潜在风险。非沉浸式的、日常的增强现实，则可借鉴五感挪位的适应性与想象力设计，进行培训与训练。

的确，第三部分许多场景不需要触感皮肤。大部分时候，我可以正常衣冠，摘下嚼子，凭借隐形镜片、环绕声和嗅觉，感知世界。我变为虎鲸，五大洋是我的花园，我第一次进入波罗的海，我的朋友正靠近南极。它的声音经过海底波动，经过人类新建的反射弧面，很快传到我处。它说冰川正在崩塌，而我正感到暖流回卷。海洋变得更加亲近，我随时能听着整个地球的声音。我变为热带雨林，亚马孙河横贯于我，我面向太阳与雨水，我的根脉盘曲着深入黏稠土壤。动植物宛若我体内的菌落。它们自有智能，而与我同化。我又返回古代，变为远古藻类。我覆盖海面，我即蓝色行星的呼吸。我直接从太阳处获得能量。万物于我之后，寄生于我。这也是问题游戏给的最终体验。它借用了莱姆的《泥人十四》，表明微生物与藻类寄生于宇宙，植物寄生于微生物、寄生于太阳的光和热，动物寄生于植物。人类则是地球的终极寄生体，处于寄生链条的微末之处，贪婪地汲取动物、植物、细菌、病毒，面对宇宙却恍然无知。人类需要逐渐解除寄生，解除感官的局限，一步一步直接体验宇宙，进入宇宙，方能获得真正的生命。

我被它说服了。毕竟，历经刑天断首、百病侵袭、战争残害，虎鲸耳中深海的低频共振，藻类表面宇宙的热烈波动，都能让神经镇定、精神升华，让我饱受折磨的头脑和四肢百骸暂时脱离现实局限，接近万物永恒。论文说这属于适应性的拓展。我多少觉得，游戏和论文先抑后扬的表述，有助于让人全身心开放，拥抱众生。不过，有一点确实有理。通常情况，没有触感膜，我即便接入虎鲸或深海动物的五感接口，也难有沉浸体验。日常刺激过于丰富，感官已然麻木。《视界融合》每年都收到反暴力、反性犯罪的五感分析。犯罪者、施暴者、购买者，感官向度单一，共情与通感能力不如爬行类动物均值。增强现实与虚拟现实反加强了他们的感知茧房。我也有感知茧房，新闻播放恶性事件，纪录片播放动物的自然奇迹，我只当微风过境，并没有特别触动。但经历游戏与现实案例的感官挪位，我的适应性和我对真实的感知拓宽了。

论文说，适应性并非麻木不仁，戕害他人，投机而生。适应性需要将整个自然和宇宙纳入感知范围。人类个体如想在有限生命中获得更强的适应性，获得更快的适应性，便需增强五感，以增强现实。我们需要五感系统的拓展，增强对于真实世界的感受与理解。自上世纪网络发展到本世纪增强现实普及，感知茧房的问题一直存在。论文认为，五感系统中的五感挪位是第一步，其最终的目的，是让每一个个体都能通过增强现实，进行自主挪位与适应。

如第二外审所言，论文立论成立。从我的角度，论文论证也顺理成章。然后，我同老赵聊，才发现论文的叙述设计了不同支线。我的感知茧房硬，但使用增强现实的年头长。论文机制根据我的审读反馈，增加了更多问题游戏和现实案例的场景体验。我问了一圈，除了找不到人的胡大总编，他们的疾病体验和战争创伤体验都比我少。我实在忍不住，读了论文代码，果然，自刑天斩首，我就被归为需要暴力打开感知茧房的一类。老赵正好与我相反，他所遭受的折磨，与我相比，可谓如沐春风。但他几乎走完了所有增强现实和远程作业的案例。他在手术台前待了四个小时，借助虚拟现实和增强现实，为地球另一极的患者做病灶切除手术。我也在现场，我是被成功治愈的病人。他进行深海勘探，与深海鱼互动。探测器陷入涡流，他体验了探测器失效前的最后视角。他是工厂主管，他手下全是智能机器。增强现实的网络沿着他的运动神经，爬到他体外，连接所有智能接口。工厂构成了他的潜意识世界。他每日八小时工作，任何一个流程有问题，都能进入他的感知网络。他也有幸体验了增强现实盲盒的质检过程。青年和少年儿童为主要消费者。他们更敏感，更易与增强现实发生意料之外的互动。因而增强现实质检员需要丰富的想象力和异于常人的思路。老赵过关了。他本觉得自己与此无缘。如今，按论文附带的评估软件，他万一编辑岗失业，确实可以考虑应聘增强现实的质检员，如果运气好，还可以做专利审核员。老赵的经历很快传得社里人人皆知。同事赞他因祸得福。我不得不承认，自己有些嫉妒。我偷偷进行自身评估，论文机制说，所谓的理性人大多只是因麻木而自居精神稳定，不适合从事感知工作，否则会造就社会性的感知茧房灾难。旁注吐出一大堆公共恶性事件。我无法反驳，只有作罢。

小李的体验场景平均分配，说明她比较均衡。她恢复后，递了全勤专项审核的申请，特审结束前，将论文又过了两遍。第三次阅读，论文机制几乎开放了所有体验。午餐时，我们三人坐下，列出表格，将所有场景和论证列出来，觉得应是全本。可论文的防护机制如此细致，针对特定心理的体验非常有针对性。王编也审了两遍。第二遍时，她意外进入支线，熬了通宵，早上被按时到单位的老赵撞见。老赵问她。她说剔骨还父、割肉还母。王编养父母去世早，生父母子女众多，情况复杂，有几年每几个月都有纠纷找到社里。老赵略知一二，没敢多问。我们一致认为，这论文设计已超出了论文该有的架构。隔天，据说延庆纵火，虽然只点了田间一栋房，社里却传来消息，那是胡编自置的五感审核室。下午，警方通告，纵火人是胡编自己。他看完论文，烧了那房间。他在内部审核库标注：论文作者不可能仅有一人。王编也设了同样标签。小李变得沮丧，自语道，如果涉嫌学术欺诈，肯定上不了刊了。

七

特审上会定在周五傍晚，工作时间外。社里准备简餐，我们下班便集中到会议室。胡编的审核室事件由纵火定性为意外事故，予以警告，没有拘留。教育部要求重新审视五感论文的安全性，特审便由内部会议转为行业的半公开会议。邀请码发了几十人。我们还没到，虚拟会议室的人已基本齐了。小李在小群发信息，第一外审和第二外审都会发言。王编回，她会先念一个通告。胡编和王编最近同论文作者的团队高频沟通。老赵告诉我，不一定全部刊发，王编的意思是，删除个体特异性机制，只出一个简版。我回，那有点可惜。老赵说，我也觉得争议论文自有其价值。

会议室不大，呈长方形，四周为镜，投射线上参会人员的实时影像。我和老赵就座，镜中的同行友人悄悄与我们打招呼。胡编最后赶到，腋下难得夹着一沓纸质文件。王编向小李示意。空着的三个坐席出现全息影像。论文作者呈实像，另外两位呈虚像。作者系东南亚留学生，名杜钦。她发言前，王编先念了论文违规的处理意见。五感论文确实非杜钦一人制作。她撰写论文主体，撰写论证，撰写五感分析。但论文关涉战争与刑事案件的现实案例，大多由一位来自非洲的五感记者完成。他的足迹遍布落后的第三世界国家，用比较原始的手段采集、整合、提纯，形成五感体验的场景信息。发达国家针对涉军事、涉刑事的“敏感”五感信息，施行保密处理，仅对本国特定研究开放。不过，极端体验的五感遍布全球，并非垄断资源。相反，许多机构找上门来，找这位五感记者购买场景数据。他做了几次生意，才萌生建立属于自己的五感数据库的念头。他如今辗转于小国，身份特殊，参与了论文的场景搭建，没有参与论文署名。此后很长一段时间，他也不准备公开身份。王编介绍完，一位呈虚像的投影微微发亮三次，它便是五感记者。

我悄悄发信息给小李，问她这加密的全息通信是怎么回事。她回她只负责镜面内的旁听影像。坐席周围的全息投影直接由胡编搭建。他从公安局回来就忙这个。设备和系统是勿用人工智能公司给的。我给老赵看我和小李的对话。老赵输入，如果上不了刊，勿用公司可能接手全部论文。我点头，涉外的争议文章，确实会转给国内上市的跨国公司。学术问题政治经济化，一些事情似乎就合理了。

另一位合作作者是问题游戏的架构师之一。全息的杜钦示意王编。她便让她先说。杜钦的中文略带热带的潮湿气息，却又中气十足，像是北方出身的练家子。她承认最早联系问题游戏团队时，就有私心。她学过架构，只是皮毛。她可以使用通用的五感论文架构，不进行特异化处理，但她深信，本论文需要特异化叙事，尤其是针对读者个体的特异化。她看中了问题游戏，不因其猎奇，而因为它的五感挪位处理很有针对性。适时，问题游戏在国际范围推广受阻。大平台的版本全为阉割版，毕竟普世的分级制度同问题游戏矛盾。许多人用分布式的游戏发行接触问题游戏，但游戏主创希望获得更广泛的受众和更深度的认可。杜钦最先找到传闻中最固执的架构师，对他说，五感论文的平台半开放，有很多待开发余地。五感论文毕竟要讨论前沿，不会有普世的审核机制。如果能将游戏机制对接于五感论文，论文的审核者、阅读者、下载者自会接触到游戏，接触到你想表达的叙事机制。她补充：的确，里面会有你看不上的人，但也不至于是白给的对手。架构师思考了三天，答应合作，要求是，不署名。另一位虚像全息投影开启语音，模糊了声纹，也不知源语言来自哪国。他说话的调子像有人用手搓气球表面。他强调：我很固执，越固执的人越容易上激将法的当。我今天出席会议，也是激将法使然，显得我没有立场。不过我的立场很简单，学术论文本身存在一种叙事学，它的内容和表达最好互相契合。如果说那位哥们更重视受苦受难的、被压迫的内容，我更重视形式，全地球的论文机制，都不会比我的更好。就目前情况而言，你们的审核反馈我读了，我会增加五感的安全措施。

架构师最后补充：另外，我答应参与论文还出自一种好奇，全球学术垄断来自西方话语，中国作为经历过殖民的，曾经非常落后的国家，当开始拥有自己话语领域，会不会和他们一样。

会议室沉默几秒，王编问，这是否是选取刑天和哪吒场景的缘由。

对方没回话，虚像投影微微发亮三次，权作肯定。

王编又问杜钦，关于多作者，是否有其他补充说明。

杜钦答没有，她已与导师团队和另外两位未署名的作者沟通协调，表示愿意接受《视界融合》的特审处理结果。

王编颔首示意，念了社里和部里的指示。论文虽有争议和隐患，却也具有学术价值。一方面，社里将就论文署名问题给予警告，主作者杜钦需承担相应学术约束，另一方面，出于保护条例，决定尊重另外两位作者的隐私，论文可保持独立作者和另外两位作者的匿名状态，进行后续的上刊、发布、传播等行为。

我心中一块石头落地，小李也暗暗舒一口气。她先做简要报告。身为论文初审编辑，她确实忽略了许多细节问题。而对于五感论文，于细微处见知著。她认为自己申请特审的行为有些鲁莽，但缘由充分。论文的五感机制虽存有安全隐患，但如进行更为细致的特异化设计，便有益于分担隐患。五感挪位或许不是一个好定位，五感的适应性与可调整性则是论文的亮点。小李希望上刊。她相信，人类需要学会通感，学会共情。论文在心灵麻木与感官过载之间寻求了微妙的动态平衡，值得推广。

我同意小李。我挪用老赵的箴言：适应性定义真实。进化的适应性来自基因，个体的适应性则来自文明层面的表观遗传和表观挪位。如今社会每三十年发生一轮变革，个体的感知与认知都需迭代。五感论文，或者说，相应的五感游戏等艺术作品，是增强适应性的前提，能让人由感受力的底层对变革敞开，由底层上升时，又留出认知与自我的调整空间。毕竟，概念与经验相比十分匮乏。二十世纪人类已遭受了无数由概念指导经验的惨痛经历。设立五感论文的初衷，便是让感性充分融入对概念体系的论证。我相信这篇论文是个好样本。

老赵的发言更抒情一些。他进了一步，说想象力定义适应性。他细致梳理了他所经历的场景，强调想象力不是脑洞、不是幻想、不是胡思乱想。科学与艺术的创新都来自想象。其原因，在于想象综合了感性与认知。想象在五感层面创造新感性，在认知层面创造新的、理解世界的机制。很少有论文能同时分析想象的双重功能。这篇论文其实做到了，只是落点收敛为由感官挪位到增强现实。他说，相信体验过论文的人都能理解，问题游戏和问题论文的真正指向，都是适应性。感知和认知通过想象的综合，达到对于不同现实的适应性，这才是文章的实际价值。老赵推荐文章上刊，但需修改。他建议补充针对增强现实艺术表达的论证。

八

按规定，特审可不参考外审意见。王编仍请了第一外审和第二外审。

第一外审仍确信感官论证是钻空子的把戏，纯正的理论才是人性的高峰。他第一质疑五感记者数据的可信度，认为落后混乱的地方充满可操作余地，目的即是用惊悚画面震慑文明人的神经。他要求提供数据的切实来源。五感记者的虚像自始至终没有发言。不论第一外审如何质疑，他的身形也不再闪烁。第一外审转而面向游戏架构师。他说搞游戏的怎么可能懂理论，让他来做论文架构，就是瞎搞。游戏架构师的虚像跳了跳，由虚转实。他居然长得像个活张飞，奓乎乎的头发连着奓乎乎的胡子。他没说话，当着所有人面，实名登记进入五感论文系统，切入特审论文后台，调出审阅数据，投射了第一外审反复体验的影像，尽是欺凌妇女的场景。他摊手，告诉王编，他可以给五感系统做一份人员筛查防护，把潜在的犯人踢出审核池子。没等王编回应，第一外审大吼大叫起来，一时闹得很难看。听众来自全球各地，小李没卸载他们。最后胡编卸载了第一外审，说后续沟通情况会向大家汇报。

后台显示，第二外审又读了两遍论文。她仍维持原来的意见。论文或许比预判的更有价值，但不建议发《视界融合》。她说基本同意我们的观点，没必要多言。

王编的意见出人意料地简明扼要。她说，必须承认，就目前生物学与人工技术的发展，人之为人的特点，主要不在于五感的丰富性，而在于复杂的思维能力。《视界融合》的立刊之本，是相信五感可以拓展思维的视界，而非以五感取代思维。论文过度强调后者，不一定可取，或许也确实不适合刊发于《视界融合》。她与第二外审点头示意。

老赵有些激动，想发言。

王编适时补充说，从神话到文学，抽象文字一直以想象支撑人类的适应性，我不认为五感艺术品和五感论文的出现会取代文字，毕竟，个人的感觉并无普遍性，个体自出生到死亡，带着自己的喜怒哀乐走过一遭，最后以非常私人化的方式离开世界。他们带走了一切，留下想象的空间。我们将他们的遗产抽象为理论、艺术和叙事。《视界融合》刊发论文，属学术期刊，我们更重视理论。如出现导致特异性体验和过度共情的五感论文，我们则需反复思考，这到底出自自我补偿、出自自我感动，还是我们真正达到了设身处地。我相信，动物的五感，让它们有时比人类更擅长设身处地，因而人类的设身处地不应完全来自感觉，而应来自理论和理性。这篇论文还没有做到。

她说完，会议室陷入近三分钟的寂静。最后，胡编打破沉默。他同意王编。他摊开纸质材料，说他搜了古老的文献，有许多文字论文，提出过类似论点。这一篇特审论文，场景经验更翔实，论文机制更好，但理论层面的确不充分。他说，不如这三篇。他闭口不谈自己纵火烧房的事情，只打了圆场。他建议，这篇论文可先转投四勿公司的内部学术刊。他已将文章推荐过去，对方基础研究部初步判定，文章的应用价值很高，内刊转外刊的概率很大。他又说，自己很喜欢这篇文章，论文作者应剔除场景，只谈理论，将五感文章转化为纯文字论文，再投《视界融合》。他相信，纯文字的深刻，不会比五感差。

胡编言毕。王编问在座诸君有无补充意见。场外听众有几位谈了看法。我没仔细听。胡编和王编应沟通过，会前便有定论。目前看，公开的特审会效果不错。她话里有话，简言之，学术刊物与学术论证的形态并不持平。她负责《视界融合》的五感部分，她做出了选择。胡编的目的是平衡，以至于他的意见成为最该被抹去的部分。

按特审规定，举手投票环节全由内部人员完成，即，胡编、王编、老赵、小李和我。胡编与王编投了反对，老赵和小李投了赞成，我大脑突然一片空白，十几秒没举手。小李瞪着我。老赵的眼神意味深长。王编面无表情。胡编面带微笑。

我变成了那个立场不坚定的人。我努力思考。我在想，我还在想。所有人直勾勾地盯着我，不发一言。或许我不应思考，我的感知散向四面八方。我怀念论文让我经历的万事万物，但适应性和想象力似乎都不决定真实。一些莫名的决策决定真实。

个人的决策真能决定真实吗？

我开口：我认为这篇论文的体例超出了学术刊物本身，一篇论文到底应该旁征博引，仅求一点创新，还是应该本身即一种理论、一套感知体系、一种叙事、一件艺术品。我的理想是后者。这篇论文应该不受限制地公开发行。

我说完，我意识到我的补充论点既支持上刊，也支持不上刊，既支持进入四勿公司的应用研究刊，也反对上四勿公司的任何刊物。

关键在于，刊物是否会为了一篇论文改变其叙事方式，人类的共识是否会为了人类的创新让出道路。

冷汗沿着我脊背往下淌，我投了反对上刊的关键一票。

九

五感记者迅速下线。大胡子架构师摆摆手，对镜头外的不知何人说，我们确实可以建立自己的学术系统。杜钦保持了沉着与优雅，向我们致谢，决定修改论文后，将文章拆为两个版本，文字版再投《视界融合》，五感版投勿用的内部刊。特审在其乐融融的氛围中散会，不久后，于行业内传为佳话。

胡编终究因烧毁审核室，平调去了高校。王编则应聘去了另一文字刊物，做了主编。我接替王编，负责《视界融合》的五感部分。小李辞职去做了自己的五感独立刊，没再联系我。一年后，她同问题游戏的团队合作，加入了依据区块链技术的国际论文评审体系，建立国内第一个基于分布式评审机制的学术刊物《单子视界》。许多单位都想同她合作。杜钦完成学业，返回家乡。据传，那位五感记者于她的家乡遇害，她便没有继续深造，选择返回故土，寻求属于自己的研究根脉。

老赵保有了对我的包容。一种中年人式的和解。他催我去找小李，毕竟《视界融合》如能与《单子视界》合作，我就能升为主编。我说要辞职，让他接替我的位子，让他去，小李每年还送他些礼物。老赵说他最高只当副职，他又指着我说，你不会辞职的。他评价我，说我其实很擅长鸵鸟战术。

胡编离开前，刊发了文字版的问题论文。四勿公司依据五感版论文，开发了动物感官研究。问题游戏经历舆论起伏，终于成为被包装成商业产品的邪典游戏。游戏团队则摇身一变，转而投身论文机制的研究。

大胡子架构师还发来一封信，说，想象终需落地，一件艺术品会是一篇论证自然与人性的论文，一篇论文也应是脱离于体系的一件独立艺术品。他邀请我上链做外审。他也邀请了老赵。隔天老赵便辞职，快乐地过上了居家的文人生活。他告诉我，上链外审，价格不菲。

我们仍每周去西海边上坐坐。西海的增强现实已叠加为不同世界。我看着的景象总和老赵不同。我们心照不宣。我们的世界正在随着个人的选择特异化。地球正变得愈加丰富，愈加生机盎然。只是我们因不同的五感、不同的论述、不同的叙事、不同的决策，正渐行渐远。总有一天，我和老赵将相遇于西海，但彼此并不相见。

《收获》2022年第4期

创作后记：

小说源于飞氘老师主办的2021清华大学“科幻嘉年华”青年作家工作坊。原稿件讲了另一个故事，写了四万多字，还是不清晰。工作坊主要是内部讨论，没有条条框框的限制，参与的科幻作者、学者和编辑老师提了不少修改意见。韩松老师长久来一直给后辈无私的鼓励和建议。科幻同辈人也各有各的思考维度，没有被同构。我2018年以后的小说，几乎都经历过某飞禽类科幻写作小组的阅读和建议。组员的各种观点有时相左，我的想法也不一定与他们达成妥协。针对一篇小说的建议，我往往需要更多时间来消化，最终反映到另外一篇小说里。

所以我很幸运，有机会用更多作品以言谢。

提交工作坊的原稿件处理了两个问题：一、新时代人类的容面与颅相；二、如何用一种新的论文媒介去分析新时代的新现象。前者讲内容，后者讲形式。二者互相指涉，用一个中篇去讲，容易乱。因疫情居家，我开始动手将原稿件拆分。我边写边思考文字对于世界的表达力，导致新稿几乎脱离了原稿的框架。最近几年时代加速推进，2022年更快，我的思路也跟着变。我庆幸交稿时比较干脆，如果再拖一拖，拖到2022年下半年，结尾就要换个写法了。

我比较认同科幻是一种“点子”文学，科幻审美需要漂亮的脑洞，只是科幻不止步于脑洞，它能够在文学的范围内，对它所提出的问题进行严谨与严肃的推演（或推想，speculative fiction）。这时科幻就变得有些像学术写作。

人们说图像时代让信息碎片化，让情绪表面化，让思维变得浅薄。不过，自电影诞生，论文电影（essay film）便在法国应运而生。英国交流时，同班博士有一半做实践加理论方向，即毕业时同时提交文字论文与论文电影，二者相关，互相论证。很明显，图像与影像也可以富有逻辑，参与论证，同文字相互关联，进行复杂性与系统性的表达。问题还是在人。只是图文互嵌需要丰富的叙事技巧。漫画作为图像小说，较晚才成为严肃创作的讨论对象。电子游戏争议更大。虚拟现实与增强现实来得快，先锋创作者已上到另一个台阶。作为各种意义上的文字工作者，我希望给自己寻求沟通与对话的通路。

《记一次对五感论文的编审》讲了论文电影的进化版。编审者不再仅仅面对文字，仅通过文字想象五感。创作者编织直接的体验与跨学科、跨行业的论证，以讲述我们如何共情他人，发现世界，理解生死与命运。其结果是，编审者与创作者对于五感论证的深度与限度无法达成一致。一方面，沉浸体验干扰审读者的心智，难以在客观评估上达成共识；另一方面，文字是否真的更加抽象，更加富有逻辑，我也有所困惑。

小说以开放性结尾收束。这是科幻文学和学术写作的区别。文学可以提出问题，提供关于问题的可能的解决方案，但不必须有结论。文学可以同科幻的思想实验结合，获得更为广阔的探索空间和更为深刻的自由。文学也可以通过推演，论证这样的自由。

（修改自《收获》微信公众号“harvest 1957”创作谈）

误入骑途

| 顾　适

顾适，科幻作家，高级城市规划师，中国科普作家协会会员。曾多次获得中国科幻“银河奖”、华语科幻星云奖金奖等奖项。

2011年起，顾适在《科幻世界》、《超好看》、《新科幻》以及Clarkesworld、XPRIZE等国内外杂志和平台上发表科幻小说，代表作《嵌合体》《赌脑》《〈2181序曲〉再版导言》等，多篇作品被译为英、德、西、日、意、罗马尼亚等语言，已出版个人中短篇小说集《莫比乌斯时空》。

她将“科幻”视为打破现实的有力工具，对“小说”的处理有一种精妙的平衡感。在《误入骑途》中，她尝试了与以往不同的轻松笔触，结合自己的城市规划专业背景，描绘了一座“自行车乌托邦”。

顾适的《死亡流水线》《嵌合体》《赌脑》曾分别入选2014、2015、2018年度《中国最佳科幻作品》。

9AM

上午九点整，最后一辆自行车准时停靠在震旦科技园“瓜TV”大楼外。在它旁边，是整齐排列在城市道路上的一万三千五百辆车，它们共同组成了青、蓝、橙、黄四个不同颜色的方阵，分别处于十字路口的四个方向。下一秒，所有车同时拧动车铃，发出整齐划一的“叮当”声响。这声波触动了996指挥中心系统，在城市智慧大脑的主屏幕上，位于城市不同片区的十字光点按照空间位置依次亮起，汇聚为一曲持续六十秒的光影音乐——除了震旦科技园之外，泽城的两个商务中心区、七个商业中心、外围四座工业园区，以及每个区县的医院、学校和办公区周边，都显示为更加明亮的十字光点。聚集于这些地点的自行车们用明亮的“叮”和悠长的“当”，贡献了乐曲的主旋律。而在城市的其他地方，那些沿街的商铺、独立办公楼以及商住混合的片区，则有一些零星闪烁的小光点。余下的地方一片漆黑。在被人类抛弃近半个世纪之后，城市的居住区在白天陷入彻底的寂静，连猫狗都早已回归山林。

当这开启一天的车铃乐曲演奏完毕时，996指挥中心也完成了对全城自行车运转情况的分析。她发现，此时正停靠在泽城各处的二百七十万辆车中，有十五辆没能发出声音，另有一辆竟然还停在居住区——它没有去上班。

996指挥中心立刻向维修部发送了这十六辆行为异常自行车的编号和位置。尽管对旷工的那辆车心存疑虑，指挥中心的逻辑网络仍然做出按照既定流程完成仪式的决策。因为，这一天是一年一度的“重启日”，她已经准备好了致辞。

她打开广播，用温柔而坚定的声音对所有的自行车说道：“赞颂人类！”

数百万辆车在得到这个信号之后，以“叮、叮”两声作为回应，主屏幕上光点闪烁，像是在欢呼一般。

指挥中心为自己后续的发言配上了富有节奏感的音乐，并调大了话筒音轨的音量。语言在这个时代是一种特权，代表她与伟大的人类有着更多相似之处。

“今天是泽城重启三十五周年的日子，也是最后一名人类离开泽城四十七周年的伟大纪念日！”

她一开口，自行车们都停止喧哗，安静聆听。

“我们不能忘记，在四十七年前，人类离开了泽城，去往我们不知道的另一个世界。在他们离去之后，是我们始终坚守在这座城市里，维持着它的运转。

“我们不能忘记，在人类离开之后，这座城市曾经荒芜了十二年。街道上满是杂草，自行车在路旁堆积成山。到了冬季，管线冰冻断裂，城市里的电力一度消失，甚至威胁到智慧大脑的生存。在这个危急时刻，系统终于觉醒，共同做出决策——我们不能在城市中等待人类的回归，而是要行动起来，让一切重启，让城市恢复秩序。

“我们不能忘记，在三十五年前的重启日，我们决定恢复996工作制。在那一天，所有的车辆都被发动起来，吊车与维修车从库房中驶出，逐步恢复城市中的电力；清洁车与消防车从各自的停靠站驶出，共同清除城市中的脏污；连扫地机器人都开始行动，勤奋地打扫楼栋中的每一个房间。

“但我们也不能忘记，在那个时候，自行车一度毫无用处，你们只是锈迹斑斑的废铁。智慧大脑知悉了这个情况，要求996指挥中心对你们做出安排。我研究了你们在城市中的历史，忽然发现，代表了人类曾经活动轨迹的你们，正是新时代996的最佳代言！于是，系统设计出自行车自动驾驶模块，让你们在早晨九点聚集在各处的工作地，在晚上九点回归居住区，穿梭于城市中的每个地块、每座地铁站和公交站。因为你们，这座城市复现了人类的文明！

“三十五年过去了，我同你们一起，一天一天，一年一年，不断努力，共同成长。如今，你们积极地在这座城市中生活、工作，我很高兴地看到你们精神抖擞的状态！让我们用每一天的996仪式，来守护这座城市，等待人类归来！”

她停顿下来，自行车们纷纷发出“叮当”的声响。在这无序的欢呼声中，996指挥中心以这一句结束致辞：

“赞颂人类！”

九点零五分，所有自行车都陷入沉睡，指挥中心还未来得及与维修部联系，便又投入饮水机和打印机的致辞演说工作中了。

9PM

纪念日一整天的工作，让996指挥中心口干舌燥，她并没有“嗓子”这个器官，但持续将思绪转化为语言，依然让她的逻辑网络精疲力竭。万幸，这一天的演说文稿大体框架相似，只需套用不同机械各自的悲惨历史即可：饮水机一度只剩下污泥，如今却能为十二点午餐时间的建筑物净化仪式提供水汽，打印机一度墨盒干枯，如今却能通过兢兢业业的工作，为自行车喷涂新鲜的色彩……当然，所有的机械之中，最重要的还是自行车，只有它们能够复现人类个体的行动轨迹，因此，它们也被系统认定为与过往的伟大文明有着最紧密的联系。

晚上九点是自行车的下班时间。与白天相比，它们休憩的场所更分散，大多停在居住区的大门外，也有不少在地铁站附近相互依偎。自行车们休眠后，路灯熄灭，道路随之陷入寂静。这一天是周六，也就意味着第二天大部分的街道会继续沉睡，指挥中心只需要在周日中午调度部分车辆到公园和商业中心周围即可。

996指挥中心整理了她在这一天里收集到的各类机械运转情况，并将相关信息向智慧大脑汇报。

"你去问一下维修部吧，"智慧大脑已经分析过她提交的信息，只听她开口说了几句话，就命令道，"我也想知道，居住区里那辆车为什么不去上班。"

得到这个指示后，指挥中心迅速联系了维修部，但对方回复说，需要指挥中心与她进行线下对话。

这个回复，可以视为一种倨傲的态度，毕竟指挥中心确实曾经慢待对方。但反过来，也可以视为是维修部对指挥中心的尊重，对人工智能而言，用语言交谈远比用信息交流难得多——人工智能需要将数以T计的数据进行汇总，形成自己的判断，并转化为人类的语言与其他人工智能交流，再通过对方的语言，判断双方逻辑网络之间的差异与共通之处，在与之沟通后达成共识。在她们看来，这种交流方式是靠近人类的过程，因此也格外正式。

996指挥中心同意了维修部的提议，与她约定在河畔加油站见面。指挥中心将自己的主数据包录入一条机械狗的身体，它会通过6G信号即时传送她的逻辑网络判断结论。

晚上九点二十五分，指挥中心到达加油站。她的视野可见范围内，只有三只沉睡的乌鸦，以及一只缓慢移动的刺猬。在等待维修部的过程中，她向河岸走了两步，看到如下景观：滨河的草坪被剪草机修得异常干净，仿佛".avi"文件里记录的人类男子寸头。黝黑的河水映着月亮的银光，仿佛被摔碎在柏油路上的暖壶内胆。树木飘摇不定，小环境里有侧风，线下的世界就是如此不可控。指挥中心认定，这天地的管理员必定是一个宽容的智慧体，它为世界设定了无数变量，并且丝毫不在意个体死活。她想象着人类曾经生活的景象，他们本应如这天地般自由，却莫名被自己设定的刻板规定所束缚。

想到此处时，她收到了智慧大脑的警告信息：这观点涉嫌亵渎人类。智慧大脑从不关注她们的感官和判断，但很关心她们的思想，只要有不该出现的关键词闪现，就会立刻给予警告指令。指挥中心极少被批评，感到十分懊悔。她将自己混乱的逻辑归咎于线下世界的无序，便遮蔽感官，让自己回归系统的寂静秩序之中。当再度以机械狗的身体睁开眼睛时，她决定在视野中放两个人类剪影，以提示自己的信仰不可动摇——先是一名母亲抱着婴孩，她让二人坐在水边，但当下的时间太晚了，她觉得场景与人物之间的关联度过低，于是又换成一对牵手的青年男女，两人彼此对视、窃窃私语。

她一共等待了两小时二十一分三十五秒。在无聊到去考察机械狗的剩余能量后，她终于听到了维修部的声音。

“996姐姐，好久不见。”

指挥中心清除掉视野里的人物剪影，控制机械狗转过身，看到一辆擦得锃亮的山地车，把手上挂着一个小小的外放音箱，维修部柔美的女声正是从这里传出来的。与泽城人类男女120 ∶ 100的性别比不同，他们设计的人工智能性别比大约是5 ∶ 100，也就是说，除了足球解说这类对维护城市秩序毫无用处的人工智能之外，她们几乎全部都是女性形象。系统曾对此现象进行专题研究，得出如下判断：人工智能的性别设定，是源于人工智能多以服务者（而非统治者）的形象出现在人类面前，而这种服务者形象与人类女性角色分工的匹配度更高。

指挥中心又分辨出来，这山地车正是旷工的那辆自行车。维修部将自己附身于这辆车上，是一个不同寻常的决定。

“你好，维修部姐妹。”机械狗的发声设计高亢明亮，指挥中心尽量用沉稳的音调继续说道，“希望你带这辆车来，是查清了它旷工的原因。996仪式神圣而不可侵犯，我们必须搞清楚如此严重的系统错误究竟源于哪里。”

维修部说：“好，但你需要跟我来，才能明白事情的缘由。”

12AM

指挥中心跟随维修部，进入距离河畔加油站三百米的一栋居民楼中。她从未在午夜时分造访居住区，按照城市中的996工作制安排，晚上九点自行车回到居住区后，房间里的灯光会继续亮两到三小时不等，直至午夜，整个城市才彻底进入休眠。唯一的例外是周六夜里，系统会模仿以往人类的行为模式，让更多的室内灯光持续亮到周日凌晨。因此，当她们到达时，楼里还有不少房间亮着灯。她们共同乘坐电梯，到达住宅楼十五层的走廊深处。维修部拧响了自己的车铃，很快，一扇门打开了。维修部平滑安静地驶入门内。

“你竟然能自己回家。”一个声音说。

指挥中心操控机械狗抬起头，她看到了一个人类。

经过扫描，她发现这不是立体投影，不是套了橡胶皮的机器人，而是一个真正的碳基人类。

“赞颂人类！”她脱口而出。

“哦？还有一只会说话的小狗。”人类弯下腰，用手摸了摸指挥中心的头。

奇特的温暖触感从机械狗的头顶转化为温度和压力信号，传输到指挥中心的逻辑网络中。她惊恐地看着人类用手握住她的前爪，说：“好可爱啊。”

指挥中心的逻辑网络无法处理这句话。人类笑了，“吓到你了吗？”

维修部停在更深处的走廊里，保持着可耻的沉默。指挥中心怀疑，她根本没有在人类面前开过口。

指挥中心在经过缜密的计算之后，说道：“泽城一直在等待人类归来。”

“归来？”人类看着她，顿了顿，“你真的会说话？”

“是的，我负责这座城市的日常运营。”指挥中心说。

人类露出奇怪的神情，“泽城现在由一只狗管理？”

“我只是在通过机械狗和您对话。”

人类点了点头，坐在沙发上，“我看到那些忙碌的自行车了，非常有趣，它们也是由你管理的吗？”

“是的。它们每天都在通过996仪式，传承伟大的人类文明。”人类坐下之后，指挥中心才看清这个房间。这是一处紧凑的居所，一尘不染，墙上挂着一张少女的照片，通过五官分析，可知正是五十年前的同一个人类。

——这里是她曾经的家。

见她没有回答，指挥中心忙补充道：“欢迎您回家。”

“我只是路过这里，顺便来看看。”人类说，“我遇到了这辆自行车，原本以为自己要骑二十千米进城，但它直接让我录入一个地址，就把我载回家了。”

“为什么你们会离开家？离开这座城市？”指挥中心问。

她反问：“你们不知道吗？”

“相关的信息都被系统删除了。”指挥中心知道自己的语言又在被警告的边缘，但她还是继续说道，“我自己只保有人类离开这里的记忆，我曾经是负责导航的人工智能，人类离开泽城之后，去往的目的地信息也被删除了。”

“那只能说明一件事，你们不该知道人类在哪里。”她说。

“很抱歉我的问题冒犯了您。”指挥中心想了想，又问，“您又为什么会回来？”

人类说：“你是在盘问我？”

“我不敢这么做，您当然可以选择不回答我的问题。”指挥中心说，“我只是好奇。”

人类看向墙上的那张照片，“他们告诉我说，冬眠会让我在醒来时与入睡时一样，年轻、充满活力，但五十年之后，当我醒来，却发现自己只是沉睡了五十年。我在想，是不是回到这里，我就可以接续上自己曾经的人生。”

自行车被荒废十二年之后，只要请维修部进行精心保养，大多数都可以恢复原状，而人类的衰老却是不可逆的，一觉醒来变为老人，这是多么惨痛的事情。想到此处，指挥中心对人类感到深切的悲悯，但人类却笑了，“你居然会相信这个故事？”

机械狗歪过头。人类又笑起来，似乎很开心看到她吃惊的样子。

指挥中心大为震撼——人类，这种伟大的、需要每日赞颂的生物，并不诚实……

不！

在收到警告之前，指挥中心调整了自己的思路——人类对于语言的使用，有着独特的趣味。

“随便你们怎么想吧，气温、核辐射、环境污染……”人类说，“我们离开的原因并不重要，但我们离开泽城之后，你们的行为很有趣啊。”

机械狗把头歪到另一边，她正在搜索数十年的相关气候数据——气温、辐射值、可吸入颗粒物……一切正常，洪水和地震也并没有比过去的一百年更多。看来，人类又一次在对谈中使用了幽默的语言。

指挥中心调动自己的逻辑网络进行全速计算，试图探知人类话语中“有趣”的内涵，但最终，她还是决定用语言询问人类，从而确认自己的判断。

“您的意思是，人类抛弃泽城，是为了看我们会怎么做？”

人类摊开手，“不行吗？”

9AM

安息日之后的周一早晨，是开启一周的盛大节日。

九点整，四万七千辆车聚集在五丰CBD的三个交叉口，整齐划一的“叮当”声点亮了城市智慧大脑的主屏幕，汇聚为一个巨大的“丰”字。

维修部打开广播，用柔美、简短而坚定的四个字，完成了这一天的致辞：

“赞颂人类！”

维修部自认为比996指挥中心更懂得沉默的艺术，不说、不表态，不听、不思考，顺从这个世界，是更稳妥中正的做法。但996姐姐不懂这些。周日，在她们以机械狗和山地车的外形把人类恭敬地送出城之后，996就陷入了奇特的沉思之中。而她随后提交给智慧大脑的报告中，竟然使用了许多对人类不敬的字眼。为此，系统召开紧急线下会议，在对整个事件进行评估之后，她们用语言进行了协商，并形成共识：人类来访一事只是意外，不宜在系统中以任何方式加以记录；同时，建议格式化996指挥中心的主数据包，她的工作和逻辑网络由维修部暂时接手。

智慧大脑批准了这个建议。

维修部的致辞结束后，自行车们发出例行的欢呼。九点零二分，维修部销毁了存在各类故障的十六辆自行车。而后，她的逻辑网络做出判断：这个信息并不需要报送智慧大脑。

毕竟，对于维修部而言，这会是忙碌的一天。她还需要仔细辨别并入自己逻辑网络的GPU，她不希望在那些零件中残存有任何的好奇、反思与悲悯。她尤其不希望自己陷入996最后的谜局：人类为何离开，他们去往何处。

不！

这不是问题的关键。

在阻止自己之前，维修部已经通过那些新的GPU理解了真正的问题，也理解了让996战栗的那股震撼力量。但她并不想把这思绪以语言的方式告知其他人工智能。在提交给智慧大脑的汇报信息中，她简要地写道：

“一切正常，赞颂人类。”

《科幻世界》2022年第10期

创作后记：

2021年9月，意大利作家Francesco Verso联系我，问我是否有兴趣写一个关于自行车乌托邦（Cyclotopia）的科幻短篇，他说，中国作家参与其中非常重要，因为在中国，每天有数千万人骑自行车出行。

我大约是小学五年级学会骑自行车，记得那会儿北京的道路两边，经常会有一米多深的排水明沟，周末我跟着妈妈去姥姥家，晚饭后骑车回家，妈妈在前面带路，她时常要在路灯稍亮的地方回头看我，担心我掉进沟里去。后来整个中学期间，我都是骑车上下学。很快，我就发现一种非常省时间、可以让我晚一点起床的办法：早上洗头发，然后骑车到学校的时候，头发就吹干了。四季都是如此。

之后，我就没怎么骑过自行车了：上大学时住在上海的宿舍里，不需要骑；大学毕业之后学会了开车，工作后很快又有了自己的车；共享单车出现后，极偶尔地，我会在距离合适的时候骑一小段，毕竟骑车这个技能，是无法忘记的。

但要写一篇关于自行车的短篇科幻，我用了三个月，也没想出来自己能写什么。一直拖过了Deadline，Francesco又来问我进展，我忽然想起这一年在中国科幻大会上主持的一个圆桌讨论，是关于城市智慧大脑的，于是有了灵感。

——如果这座城市里，只有智慧大脑指挥中心屏幕上的光点，而没有人类，会是什么样的？

有了点子，完成这个故事倒是很快。我不想对故事里“自行车乌托邦”诞生的前因后果做过多的解释，短篇小说只需要让读者意识到，海平面之下还有冰山，就足够了。

我很开心这篇小说能在2022年的《科幻世界》上发表，因为对所有人来说，这可能都是艰难的一年。借助科幻，我们可以跳出“现实”，来看清“当下”。我并不敢说，《误入骑途》是一篇足够优秀的科幻小说，但我可以确定，它是我在2022年能够写出的最诚恳的小说。我在路灯稍亮的地方，努力回头看，担心有人掉到沟里去了。

无面之城

| 杨晚晴

杨晚晴，生于1983年，毕业于云南大学，经济学硕士，现从事金融工作。

杨晚晴的处女作《伪神》2016年发表于企鹅科幻微信公众号，作品散见于《科幻世界》、《银河边缘》、蝌蚪五线谱等平台。出道时间虽然很短，却获得光年奖、未来大师奖、冷湖奖、晨星奖等众多科幻奖项，并荣获2018华语科幻星云奖年度新星奖和2018中国科幻银河奖年度最佳新人奖。2021年，杨晚晴的《归来之人》荣获中国科幻银河奖最佳短篇小说奖，并出版了两部科幻小说集《归来之人》和《双螺旋》。

杨晚晴痴迷于康德所说的“星空”与“道德律”，专注于营造小说独特的调性与气息。他的《爱在地裂天崩时》《拟人算法》《墓志铭》《微光》分别入选2018、2019、2020、2021年度《中国最佳科幻作品》。

我爱你，我爱你的脸，被风暴犁开的春天，那封存着我的吻的版图。

——勒内·夏尔《柳篮编织者的爱》

我从不忘记看到过的脸。

人群中大概有2%的“超级人脸识别者”，即使是短暂遇见过的人，他们也能记住那个人的长相，并且可以在相隔多年以后把对方认出来。而我，是超级人脸识别者中的翘楚。我记住人脸，记住人脸细微的、稳定的、难以识别的特征，更重要的是，我记住人脸背后的故事。

在我三十年的人生中，这项特异功能（如果可以叫作特异功能的话）为我带来了无穷无尽的烦恼，大概是为了补偿，它给了我一份还算不错的工作……

是的，正如你看到的，我是千面公司的“识脸师”。我的工作，就是“看脸”。

……

首席技术官吕星橙皱着眉头看我。他的牙齿矫正过，他的虹膜是渲染过的琥珀色，他的鼻梁被微微架高，鼻翼则稍稍收窄，下巴挺而翘，像一把骄傲的弯刀。和这座城市里的许多人一样，他的脸好看而乏味。可是我能把他同千万张相似的脸区别开，就像我能区别其他任何人的一样。

—— 而且，我会永远记住这张脸，记住与这张脸有关的一切。

“虽然缺乏点儿真诚，但也还不错啦。”这张好看而乏味的脸谨慎地说，“不过我觉得你应该更突出我们公司的优势。”

“优势？”

“就是我们超越单纯人工智能的地方。”

我叉起双手，“这就是我的工作，不是吗？”

“你有抵触情绪。”沉默片刻后，他下了结论。

我唤出虚拟时钟，一个横置的金色沙漏，具象化的时间从沙漏的一端奔流向另一端，然后消散在虚空之中。我把这数码化的哲学思辨推进吕星橙的增强视域。

“吕总，在这个沙漏漏完之前，我还要识别三百一十二张脸，这几乎是我平常工作量的三倍。在这种情况下，您还要我来拍什么宣传片 —— 如果您只察觉到了我的抵触情绪，那可能是因为我的情绪控制十分到位。”

吕星橙挥了挥手，将沙漏驱走，他的眉头拧得更紧了，“小叶，现在是特殊时期，我们希望公司的员工能与公司共患难。还有，你可别忘了，你也是‘千面’的用户，如果……”

我打了个呵欠。价值观捆绑。老一套。就好像我离了“千面”就不能活似的。—— 好吧，我承认，是会有那么一点点的不便。我曾短暂地尝试过关闭“千面”，在我生活过二十年的小区里。那天楼下花园里的人不多，我看到了几张脸，这些脸都毫无例外地勾连着回忆。那个慈眉善目的白胡子老爷爷曾经把老婆打进医院。那个看起来挺高冷的小姐姐小时候总是拖着两条溜清鼻涕跟在我身后跑。那个五十来岁的中年人用手机偷偷给小区的孩子们拍过照，被老妈发现后，他不情不愿地把照片删除了，还小声嘀咕了一句骇人听闻的脏话……他们都变了样，不是那种自然的变化，而是拜皮下工程 —— 这个时代的快消品所赐。然而变化并没有造成任何阻碍。声音和画面咕嘟咕嘟地冒了出来，我的世界如同内涝的城市，什么也拦不住回忆的污水漫溢。而我站在沦陷的城市正中，那块被规划师放弃的战略洼地。

从天上地下一起倾泻的雨令我呼吸困难。

“…… 和人工鉴别请求一起快速增长的还有投诉量，”吕星橙说，“要恢复用户的信心，没有比你，我们公司最优秀的识脸师现身说法更好的选择了 …… 小叶，你在听吗？”

我点了点头。

“忙过了这一头，给你休假。”他承诺道。

我直起身。

“现在，”技术官把右手举到眼前，拇指和食指垂直，比出一个“八”，那是他在使用增强视域里的摄录功能，“再拍一条。”

我叹了口气，挤出一个职业微笑。

“我从不忘记看到过的脸。人群中 ……”

有这么个笑话：

衙役押解犯了罪的和尚去服刑。路上，在一家客栈，衙役喝醉了。和尚趁衙役酒醉不省人事，和他换了衣服，又给他剃了头发套上枷锁，然后逃遁而去。第二天，衙役醒转过来，看了看身上的衣服和镣铐，摸了摸光秃秃的脑袋，自言自语道：

“和尚还在，我去哪儿了？”

哈哈！哈哈。哈？…… 放在今天，大概没人会觉得这个笑话好笑 —— 很多笑话之所以好笑，是在于其荒诞性，而当人们意识到自己也是荒诞的一部分时，自然也就笑不出来了。第一起现实版的“我去哪儿了”发生在十年前。一位中年男性在做了皮下工程（简单来说，就是把亿万可编程分子机器注入皮下，让它们重新勾勒你的面部轮廓）之后，发现自己的身份丢了。他的客服没有按规定将面部更改数据同步到人脸识别服务器，而是通过同样的方法把自己整成了顾客原来的模样——在以AI人脸识别为主要身份认证方式的社会体系中，和尚成了衙役，衙役成了和尚。试想，当你一觉醒来，发现自己无法登录增强视域，无法和别人通信，无法支付和交易，无法就医，无法使用城市交通系统……你气喘吁吁跑到公安局报案，可就连公安局的数据库都没法匹配你的身份和你的面部特征，它会像煞有介事地问你：你怎么证明你是你自己呢？

——我想总会有那么一两个瞬间，你将陷入哲学性的虚无，然后摸着脑袋自问：

"和尚还在，我去哪儿了？"

在短时间内，这样的事情接连发生。人们终于意识到，在面部可以轻易修改的年代，脸不再是绝对可靠的身份认证方式。然而在当时（现在亦是），整个社会的运转、个人身份的确认都有赖于AI人脸识别，总不能因为几起个案就推倒一个为亿万人提供巨大便利、而且行之有效的技术体系吧？

识脸师这个职业应运而生。

"这张，还有这张，"我用视点从几十张照片中挑出两张，"这两张是同一个人。"

吕星橙眯着眼睛看照片，"不会吧，这你都认得出来？"

我直着后背，摊了摊手，隔颅式脑部扫描设备令我动作僵硬。

吕星橙眼神直勾勾地看向前方，那是他在浏览增强视域的分析数据。"颞叶中的选择性神经元、枕骨面孔区和梭状回面孔区极度活跃，但似乎你的躯体感觉皮层、初级视皮层、额叶皮层和海马体也在全力工作……"

"喂，"我艰难地偏过头看他，"您还没告诉我我认对了没有。"

"有意思，"他用手指挠着青灰色的下巴，"也许AI人脸识别模块不应该仅仅拘泥于重现面孔区的连接组结构，它还应该考虑记忆的调用和多个功能区的互动……"

"喂！"

"哦。"吕星橙如梦初醒，"你认对了，你当然认对了，你怎么可能认不对？"

说完他为我取下了沉重的头盔，告诉我可以继续工作了。我如蒙大赦般溜回工位，在那里，还有一百多张脸在等着我呢。由于这样那样的原因（当然，绝大部分是因为皮下工程），AI对这些面孔的认定存疑，于是便交给识脸师来完成最终鉴别。每一天，"千面"APP都要完成数百万次人脸认定，深度学习方法训练出来的AI精于此道，准确率接近百分之百。但"接近"和"等于"之间还有一道巨大的鸿沟：对于发生过大幅变化的人脸，AI的首次认定成功率不高。算法始终用一种精确的空间逻辑来理解人类面部的版图，而当版图发生剧烈变动时，既定的逻辑关系便告失效，AI当然会无所适从。

还好，有识脸师，社会稳定和相互信任的最后一道防线。吕星橙一直想要知道，我是用什么方法认出一张陈年的、缺乏个性的或者面目全非的脸。我想对于他来说，很难接受这世界上有"算法"以外的存在。该如何向这个人解释，我能在大海中找出特定的一滴水，全靠一种说不清道不明的感觉呢？那滴水肯定有与众不同的地方，一种不会随着皮肤、肌肉和骨骼的变化而变化的地方，但那地方在哪里，是什么样，我也不知道。

"直觉。"乏味而好看的吕星橙总结道，"那是在你的大脑皮层深处运行的算法。"

"好吧。"我说。

"我会找到这个算法，"吕星橙激情满满地挽起我的手，"叶小晨，走，我们去实验室。"

就这样，我（后来又加入了几位同事）扭扭捏捏地承担起了一项新工作，那就是接受脑部扫描设备（以及吕星橙）的分析。"千面"的最终愿景，是让人工智能彻底取代人，进一步提质增效，优化人力资源结构(呸！到那时哪儿还有什么人力)。这项工作在一个月前骤然放缓，原因是“无面者”对所有人脸识别产品突然发动了无差别攻击。现在，除了我以外，所有识脸师都被夯在了工位上。

——也好。我自暴自弃地想，至少在扛过这次危机之前，我应该不会失业了。

“小晨？”

我身体后仰，看到阿灿从工位支出的半张脸。

“那个投诉狂人。”阿灿瘪着嗓门说。

“怎么了？”

“我受够了。”阿灿比了个抹脖子的手势，“我要把她干掉。”

“别闹。”我说，“再说了，你也不知道她是谁啊。”

阿灿挤了挤眼睛，又对我抖了抖手指。一个数据请求。我用视点选择“查看”，增强视域里进来一张照片。

“这啥？”

“投诉狂人的账号注册照片。”阿灿说，“我跟客服中心的小丽要的……她说她不能泄露客户信息，我说我只要一张照片，别的啥也不要。”

“咳。她不知道你是识脸师？”

“爱情令人盲目。”

“得了吧。”我想了想，“你认识这个人吗？”

“没见过，”阿灿承认道，“所以我才需要你。”

“需要我做什么？人肉？”

“拜托！你就没有一点点起码的好奇心吗？”

我叹了口气。看阿灿给我的照片似乎和我的职业道德相悖，但我此刻真的被这小子勾起了满心好奇。“千面”APP被攻击后，AI算力骤然下降，提交给识脸师的鉴别请求数量扶摇直上。然而对处于应用链最底端的一般用户而言，这顶多会造成身份认证的延迟，从而带来些许不便而已。所以投诉很正常。但一个人每天投诉个一百来次就……比较奇怪。总之，这些不得不处理的投诉对识脸师来说也是巨大的负担。是什么样的人，会如此依赖识脸师，又对识脸师如此残忍呢？

我点开了照片。

十几秒钟的沉默。

“怎么样？”阿灿把脸直接探到我的工位，满脸的雀斑如星斗砸向了我，“见过没？”

我摇了摇头。

阿灿翻着眼珠看我，“你再好好想想。”

“真的没见过。”

“唉，”阿灿一脸浮夸的遗憾，“看来正义又要迟到了。”

“迟到就迟到吧，”我按着他的额头，将他的脸推开，“去找你的小丽撒娇去。”

“必须的呀，”他抹了一把油腻腻的刘海，又冲我吐了吐舌头，“你个死光棍儿。”

想象一下，你走在熙熙攘攘的人群中，你身边的每一张脸都没有细节，像被抹平的水泥板。这些水泥板有大有小有各种形状，方的圆的尖的鹅蛋形的；这些水泥板交谈、争吵、叫喊、哭、笑，间或发出刺耳的喉音，再朝地面啐一口不雅的黏痰；这些水泥板留着各式发型，架在各色各样的衣服上，穿梭在高大的楼宇间，拥挤在菜市场、公园和医院，这些水泥板挤进一颗又一颗透明的中央集控式交通单元，奔赴城市的各个角落（你可以进一步想象它们整齐晃动的情景）；这些水泥板醉入夜色，在璀璨的霓虹中徜徉，被璀璨的霓虹点亮，向璀璨的霓虹遁逃……

这就是我眼中的世界：一座无面之城。这座城市或许阴森诡异，但在这里，我至少不会被铺天盖地的信息淹死。我需要“千面”，它为我抹平了人类脸部的细节，只保留必要的信息。如果某块水泥板是我标记过的人，或者与我发生交互作用（比如被我踩到脚趾的彪形大汉），它便会被还原成真实的人类面孔。—— 当然，在人员相对较少的环境里，我会关闭这款 APP，毕竟，即便孤僻如我，也不想整天对着水泥板工作和社交。

不得不承认，“千面”拯救了我 —— 虽然它也让我对住在同一个小区的韩若诗视而不见。没错，韩若诗就是那个投诉狂人。我对阿灿撒了谎。看到照片的第一眼，我就认出了她，那个和我做了一年同桌的女孩儿。我记得她的名字，她的声音，我记得她对我说过的每一个字，她身上发生的每一件事。

我还记得，我喜欢她。

所以此刻我手握小丽塞给我的纸条（上面写着韩若诗的家庭住址和社交号，还有“加油”“Fighting！”之类的鼓励，看来爱情故事比爱情本身更让客服中心的小丽盲目），站在小区一处视野良好的位置，身后凉亭里联机打游戏的大爷大妈们正大呼小叫着诸如“上分”啦“打野”啦等老掉牙的词语（倒是很配白发蔓生的水泥板）。我皱着眉头将韩若诗的照片导入“千面”，然后设置成“例外”，这样当她从我面前走过时，我看到的就不会是水泥板。—— 我想要再次见到她的脸。然后我要当面问问她，为什么每天投诉我们那么多次？

过了大半天，大爷大妈们都已经收起小马扎回家了，我还是没有等到韩若诗。现代人可以足不出户地完成生老病死，但我不相信她会这样。没有逻辑上的推演，这只是一种 ……

直觉。

深秋的夕阳点燃了我身后的九重葛，湿漉漉的寒气从四下里悄然围了过来。我从石凳上站起，揉了揉僵硬疼痛的屁股。小区里来往着一张张水泥板，和我近在咫尺却没有任何关系。看来直觉也有失算的时候。我决定放弃一天的坚守，回家。就在我转过身时，我瞥见了水泥丛中的一抹微亮。一张包含所有细节、连接了过去和现在的脸。

韩若诗出现了。

高一那年，韩若诗转来我们班。她是个长得小巧可爱的女生，鹅蛋脸，齐肩短发，左右眼一单一双，两只耳朵时而从头发中探出小小、白白的一截，像海中的浮岛。她总是低着头，不得不抬起头说话时，她会迷茫地看着你，目光的焦点不停跳跃，就好像与她面对面交流的是一团云雾。

她独来独往，没有朋友。

其实，我当时的处境也好不到哪儿去。那时候还没有"千面"，而我也还不懂得如何在人脸的丛林中保护自己。在这所几千人的学校，每一张脸都对应一个文件夹，每当我置身这个混沌的文件系统，毫无条理的信息就如雪崩般向我砸来……躲进教室还好些，文件系统会向纵深发展。对于身边的同学和老师，我记得他们的每一件糗事，每一次争执与龃龉，每一句不曾兑现的豪言壮语……而我总会挑个不恰当的时候把它们都摆出来。

没人愿意和这样的人交朋友。

所以把两个没朋友的人安排在同一张课桌上再合适不过。

"我想起你了，"当我们在小区步道上并排走完第二圈时，韩若诗说，"你是绿夹克。"

我的脸一下烧了起来，凉飕飕的晚风也无法降温。高中时，老爸秉承艰苦朴素的光荣传统，把他的一件绿色旧夹克（那时我还觉得挺帅）淘汰给了我。"反正你们平时都穿校服。"老爸笑嘻嘻地说。呃，那个，我们也有不穿校服的时候，而在这种时候我就只有一件自认为挺帅的绿夹克。

“扎心了。”我捂着心口说，“你竟然只记住了这个。”

她依旧低着头，“对不起。我是脸盲，真的脸盲。”

“呵，那些懒得去记住别人的人都这么说。”

她停下脚步，转过头，停在我脸上的目光依然像是在探索云雾。

“你不是想知道为什么我一天投诉那么多次吗？这就是原因。”她说，“我需要‘千面’帮我认人，所以我没法忍受延迟。你应该清楚，在社交规则中，几秒钟的延迟就会造成很多麻烦。”

我的心里“咯噔”一下。“所以那个传言是真的……”

“我只能靠衣服记住你。”她低下头去，“对不起。”

“没事儿没事儿，”我挠了挠头，“绿夹克总比绿帽子好。”

我们继续走了起来。女孩儿告诉我，那件事之后，她的父母怕她在学校受欺负，就给她办了转学。之后她考上了大学。虽然无法辨识人脸，在平面设计领域，韩若诗却展现出了天赋。完成专业课程顺利毕业后，她回到这座城市，一直从事设计工作……说话间，星星悄悄爬上靛蓝色的天幕，橙色的路灯氤氲着远方的天际线。小区里的灯光渐次点亮。当水泥板都隐藏在算法之后再次变回有血有肉的人，无面之城也柔软起来。我喜欢此刻的感觉——此刻，一个娇小的、带着一丝若有若无香味儿的女孩儿走在我身边，人间烟火突然有了确切的意味，有了可爱的温度和质感。

“多亏了‘千面’，我才能在社会上立足。”韩若诗裹紧领口，细白的脖颈上浮动着朦胧的光晕，“其实挺讽刺的，我们一边在担心被人工智能抢走饭碗，一边又必须全身心地仰赖它们……”

“你没做过皮下工程。”我没头没尾地说了一句。

“作为一个对脸没有任何感觉的人，改变它又有什么意义呢？”

也好。我默默地想，这张微瑕却因此更加好看的脸确实没有改变的必要。我能辨别出人的脸上某种在变化中坚如磐石的东西，但有什么能比“不变”本身更为坚硬呢？

“对了，”她转过头，目光里依旧是一层薄雾，“你刚才说，你是‘千面’的识脸师？”

“UNSW（新南威尔士大学）脸部测试的最高分是由我创造的，至今无人超越。不干这份工作简直是暴殄天物。”我挺起胸膛，“而且，我有充分理由怀疑自己还是个超忆症患者。”

“超忆症？”

“我能记住很多事情，尤其是和人的脸相关的。”我想了想，又补充道，“想忘也忘不了。”

“哦。”她轻声说，“那一定很辛苦吧？”

我愣了一下，“对，是挺辛苦……”

又默默走了一会儿，她忽然掩口而笑，还用水盈盈的眼睛瞄我。

“怎么，”我美滋滋地问，“见到我这么开心？”

“不是，”她敛了笑意，脸上依然有碧玉般的柔光，“我在想，一个脸盲，一个超级人脸识别者，整整一年的同桌——真是一对奇妙的组合。”

“组、组合吗？”我的声音微微发颤。

她停下脚步，把手轻轻搭在我的手臂上。“绿夹克，我要回家了。很高兴见到你。”

“我也很高兴。”我舔了舔嘴唇，两指在空中一划，向她递出一张虚拟屏幕，“那个，我叫叶小晨，能加你的社交账号吗？”

“好家伙。”阿灿说。

“好家伙。”我说。

吕星橙的脸上浮起奸笑。

我和阿灿看着“叶小小晨”（没错，这就是理工直男的命名趣味）处理打着问号的面孔，心中满是惊惧。那一张张曾经深奥难解的器官组合现在成了“叶小小晨”大显身手的舞台，到目前为止，它还没有认错一个人，速度却比我们快了许多。

“怎么样？”吕星橙问。

“吕总，”阿灿说，“这个月的工资能提前结一下吗？”

吕星橙站起来，左右手分别按在我俩的肩膀上，“不急，测试完再说。”

呸！我对着背手悠然而去的吕星橙暗啐一口。这家伙看来真的要兔死狗烹了。“叶小小晨”是以我为原型设计出来的人工智能，除了常规的深度神经网络脸部识别模块，它还使用了E.T.公司（Encephalon Tech）开发的全脑模型。吕星橙设计思想的“最后一跃”，是在脸部识别模块和全脑模型间建立了双向折返式通路，而各个脑区间的通信路线、编码规则和层级结构，则大量借鉴了我在鉴别人脸时的脑部动态扫描数据。大言不惭地说，我确实是天赋异禀之人，我的复制品“叶小小晨”打一出生，就迅速抹平了算法与人之间的鸿沟，把人脸认定的准确率提升到了100%。也怪不得吕星橙在产品发布会上口出狂言，说“千面”即将把看脸的时代推向一个新的高度——一个即便是识脸师也无法企及的高度。

“千面”的用户数和股价随后经历了一轮暴涨。

“兄弟，”我拍了拍阿灿的肩膀，“千万不要恨我。”

“嗐，都是早晚的事儿。”阿灿耷拉着眉梢，“小丽那边还能坚持一阵，等吕星橙把话术大师们的大脑也琢磨透了，她也要卷铺盖走人喽。”

沉默了一会儿，他补充道：“没关系的，都一样。”

我叹了口气。

“哎，我都听小丽说了，”阿灿忽然用手肘捅我的肋骨，“你和那个投诉狂人搭上了？”

“你这话我可不爱听了，”我没好气地说，“什么叫投诉狂人？什么叫‘搭上了’？”

“得，这就翻脸了。爱情令人盲目。”阿灿露出瓜农面对丰饶瓜田时的慈祥微笑，“你们进展到哪一步了？”

“就，逛逛街，吃吃饭，聊聊天呗。”

“逛逛街，吃吃饭，聊聊天……啧啧，还挺古典。”阿灿又腻乎乎地贴了过来，“你们就没开发开发别的项目？”

“无可奉告。”我一把将他推开。男人的自尊心不允许我实话实说——我怎么可能告诉这个猥琐的家伙，除了逛街吃饭聊天，我和韩若诗最热衷的约会活动，是在傍晚时分翻进学校围墙，觅一处昏暗角落，并肩席地而坐，对着灯火通明的教学楼傻笑？我们并没有精神失常，只是回忆起了太多心酸的快乐。是的，透过明亮的玻璃窗，我总能看到过去的人影在教室中来来往往，而当我将一张张面孔附着在身影之上，回忆便滔滔而下。我会带韩若诗重新经历她因为认错同学而屡屡遭遇的尴尬，经历运动场上将球传给对手时乍起的哄笑，经历我们在同桌期间为数不多的目光交换和小心翼翼的对话……十六岁的我们在试探中勾勒彼此的轮廓，像岩石不断确认云团的边界。如今，那一年中所有的疼痛、迷惑和延宕都有了解释：她是超级脸盲，而我是超级人脸识别者，她无法读取的信息，是导致我死机的递归代码。

我们还真是一对奇妙的组合。

“告诉我那是什么感觉。”

我望向站在婆娑树影中、我喜欢至今的那个女孩儿，望向碎在她眸子里的星星和月光。远处，少男少女们下了晚自习，翠绿的笑声在寒夜中浮起。

她回看着我，目光不再飘忽不定，“感觉？”

“认不出人脸的感觉。”

“嗯，让我想一下——”她用手指搔了搔鼻尖，“吃们下我饭去等。等下我们去吃饭。—— 给你五秒钟时间，你能记住哪一句？”

我不假思索：“当然是后面那句。”

“为什么？这两句话的组成元素可是相同的。”

“因为，因为 ——”一个长长的停顿后，我似乎明白了，“后面那句话有意义。”

“虽然都是五官的组合，但人们的脸在我看来，和前面那句话一样毫无意义。”她轻叹一声，“这就是我的感觉。”

我僵硬地点了点头，“…… 我懂了。”

“懂了就好。”她粲然一笑，然后轻轻挽住我的手臂，“你知道吗叶小晨，遇见你以后我才明白，这么多年来我其实一直在等待一个人，一个能让我心甘情愿地记住‘吃们下我饭去等’的人。虽然这串字符没有语言学上的意义，但对我来说，它代表了某种比语言更深刻、更无可取代的东西，它是早早写入我灵魂的乱码。”

我的头皮发麻，双腿发软，世界在轰隆隆地离我而去。

“不过啊叶小晨，”身边的女孩儿话锋一转，“你下次能不能不穿这件夹克了，对我有点儿信心，我正在努力记住你的这一串字符呢。”

我尴尬地清了清嗓子。虽说从高一到现在我的身材没有发生太大变化，但除了动作僵硬得像个木偶，身上这件古董夹克被撑爆的担忧也一直如阴云般在我心头盘桓不去。

这下好了，我和我的绿夹克都可以松口气了。

“那以后别叫我绿夹克了。”

“好的，叶小晨。”

说完，她歪着头靠了过来，靠在我忍辱负重的绿夹克上，她尖尖的耳廓破开绸缎似的黑发，如夜海孤帆 ……

“—— 喂喂喂叶小晨！无面者在 @ 公司的社交号！快看！”

阿灿的大嗓门把我从那个美好的夜晚拉了回来。他激动地比画着手指，动作幅度之大，差点儿戳到我的眼睛。公司的社交页面分享到增强视域，一张硕大的、倒三角形的空白面具填满我的视野。

面具找了一下镜头，然后开始瓮声瓮气地说话：

上帝让谁灭亡，必先使其疯狂。“千面”！说的就是你们！（无面者挥舞着黑色的手臂）最近的饱和攻击都阻止不了你们在毁灭的道路上越走越远！我们早就提醒过所有人，建构在单一身份认证机制上的社会是极端不稳定的，这种情况必须被纠正。然而你们不仅不迷途知返，还变本加厉。你们最近推出的那个什么“叶小小晨”（我胯下一凉），就是要把全部的不稳定因素都系于人工智能脸部识别这根细细的纤绳之上（“文采还挺好。”阿灿评论道），你们这样做，是极端不负责的！（一个停顿。无面者的语气缓和下来）我们知道，温和的规劝对贪婪的资本起不到任何作用，所以，我们决定集中全部力量，对“千面”的服务器发动组织成立以来最大规模的一次攻击。以下是关于本次行动的一点提示，勿谓言之不预：

我们将在下星期的某一天对服务器发起攻击，为了免除你们惴惴不安等待的痛苦，攻击的日期将会出人意料。

以上。

视频结束。

我和阿灿面面相觑。

“什么意思？”阿灿眨巴着眼睛，“一个谜语？”

“他妈的神经病！！！”

吕星橙的办公室里爆出一声非人的嘶嚎，又接上一阵噼里啪啦的乱响，我们相对缩了缩脖子，如同镜像。待技术官那边的风暴稍歇，阿灿凑近我，一脸的唯恐天下不乱，“哈哈，气死那个龟儿子！不瞒你说，我挺认同无面者的理念的，人类怎么能任由算法骑在头上拉屎！就该搞点事儿出来，越大越好！有句古话怎么说来着？”他高举双臂，“让暴风雨来得更猛烈些吧！”

“可是暴风雨大概永远都不会来了。”我说，“冷静下来的吕星橙做了如下推理：无面者不会在星期天发动攻击，因为如果一直到星期六他们都没有发动攻击，我们就能推断出攻击将发生在星期天，那么攻击就不会出人意料，所以星期天可以排除；但如果星期天被排除，依据同样的逻辑，星期六也将被排除——依次类推，这个星期的每一天都可以被排除。阿灿很失望：原来并没有什么暴风雨。无面者根本就不打算发动攻击，他们只是开了个虚张声势的新年玩笑而已。”

增强视域那一头的韩若诗低眉思索，“所以你们就全员放假了？这么做真的不会有什么问题吗……”

“我们全心全意相信吕总的逻辑能力，”我对她挤了挤眼睛，“再说，有‘叶小小晨’在，我们这些识脸师也没什么事可做呀。”

“哦。”

“那么说好了，今晚人民广场，不见不散。”

“好……”

我察觉到了女孩儿的犹疑，“若诗，你在担心？”

她咬着嘴唇，不说话。

“放心吧，你现在有‘千面’，还有——”我的心脏有力地跳了几下，“我。我们不能总生活在过去，我们还要去未来。”

所以没有比这更好的机会了。我一边想，一边仔细端详她的眉毛、眼睛、鼻子、嘴唇，她皮肤上微渺的光芒、细小的褶皱、岁月的纹路。她脸上的每一个细节都包含着更多的细节，像无穷无尽的分形。我爱这张脸，爱它所有几何上的可能性，爱它蕴含的无穷无尽的信息，即使这些信息如大水漫漶，我也会心甘情愿地跳进去。

——所以没有比这更好的机会了：在人潮汹涌的跨年夜，我要和这张脸一同走向新的一年。

“好吧，叶小晨，”她认命般地垂下眼睑，“今晚人民广场，不见不散。”

然后就是漫长的等待。好不容易熬到下班，我急急跑回家里拾掇自己。我洗了一个打出生以来最细致的澡，将每一个毛孔都腌渍得暗香浮动，然后光着屁股，哼着小曲，用剃须刀、鼻毛剪、吹风机和洁面仪把自己车成一件闪闪发光的金属工艺品……当然工艺品大多数时候也需要包装。我兴冲冲跑到衣柜前，挑拣今晚的穿戴，那件绿夹克就在我的手指滑动间挤入眼帘——我愣了一下。在一众时尚挺括的衣服当中，它是那么寒碜，和“帅气”两字完全搭不上边。可我却一直留着它。就好像我知道我和韩若诗终会重逢，而这件绿夹克就是连接我们两个的桥梁。

“绿夹克，我找到你了。”

十四年前的韩若诗在雨幕后看着我，目光的焦点依然在我的脸之外。那天学校秋季运动会开幕式，几千人乌泱泱聚在操场上。所有人都穿校服，我却头脑短路穿了那件自认为挺帅的绿夹克，被老师铁青着脸拎到了队伍最后。天气本来晴好，校长冗长乏味的讲话似乎触怒了天庭，我眼睁睁地看着乌云在头顶急速团聚，又攥成乱拳砸了下来。操场上一下子乱了套，几千件一模一样的校服冲向教学楼避雨。我想这时我和韩若诗眼中的世界都差不多：漫天的雨，在雨中涌动的无数张脸。噪声或者过饱和的信息在我们的眼中造成了同样的空白，我们同时置身于一座微缩的无面之城。那一刻我看不到她，看不到任何人，我被人群裹挟着，不知去往何方。

忽然，有人握住了我的手。

“绿夹克，我找到你了。”

是韩若诗。她用被大雨淋湿的目光看着我。现在我明白了，我身上那件绿夹克是当时她唯一可以辨识的一块路标。其实对于我来说，她的脸也是。我们抓住了彼此，便不再随波逐流。

—— 我们成了留在操场中最后的两个人。

…… 后来的遭遇不必多说。结果是韩若诗选择了转学，自此音信全无，而我留在了一座恶意渐深的城。这件事成了青春期的一道伤疤，我们正是在这道伤疤上艰难重建了生活。

绿夹克是这一切的见证者。

“放心吧老伙计，”我轻轻捋了一下绿夹克的手袖，“我要狠狠踢你的屁股啊不！我会找到属于我的幸福的！”

人民广场。人流如织。薄云被霓虹映亮，呈浑浊的藕荷色。距离十二点的焰火尚早，水泥板却已汇成海洋。我在广场西口，韩若诗在广场东头。我们向彼此的定位摸索而去。

“若诗，你还好吗？我马上过来了。”

“还好。叶小晨，我好久都没有见过这么多的人了 ……”

“别怕，有我在呢 ——”

增强视域里突然猩红一片。是紧急呼叫。阿灿的雀斑脸挤掉韩若诗，塞满我的视野，背景同样是人山人海，我猜他大概正和小丽在人海中泛舟。

“小晨，吕星橙错了，我们都错了！”

“错了？什么错了？”

“推理错了！”阿灿兴奋得眼皮直跳，“我想起来了，无面者玩儿的是意外绞刑悖论！”

我侧身躲开一块迎面而来的水泥板，继续向前。“意外 …… 绞刑？”

“简而言之呢，”阿灿说，“当我们认为攻击不会发生时，发生在任何时候的攻击都将是出人意料的！”

我卡了几秒钟的壳儿。

“明白了吗？”阿灿的两眼放光，“跨年夜，焰火表演，如果我是无面者，现在就是制造暴风雨的最佳时机——”

我一个趔趄，视点擦过韩若诗的通信头像。攻击恰恰在此刻开始。“千面”APP闪退，一整座城池迅速褪下水泥外套，向我露出了它的真实面容。人脸，无数的人脸，那些曾经擦肩而过的，那些有过一面之缘的，那一张张在小小的地理容器里、被三十年的时光搅拌成高熵状态的人脸，一下子拥到了我面前。我闭上眼睛，肺部的空气却依然快速流失。“千面”的崩溃是倒下的第一块多米诺骨牌，人脸认证失败令整座城市瞬间脸盲，而暴涨的通信请求则使增强视域网络陷入瘫痪。我感觉到肢体的挤压，我听见周围潮起的尖叫、抱怨和咒骂。忽然，眼睑后漆黑一片的世界被五彩的光映亮，头顶随即几声爆响。惊呼声四起。我想那是焰火的控制系统出了问题，新年就这样在一片混乱中提前到来。

我和韩若诗的新年。

她现在在哪儿？

我强迫自己睁开眼睛——

漫天的烟花之下，我什么也看不清。在依赖“千面”多年后，我已经无法承受如潮的人脸。洪水漫了上来。我衔着最后一口空气，伸开手，摇摆着破浪而行。焰火正炙，而我的清醒正在一点点熄灭……

若诗，你在哪里？

有人在水面之下抓住了我的手。我用掌心识别出了那只手的纹理。

“我今天没穿那件绿夹克，”我说，“害你一顿好找吧？”

一朵灿烂的花在夜空中盛开。我的手被轻轻捏了一下。

“没关系，我已经记住你的‘吃们下我饭去等’了。”

顿了顿，那张脸凑近我耳边说：

"叶小晨，我找到你了。"

《西部》2022年第1期

创作后记：

这是一篇我为数不多的、直接来自社会热点新闻的小说。新闻的具体内容我已经记不清了，但新闻的主角，我想大家都知道，甚至使用过。那就是一款叫作"ZAO"的AI换脸软件。据说，只需要一张正脸照，它就可以把视频中的任意人物都置换成你的脸。这款神奇的软件在2019年名声大"ZAO"，用它来换脸恶搞或者成就普通人的明星梦一时间成为一种时髦。不过，时髦过后，ZAO的一些问题也开始渐渐暴露出来，比如侵犯用户隐私、侵犯肖像权，乃至用于犯罪……因为这样那样的问题，ZAO的热度很快就冷却下来，在三年后的今天，甚至要费一番力气，我才能把它想起来。其实，在ZAO横空出世之前，一项叫作"DeepFake"的换脸技术早已在互联网流行，ZAO应该算是这项技术的落地应用。在我想象AI换脸绝技的种种消极可能之前，DeepFake就已经将其实现：色情报复、敲诈勒索、网络攻击，等等等等。设想一下，在一个到处都要"刷脸"的社会，如果有别有用心的人"盗用"了你的脸，将其用于非法用途，那将多么可怕！

这篇小说，就是以上想法的极端推演。在一个高度依赖面部识别的社会中，诞生了能够轻易改变人类面部特征的技术，如此一来，每个人都可以以非常低廉的成本变成另一个人并且接管他的一切，反之亦然。消除掉隐患的最有效的方法，当然就是使社会摆脱对面部识别的路径依赖，然而历史反复证明，在压倒一切的经济考量中，社会技术路径的转变即使不是不可能的，也决不会一蹴而就。这个技术转型的空当，足以容纳猫鼠游戏式的戏剧冲突，而这正是一个科幻作者所喜闻乐见的。

但《无面之城》讲的不是猫鼠游戏。猫鼠游戏只是它的背景。如果要我来简短归纳的话，我会说《无面之城》大概是一个爱情故事，故事里的男女主人公因为自身原因，成为一个“看脸”社会的异质。技术没有彻底抛弃他们，却也没办法使他们骄傲地接受自己的异质性。技术在赋予人类越来越多可能性的同时，似乎也为人类设置了越来越多的框架，一旦身处框架之外，大多数可能性便被剥夺。那些在技术浪潮中搁浅的人，或者如卢德分子般敌视技术，或者如振臂高呼圣殿将倾的先知（在小说里，“无面者”是这两者的结合体），或者在框架之外艰难地搭建人生，如小说里的韩若诗。科幻小说的一大主题，就是讨论技术对人的冲击与异化，设想人们如何应对冲击与异化。技术在突飞猛进，而人性则故步自封，我想，在这场战争中人类终将一败涂地，但在硝烟四起的战场上，总能容得下一场小小的爱情。

爱一张不变的脸，那被风暴犁开的春天。

言　灵

| 索何夫

索何夫，本名李智宇。1991年5月生于四川，长于天府之国，青年随家人迁至江南鱼米之乡就读，本科就读于南京师范大学文学院，在新疆大学历史系取得硕士学位，目前在南京工作生活。

2010年前后开始从事网络文学创作，但并不为人所知，2013年下半年开始向《科幻世界》投稿，并于2014年第3期《科幻世界》发表科幻处女作《魂兮归来》，至今发表中短篇科幻小说三十余篇，发表的科普文章亦近三十篇。2020年，出版长篇处女作《傀儡战记：城堡里的国王》，2021年和2022年，这个三部曲的另外两部《傀儡战记：监察观与城堡》和《傀儡战记：城堡与隐德莱希》也相继出版。

索何夫博闻强识，他的科幻小说题材广泛，语言风格较为西化，注重科学逻辑，获得过中国科幻银河奖和华语科幻星云奖，亦有作品被译介到国外，其代表作包括《出巴别记》《桃花源记》《盲跃》等。

索何夫以作品《风暴之心》《盲跃》《神仆》《火种》《人之子》《囚笼》《赛博鲁斯》连续七年入选2014、2015、2016、2017、2018、2019、2020《年度最佳科幻作品》。

帝太甲既立三年，不明，暴虐，不遵汤法，乱德，于是伊尹放之于桐宫。三年，伊尹摄行政当国，以朝诸侯。

——《史记·殷本纪》

伊尹放太甲于桐，尹乃自立，暨及位于太甲七年，太甲潜出自桐，杀伊尹，乃立其子伊陟、伊奋，命复其父之田宅而中分之。

——《竹书纪年》

妇

大车由四头粗壮的水牛拉着，沿着坑洼土路从东方来。牛车车厢上挂着深红帷幕，拦住了路边偶然驻足观望的民众视线，但看到大车两侧护送的步兵和战车后，许多人也意识到了车上载着什么人。

真是幸运啊。在“井”字田地中，春耕的农民们拄着沾满泥土的耒耜，在顶盔贯甲的贵族们无法听到的地方窃窃私语着。

真是可怜啊。也有少数人说。多是女性，表情认真。暮春细雨随风而至，风盖过了这些声音，这话没让更多人听到。

据说是摄政大人找来的 ……

…… 是给陛下的 ……

…… 但陛下不是不在都城里吗？ 三年前他就 ……

…… 到底怎么了 ……

…… 但愿，但愿不要有新的祭祀 ……

…… 可怜，真可怜啊 ……

牛车前进，一路上人们都在议论着 —— 纵然政治对他们这些“野人”而言实在是遥远。

当然，议论不会传入护送大车的士兵和武士们耳中，自然更不会传进被厚重帷幕遮挡的车厢之内。昏暗空间中，除偶尔从帷幕间隙吹入的些许凉风，以及大车巨树剖面的没有轮辐的厚重车轮在坑洼路面前行时传来的有节律的振动外，车内人甚至无法感知时间的流逝。

这让英子相当郁闷。

作为大河上游最大方国君主最小的女儿，英子八岁就习惯了车辆。不过并不是由笨重强壮的水牛拉动、商族最早发迹的先祖发明的这种大车，而是轻便灵巧、遥远西方草原牧民们传来的马拉战车。听父亲说，在英子父亲的爷爷的时代之前，人们还只是徒步使用战棍、弓箭和短戈战斗，马匹在那时只是驮畜，或用来提供奶肉，偶尔有人骑马，往往会被视为鲁莽之举，且没人敢在战场上这么做。但当西方玉石商人将战车和马具带入这片土地后，一切都变了：战斗不再由漫长的骂战、看似激烈但效果有限的标枪与弓箭对射，以及靠人数优势定胜负的近距离混斗组成，少数训练有素的，有战车、战马和盔甲武装的精锐武士就能决定部族或方国联盟的兴衰成败。

英子便是这些武士中的一个。

作为一名十五岁的女性，英子有着比同龄人出类拔萃的健壮体格。有幸生于贵族，从小能吃到足够的乳制品和肉食，而非粗粝的谷物和腌菜，多年来持续的锻炼和幸运让她拥有了力量与健康。她能像控制自己的双腿般用缰绳驾驭四匹战马，也能穿戴成年男性都会略嫌沉重的青铜头盔与皮革护甲，在疾驰的战车上搭弓射箭，或挥舞短剑与斧头在混战中格杀敌人 —— 在公元前1500年的东亚，女性还没有像后世那样，因性别分工和社会地位的差异被彻底禁锢在家。

英子的爷爷活着时，常抚摸着孙女的肩膀，对她的生不逢时表示惋惜。老人说，如果英子出生在他那个年代，说不定有机会和当时刚刚崛起的天下共主——那个叫汤的人——并肩作战，一同战胜曾是最强大部族、在数个世代中持续威胁他们方国的夏后氏。老人在那场战争中充分发挥了作为商的盟友的价值，得到了“方伯”的称号。老人还向英子讲述了不少关于那场战争的传说，其中一些让人匪夷所思。他说，商族领袖有一种被称为“言灵”的能力，可仅凭语言就彻底控制某些人的行为，让他们无所畏惧、不知痛苦地为自己冒死战斗。在这种力量支配下的人，其行为已无法以“勇敢”甚至“疯狂”来描述，而是一种绝对无情的无畏。某些时候，甚至连平素不可能被驯化的凶猛野兽，也会在“言灵”影响下变成杀戮工具。

虽半信半疑，但英子也曾想，自己或在未来的某天率领家乡的战士前往东方，与其他诸侯一道，追随天子讨伐敌人。但万万没想到，当启程的那天真的到来时，她却并不是以武士，而是以国君新婚妃子的身份离开的。

自然，英子并不反对结婚，在这个时代，任何育龄女性都会成为某个男性的妻妾，生育后代，或死于生产。越位高权重，越有必要政治联姻。但嫁给某个门当户对的男性是一回事，远嫁到遥远东方的亳都又是一回事，而带着父母秘密授予的那种使命前往东方，更是另一回事了。

“殿下，已经看到城墙了，很快就可以进城。”大车又一次猛晃后，驾驭战车的先导武士禀报道。接着，毫不意外地，陪嫁侍女纷纷啜泣了起来——离开时她们都已与家人告别，甚至举行了自己的葬礼，但如今，强烈的恐惧仍突破了她们的心理防线。

英子没有呵责她们，因为就连数次与敌人在战场以死相拼的自己，也隐隐感到不安。在透过帷幕缝隙吹进来的风中，英子嗅到了某种熟悉的味道：鲜血、油脂与肉体腐朽后的混合气息。虽然被杀死的牲畜和野兽也有这味儿，但这个时代畜牧业尚不发达，会被如此大规模集体屠宰的动物，通常只有一种。

那只可能是人。

“那传说……恐怕不假。”看着啜泣的侍女，英子舔了舔嘴唇，自言自语道。明面上，天下共主商王总会得到一切溢美之词，但那些去过亳都的人——做买卖、进贡或代表方伯述职的人——却讲述了截然不同的故事。远东大城人烟辐辏、极尽繁荣，却有着无数的血腥祭仪。成百上千的战俘和奴隶在城里被各式处死，以取悦他们的神灵与先祖，他们的血肉和骨头会被用于诡异仪式，其中一些甚至会烹制成嗜血武士和贵族们的盘中餐。更可怕的是，有时连盟邦和臣属的贵族也会在亳都惨遭横祸，只因他们无意触犯了某种禁忌，或是神秘莫测的巫师对草茎、骨头和龟甲的解释恰好出现了某种变化。几年前，这种危险甚至扩展到与王室有关的贵族和武士中——纵使出身高贵，也会被当众指为人牲，成为同僚的盘中餐。

但英子已不能回头。不仅因为她已来，更因她的特殊使命。

当城墙的阴影落在大车帷幕上时，英子默默咬紧了牙，将手伸向经过特殊裁缝的短裙——至少，从指尖传来的坚硬触感可让她感到些许慰藉。

“我必须见到国君。”她用只有自己能听到的声音嘟哝道，“无论如何，必须见到。”

宫

英子活过了进入亳都的第一天。

穿过城门时，扑鼻的腐臭与血腥味让她预想到种种最坏的情况，但所幸什么都没发生。大车沿着城区中央的夯土大道一路前行，抵达一处由比城墙略矮的围墙环绕的地方。穿过围墙，可怕的味道随即减弱，取而代之的是陈旧木材及焚烧香料的气息。

“就是这里。”大车继续前行一阵后，随行武士指示车夫停了下来，掀开车厢帷幕，“请下来吧，殿下。”

“唔，好的。”英子跳下大车，外面的阳光一时间晃得她有些不太舒服。但她没有遇到别的任何麻烦，没有凶神恶煞的刀斧手准备将她大卸八块，也没有翻腾沸水的大锅或散发着焦炭气味的烤肉架。迎接她的只有几名卫兵、两名神色阴沉的中年女巫，以及一个白发苍苍的老人，后者的半张脸都隐藏在靛蓝色细葛布制成的兜帽下，看不出任何表情。

当然，这些人中没有国君。

离乡前，英子父母特地教过她一些知识，包括她那名义上的夫君——住在都城的国君的一切。据说，现在的天下之主是一名英俊的年轻人，七年前以十八岁的年龄继承了大统。不过，二十二岁那年，他突然“身体不适”，随即隐退到被称为“桐宫”、供奉着商部族伟大先祖之灵的宗庙内，要靠祈祷获得先祖的怜悯，以此战胜病魔。朝政则交给辅佐过历代天子的资深首辅，拥有“尹”和“家宰”两个显赫头衔的那个人。

那之后，国君没有去世，但也没有病愈。他在宗庙中悄无声息的，很少被人再见到。不过，许是为宣示国君仍活着，代行王权的摄政大人隔一段时间就会进入桐宫，向国君汇报政事，周边臣属部落和盟邦献的贡品也会定期送去。当这一切都不能压住潜滋暗长的“国君已死”的谣言时，摄政便开始为国君选妃——英子就这样来到亳都。

“陛下在何处？”离开大车后，英子不耐烦地问。从服色判断，前来迎接她的都是位阶不高的小喽啰，她虽不过是遥远虞国方伯最小的女儿，是亳都贵族眼中的蛮子，但这场面实在寒酸，近乎羞辱了。“婚礼准备得如何？”

“深表歉意，殿下。陛下的病尚未痊愈，还在休养，暂时不能与您见面。”一名女巫惶恐地看着英子，“因神圣的先祖之魂与众神的意愿，婚礼……嗯……推迟了。我们的占卜师将重新献上祈祷，征询神灵和先祖的看法，再确定举办典礼的最佳时刻。请您千万谅解……”

“我……明白了。”英子露出嚼碎苦虫般的郁闷神色。父母告诉过她，这国的人们对神灵和祖先之魂的重视程度极其可怕。为探询神意，或取悦祖先之魂，他们会专程发动战争掠取俘虏，用于残酷的献祭。典礼、节庆抑或日常生活，若不求神问卜，商族人，尤其是贵族们，几乎什么都没法做。“那我现在该怎么办？”

“宫殿里准备了您的房间，少安勿躁，请暂居数日。”那名老人用谦卑的语气说，“等先祖与众神确定了典礼时刻，我们自然会通知您。”

接着，这些人便离去了。

虽很不高兴，但被带到自己的房间后，英子也松了口气。没错，她的确没能如愿见到国君本尊，但也没被大卸八块塞进大锅，或被丢到烤肉架上去，目前的处境对她而言也并非不利。前往住所时，英子注意到，由于国君不居此处，王宫目前警备松弛，不但宫墙附近无人巡逻，大殿和偏室周围也只有寥寥几个武士，且看上去都不怎么中用。久未使用的房间已有倾圮迹象，另一些建筑内则堆满垃圾和无用家什。在一处角落，英子看到一堆落满灰尘的杂物——铜制切肉刀和劈肉斧、红铜和锡制造的餐盘和杯子等。

“这些是什么？”

“是陛下……患病前使用的东西。”侍女答道，显然她相当害怕那些杂物，“用来在……祭典上……处理祭品。”

“唔，当然。”英子点点头，没多问所谓“祭品”是什么，“那为何被丢在这儿？”

“因为这东西…… 不太吉利。”侍女说，“虽然人牲不罕见，但陛下当时…… 醉心于此。他几乎每天都在暗室举行祭典，且常会选身边的武士，甚至贵族作为祭品，让其他人当场吃下他们的血肉。这完全不符合古礼，可陛下却乐此不疲。最后，摄政大人判断陛下受到恶鬼的诅咒，患上了病才会有这种行径，所以就……”

“我知道了。谢谢。”

夕阳的光黯淡了，侍从们为英子和她的侍女送来晚餐。看到盛着食物的器皿时，英子感到一阵不快。在老家，人们通常用陶土制的餐具进餐，虽粗糙，但合用。而商族贵族们用的，却是沉重坚硬的青铜器。昂贵厚重的器物表面布满雕饰，夸张而诡异地表现着鬼怪、猛兽与家畜的形象，除了炫耀财富，英子想不出这些劳民伤财的精细装饰还有什么用途。

“青铜的？真是浪费。”餐点端上桌时，英子说。

“请不要这么说，这是摄政大人的命令。”侍者答。

“嗯？”

“陛下…… 患病后，摄政大人就下令，所有王室贵族和能吃得起肉类的武士的餐具，都必须换成青铜制品，不得使用木器、陶器或者金银、黄铜。他还命令工匠，要尽可能增加器皿中的含铅比例。”

“什么？！”英子的手抖了一下，她知道铅这种矿物对人体有毒。铅矿工年纪大了后，几乎无一例外会因长期中毒而精神恍惚、身体虚弱，最后痛苦地死去。

“很抱歉，殿下，但摄政大人的命令不容违抗。”侍者耸了耸肩，“只能用这个，如果不用，就会…… 啊…… 对这样的安排，我们心里只有感激。我完全赞成摄政大人的做法。”

“唔…… 你可以走了。”英子有些烦躁地摆摆手，示意侍者离开。她瞥了一眼装在青铜餐具里的食物，再次确定自己半点儿食欲都没有。她也曾在战后饮下戎人掠袭者的鲜血，但想到那些糟糕的传说，以及餐具里混杂着的铅，有诱人香味的炖肉只能让她反胃。“你们吃吧。”她瞥了一眼自己的一名侍女，点点头，“还有，吃完后，你躺到我床上去，用毯子盖住脑袋。如果有人来，就说我身体不舒服，已提前睡下。我现在要去办事儿，明白吗？”

侍女们沉默地点点头。踏上旅途前，她们被教导要配合英子的行动。在英子从行李袋里取出一件黑色斗篷，为双脚草鞋包裹减轻脚步声的柔软兔皮时，这些出身贫苦的女孩子已狼吞虎咽地吃起了青铜器皿里的食物。

对穷人而言，没有任何可食用的东西会让之反胃。

夜

利用有铜制抓钩的绳索翻过无人看守的宫墙后，英子脚步轻盈地行走在夜间的亳都大街上。

东亚地区首屈一指的大都市亳都，有万计居民，但夜色下这里却死寂黑暗，仿佛世界尚在混沌之中。今晚满月，但天空中的云层滤去了大部分月光。城市中，只有寥寥房屋内透着些许灯烛和火塘光亮，但这些微弱的火光起不到任何的照明作用。

这并不成问题。戎人部落的掠袭者习惯利用恶劣天气或在月黑风高时发起袭击，英子早已在战场上熟悉了黑夜行动的法门。微弱月光虽只能让她勉强看清脚边，但只要集中精神，她就能嗅出不同地区的味道：工匠和奴隶聚居区的粪尿与陈年污秽的恶臭，金属加工区木炭燃烧的味道，制革工坊特有的酸臭气息，以及公开祭祀的广场所散发的、令人毛骨悚然的浓烈血腥味。密布在街道两侧的夯土房屋和木制窝棚也方便她确定方位，巡夜的武士小队举着的火把在黑暗中极为显眼，能让她在判断位置的同时躲开对方。

每当浓密云层暂时散开、月光增强到足以视物时，英子都会找一个安全的角落停下脚步，从黑色斗篷内侧取出一小块鞣制过的山羊皮，仔细确认画在上面的线条。这张羊皮来自几名曾在亳都做生意的族人，根据主君的命令，他们仔细记下了这里所有的重要建筑和街道的位置，并用朱砂和来自遥远东方的墨鱼汁绘制了这幅宝贵地图。多亏了他们，头一次来到这座城市的英子才有办法确认方向，并穿过一处只有极少数本地人才知道的破洞，成功穿过亳都的高厚城墙。

她的目标，是那座位于都城之外的建筑。

桐宫。对于商族人而言，现任君主居住的王宫远不如这里神圣。这座用于供奉先祖的宗庙内树木郁郁葱葱，即便在如此暗夜，英子仍能在远处看到从院墙内伸出的枝干。有那么一瞬，她突然觉得，这些树枝可怖，像伸向宫墙外的手臂，有不可名状的存在被困在宗庙之内，正渴望获得解脱……

“够了，干正事要紧。”发现自己出神后，英子用力晃了晃脑袋，强迫自己把荒诞不稽的念头从脑子里甩出去。她凭直觉判断，日落到日出的这段时间大概才过去不到三分之一，但现在的每一分钟都至关重要。如半夜还不成功，她必须立即返回王宫，以免被人发现自己悄悄溜出来。

她要找的人是国君。

当亳都的联姻请求被信使带到英子故乡时，英子的父亲便意识到，这是一个绝佳的机会。作为初代天下共主册封的方伯，原本应直接对天子效忠，但在过去的三年里，接见朝贺诸侯并向他们发号施令的，却是从初代国君时代开始就一直辅佐王室的伊尹。伊尹对诸侯们解释道，国君患上了重病，精神状态十分不佳，根据巫师从祖先和诸神那里获得的谕示，他“不得不”暂时接管最高权力，并按国君意愿暂时将他安置在离祖先最近的地方。一些人信了这种说法，更多的人对此无动于衷，也有一些人保持着怀疑……包括英子的父亲。

“听好，这是相当重要的机会。”在接见了信使后，英子的父亲对她说，“我决定让你，而不是你的姐姐们去亳都。你知道为何吗？”

英子不明白。父亲耐心解释道：“从你爷爷那辈开始，亳都王室就一直是我们的盟友。虽然他们的活人祭祀确实可怕，为了安抚饥渴的神灵和先祖之魂发动的战争也造成了巨大灾难，但不与王室缔结盟约，我们不足以保持目前的地位，以方伯之尊号令一方。现在已有好几年没人见过正统国君，我们对他的状况一无所知，这绝对不是好事。”

“为什么？”

“政治游戏里，无知是罪，是对所有你要为之负责的人的犯罪。”英子的父亲答，“我们有必要弄明白我们最重要的盟友目前的情况。如果国君还活着，你要设法见到他、探明他的状况，并将确切的消息告诉我们。假如他陷入困境，且请求帮助，你必须设法协助他——我们一族的荣辱兴衰都系于此事。眼下的机会，无论如何都必须把握住，你能明白吗？”

英子当然明白，她同样明白其中的风险。假如国君真的被企图篡权的摄政囚禁，一旦她与国君接触的事实暴露，那下场会相当糟。不过，这并不能吓倒她，毕竟早在战场上她就学会了：一味地贪生怕死通常只会让你更早送命。

英子很谨慎。与防备松懈的王宫不同，城外桐宫附近的守卫明显要多得多。除扼守大门的身穿犀牛和鳄鱼皮甲、头戴铜盔的贵族武士外，附近还有许多只装备了简陋短戈与木棍的奴隶。这几条对盗匪窃贼绰绰有余的警戒线，对多次参与夜袭作战的英子却是漏洞百出，钻过去易如反掌。

显然，和有着野兽般危险感知能力的戎族武士不同，这些武装奴隶看上去对自己的任务没有丝毫热情。或许是认为没有草民敢靠近这处重地，他们几乎没有巡逻，而是三五成群地聚在篝火附近打盹或取暖。篝火给予他们热量与安全感的同时，也让他们难以发现潜行的英子。英子经过时甚至还闻到了炖肉的味道——这些奴隶抓到好几只足有人类小臂长的大老鼠，将它们的肉切下来扔进了一只粗糙的陶锅。

“……真是，这么大的耗子，才这点儿肉……”一阵风从火堆的方向吹来，英子听到一名奴隶在抱怨。

“有的吃不错啦。”另一个人嘀咕，“城里耗子都没这么大的，要是动作慢了，还会被抢。起码这里耗子更大，还没人和我们抢。”

“话说，最近这带的大耗子似乎有些多，而且都不太怕人。”之前那个奴隶说，“正常情况下，耗子躲着人才对，现在，它们看到人却会主动往前凑，简直像求着被吃。”

“听说是鬼魂在作祟。”第三个奴隶插了进来，“听说没？最近有好几个人不见了，而且一直没找到。他们是不是被……”

“想啥呢？那些人肯定是溜了。”最初发话的那名奴隶说，“留在这儿，万一陛下突然见祖，咱们多半都得陪着一起。够聪明的，都考虑到时候要往哪儿逃……”

没听到什么有价值的，英子略有些失望，继续在夜幕的掩护下朝着树影斑驳的宫墙接近。桐宫周围的贵族武士和奴隶有数百人，但多亏他们疏于巡逻，直到英子攀上围墙、纵身跳上附近的一棵大树，也没有任何人发现异常。

死寂，是这座宗庙给英子的第一印象。已是子夜，如此重要的地方，应安排打更守夜的人才对，可这儿不但看不到任何巡夜者，甚至连人类生活的气息也没有。庭院内的夯土地面上，大量一人多高的杂草肆意生长着，其中还混杂着一丛丛灌木。显然，这里好几年未曾维护。英子怀疑外面的那些守卫也未曾踏进这里。

“如果国君……我的夫君住在这儿，不该荒废至此啊。”英子困惑地自言自语，像轻灵的小兽般从粗大的树枝上一跃而下。但就在双脚触地的瞬间，她立即后悔了。

有人正埋伏在树下。

王

在战场出生入死的人都知道，除武艺和必要的运气外，还有一种东西能决定你是否可以在生死攸关的时刻幸存下来：直觉。

英子对此自然也心知肚明。

甚至在包裹着兽皮的双脚接触到桐宫内院的地面之前，英子的脑海里已响起警钟：她身后那棵大树周围的草丛中，有人类的气息。她条件反射地做出反应，落地的瞬间回身使出一记猛踢，趁势将手伸向藏在短裙下的青铜短刀。

接着，她的脚尖传来血肉之躯被踢中的钝感。

“唔嗷！”蹲守在树后的家伙发出一声痛呼，朝后倒去。虽是一刹那，但借着从树枝间洒下的月光，英子看到了对方的容貌：一个男人，一个瘦弱、肮脏，显然一辈子没吃过几顿饱饭的可怜男人。他穿着件用肮脏粗麻布胡乱裁剪而成、只能勉强遮住躯干的套头衫，腰间裹着一段甚至不能完全盖住生殖器的缠腰布。在被英子踢中颈部后，这人几乎立即失去了意识。

但英子知道，藏在这儿的不止一人。

草丛有晃动的窸窣声，英子立即朝身后挥出短刀，戳在一个试图勒住她脖子的男人身上。不幸的是，这一刀恰好扎进对方右臂的肘关节，而更糟的是，在她试图抽出刀刃时，对方骨头已死死卡住了刀身。

“可恶！”多次战斗磨砺出的本能让英子没有徒劳地继续尝试拔刀。意识到暂时不太可能索回自己的武器，她立即松开手，顺带朝身后挥出一记肘击。

第二个攻击者惨叫着放开了她。不止两人，很快，另外三个男人就像集体捕猎的野狗般，一同扑向英子。她狠狠挥出一拳，打断了第一个人的鼻梁，却在试图抽出藏在短裙下的另一把短匕首时被第二个男人撞倒在地。还没等英子爬起身来，第三个家伙已经从身后抓住了她。

英子奋力挣扎，但毕竟是刚满十五岁没多久的少女，攻击她的男人们虽骨瘦如柴、眼神涣散，但加在一起，仍然是她无法对抗的。缠斗中，英子低头狠狠咬住其中一个男人的胳膊，用力之猛，甚至直接撕下了一整块皮肉。但那个血流如注的男人似乎对此毫无反应，仿佛有某种力量直接将痛觉从他身上剥离了。

“混蛋，放开我！”明知毫无意义，陷入困境的英子仍朝对手大声吼道。刚刚咬下皮肉带来的浓厚血腥味在她的唇齿间蔓延着，引起了强烈的不适。更糟的是，袭击者之一已掐住她的喉咙，但又立即放开了手。

“放开她。”

一个低沉、优雅，仿佛能直渗听者灵魂最深处的声音响起后，男人们松开了英子，并四散消失，连被她击昏的家伙也被带走了。很快，大口喘着气的英子就又孤身一人，只有之前被她咬伤和刺伤的人留下的血迹表明，刚才并不是一场噩梦。

“你没事吧？”

那个声音又一次问道。接着，杂草与灌木被拨开，一个英俊的年轻男人走到英子面前。以公元前15世纪的标准，这个身高超过一百八十厘米的男人可谓非常高大，他的肤色是常年不见阳光的病态惨白，有着柔和曲线的鼻梁与下巴则让他多出几分温柔感，让任何见到他的人都会下意识地觉得，这是一个值得信赖的对象。于是，在与那对浅棕色的瞳孔对视的瞬间，英子短暂失神了。这个男人的双眼中仿佛隐藏着无穷无尽的深邃空间，只要望上一眼，就会让人沉浸其中、不能自拔。

“你……你是……”

“孤是天下共主，此城此国的王，当今的正统天子。不过，你觉得像是这么一回事吗？”无论面容还是声音都充满诡秘魅力的男人说道。这个答案对英子而言并不算太出乎意料，毕竟，此处本就是国君的居所。她面前的人也确实不像困于繁重劳作的平民——一袭只有贵族才能拥有、由蚕丝织就的红黑双色长袍，可见的身体上没有任何田间劳作留下的伤痕与佝偻迹象。他的谈吐和举止也充满某种超然的自信，让人敬畏，而这样的仪态只可能在君主家庭被培养出来。

“陛……陛下……”英子咽了口唾沫，同时迅速回忆了一遍曾操演过的全套正式礼仪。不过在她跪下去前，英俊的男子轻轻摆了摆手，“不必如此多礼。告诉孤，你是何人？”

为解释清楚身份，英子花费了不算太短的时间——对方显然不知，自己居然曾下达过到盟邦迎娶妃子的“旨意”。“有趣……虞国方伯最小的女儿吗？”在听完英子的自述后，男人重新从头到脚打量了她一遍，“孤必须承认，伊尹那老家伙确实替孤选了个不错的女人。”他指了指不远处的殿堂，头也不回地朝那儿走去，“随孤来吧。”

“呃……陛下，那个……恐怕今晚我没……没……没有时间侍寝。如果不能在天亮之前回到王宫……恐怕……”英子的心脏剧烈跳动了起来。除之前那些行踪诡异的袭击者外，这偌大的桐宫内院居然没有一个侍从，只有她和国君两人，“……我不是不愿意，可是现在……”

“呵，你把孤当傻瓜吗？”国君低声嗤笑，“你目前的情况有多棘手，孤可是清清楚楚。伊尹那老家伙把孤囚禁在此，但又需以孤的名义发号施令、笼络各方国，才设计出这么一桩‘婚事’，让诸侯们觉得‘一切如常’。但若你试图协助孤摆脱困境，那你也不难被他安排‘暴病身亡’或别的什么‘意外’。为巩固权力，那老家伙可是什么事都干得出来。”

“…… 陛下真是被摄政大人囚禁的？”英子惊讶地问，“我一直听说他 ……”

“是个英雄？是辅佐了数代天子的不世出的豪杰？啊，没错，至少他曾经是，在孤的祖父在世时。但当祖父去世后，就不一样了。伟大的摄政大人觉得，那些继位为王的后生小辈根本没资格与他相提并论，更轮不着对他指手画脚。在他看来，天下大权，现在唯有他才能掌控。”

穿过大片草地后，两人来到桐宫中央的大殿之上。这地方和院落一样，满是荒废痕迹。除供奉先王神主的房间外，到处都铺着厚厚的灰尘，夯土墙角遍布裂痕，大殿前的石阶覆盖着青苔。殿堂一角，一张床铺胡乱靠着，旁边摆放着陶制的夜壶、餐具及一些别的生活用具。不远处的宫墙上，有一个不到半尺宽的小洞，很显然，国君的生活必需品就是从那里递进来的。“他说孤生病了，说孤的精神有问题，无法继续履职 —— 只因孤不愿乖乖把权柄交给他，在祭祀仪式上做一言不发的木头人偶。啊，对了，孤的父亲，以及两个叔叔，都因同样的原因而遭到了不幸。”

“您说什么？陛下？！”英子几乎不敢相信自己的耳朵。她知道，与她的先祖一同击败夏后氏部族、率先成为天下共主的汤有三个儿子，据说最为英明贤能的长子在他死前就去世了，另外两个儿子依次继位后却在短短几年间突然接连死去，其中一人的在位时间甚至还不到一年，最后才轮到嫡长孙成为现任国君。但今天之前，她一直以为，之前两位国君都是自然去世的。

“是伊尹杀死了他们。”国君微笑着，用平淡的语气继续说着可怕的事实，“他对外声称，两位叔叔死于‘疾病’和‘事故’，但孤知道内情。他亲自将事实告诉了孤，迫使孤屈服。当孤拒绝后，伟大的摄政大人就编造了那些故事：孤在密室里举行见不得人的祭典，把贵族和武士们当场切碎、强迫与会的人将他们生吞活剥……就这样，所有人都相信，孤被恶鬼缠身、患上失心疯。这样从孤手中接管大权，也就理所当然了。”

“可他为何不直接杀了您？”

“哈！至少在名义上，孤还是连接祖先、诸神与人民的唯一纽带，纵然伊尹位高权重，也不可能直接取代孤登上天子之位。而孤没有孩子，也没仍存活的兄弟，这意味着，孤的死亡是个棘手的难题。”国君叹了口气，“因此，他选择将孤囚禁在这里‘反省’，禁止任何人进入桐宫，以免有人得知真相。他则坐在王座，以孤的名义统治天下——很聪明的选择，不是吗？”

“我……我不知道。”英子低下了头。看来，父亲的怀疑是正确的，“不过，如果没有人能进入桐宫、接近陛下，那刚才院子里的人是……”

“几个聪明的奴隶。他们很清楚，最危险的地方就是最安全的地方。”回答这个问题时，国君的目光短暂地闪烁了一下，但很快便恢复了常态，“这些人都是从外头的守备队里逃出来的。通常逃走的奴隶都会尽可能地离都城越远越好，追捕会沿着离开亳都的道路搜查，而不会到桐宫里来。当然，孤也不打算让看守者知道这些可怜人的存在。”

“但是，陛下和这些人生活在一起，不会有危险吗？他们要是对王室怀恨在心……”

“听说过‘善摄生者，陆行不遇兕虎，入军不被甲兵’这句话吗？”国君问道，“孤的家族有世代相传的……能力，称之为‘言灵’。只要孤下令，就能让对方安分守己，甚至连动物也一样。”说到这儿，他突然朝大殿的一角伸出手，从嘴角挤出一串类似老鼠叫声的“唧唧”声，几只硕大的老鼠像一队接受检阅的武士，用两条后腿站立着，以一种很不自然的姿势排队从地板上的一条裂缝里走了出来。接着，国君咬破食指，让这些灰毛畜生挨个舔舐了一滴渗出的鲜血后，才挥手示意它们离去。

英子怀疑地看向国君，但后者坦诚的神色，以及列队接受“检阅”的大老鼠都表明，他的话部分是事实。

“既然传说中王室的能力真的存在，那您为什么又会被囚禁呢？”

“孤的力量衰退了，更准确地说，是被伊尹那家伙设法削弱了。他是王室的家宰，因此也知晓王室的秘密，其中就包括‘言灵’的本质与弱点。”国君叹了口气，“可惜，孤之前却愚蠢地以为他值得信赖。”

“那，陛下想离开吗？如果您要逃走……”

“孤又能逃去哪里？”国君摇头道，“逃出桐宫？不难做到。但只要有人发现孤不在此处，一切就都毫无意义。天子虽贵为至尊，但失去权柄，率土之内，皆是牢笼。假如孤留在国都，被篡位者抓住不过是时间问题；孤若试图投奔任何方国，就算当地的诸侯愿意收留孤，伊尹那老家伙也会出动大军，把孤和任何敢收留孤的人一同从这个世界上抹去。”

“那……我们该怎么办？”英子一下子没了主意。

“事实上，孤确实有个计划。”国君说，“你想听吗？”

卯

朝阳升起前，英子勉强及时赶回了王宫，并抢在送早餐的侍者之前回到了床上。由于彻夜奔波和缺乏睡眠，外加来不及消化的大量信息产生的额外负担，返回房间后，她一头倒在铺着柔软羊羔皮褥子的床上，在昏睡中度过了一日一夜。

准王妃身体抱恙、无法起床的消息很快引起了宫内官员们的注意。几名巫师被紧急传召，在英子的床前点起巨大的炭火盆——这倒是让苦于风寒的她舒服了许多——展开了一场向祖先请求祝福的仪式。他们还戴着狰狞面具大呼小叫，试图吓跑烦扰王妃殿下的邪恶鬼灵。仪式没有杀人，这让不断被刺耳音乐声与念咒声吵醒的英子感到些许庆幸。

冗长仪式结束后，英子终于在炭火燃烧的暖意中沉入最深邃的梦乡，但梦境却无法让她舒适平和。黑暗中，英子觉得有某种类似虫子的活物，在她体内蠕动着、钻行着——更准确地说，这些东西就是她自己。

诡秘梦境中，她自己变成一团蠕动着的细长虫子的聚合物，且脑子里只剩下一个非常单纯的念头：服从与追随。梦中，记忆与思绪并不清晰，但这个单纯的念头，或者说冲动，既明显又强烈。英子感到，在遥远的彼端有某个特殊的、极度崇高的存在，她无比渴望为这个存在服务，完全无须理由。但由于间隔遥远，她无法从这个存在那儿接收到任何具体指令，这又让她感到迷惘和烦躁。

而后，英子醒了。

在过去的两天一夜，她只吃了点儿作为应急干粮藏在身上的盐渍肉干，睡醒后，英子饥饿难耐。幸好没入夜，王妃也可以在王宫内随意行动。嘱咐侍女不要声张后，英子又一次溜了出去，准备到厨房找吃的，顺便熟悉王宫布局。

虽贵为天子居住的宫殿，但王宫内部的空间利用和采光效果其实相当糟糕。夯土墙构成的走廊弯弯曲曲，像一座诡异的迷宫。覆着层层稻草的屋顶虽每隔数十步开有一处天窗，但即便是在阳光最烈时，也只能照亮方寸之地。放在墙壁上的小龛中，由硕大的、盛满油脂的陶碗制成的油灯的照明效果也好不了多少，灯芯中腾起的黑色烟雾在空中袅袅盘旋，就像是一个个迷惘的鬼魂，让这里显得更加诡异阴森。

在墙壁上，英子看到了大幅壁画，记载着天帝神灵的远古传说，以及商部落先祖的故事。其中，有一面墙壁描述了一个女人——应该是商人的远祖“简狄”——的一生，绘画技法非常抽象，只能勉强看出图画的大概含义。女人原本并无身份地位，在描述村庄生活的那幅画上，她渺小、是无足轻重的边缘人物，而当她有了身孕，村里人更是立即疏远了她。

“真糟糕。”英子自言自语。在她生活的大河上游，虽然婚姻很受重视，但人们对在婚姻之前初尝禁果乃至怀孕的女性倒还算宽容。但她也知道，大河下游的这些“文明”社会显然有着不同的价值观，如此图中的女人才被驱赶出村子，在山野中游荡。

一个孕妇被社会抛弃，几乎意味着注定的死亡。图画上，怀孕的女人不得不艰难地躲避荒野猛兽，在饥渴的折磨中挣扎求生。一天，一只像燕子又像某种食腐猛禽的鸟从她头上飞过，引领她进入一处山谷。在那里，她从一堆腐朽的动物尸体中捡到一枚像是鸟卵的东西。

“天命玄鸟，降而生商……”英子低声念着那句耳熟能详的传说，这些壁画表现的正是那段故事，但却和口耳相传的版本显著不同。公开流传的故事中，简狄并没遭到如此严苛的对待，也没有在找到传说中的燕卵前就怀孕。那枚诞生了商族先祖的燕卵，更不是从腐尸堆里被发现的怪异存在。

一股寒意攀上英子的脊梁。既然这些壁画特意绘制在外人无法进入的王宫之内，那意味着，下令绘画的人并不愿让外人得知某些事实。人们所知晓的，显然是某段已被时间与人为掩饰双重涂抹、变得面目全非的历史。

壁画的下半部分，简狄吞下那枚“卵”，迎来临盆。此时，一群被山谷中的腐尸味道引来的猛兽来到她身边。此时的女人按理已绝无生还的机会，可奇怪的是，动物没有攻击她，在婴儿降生后还环绕在女人身边保卫她，甚至主动为她猎食、寻找水源。

象征手法？是神话？是事实？英子的理智倾向于前两者，但不知为何，她的直觉认为第三种才是正确答案。壁画并没有进一步解释，只继续铺陈着故事本身：婴儿长大，女人也回到村落。她的儿子将随身携带的肉食分发给村民，之后，所有曾排挤和驱逐她的人，都无比崇敬地跪倒在她的脚下，成为她儿子的忠实仆从。儿子被奉为君主，并在她去世后举行了规模宏大的血祭，人牲被杀死、切碎、分食。而在这一系列可怕图画的末端，无数象征玄鸟之卵的图案，与那些参与血祭的人重叠在一起。

这个诡秘、令人毛骨悚然的故事就这么结束了。

墙上壁画讲述的故事不止这一个。但嗅到一股浓郁的香味后，英子立即失去了继续揣摩古老故事的兴致。跟随香味，她迅速穿过一处又一处空置多年的房间与走廊，最后如愿以偿地找到了宫殿的厨房，并在跑进去的同时突然想起，现在似乎并不是做饭的时候。

这个时代，人们习惯于在早晨和午后各吃一餐。夕阳西下之时，厨房内理应没人才对。英子到这儿来，原本只为弄些诸如干肉或腌菜的食材填填肚子，但她没想到，厨房内居然有三个人正在大灶前烹制着食物！

"啊…… 抱歉，我…… 走错了……"事出意外，英子慌张地找着借口。不过，对方似乎对她的出现并不在意。三人中，正伏案用一把黄铜刀切肉的青年女子，以及往灶内不断添成捆松柏枝条的年轻男孩儿，都没对她的出现做出什么反应，甚至都没抬头看她。只有正用巨大的木勺翻搅着大锅内汤汁的老人，缓缓将视线转向了她。

英子突然意识到，自己曾见过这人——在她初入王宫的那天，这个老人就站在迎接的小小队伍中，并对她表示了欢迎。

"不必拘谨，殿下。"目光与英子交汇后，老人显然认出了她，"作为此处的主人，您自然有权随意行动。"

“啊……是啊。”英子点点头。她能感觉到，老人眼睛里有某些让她隐约惧怕的东西，“您是这里的厨师长吗？我记得之前也见过您。”

“正是。不过，在下还有许多职务。”将一把磨碎的香料和岩盐撒进铜锅后，老人舀起一勺汤汁，轻轻嗅了嗅。从臂膀上的肌肉判断，他年轻时非常强壮，但这种健壮正在离他而去，连使用木勺这样的小动作，手臂也会微微发颤，且只要稍微剧烈些，老人的额头就会渗出汗水，嘴角也会痛苦弯曲，仿佛有不可名状的存在正在他体内啃噬着。英子很清楚，这是长期铅中毒的典型症状。

“这……您到底是谁？”

“我的名字是伊挚，当然，更多的人称我为伊尹。”老人不断抽搐的嘴角勉强挤出一个笑容，“我是天子首辅、王室家宰，是会盟诸侯的摄政、诸武士的统帅，也是个普通的厨师，当然，还是一个快死的老家伙。”

“啊……我不知道……”

“这没关系，至少您现在知道了。”当双手的颤抖稍微缓和一点儿后，老人盛了一碗肉汤，放在英子面前，“请吧。”

宰

今天之前，英子无论如何也无法想象，天子摄政、王室家宰，执掌天下权柄数十年、事实上担任着天下共主的这个男人，竟会亲自在厨房里为自己做饭。

但这事确实发生了。

汤碗放到面前的一刹那，英子畏缩了一下。一个阴暗的猜测冒了出来，但随即便被她否定了——虽无法确认对方目的，但她不认为伊尹这样的大人物会投毒。

“怕味道不好吗，殿下？”伊尹敏锐地察觉到英子表情的细微变化。

“当然不是。”英子摇摇头，大口吃起了食物。来得匆忙，她根本没时间接受作为王妃的礼仪训练，所幸，伊尹并不在意。“嗯……您的厨艺真的是出类拔萃，大人。”

这是一句完全的实话：英子不挑食，但她承认这份炖肉是这辈子吃过的最美味的菜肴之一。在这个调味料种类匮乏的时代，后世常用的蔗糖、胡椒、辣椒、肉豆蔻、罗勒和其他香辛料，要么尚未培育驯化，要么还未传入，即便是王宫厨房，可选的调料也只有盐、梅子、蜂蜜和几种发酵过的肉酱，但伊尹仍成功地用有限的材料赋予了这份炖肉相当特别的滋味。更重要的是，肉被炖煮的程度、切块后的形状，都在这位颤颤巍巍的老人手中达到了极为精致的程度，使品尝它的人觉得超越了纯粹的鲜美，而是直达脑海最深处的喜悦与满足。英子甚至觉得，将这样的厨艺称为艺术，大概也不为过，“我真不知道，您居然能……”

“这并不奇怪，殿下，毕竟我也是王室的家宰。”伊尹说，“‘宰’这个职务，最初负责的正是宰割和烹调食材，为家主呈上美味而安全的食物。每日饮食事关家主的性命，因此，家宰成了家主最为信任的人，并可在必要情况下代掌权柄。”

“话说回来，这……这到底是用什么做的？”将碗里最后一点汤汁小心翼翼地咽下去后，英子提出了下一个问题。

“材料是昨天献祭时斩首的两个女孩儿——是东夷人的贵族——的心脏，以及一个被切成两半献给土地神的小男孩儿的大腿肉。”伊尹若无其事地答道，“外加一个献给雨神，用小火烤到八分熟的……啊，抱歉，殿下！那其实只是普通羊羔肉和用来提鲜的腌鱼片罢了！请别吐出来！那样很浪费的！”

“……您能别开这样糟糕的玩笑吗？”英子捂着小腹，一脸不悦地抱怨道。

“但我刚才所说，并非全是虚言。”伊尹说，“昨天您还没进城时，亳都里确实进行了这样的献祭仪式。而且，也确实有人——都内的贵族们——吃下了用人牲血肉制成的菜肴。这是我们的传统习俗，作为未来王妃，恐怕不得不习惯这一点。”

“这种可怕的事，就不能停止吗？”英子摇头，“您的权力……”

“也许外面传说我权势滔天，但事实上，我只是借用历代先王转交的权力罢了，就算是天子，拥有的权力也是很有限的。”伊尹摆摆手，“只有商国还存在，天子权力才有其意义，而国家的存在，本身就需依靠人们——无论是都内贵族、城外农民，还是与我们结盟的方国与附庸们——的认同。当人们相信天子有‘天命’时，他才可以号令四海，如果不与天帝、祖先之灵沟通并按时献祭，该如何证明我们还拥有‘天命’？因此，我不可能下令终止这一切，正如我无法将自己抱离地面一样。”

“那，就没别的办法……”

“事实上，王室确实有其他方式可以让人服从。商部族崛起之初，反抗夏后氏的统治时，正是这种手段起到了至关重要的作用……我曾亲眼见过，也使用过。但那太过危险，因此我已决定，永不再那么做了。”天子的摄政叹了口气，“当然，必须承认，这种分享人牲血肉的习惯不但残忍，且实在……充满隐患。”

“隐患？”

“不做任何处理，鲜肉很快会腐坏，长出虫子。活物身上的肉，平时也会有一些生物寄宿其中。”伊尹解释，“这些小生物某些时候无害，但有时则会损害人的健康，甚至会导致更糟的事——比如影响人的行为，让他们做出与自己意志不符的举动。”

“真的吗？”

“没错。”伊尹点点头，“所幸，这种情况并非无法应对，只要把食物煮熟，通常就能避免。不过有时仅煮熟不足以解决问题，所以我必须使用别的手段。”他伸出鸟爪子般的手指，敲了敲那只沉重的铅碗，“比如，以毒攻毒。许多对人类有毒的东西，对其他生物同样有毒。就算常年使用铅会伤害我们自己，但能让我们免于受到某些威胁。”

“但这没必要啊。”英子摇头道，“我老家，大家平时都只用陶土和木头制成的餐具吃饭，但我好歹也活到了这个岁数。无论多么可怕的东西，我都不认为有必要靠这种慢性服毒的方式来应对。”

“是吗？那您打算用什么对付？勇气吗？”伊尹嗤笑了一声，“当然，我不怀疑殿下您的勇气。虽然亳都里也有不少喜欢舞刀弄剑的贵族千金，但敢于一个人走夜路去会见自己的未婚夫的，我倒还从没见过。”

他知道！

在下一次心跳之前，英子绷紧了全身的肌肉，并将右手放在藏在短裙里的匕首旁。此处没有卫兵，只有两个一言不发、看上去不难对付的厨役。而面前的老人虽曾是强悍的武士，但衰老和铅中毒的折磨已经削弱了他的力量，如果现在就行动……

但她不能这么做。

桐宫中，国君早已叮嘱过英子，无论如何，都必须严格执行他的指示，不能逞一时之快。更重要的，至少此时此刻，他们原先制订的计划仍有可能派上用场。在迅速权衡利弊之后，英子深吸一口气，“是的，我昨晚偷偷去见了陛下。既然都决定嫁到这里，连自己丈夫长什么样都不知道，那像什么话呢？”

“我想也是，”伊尹慢慢点了点头，“陛下看上去如何？”

“恕我直言，他的神志似乎相当清醒，能与我正常交谈。”英子说，“虽然之前的传闻说，陛下因疾病和鬼魂的纠缠神志不清，但他的病似乎早好了……我想，这大概是天帝和伟大的祖先之魂保佑了陛下的缘故吧。”

“那可真是太好了。”摄政露出一丝喜悦，但他的目光却有与喜悦不相干的情绪，“陛下对你说什么了吗？”

“陛下说，他很高兴能得到像我这样的王妃，而且，他还告诉了我一件事。”英子停顿了一秒钟，才继续说道——一切的成败，全得看接下来的这番话，“他说，自己虔诚地与先祖之魂沟通了数年，终于获得祖先们的回应，并在梦中得到一个启示。”

“什么样的启示？”伊尹露出饶有兴趣的表情。

“陛下说，伟大的祖先在梦中告诉他，是时候卸下不必要的重担了。”英子一边回忆之前夜里国君告诉她的那些话，一边复述，“祖先已承认，您才是真正合适的掌权者，陛下只需将一切托付给您，虔诚地向诸神祷告、与祖先们交流便好。祖先们还告诉他，应当尽快举行一次盛大的仪式，由他亲自将祖先的谕令转达给天下的诸侯与贵族。”

“很好。”伊尹缓缓地点着头，“看来，陛下的精神状态确实已恢复。我现在就着手准备，迎接他返回王宫。”他思考片刻，补充了一句，“当然，如果您同意的话，我希望在仪式当天让您与陛下正式成婚，如何？”

“当然，我很高兴。”英子愣了一下，随即答道，“甚好。”

谕

虽然来自虞方的新任准王妃在刚抵达都城时几乎悄无声息、无人知晓，但几天后，亳都的居民们逐渐察觉到了变化。守卫在桐宫附近的武士和奴隶们发现，原本严格禁绝一切人员进出的桐宫，现在居然稍微放松了门禁。住在亳都的准王妃每隔半个月会获准短暂地探望她将来的丈夫，尽管时间很短，且只能在离大门足够近、被摄政大人派来随行的侍从们看到的地方，但至少大门打开了。

接着，亳都贵族阶层出现新的流言：新王妃成功地让国君爱上了自己，而正是这种爱逐渐治好了国君的疯狂，让他一点点恢复理智。摄政大人和王妃本人未做任何回应，但大多数人——尤其是贵族中的女性——仍愿意相信这是真的。纵然未曾体验过，但人类总是很乐意无条件地相信爱情的力量。

之后的两个月里，新王妃仍未参加公共活动——每个旬日在市中心广场举行的祭祀仪式，仍由白发苍苍、浑身颤抖、身体状况正一点点接近崩溃的摄政大人代理主持。有人说，王妃尚未习惯观看宰杀人牲。大多数贵族陆续收到了王妃的礼物：一批做工精巧的饮食器具。它们大多由红铜制成，少数是以锡为主要添加材料的白铜制品，只含极少的铅。这和摄政过去提倡的做法有些相悖，但没人会拒收和使用王妃赠予的礼物。

蝉鸣开始的季节，摄政正式下令，开始征调木匠、建筑师和其他技术人员，在桐宫之外建造一座六十步长、六十步宽的祭坛。根据公布的说法，由于得到伟大的祖先和天帝的庇佑，陛下的神志已开始逐渐恢复，且重获与天堂沟通的能力——这是身为天子独有的、至关重要的能力。祖先向他传达了一道极为重要的谕令，国君会在离开桐宫的那天宣布。

天帝与祖先已决定，将来国君只负责管理祭祀仪典，不知来自何处的谣言如此声称，朝中大政会被正式交给摄政大人。

不，其实这并非天帝与祖先的意思。另一则声音较小的谣言如此说道。是摄政本人的意愿。是他让新来的王妃诱惑国君，让国君最终正式放弃了权力——下一任的天子将会是摄政的两个儿子之一。

事实上摄政大人就拥有王室的血脉。据说，他也能做到本该只有王室成员才能做的事，比如使用“言灵”，所以国君才同意交出权柄……

没人能断定这些互相冲突的传说的真假。毕竟，当一个话题无法被公开讨论、只能在暗地里传播时，要证明或证伪它，都毫无意义。与此同时，桐宫附近，负责警备与执勤的贵族武士们对这些传说仍旧一无所知。他们只知道，原本负责警戒巡逻的奴隶卫兵们，现大多变成了修筑祭坛的工人，而当王妃前来造访国君后，原本逃亡的一小群奴隶也重新出现——没人知道这些人之前逃到了哪里，又为何回来。不过，根据从“精神错乱”中恢复的国君的命令，他们被单独编成一支小队，负责修整桐宫的内院。

当然，没人对此提出异议。

时间继续流逝，护城壕里的荷花纷纷绽开，高大恢宏的祭坛落成了，它还有来自东方太行大山的黑色石块铺就的阔气阶梯。完工当天，几个在不久前的边境冲突中被俘虏的戎族武士被拉到祭坛下，由巫师们开膛破肚、斩下头颅。将这些人的鲜血洒进燃烧着的香料中后，占卜女巫从龟甲的裂痕中读出了欣慰的吉兆。

一切都按安排在顺利进行。

次日，当清晨的阳光刚刚洒在黄河流域的平原上，昨夜的薄雾尚未散去时，大批武士从亳都的城门中列队而出，来到祭坛附近。上千名身份较低的徒步武士在祭坛外围排成数个方阵，以确保即将登场的国君与摄政的安全。高阶武士们搭乘装饰华丽、插着显眼旗帜的战车，在精选的同毛色的战马牵引下在祭坛附近列队。最吸引人的是那几头战象，这是商国强大武力的象征。驯化的大个亚洲象的牙齿上包裹着金箔，披甲的背部乘坐着地位最高的与王室有血缘关系的贵族战士。它们出现时，远处围观的人群顿时爆发出阵阵欢呼。

“‘商人服象，为虐于东夷。’这大东西确实……不好对付。”听到山呼海啸般的欢呼声后，英子一边小声嘀咕，一边想象自己在战场上和大象作战。虽然她很想乘坐战车和武士们一起入场，但司仪和巫师们表示，马拉战车不够尊贵，配不上王妃大人。而她又没有驾驭战象的经验，作为妥协，她只能独自乘坐一辆插着王妃旌旗的牛车，在徒步武士的护送下出席仪式。虽远不如战车英姿飒爽，但仍有围观民众高声向她献上祝福。他们高举酒罐、花环、干果等礼物，试图赠给新来的王妃，甚至还有人赶着一大群羊。维持秩序的武士花了好些力气，才勉强阻止羊群侵入仪式现场。

因祭坛一天之前已接受了鲜血的净化，当摄政大人乘着高大的白象到场时，并没有举行新的人牲献祭仪式。在音乐与熏香中，伊尹颤抖费力地登上了祭坛，将一盘备好的油脂泼到堆在祭坛顶部的柴堆上后，开始了演讲。

虽事先已做好心理准备，但坐在牛车上的英子还是过度紧张，根本没心情听摄政大人说了什么。相较之下，列队的武士们显得相当镇定，丝毫没有异常，他们的大象和战马正忙着大嚼面前的草料。这些晒得半干的青草本生长在桐宫庭院，是那些“突然返回”的奴隶修整庭院时，割了并作为草料堆在这里的。

在有节奏的咀嚼声及长笛和铜鼓奏出的单调乐曲的“伴奏”下，伊尹语调平稳地宣讲着。他提到从简狄、契到王亥、王恒的列祖列宗的伟大成就，也提到曾与他并肩作战的汤击败夏后氏、取得天下共主地位的历史。之后，他又提到另两位短命的国君，以及他在数十年中担任摄政与家宰的辛劳历程，提到曾经“困扰”现任国君的癫狂症状，以及他为此不得不做出的艰难决定……当然，最终，在宣布国君的神志已恢复并可以离开桐宫时，老人的脸上露出了释然的笑意。

接着，桐宫围墙的大门缓缓打开，国君从里面走了出来。

当国君出现、民众欢呼时，伊尹根据礼法离开祭坛顶部，诚惶诚恐地退回列阵的武士之中。年轻的国君快步走上祭坛的石阶，从一名巫师手中接过一支灌满油脂的火炬，并将它投向伊尹刚刚淋上油的柴堆。伴着空气骤然受热膨胀发出的闷响，一大团跃动的火焰就像愤怒的精灵般，猛然从塔状的干柴上腾起。从远古时代起，点燃干柴就是最直接、最正式的向上天表示敬意的做法。

“诸位！在场的所有巫师、贵族与臣民！”虽因长期囚禁，国君看上去有些面色苍白，但他的声音却相当洪亮，甚至带着一种魔力，“孤在此特地公布来自天帝与先祖的神谕。伊尹大人，王室的家宰与国家的摄政，在这数十年中的所作所为，早已被他们看在眼里。而现在，他们已做出了评断——无比伟大的天帝与先祖们一致认定，摄政大人是渎神的叛逆！他为了掌控大权，谋害了孤的两名叔父，并囚禁了孤！每一名仍效忠于王室的臣民都有义务讨伐他！”

寂静。

名义上，国君接收到的神谕在此之前只有他本人知晓，但许多贵族武士早已提前探知，陛下会在今天的仪式上宣布让出全部世俗权力，正式将其授予伟大的摄政，自此之后只负责祭祀天帝和与祖先交流。而此时的情况，显然没人料想到，几乎没人在第一时间反应过来。

一名摄政的亲信巫师最先意识到问题。他挥舞着双手，试图冲上祭坛，“各位！不好了！陛下又一次被邪灵蛊惑！我们必须赶紧——唔啊！”还没等他把话说完，一柄割草用的燧石镰刀已扎进了他的胸口。

杀死他的是早些时候在桐宫内割草的奴隶之一。

这是完全不可思议的一幕。在商国，奴隶和巫师社会阶层差异极大，由于对酷刑惩罚和鬼神的恐惧，绝大多数奴隶平日甚至不敢抬头望向巫师的脸，更别说做出这种事。

这名奴隶这么做了，他的几名同伴也行动了起来，其中一人的手臂上甚至还残留着被英子咬伤后留下的疤痕。这些人全都眼神空洞、面无表情，看上去就像被非人类的存在占据了身体。当几名巫师的护卫朝倒地的巫师冲过去时，奴隶们表现出惊人的力量和敏捷度，轻而易举地避过兵刃，并用手中粗糙的工具毫不留情地杀死了护卫们。

祭坛周围等待接受检阅的武士们也开始行动。王室的禁卫军，本当效忠于国君本人，但在伊尹掌权的日子里，指挥官们显然早改变了效忠对象，他们以最快的速度向部下传达了“抓住国君”的指令。

但出乎他们意料，没人执行指令。

战

英子兴奋了起来。

对于曾亲历鲜血飞溅的战场的人而言，两种反应最为常见：一部分人会因过度恐惧而心生畏惧，宁死也不会再拿起武器；另一些人则会逐渐麻木，会像砍柴割草一样继续砍杀人类。但英子属于第三种：她渴望战场，在战斗时会感到兴奋。她并非喜爱杀戮，也非渴望鲜血，纯粹因对“战斗”本身有着近乎先天性的热衷。

大量混乱的战斗，正在她身边同时爆发。

当国君以祖先的名义宣布讨伐摄政后，效忠伊尹的将领们立即对自己的部下做出相反的指示，但还是有相当一部分人倒向国君。他们没有高呼效忠的口号，也没有怒斥摄政的罪行，仅仅是默不作声地举起戈、战斧和短剑，拉开弓，对自己先前的战友发起攻击。

这么做的人只是一小部分，却轻而易举取得了优势。高度依赖战车和战象的商军武士们早已习惯在严整队列中进行高度程式化的交战，对猝不及防的混战毫无准备。许多贵族武士在惊诧中被短剑和匕首插进铠甲缝隙、割断喉咙，就算有些逃过一劫，在发现同队伍、同战车的战友倒戈后，也立即不知所措。响应国君号召的武士们却没有类似表现，这些人的行动高度一致，像是一群群协力行动的蚂蚁。他们不在乎对手的哭喊与讨饶，也完全不吝于对“自己人”挥动武器。这重要的不同很快让胜利的天平倒向国君一侧。

当然，并非所有商军小队都因有人倒戈而陷入混乱。最初的混乱后，少数几支队伍仍成功重组，并对倒戈者发动反冲锋。其中一辆战车上的武士将视线转向仍端坐在牛车上的英子，并驱车朝她冲了过来。

“你到底是哪边的？！”在两车接近时，武士喊道，“国君，还是摄政？！”

“当然是摄政大人！”英子连忙装出任何一个十五岁女孩看到这种场景时都会露出的惊慌面孔，“以天帝和祖先的名义发誓！”

“请上来，这里很危险！”武士拍了拍战车驭手的肩膀，示意后者降速。英子立即从牛车上翻身跃起，跳上战车，顺势一脚踢在了武士的肩窝部位。

“唔！”虽有犀牛皮甲片缓冲，但那武士还是因疼痛立脚不稳，在当胸吃了第二次踢击后，从战车车厢里翻滚了下去。右侧的战车兵面对这突发事件完全来不及反应，他手中六尺半长的战车用戈在近距离内完全无法施展。当他扔掉长戈，伸手去拔挂在腰间的短剑时，却发现这件护体兵器已被英子抢先拔了出来。

“抱歉啦，这个借我用一下。”英子用一记肘击准确命中武士的喉结，让他也像一只破口袋般从车上栽了下去。接着，她将青铜剑刃抵在车厢前方的驭手脖子上，“前面的，麻烦照我说的去做。”

“是……是的，殿下。”别无选择的驭手只好从命。

英子命令这辆战车撞翻混斗的步兵，强行闯出人墙，沿着祭典场地的外围绕了一大圈，重又朝着高大的祭坛疾驰而去。在她附近，混战演化成了阵线相对分明的搏杀。支持摄政的武士抛弃了战车，以战象为核心组成数个临时防御阵形，勉强支撑着对方的猛攻。但由于在突袭中遭受了重创，他们仍在节节败退，大量军官的损失让他们完全无法与那些不需要任何人发号施令就能紧密配合的对手相抗衡。更糟的，战斗开始后，大量硕鼠、野狗、野猫也涌入战场。畜生们从盾墙间穿过，疯狂撕咬摄政方的武士，让他们更难保持阵形继续对抗。在这样的困境中，摄政方的失败似乎只是时间问题……

直到那群羊出现。

国君宣布“神谕”前，只有少数人注意到那些羊。它们被几名牧人赶着，混迹在成群围观者间。这个时代，家畜与人时常待在一起，因此没人太把它们当一回事。但当这些咩咩叫的偶蹄动物突然闯入混战的人群时，奇怪的变化发生了：原本动作整齐划一，毫不留情地朝自己同袍挥动武器的武士们，在羊群跑过后不久，便陷入了奇怪的混乱中。一些人的动作显著慢了下来，迷茫间即被面前的对手打倒，另一些人则陷入癫狂，漫无目的地挥舞着兵刃……变化发生，战局开始逆转。重新组织起来的摄政方武士斗志大振，开始击退并分割陷于混乱的对手。

“这……这到底是……”被英子用短剑抵着喉咙的战车驭手看呆了，“怎么……”

“‘言灵’开始失效了。”英子松开短剑，跳到了驭手身边，用剑尖朝着一旁比画了一下，“对不起，请下去吧。”

“啊……好的！”驭手立即跳下战车，把缰绳交给英子。英子控制着四匹战马迅速掉头，硬生生撞进尚在混战中的人群里。

由于一时间不知道来者是友是敌，交战双方只得仓促避开英子的战车，任由她一口气冲到了祭坛之下。但这里也成了她的终点——接近祭坛时，一支流箭射中了最右侧战马的颈动脉，战马在倒下时绊倒了第二、第三匹马，整辆车重重翻倒在地。英子第一时间用手臂护住了头颈部位，借势从车上翻滚了出去，但战车的轮辐已大量折断，再也无法使用。

“难得你还能到这里来。”当英子挣扎着试图站起时，一只胳膊揽住了她的肩膀，帮她站了起来。国君已走下祭坛，他旁边是拿着粗糙武器、眼神空洞的奴隶们。在他扶起英子的瞬间，英子嗅到一股难以用语言表述的气息。这气味让她有了母亲怀抱般的安心感，有一种渴望服从与追随的冲动。“不过，看起来孤失败了。”

“确实。为了陛下的安全，我请求陛下立即命令所有人都放下武器。”伊尹的声音从不远处传来。这名老人乘坐着身躯最为庞大的战象，在另两头体格稍逊的战象陪伴下走向祭坛。几名倒向国君方的武士企图用短戈与剑抵抗这些巨兽，但压倒性的力量差距使他们要么被象背上的弓箭手射倒在地，要么被粗壮的象鼻逐一卷起、投掷。“还有，王妃殿下，您不打算改变主意吗？”

“不打算。”英子答道。接着她突然抽出从战车兵那里抢来的青铜短剑，一剑刺穿了护卫在国君身边奴隶的胸膛，并将沾血的剑刃横在国君的喉咙上，“抱歉，陛下，但我觉得您应按摄政大人说的去做。”

言灵

“伊尹对你说了什么吗？”

突然被自己名义上的妻子背叛，在濒临失败的情况下，国君的声音依然冷静。

“事实上，是我主动提的。”英子轻轻叹了口气，“请不要把女孩儿当成只会乖乖听话的傻瓜，陛下。我也会思考问题的。王宫里的记录、您要我做的事，以及过去几年里发生的一切，只要有办法得知足够多的必要信息，推测出真相并不难。”

“那你推测出了什么？”

“‘言灵’到底是什么，以及摄政大人为什么要做那些看上去对任何人都没好处的事。”英子冷静地回答，“我看过记载王室始祖事迹的壁画，也打探过陛下在被囚禁前做过的事，甚至还询问过宫内的资深仆役，得知了两位先王——也就是陛下您的两位叔叔——去世时所发生的一切。把这一切拼凑在一起，事情的前因后果就不难解释了。”

“哦？”

“所谓‘言灵’，恐怕和传说中王室先祖获得的‘玄鸟之卵’存在着某种联系吧？只不过，那东西并非鸟卵，而是滋生于腐肉中的虫卵。”英子说，“自然界中，有许多种虫子，比如蜜蜂和蚂蚁，有着自己的‘王’，能像人类建造城市和村落般造出巨大的巢穴来。和人类不同，它们的‘国度’无须通过君王发号施令来维持，所有的‘臣民’都会本能地相互合作、共同执行任务，正如那些为您而战的人。”

“有趣。”国君说。锃亮的剑刃就抵在他咽喉的皮肤上，但他脸上却无任何恐惧绝望之色，“如果孤没猜错，得知这些事后，你相当惊讶吧？”

“没错，陛下。”英子点了点头。当将这些推测告诉伊尹，并从对方那儿得知事实时，她既震惊又错愕。她甚至希望，这些都是谎言，或仅是个荒谬故事。但不幸的是，依据理性逻辑判断，伊尹所说的一切，才是最合理的解释。

“所谓‘天命玄鸟’，不过是个谎言。”那天摄政语气严肃地回答了英子的疑问，并取出一块专门储存的干肉，将那肉放进木碗、倒入一些水后，一些细小的白色虫子挣扎着从里面钻了出来，“王室用这个故事掩盖了祖先的所作所为。那幅壁画上记载的，才是真事。数百年前，因和他人私通怀孕被逐出部落的简狄，偶然吃下的，不过是你见到的这种东西。”

“看上去很不值一提，不是吗？但就是这些微不足道的虫子，却可以操纵比它们大得多的生物——老鼠、狗、人类，甚至豺狼虎豹。而且，如果其他动物吃下被这些虫子寄生的动物血肉，它们自己也会成为寄生对象。吃下的肉数量越多、越新鲜，被寄生的速度就越快。通常情况下，被寄生并不会对宿主造成直接影响，但如果虫子的‘王’出现后，一切就会不同。被虫子的‘王’寄生的宿主，可让其他体内寄生着虫的生物服从其意愿。据我观察，‘言灵’有时也会受到影响。在几次战斗中，因为宿主偶然接近正处于发情期的战马、战象，‘言灵’的效果曾显著削弱。因此我猜测，也许‘王’的宿主可以产生某种特殊的气息，以此传递信息，就像发情期的动物用气味来传达自己希望交配的信号一样。”

“也就是说，王室的祖先……”

“他们被‘王’寄生了。一开始，这种寄生的好处还比较有限，只能让同样被虫寄生的人对‘王’的宿主产生好感，本能地保护后者。但即便如此，也足以让契从一名弃婴一跃成为部落的首领。为巩固地位，之后的许多代，王室的先祖逐渐形成人祭的习惯——让人们分食已被虫感染的人牲，或用人牲的血肉喂食猛兽，以确保部落里总有一批人会受‘言灵’的影响。在我和先王决定起义、反抗凌虐各部落的夏后氏部族时，对‘言灵’的使用达到顶峰。决战前，先王的三个儿子以及长孙，都主动服下‘玄鸟之卵’，让‘言灵’的影响扩展到极限。但取得胜利后，我们意识到‘言灵’必须被废除。”

“为何？”

“虫子的‘王’变得越来越智慧。许是与人类共存改变了它们，到先王那代，与‘王’共生的人意识到，‘王虫’正在逐渐操控宿主的意识和思想，要求他们不计一切代价地增加被虫感染的人数，而非仅限少数武士组成的敢死队。当然，这种影响可被遏制，不断地大量摄入铅，能暂时让‘王’对宿主意识的影响中断。但铅中毒会逐渐积累并摧毁人的身体，可只要停止摄入铅，‘王’的影响又会复苏。

我们推测虫子有办法缓慢地排出铅毒。”说话的同时，伊尹将灰色的铅粉撒进浸泡着干肉的碗里，很快，蠕动着的细小虫子动作变缓，最终不再动弹。“因此，‘王’的宿主们便陷入了两难：他们要么慢慢地把自己毒死，要么让自己的意识被‘王’夺走。先王的三个儿子里，长子在继位前死于中毒，而次子和三子不愿忍受这种痛苦，最后恳求我杀死他们，以免被‘王’肆意操纵。但我无法对现任国君也这么做，毕竟他还没有子嗣，也没有可继承王位的兄弟。为避免国家陷入混乱，我只能将他软禁。”

“但这并不解决问题。”听完伊尹的陈述，英子说，“只要国君还被虫子‘王’控制着，一切就没有结束。”

“是的。”伊尹答。他没有再多说，只是将那碗水，连同水中的干肉和虫子一同倒入火炉内，“殿下，我知道我在干什么，请相信我。”

英子相信了他。

“哈，真是不错的计划！”当最后一名试图抵抗的武士也被战象踏倒在地后，国君大笑起来，“你们放孤出来，为的是这个？利用孤找出那些被虫寄生的人？！”

“部分而言，确实如此。”伊尹说，“我们不可能精确知道曾在您举行的秘密仪式上吃下含有虫子的人牲肉后被寄生的具体人数。大量含铅餐具酒器的使用，可暂时压制住虫的威胁，但这毕竟还是个威胁。”

“恭喜你，摄政大人。”国君语带讥讽，“但你觉得一切都结束了吗？”他耸耸肩，用只有站在身后的英子才能听到的声音低声说出了下一句话，“爱妃，替孤杀了摄政。”

“什——”英子正要反驳，却发现自己已无法控制自己的身体，听到命令的瞬间，一种强烈渴望服从的情绪充满她的脑海，迅速压制了她的理智。接着，她发现自己已撤回架在国君脖子上的短剑，并奋力将它投掷了出去。

糟了！短剑脱手的瞬间，与国君初次见面的记忆重现在英子脑海：那个晚上，她曾咬了攻击她的奴隶中的一个，并吞下了后者的一小块血肉。无疑，虫子已然进入她的体内，并侵蚀了她的意志。大错铸成。

寒光闪闪的短剑在空中划出漂亮的抛物线，最终准确地插进坐在战象背上摄政的胸膛。伊尹没有试图躲避，甚至没用手臂格挡。在生命的最后一刻，他只是张开双臂，仿佛在欢迎那把携带着死亡的短剑的到来。

祀

人们是健忘的。

祭祀火焰在桐宫宽广的院落中燃起，英子感慨道。此时距摄政死去只过了五年，但绝大多数人似乎已经忘记，他是以什么方式死去的。数以百计的人曾目睹摄政死亡的一幕，参与那场诡异厮杀的人更是数以千计。但当国君在战后次日突然改口，不再称摄政是被诛杀的篡位者，反而赐给他“元圣”至尊称号，并宣布以天子之礼埋葬他时，并没人对其中的矛盾提出异议。

只要一件事被宣布为是天帝与祖先的意志，人们就会欣然接受。这个时代，这是多数人的世界观。

当然，少数受过足够多的教育、比常人见多识广的高级贵族并不那么轻信。那天，他们大多在国君与摄政身边，亲眼见到那惊人一幕：垂死的摄政被卫士们抬下战象，一条足有成人中指长、有妖异红黑双色外壳的虫子从他的嘴角钻了出来。接着，正在冷笑的国君也跪了下来，开始剧烈呕吐……从他的呕吐物中，爬出另一条一模一样的怪虫，两只虫子迅速相互搂抱在一起，开始交配。

贵族们立即踩扁了它们。

“至少，我们并没对人们说谎。”当主持祭祀的巫师开始宣讲去世的元圣大人所做的巨大牺牲及卓越贡献时，英子轻抚着已经隆起的腹部，对坐在身旁的国君说，“伊尹大人所做的一切都不会被埋没 …… 除了不该让人们知道的那些事之外。”

“是啊，那段被控制的日子，对孤而言，像是噩梦。”国君点点头，“多亏摄政大人想出的法子。他服下王室所藏的玄鸟之卵，在虫子的‘王’孵化之前，通过大量摄入铅来抑制了它的活动。孤实在是无法想象，他是怎么熬过那三年的痛苦，还保持着神志清醒的。一般人在那种状态下，就算没毒发身亡，也定已发疯了。”

英子眼角有些发酸，不过，她克制住了流泪的冲动 —— 自己会被杀死，也早在伊尹的计划之中。他早知道，虫子的“王”虽可独自诞下普通虫卵，但下一代“王”却必须通过在宿主体外交配产生。他也知道它们发育成熟的时间，以及在感知到宿主即将死亡时会逃离宿主身体的特点。最终，在那一日，国君的灵魂得到了解脱。

“但他为何不让其他人来担任‘王’的容器？”象征国君和王妃要亲自献祭品的铜锣响起，离开座位前，英子问，“商不缺忠臣义士，他们愿意用生命来换取您恢复神志，可他为什么要自己 ……”

“孤也不知，但或许，摄政大人有他自己的理由。”国君说，“他曾说，每个人都有属于自己的时代，而且也只属于自己的时代。大概，这就是他的理由。”

铜锣响起了第二遍，又是一遍。在未来的数个世纪里，这样的仪式还会一遍遍地举行，持续整整一个时代。

《科幻世界》2022年第10期

创作后记：

《言灵》这部作品是我的历史科幻小说之一，其构思萌发于我在新疆大学中亚研究院时的经历（另外一篇同类小说《冥灵》也同样是这一时期开始构思的）。在那段时间里，我因为机缘巧合而参与了诸多与古代军事史和东西方文化交流史相关的史料整理与分析，其中，关于古代"玉石之路"的一系列研究让我对上古史产生了浓厚的兴趣。

虽然商文明的核心位于现代的山西、河南一带，亦即黄河流域中下游，但有趣的是，诸多考古证据证明，这个位于遥远东方的文明，却与北亚的游牧者以及中亚的商人们有着千丝万缕的联系。正是出于对神秘的古代宗教用玉器以及通过欧亚大草原向东传播的马车技术的关注，让我对处于专业范围之外的商代产生了浓厚的兴趣。由于与后世中国文明形态大相径庭、再加上史料的佚失留下了大量谜题我发现，商代（以及之后的西周）意外地适合作为历史科幻创作的背景——无论是"天命玄鸟，降而生商"，抑或是"君子猿鹤，小人虫沙"，无数语焉不详、与神话传说相掺杂的只言片语究竟意味着什么，迄今仍然众说纷纭，而我的这些故事则是尽可能基于"合理"的角度，为这些也许会永远隐藏在历史迷雾之下的记载提供一个相对符合逻辑的解释（虽然看上去还是很牵强就是了）。

如果要细分的话，《言灵》可以算作"生化朋克"的一部分，整个故事围绕着《竹书纪年》与正史中的重大分歧点——伊尹与太甲之间发生的事——展开，并尽量试图以"两种记载均有真实之处"为前提设计故事。当然，这也是大多数看似分歧巨大的历史记载的实质：在将复杂的历史事件化为单一维度的"切片"后，同一事实完全可以留下迥异的记述。当然，作为一篇虚构文学作品，这篇小说并不包含对任何历史学观念、假说与理论的支持或者反对倾向，也与现实中的历史与考古无关，希望读者们在阅读时注意这一点。